Schnarrenberg

Patrick Brosi, geboren 1987, ist in Backnang bei Stuttgart aufgewachsen. In Tübingen begann er 2007 ein Studium der Informatik und Geschichte. Seit 2011 studiert er Informatik in Freiburg.

Dieses Buch ist ein Roman. Handlungen und Personen sind frei erfunden. Ähnlichkeiten mit lebenden oder toten Personen sind nicht gewollt und rein zufällig.

PATRICK BROSI

Schnarrenberg

KRIMINALROMAN

emons:

Bibliografische Information der Deutschen Bibliothek
Die Deutsche Bibliothek verzeichnet diese Publikation
in der Deutschen Nationalbibliografie; detaillierte bibliografische
Daten sind im Internet über http://dnb.d-nb.de abrufbar.

FSC www.fsc.org
MIX
Papier aus verantwortungsvollen Quellen
FSC® C083411

Umschlagmotiv: photocase.de / birdy's
Umschlaggestaltung: Tobias Doetsch
Satz: César Satz & Grafik GmbH, Köln
Druck und Bindung: CPI – Clausen & Bosse, Leck
Printed in Germany 2013
ISBN 978-3-95451-060-3
Originalausgabe

Die Mauern stehn
Sprachlos und kalt, im Winde
Klirren die Fahnen.
Friedrich Hölderlin, aus: »Hälfte des Lebens«

1

Hier draußen war nichts mehr zu hören. Der Himmel hatte sich geöffnet, und der Vollmond ließ den am Vortag gefallenen Schnee glitzern. Er war noch nicht tief.

Sie rannte über das Feld. Jeder Atemzug war wie ein Messerstich in ihrer Brust. Es war bitterkalt, fünfzehn Grad unter null, und sie war schon jetzt am Rande ihrer Kräfte. Sie stolperte über eine gefrorene Ackerfurche, fing sich gerade noch mit den Händen und wagte einen Blick zurück.

Er besaß eine Waffe, natürlich, das hatte sie gewusst, aber sie hätte niemals gedacht, dass er von ihr Gebrauch machen würde. Er war in Schwarz gekleidet. Seine Silhouette hob sich scharf von der Schneedecke ab. Er ging mit weit ausgreifenden, entschlossenen Schritten. Zwischen ihnen waren vielleicht noch hundert Meter. Die Pistole blitzte im Mondlicht. Sie schrie, doch ihr Schrei wurde dumpf vom Schnee geschluckt. Es gibt nichts Einsameres als einen Schrei in einer Winternacht. Niemand würde sie hier hören.

Am Ende des Feldes begann der Wald. Die Äste waren vereist und ragten wie skelettierte Finger über den Wanderweg. Sie wurde langsamer. Sein Schritt war regelmäßig, das Knarzen des Schnees ein unwirklicher, näher kommender Rhythmus. Sein Atem war nicht zu hören.

Sie kannte diesen Weg. Sie wusste, wo sie sich befand. Es war lächerlich, dass sie aus diesem Wissen noch Stärke ziehen konnte, sie ahnte das selbst. Sie spürte, was sein Plan war, warum er nicht schoss, warum er nichts sagte. Der Wetterbericht der nächsten Wochen kam ihr in den Sinn. Sie rannte schneller. Es gelang ihr, den Abstand zu vergrößern, seine Schritte hinter ihr wurden leiser. Der Wald war tiefschwarz, ein Naturschutzgebiet, im Umkreis von zwei Kilometern befanden sich nur sie und er und eine unbedarfte Fauna. Der Wald öffnete sich auf eine weiße Fläche, im Sommer eine Liegewiese, und dahinter die grau schimmernde Fläche des gefrorenen Baggersees.

Während sie noch auf das Eis starrte, setzte er zum Lauf an.

Wieder wollte sie schreien, doch es gelang ihr nicht. Der Ton gefror in ihrem Hals und machte das Atmen noch schwerer. Sie aktivierte ihre allerletzten Kräfte, flog beinahe über den Schnee. Die Sportstunde in der dritten Klasse kam ihr in den Sinn, der Fünfzig-Meter-Lauf, bei dem sie alle anderen überholt hatte und weit vor dem Zweitplatzierten im Ziel gewesen war. Sie lächelte. Mit einem weiten Satz sprang sie über die Uferböschung. Auf dem Eis war das Laufen einfacher als auf der schneebedeckten Wiese. Sie rannte. Sie hörte die anspornenden Rufe ihrer Lehrerin, sie spürte die Blicke der Klassenkameraden, die am Rande der Bahn standen und ihren Triumph ehrfurchtsvoll verfolgten.

Jeden Moment würden ihre Beine nachgeben, sechs Kilo hatte sie zugenommen im vergangenen Jahr. Sie ignorierte den Schmerz und rannte schneller. Ein leichter Wind kam auf, er kroch eiskalt in ihren Kragen. Ihren violetten Schal hatte sie längst verloren.

In der Mitte des Sees blieb sie stehen.

Am Ufer erkannte sie seine schwarze Silhouette. Die Pistole hielt er in der rechten Hand, sein Arm hing entspannt nach unten. Natürlich war die Waffe nicht geladen.

Unter ihr knackte das Eis. Augenblicke später stand sie in einer Pfütze. Zwischen ihren Füßen bildete sich ein Riss.

Sie schrie, und diesmal drang es als der Schrei einer Sterbenden bis ins Nachbardorf. Dann brach sie ein.

Die schwarze Gestalt am Ufer beobachtete noch einige Minuten den Überlebenskampf. Sie fand keinen Halt. Wann immer sie versuchte, sich am Eis aus dem Wasser zu ziehen, brach eine Scholle ab. Sie schnitt sich an den scharfen Kanten, ihr Blut dampfte auf dem Eis. Bald konnte sie sich nicht mehr über Wasser halten, schließlich war es still. Die Wellen glätteten sich, die Schollen ächzten nicht mehr. Die schwarze Gestalt entfernte sich.

Am nächsten Tag zeigten Spaziergänger auf das Loch im Eis, in dem wohl ein Tier eingebrochen sein musste. Binnen vierundzwanzig Stunden war die Eisdecke wieder geschlossen. Dann schneite es drei Tage lang.

2

Der Anruf kam um zehn. Sebastian Möllner tippte gerade den Bericht des Vorabends, eine harmlose Sache. Ein Sechzehnjähriger aus der Südstadt befand sich im Dauerstreit mit einer Schulclique. Regelmäßig gaben sie ihm durch Botschaften zu verstehen, dass sie noch nicht fertig mit ihm waren. Die Mitteilungen wurden wahlweise in sein Mofa oder in das Display seines Smartphones gekratzt. Sebastian hatte mit der Gruppe gesprochen, die alles abstritt, aber durch ihr Verhalten zu verstehen gegeben hatte, dass sie durchaus stolz auf ihre Taten waren. Es waren gutbürgerliche Mittelstandssprösslinge, die Sebastian in der Gruppe mit dem krassesten Kiezdeutsch zutexteten – im Einzelgespräch aber so breites Schwäbisch sprachen, dass Sebastian Mühe hatte, ihnen zu folgen. Er hoffte, dass er sie diesmal endlich wegen Sachbeschädigung drankriegte.

Sebastian überflog den Bericht und kürzte einige Stellen. Diese »Fälle« waren trivial und lächerlich. Eine ernsthafte Beleidigung für seinen Intellekt. Aber das vergangene Jahr war voll davon gewesen, Familienstreit folgte Jugendbandenstreit folgte Diebstählen, die niemals gelöst werden würden und nur aus Trotz zur Anzeige gebracht wurden. Sebastian massierte sich die Nasenwurzel. Er fühlte die beginnende Depression wie einen abklingenden Kater. Sein Leben lang hatten die Aufgaben, die man ihm übertragen hatte, nie seinen Ansprüchen an sich selbst entsprochen, weder in der Schule noch im Studium noch während der Ausbildung. Und mit jeder Beförderung wurde es schlimmer. Er war erst vierunddreißig, und nun würde er bis zur Pension diesen dämlichen Fällen nachgehen oder in einer Kurzschlussreaktion den Dienst quittieren. Er fürchtete sich vor beidem. Er hatte die Position als Kommissar vor nicht ganz vierzehn Monaten angenommen, nachdem er unerwartet an die Spitze der Beförderungshierarchie geklettert war.

Nacheinander waren in dem Urwald von Ranghöheren und beflissenen Arschkriechern die Bäume wie Streichhölzer umgeknickt. Andreas Wagner hatte auf einem Empfang des Innenministers die achtzehnjährige Tochter des Polizeipräsidenten ein wenig zu intensiv mit Bowle versorgt, Mathias Borsig war strafversetzt worden, niemand wusste, weshalb. Fred Maurer war nach einem irgendwie bekannt gewordenen Abmahnungsprozess, bei dem ihm das Herunterladen und Verbreiten von vier Dutzend schwedischer Pornos nachgewiesen werden konnte, als Vorgesetzter nicht mehr tragbar gewesen. Es gab einen Todesfall, mehrere Versetzungen und eine beträchtliche Fluktuation zu privaten Sicherheitsfirmen.

Als schließlich die jährlichen Pensionierungen weitere Stellen freigegeben hatten, stand Sebastian alleine auf weiter Flur. Vor Hedwig Bausch-Mahnfeld, der Leiterin der Innenstadtpolizei, hatte ein selbst ernannter Beraterstab argumentiert, dass Sebastian Möllner das Studium zum Polizei-Verwaltungswirt mühelos absolviert hatte, in Rekordzeit, während des aktiven Dienstes. Sozusagen auf dem zweiten Bildungsweg. Denn etwas abschätzig hatte man sich daran erinnert, dass irgendwo in Sebastians Lebenslauf ein abgebrochenes Universitätsstudium erwähnt wurde. Man schloss daraus, dass er zumindest auf dem Papier auch intellektuell für eine Beförderung in Frage käme, und überhaupt – diesem arroganten Akademiker wollte man schon zeigen, dass die Realität des Polizeialltags, mit Verlaub, nicht nur aus dem Schreiben von eloquenten Berichten, Führerscheinkontrollen und Ladendiebstählen bestand, sondern eben durchaus auch aus Erpressung, Mord, Vergewaltigung und zerteilten Selbstmördern auf der Neckarbahn.

Man hatte Sebastian beim Weihnachtsessen zwischen zäher Gans und Dr.-Oetker-Pudding über die Beförderung informiert. Bausch-Mahnfelds beglückwünschender Handschlag hatte sich aufgrund ihrer Neurodermitis wie das Streicheln eines gefährlichen Reptils angefühlt. Nur der Rotwein war gut gewesen.

Kurz nach Mitternacht hatte Bausch-Mahnfeld Sebastian in ihr Büro gebeten, er war ihr wie ein Dackel durch die leer geräumten Tische des Buffets gefolgt, vorbei an weißen Tischtüchern voller Soßenflecken. Als Bausch-Mahnfeld sich im Stockwerk irrte, bemerkte Sebastian, dass auch sie schon ziemlich betrunken war. In ihrem Büro fiel sie ächzend in den Schreibtischstuhl und verkündete mit gönnerhafter Geste: »Sie taugen als Einziger von dem ganzen Haufen etwas.«

»So?«, hatte Sebastian entgegnet und idiotisch gelächelt.

»Als Einziger. Setzen Sie sich.«

Er nahm in einem der beiden schwarzen Ledersessel Platz. Unvorsichtigerweise legte Sebastian seine Hand auf die Schreibtischunterlage.

»Als Einziger«, seufzte Bausch-Mahnfeld, ließ den Blick zur Decke und wieder zurück auf Sebastian schweifen, schob ihren Arm etwas nach vorne und legte die Spitzen von Zeige- und Mittelfinger auf Sebastians Handrücken. Er wich nicht zurück.

So hatten sie einige Minuten schweigend verbracht, Hand in Hand über einer Karte des Tübinger Stadtgebietes im Jahre 1985. Dann hatte Bausch-Mahnfeld, etwas über Verabschiedungen murmelnd, den Raum verlassen. Nie wieder hatten sie davon gesprochen. Sebastian war es am nächsten Morgen wie ein vernebelter Traum erschienen. Jedenfalls kommunizierte Bausch-Mahnfeld seit dem Vorfall meist nur noch durch zwischengeschaltete Kollegen mit ihm.

Weil er der einzige Beamte war, der sich zurzeit in dem Polizeiposten der Innenstadt auf Bereitschaft befand, übergab ihm Anna die Meldung aus dem Wohnheimviertel.

»Arschkalt draußen«, sagte sie. »Viel Spaß.«

»Danke.« Sebastian fühlte sich sogar zur Ironie zu müde. Anna lächelte aufmunternd. »Was wurde da geklaut?«, fragte er.

»Ein Laptop oder Handy, ich habe es nicht genau verstanden. Ein paar Kinder haben es gesehen. Die hatten Schulschwimmen. Sieht so aus, als ob du rausmusst, Sebastian.« Anna war fast zwanzig Jahre älter als er, sie hatten sich schon vor Sebastians Beförderung gekannt. Vermutlich war sie unter den Fürsprechern für seine Beförderung gewesen, doch direkt gefragt hatte er nie. Nach einer expliziten Bestätigung wäre er sozusagen offiziell in ihrer Schuld gestanden, und das wäre Anna unangenehm gewesen. Auf Lob und Dank reagierte sie wahlweise mit hochrotem Kopf oder fast gereizt.

Sebastian seufzte. »Bin in ’ner Stunde zurück.« Er zog sich dieselbe abgetragene Jacke an, mit der er zehn Jahre zuvor sein Studium begonnen hatte, die Jacke, in der er Nadja kennengelernt und in der er sie zwei Jahre später aus einer Abtreibungsklinik in Düsseldorf begleitet hatte, das ungeborene Kind noch immer in ihrem Unterleib. Sebastians Blick streifte sein Spiegelbild. Die Erkenntnis, alt zu sein, alt im Sinne des 21. Jahrhunderts, hatte sich an seinem dreißigsten Geburtstag wie ein Schleier über seine Wahrnehmung gelegt.

Die Universitätsstadt saß in tiefen Schnee gehüllt auf dem Bergsattel. Sebastian stapfte mit weiten Schritten durch die Fußgängerzonen der Altstadt, hinunter zum Parkplatz der Dienstfahrzeuge. Die frische Luft tat ihm gut. Es war Anfang Dezember und ungewöhnlich kalt. Der Neckar war bereits an einigen Stellen zugefroren. Auf den Eisschollen ließen sich Enten treiben, die ihren Schnabel tief im Federkleid verborgen hatten.

Auf den Straßen kam er nur langsam voran. Das Hallenbad befand sich in Waldhäuser-Ost, dem WHO, weit außerhalb der Kernstadt. Ein Bus versuchte, eine am Hang gelegene Haltestelle zu verlassen. Die Räder drehten durch, der Bus schnaubte und wankte. Sebastian seufzte und spielte mit dem Schalthebel herum. Er brauchte für die knapp drei Kilometer fast zwanzig Minuten.

Hier oben befanden sich die vor vierzig Jahren errichteten Studentenwohnheime, dreißig Stockwerke, Einheitsputz. Alle paar Jahre entzog sich ein überforderter Student durch einen Sprung aus dem Fenster der drohenden Exmatrikulation. Das Panorama von dort oben musste atemberaubend sein. Selbst von hier unten, vom Parkplatz des Hallenbades aus, konnte man am Horizont schon die schneebedeckte Burg Hohenzollern auf dem Albtrauf erkennen. Sie wirkte wie ein filigranes Modell. Zu Sebastians Füßen lag die Altstadt von Tübingen im Zuckerguss, eingezwängt zwischen Schlossberg und Österberg.

Die konservierte Lieblichkeit der Stadt ging einem früher oder später auf die Nerven, man konnte darüber den Verstand verlieren. Sie passte nicht zum Leben des 21. Jahrhunderts. Spätestens nach dem ersten Mord wünschten sich die meisten Kollegen eine von tristen Plattenbauten dominierte Stadt aus Beton und Glas, die mehr im Einklang mit der abstrakten Lebenswelt der Gegenwart stand als schiefe Fachwerkgiebel und enge Gässchen. Sebastian ging es nicht anders.

»Morgen«, murmelte er, nachdem er das Hallenbad betreten hatte. »Kommissar Möllner. Sie hatten einen Diebstahl gemeldet.«

Die Dame hinter der Kasse beeilte sich, den Bademeister zu holen. Sebastian blickte durch eine breite Glasfront. Architektur der siebziger Jahre, Grau- und Grüntöne, trist, regelmäßig, austauschbar. Die Glasfronten verkalkt. Er seufzte.

Für einen Bademeister war die Gestalt, die sich aus einer der Kabinen schob, überraschend fett. Sebastian fragte sich instinktiv, wie dieser Mann es regelmäßig schaffte, die Wasserrettungsprüfung zu bestehen. Aber trotz seines massiven Übergewichtes waren die Bewegungen des Bademeisters forsch und flink, sie ließen eine erhebliche vibrierende Muskelmasse unter den Fettschichten vermuten.

Er sprach breites Schwäbisch. »Die Kinder haben es gesehen.«

»Was gesehen?«, fragte Sebastian, der sich gar nicht die Mühe machte, etwas zu notieren.

»Na, den Diebstahl.«

»Kann ich mit den Kindern mal reden?«

Der Bademeister machte einer jungen Frau, die abseits am Becken stand, ein Zeichen. Sie pfiff eine Gruppe Kinder aus dem Becken, die sich respektvoll dem »Mann von der Polizei« näherten. Sebastian schätzte sie auf sieben Jahre. Sie hielten zitternd die Arme vor der Brust gekreuzt.

»Also, was habt ihr denn gesehen?«

»Da kam ein Mann«, sagte ein Mädchen.

»Ein Junge!«

»Nein, das war ein Mann.«

»Woher willst du das wissen?«

»Weil er schon einen Bart hatte. Und außerdem hatte er eine Badehose an, wie sie nur Erwachsene anhaben.« Gelächter folgte. Der Bademeister brumpfte belustigt.

»Und was hat der Mann gemacht?«, fragte Sebastian.

»Das Fach mit den Wertsachen aufgebrochen.«

»Wo?«

»Dahinten«, riefen alle im Chor und zeigten mit sieben kleinen Zeigefingern in Richtung Umkleide.

»Haben Sie das gesehen?«, fragte Sebastian eine junge Lehrerin, die in diesem Moment zu ihnen trat. Sie war schlank, ihr gelocktes Haar noch trocken. Sie war einen Kopf kleiner als Sebastian. Über dem Bikini trug sie nur ein weißes T-Shirt. Zum abgeklärten Ignorieren war der V-Ausschnitt etwas zu tief. Sebastian zwang sich, ihr in die Augen zu sehen. Die Schüchternheit, die ihn regelmäßig gegenüber unbekannten Frauen befiel, hatte er sich nie ganz abtrainieren können.

»Nein«, sagte sie. »Die Kinder haben es mir erzählt. Sie waren hinten in der Gruppenumkleide. Da gibt es einen Spalt zwischen den Türen. Die Kinder verstecken sich immer drin und beobachten andere Badegäste. Er hat das Wertsachenfach aufgebrochen, und die Kinder haben ihn dabei beobachtet.«

»Und dann sind sie zu Ihnen gekommen?« Sebastian schätzte die Lehrerin auf Ende zwanzig. »Sebastian Möllner, übrigens.«

»Das ist die Maja«, sagte ein Mädchen.

»Für euch immer noch Frau Wehrle«, sagte sie fröhlich. Ernster: »Genau.«

»Und die – Person war danach verschwunden?«

»Wie vom Erdboden verschluckt«, sagte der Bademeister.

»Haben Sie Videoüberwachung an den Wertsachenschränken?«

Der Bademeister antwortete nicht sofort. Er kratzte sich die Glatze und schien angestrengt seine geplante Antwort auf die offizielle Linie der Stadtwerke einzustimmen. Dann meinte er: »Ha, nein, es steht zwar dran, aber auch nur, um Diebe abzuschrecken, verstehen Sie.«

»Also keine Überwachung.«

»Das dürfen wir auch gar nicht. Datenschutz! Oder so.« Er sprach es »Daaadaschudds« aus.

»Ich nehme das zu Protokoll«, sagte Sebastian, rührte sich jedoch nicht. Er fing einen vielsagenden Blick von Maja Wehrle auf, dann sagte er schnell: »Gedanklich, meine ich.«

Sie lächelte.

»Wem gehörte denn das Schließfach?«, fragte Sebastian. »Was war denn drin?«

»Ein Schlüsselbund«, sagte der Bademeister.

»Woher wissen Sie das?«

»Der liegt ja noch drin.«

»Wie bitte?«

»Da, schauen Sie. Geklaut wurde nix. Sagen Sie mal, Sie sehen ziemlich jung aus für 'nen Kommissar. Sieht's bei euch schon so schlecht aus, personalmäßig?«

Sebastian seufzte und empfing einen mitleidsvollen Blick von Maja Wehrle. »Außer dem Schlüssel?«

»Nix. Die anderen Fächer sind ja leer, die leeren wir jeden Abend, falls jemand etwas vergisst. Verstehen Sie. Wir bringen das trotzdem zur Anzeige, wir als Stadtwerke. Das sind ja Serientäter. Die kommen immer wieder. Der Gast, dem der Schlüsselbund gehört, zieht sich gerade um, wollen Sie mit dem auch noch reden? Ein Herr Benz oder Bonz oder Bunz … Banz … Binz! Binz war's!«

Sebastian kratzte sich am Kinn. »Nein«, sagte er. »Nicht nötig.« Er wandte sich an Maja Wehrle. »Von welcher, äh …?«

»Geschwister-Scholl-Schule. Draußen in Derendingen.«

»Danke.« Er spürte eine leichte Wärme an seinen Wangen. Er wandte sich zum Bademeister. »Wie gesagt, ich kann da …«

»Schon klar, schon klar«, sagte dieser. »In fünfzehn Jahren haben Ihre Leute noch kein einziges Mal einen Diebstahl hier gelöst. Danke, Wiedersehn.« Er verschwand in seiner Kabine. Sebastian blieb etwas irritiert zurück. Maja Wehrle munterte ihn mit einem Lächeln etwas auf, dann musste sie zurück zu den Kindern, die bereits unruhig wurden.

»Technisch gesehen handelt es sich um keinen Diebstahl«, sagte Sebastian halb zu Maja Wehrle, halb zu der geschlossenen Tür der Bademeisterkabine.

Sein Handy klingelte.

»Anna? Alles eine Scheiß-Zeitverschwendung, ich … ja, immer noch, bin hier gerade fertig, warum?« Sebastians Blick folgte Maja Wehrle, die gerade die letzten Kinder Richtung Umkleide manövrierte. »Heute Nacht?«

3

Es war der größte Hörsaal der Universität und der einzige, der eine Empore besaß. Gemeinsam mit dem Hausmeister wartete Sebastian auf das Eintreffen von Anna. Der Hörsaal der Physiker war fensterlos und nur schwach beleuchtet, es roch dezent nach scharfen Chemikalien. Sebastian saß auf einem der herabklappbaren Tische. Er hatte den Kopf in den Nacken gelegt.

»Irgendeine Ahnung, wie sie hier reingekommen sein könnte?«, fragte er.

Der Hausmeister schüttelte den Kopf. »Der Hörsaal ist abgeschlossen. Die ganze Nacht abgeschlossen.«

»Das Gebäude auch?«

»Von außen. Die Studenten können drinbleiben, so lange sie möchten. Neben den Türen sind Knöpfe, die das Schloss kurz öffnen. Damit sie rauskommen. Sie haben ja keine Ahnung, wie lange die manchmal hierbleiben, um zu lernen. Aber rein kommt nach acht niemand mehr.«

»Haben Sie Beschädigungen an den Türen bemerkt?«

»Überhaupt nix.«

»Also hat sie sich hier drin versteckt.« Sebastian strich sich einige Strähnen aus der Stirn.

»Wahrscheinlich.« Der Hausmeister war sehr hager und trug einen grauen Arbeitsmantel. Hinter seinem Ohr steckte ein Bleistift. »Oder jemand hat sie hereingelassen und dann hinter ihr wieder abgeschlossen.«

»Unwahrscheinlich«, murmelte Sebastian. Er schaute nach oben und betrachtete die Leiche. »Wie alt schätzen Sie sie?«

»Höchstens fünfundzwanzig«, antwortete der Hausmeister schulterzuckend. »Studentin natürlich.«

Sebastian nickte und ließ seinen Blick durch den Saal schweifen. »Sagen Sie mal«, fragte er dann, »haben Sie irgendwo einen Rucksack gefunden? Eine Tasche? Irgendwas?«

»Ihre Jacke.«

»Kann ich die mal sehen?«

»Liegt oben.«

Um auf die Empore zu gelangen, mussten sie den Hörsaal zunächst verlassen, ein Stockwerk nach oben gehen und den dortigen Eingang benutzen. Sebastian warf auf dem Weg nach oben einen Blick auf sein Handy. Anna verspätete sich.

»Es gibt keine Möglichkeit, innerhalb des Hörsaals auf die Empore zu gelangen?«

»Sie müssen immer außen herum. Damit lässt sich bei großen Veranstaltungen der Publikumsverkehr besser steuern.«

»Verstehe.«

Das Geländer der Hörsaalempore bestand aus Waschbeton, über dem eine etwa fünf Zentimeter dicke Stahlstange als Handlauf angebracht war. Dort war das Seil festgebunden. Sebastian wagte einen Blick über die Brüstung, wich aber zurück. Der Kopf der jungen Frau hing etwas zurück, sie schien direkt nach oben in sein Gesicht zu blicken. Die Augäpfel wirkten unnatürlich groß. Sie quollen aus den Höhlen und waren blutunterlaufen. Der Kopf schimmerte dunkelblau. Sebastian stieß die Luft etwas zu laut aus, der Hausmeister musterte ihn.

»Ich hatte noch nie einen Selbstmord.« Sebastian nahm auf der Hörsaalbank Platz. »Morde ja – aber da haben die Leichen besser ausgesehen.«

»Wir hatten mal einen Dozenten, der hat sich vom Mathematikergebäude geworfen, zwölfter Stock«, meinte der Hausmeister. »Sah schlimmer aus. Wir haben noch dreißig Meter entfernt Teile vom Gehirn aufgesammelt. Aufgeplatzt, verstehen Sie? Ist mit dem Kopf gegen 'ne Betonbank geknallt.«

Sebastian wusste darauf nichts zu entgegnen. Sie schwiegen beide eine Weile.

»Auf wen warten wir eigentlich?«, fragte der Hausmeister.

»Auf die Kollegen«, sagte Sebastian. »Finden Sie das nicht merkwürdig?«

»Was?«

»Eine Studentin, die sich umbringen will, das Ganze möglichst an einem spektakulären, öffentlichen Ort. Warum hier? Damit die ganze Universität es sieht? Passen Sie auf: Sie lässt sich hier einschließen, sie wartet wahrscheinlich stundenlang, bis sie Ruhe hat, sie bindet die Schlaufe, sie befestigt das Seil … sie muss sich außerordentlich gut vorbereitet haben. Wissen Sie, wie man ein Seil zum Selbstmord bindet?«

»Nein …?«

»Sehen Sie. Sie muss sich tagelang vorbereitet haben. Auf was schätzen Sie ihr Gewicht?«

Der Hausmeister strich sich über sein Schläfenhaar und warf einen Blick über das Geländer. Er zuckte wieder mit den Schultern. »Fünfzig Kilo?«

»Ich vermute, sogar noch weniger.«

»Was wollen Sie damit sagen?«

»Sie war zu leicht. Wir müssen davon ausgehen, dass sie sich ausführlich über das Erhängen informiert hat. Passen Sie auf! Also, wenn *ich* einen spektakulären Selbstmord planen würde, der auf jeden Fall klappen soll – dann würde ich es mir doch zweimal überlegen, ob ich mich erhänge, wenn ich unter fünfzig Kilo wiege. Verstehen Sie?«

»Sie meinen …«

»Genau! Das Risiko, dass die ganze Sache katastrophal schiefgeht, weil das eigene Gewicht nicht ausreicht, ist doch viel zu groß. Außerdem ist Erhängen nicht gerade die Selbstmordvariante einer Studentin Anfang zwanzig … Vielleicht Autoabgase. Pulsadern, Schlaftabletten. Aber Erhängen? Zu grob.«

Der Hausmeister massierte sich das Kinn. »Sie haben recht, ja … Aber das sind immerhin fast sechs Meter, wenn Sie hier« – er lief zur Brüstung – »wenn Sie hier raufklettern und dann hinunterspringen – das ist ein weiter Fall. Das könnte reichen, um das Genick zu brechen.«

»Ja«, murmelte Sebastian. »Aber schauen Sie mal.« Er warf wieder einen Blick nach unten. »Wie lang, denken Sie, ist das Seil von ihrem Hals bis zu der Stelle, an der es festgemacht ist?«

Der Hausmeister warf einen abschätzenden Blick über die Brüstung. »Sechzig Zentimeter?«

»Das ist höchstens einen halben Meter lang«, meinte Sebastian. »Sie *konnte* gar nicht vor dem Fall auf dem Geländer gestanden haben. Das Seil wäre zu kurz gewesen. Sie muss sich einfach über das Geländer geschoben haben.«

Der Hausmeister betrachtete das Seil kritisch. »Oder *jemand* hat sie über das Geländer geschoben.«

Sebastian schaute ihn nicht an. Seine Augen folgten dem regelmäßigen Noppenmuster auf dem Boden. »Nachdem sie schon tot war.«

Anna Kugler war eine Kollegin, die Sebastian gerne als Beamtin beschrieb, die die Vorschriften kannte. Sie kannte sie so gut, dass sie es seit Jahren vermied, Tätigkeiten zu verrichten, die *nicht* in irgendeinem Handbuch oder in irgendeiner Dienstvorschrift zu finden waren. Trotzdem war sie eine gute Polizistin. Ungeachtet des großen Altersunterschiedes waren sie und Sebastian in den letzten zwei Jahren fast so etwas wie Freunde geworden. Anna war seit dreißig Jahren glücklich verheiratet und hatte zwei erwachsene Töchter. Sebastian selbst war sich durchaus bewusst, dass sie sich langsam zu einer Mutterfigur für ihn entwickelt hatte. Dienstlich standen sie beide im Rang eines Oberkommissars.

»Selbstmord?«, fragte sie, nachdem sie mit einigen Kollegen den Hörsaal betreten hatte. Das unvermeidliche Blitzlichtgewitter der Spurensicherung setzte zeitgleich ein. Sebastian hob die Schultern. Anna war mittelgroß und für ihr Alter immer noch schlank. Sie wirkte auf irritierende Weise wie eine Sechzehnjährige im Körper einer viel älteren Frau. Ihr schon ergrautes Haar fiel ihr ins Gesicht, als sie sich über die Brüstung lehnte. Sie machte sich Notizen, versuchte abgeklärt zu wirken, musste sich aber mehrmals abwenden.

»Also«, sagte sie zu Sebastian, während sie ihren purpurnen Schal ablegte und gewissenhaft zusammenfaltete. »Holen wir sie runter. Haben Sie eine Leiter?«, fragte sie den Hausmeister. »Entschuldigung. Kugler. Anna Kugler.«

Sie gaben sich die Hand, dann verschwand der Hausmeister, um in den Katakomben des Gebäudes eine Leiter zu besorgen.

Sebastian nahm Anna beiseite. »Anna«, begann er und flüsterte, obwohl der Hausmeister bereits verschwunden war. »Was hältst du davon?«

»Glasklar. Ich hatte schon mindestens zehn von der Sorte. Klein, zierlich, ein Studienfach, das ein bisschen Prestige verspricht und gleichzeitig hohe Anforderungen stellt. Medizin zum Beispiel. Jura eventuell. Nach drei Jahren irgendein Rückschlag. Dreimal durchs Staatsexamen gefallen. Prüfungsanspruch verloren. Depression. Dann wird ihnen klar, dass sie das Studium nicht mehr zu Ende führen können, die Angst vor der Schande kommt dazu, die Angst, vor den Eltern als Versager dazustehen. Meistens lastet ein ungeheurer Druck auf denen, vonseiten der Familie. Und dann: Zack. Selbstmord. Kommt in den letzten Jahren immer öfter vor. Du hättest meine Tochter sehen sollen, als sie im dritten Semester das Studienfach gewechselt hat. Da bricht eine Welt zusammen.«

Sebastian bemühte sich um einen insistierenden Ton. »Anna, es gibt keine Einbruchspuren. Weder in den Hörsaal noch ins Gebäude. Die ganze Nacht war abgeschlossen.«

»So? Dann hat sie sich hier versteckt, hier, hinter dem Schrank oder in irgendeiner Ecke. Mach dir nicht mehr Arbeit, als du ohnehin schon hast.« Sie stieß Sebastian freundschaftlich in die Seite.

»Und das Seil?«, fragte Sebastian. »Wie hat sie das Seil hier reingeschmuggelt? Wir haben keinen Rucksack gefunden, nur die Jacke. Denkst du, sie hätte keine Aufmerksamkeit erregt, wenn sie hier mit einem aufgewickelten Seil hereinspaziert wäre? Das wäre doch jemandem aufgefallen.«

Anna grübelte. »Nicht unbedingt«, murmelte sie. Aber Sebastian spürte, dass auch ihr Zweifel kamen. »Hm.« Sie runzelte die Stirn.

»Schau dir an, wie die Leiche aussieht«, sagte er. »Das Genick ist auf jeden Fall gebrochen. Sie wiegt aber höchstens fünfundvierzig Kilo.«

»Ja, aber das muss nichts heißen. Die Wucht reicht aus.«

»Schau dir an, wie lang das Seil ist. Und dann erkläre mir, wie sie es geschafft hat, über die Brüstung zu klettern. Warum hat sie das so unpraktisch angestellt? Warum nicht ein zwei Meter langes Seil, um einfacher hantieren zu können und tiefer zu fallen?«

Anna warf einen weiteren Blick hinunter. Sie stieß einen leisen Pfiff aus, dann wandte sie sich ab. Fast mütterlich legte sie eine Hand auf Sebastians Schulter.

»Also gut«, sagte sie. »Die Sache stinkt zumindest. Wenn deine Theorie stimmt, müsste die Obduktion Klarheit bringen. Eventuell gibt es Spuren eines Kampfes oder einer Betäubung. Mal abwarten. Wer hat sie eigentlich gefunden? Der Hausmeister?«

»Nein«, entgegnete Sebastian. »Der Hausmeister hat heute Morgen die Türen aufgeschlossen, ohne in den Saal zu schauen. Macht er jeden Morgen so. Ein Student hat sie gefunden.«

»Ein Student?«

»Ja, Informatik.« Sebastian blätterte in seinen Notizen. »Lars Breuer.«

»Schon mit ihm gesprochen? Was wollte der hier?«

»Wir haben nur kurz ein paar Worte gewechselt. Er wartet draußen, auf meine Anweisung.«

»Das sagst du mir jetzt?«

»Er hatte sich hier mit ihr verabredet. Zum Lernen. Ich rede gleich noch einmal ausführlich mit ihm. Das Opfer heißt Katia. Katia Seligmann.«

4

Nur zögernd gab Lars Breuer Sebastian die Hand. Er schien misstrauisch. Seine blauen Augen wichen Sebastians Blick aus. Er beobachtete seine Umgebung wie ein scheues Reh. Kurz und emotionslos berichtete er. Sein Ton war sachlich.

»Wie gesagt. Gegen neun war ich vor dem Hörsaal. Ich habe mich gestern schon mit Katia verabredet. Zum Lernen.« Er nestelte am Reißverschluss seiner Jacke herum.

»Im Hörsaal?« Sebastian hatte neben ihm Platz genommen. Sie saßen auf fest verankerten Hockern in einer Ecke des großen, offenen Foyers. Der Waschbetonboden strahlte Kälte ab, und es zog.

»Ist nirgendwo ruhiger, wenn keine Vorlesung ist«, antwortete Breuer.

»Wie lange haben Sie gewartet?«

»Zwanzig Minuten. Dann bin ich rein.«

»Waren Sie vom Anblick schockiert?«

Sebastian bekam nur ein Achselzucken zur Antwort. Nach kurzer Stille fügte Breuer hinzu: »Ich hab sie ja nur von unten gesehen. Also – nicht das – Gesicht.« Er sprach langsam, bei jedem seiner Worte konzentrierte er sich auf einen Punkt am Boden, als ob das, was er zu sagen hatte, dort geschrieben stünde. Es war offensichtlich, dass er es nicht gewohnt war, viel zu reden. Breuer hob den Kopf. »Fragen Sie mich jetzt nach einem Alibi?«

Sebastian war überrascht. »Wofür sollten Sie ein Alibi benötigen?«

»Na ja.« Breuer lachte schüchtern. »Ich vermute, Sie gehen von Mord aus. Habe ich recht? Natürlich müssen Sie hier von einem Mord ausgehen.«

Sebastian schwieg. Er musterte Breuer, wie er es in den letzten fünf Minuten sicher schon zehnmal getan hatte. Für einen kurzen Moment erhaschte er einen direkten Blick in seine Augen. Sie waren wach, lebhaft. Sebastian vermutete hinter dem scheuen Charakter einen wilden, zügellosen Verstand.

»Gehen wir noch einmal zurück …«, begann Sebastian.

»Ich weiß nicht, was das bringen sollte.« Breuer wurde etwas lauter. »Hören Sie, ich habe Ihnen alles gesagt. Katia hat sich nicht umgebracht, sie hätte sich nie umgebracht.«

»Wir müssen nur sichergehen, dass …«

»Idiotisch«, murmelte Breuer. »Haben Sie gesehen, wie kurz das Seil war?«

Sebastian seufzte. »Ja«, bestätigte er. »Gab es denn irgendeinen Hinweis …«

»Katia hatte keine persönlichen Probleme. Die Uni lief top für sie. Informatikstudentin wie aus dem Bilderbuch, perfekte Noten, sie war studentische Hilfskraft in einem Forschungsprojekt von –«

»Ich meinte eigentlich«, unterbrach Sebastian den unerwarteten Redefluss, »Hinweise darauf, dass – Hinweise darauf, dass Katia in Gefahr war.«

Breuer verstummte. »Sie möchten also doch ein Alibi von mir«, sagte er dann.

»Was? Nein«, rief Sebastian. Er lachte, seine Hilflosigkeit war nicht gespielt. »Ich wollte nur wissen –«

»Es ist nicht so, dass Sie mir etwas vormachen könnten, Herr – äh – Kommissar. Es ist doch klar, worauf das hinausläuft. Hatte Katia Selbstmordabsichten? Nein. Also, wer hatte Grund, sie umzubringen? Niemand. ›Sie waren doch der Erste, der sie gefunden hat, Herr Breuer. Niemand hat gesehen, wie Sie den Hörsaal betreten haben. Entschuldigen Sie die Frage, haben Sie ein Alibi für die Tatzeit?‹ Ist das in etwa, was Sie sich von diesem Gespräch erhofft hatten?«

»Nicht direkt, nein.« Sebastian klappte sein Notizbuch zu. Er seufzte. Breuers Misstrauen war fast krankhaft paranoid, es würde nicht einfach werden, diese Mauer aus Argwohn zu durchbrechen.

»Es tut mir leid, dass ich Ihr Drehbuch unterwandert habe. Ich tendiere zum Subversiven. Kann ich jetzt gehen?«

Sebastian streckte sich. Er gähnte. »Ich habe das letzte Mal vor dreißig Stunden geschlafen«, bemerkte er. Breuer sagte dazu nichts. »Nachtschicht.«

Breuer betrachtete ihn. »Damit hätten Sie rechnen müssen«,

sagte er. »Es hat Sie niemand gezwungen, der ausführende Arm der Exekutive zu werden.«

»Der Exekutive.« Sebastian lachte und massierte sich die Schläfen. Er spürte aufziehende Kopfschmerzen. »Entschuldigung. Es ist nur – ich hatte auch einmal Ideale. Ich wollte das hier nie, weißt du?«

Lars Breuer zuckte beim »Du« etwas zusammen.

»Ich hatte etwas anderes vor, als dem Verein beizutreten. Das kannst du mir glauben.« Sebastian schaute sich um. Die Gänge wurden jetzt immer voller, überall saßen kleine Grüppchen ins Gespräch vertieft herum. Sie beachteten Breuer und ihn nicht. »Als ich noch Student war«, sagte er, »war es morgens um neun nicht so voll. Wir haben frühestens die Zehn-Uhr-Vorlesungen belegt. Und selbst die hat man meistens verschlafen.«

»Haben Sie in Tübingen studiert?«

»Nein«, antwortete Sebastian zerstreut. »Nein, nein.«

»Was haben Sie denn studiert?«, fragte Lars Breuer, dem die Neugierde jetzt in den Augen stand.

Sebastian ließ sich Zeit. »Oh, ich war naiv«, sagte er. »Philosophie, Literaturwissenschaft. Das ganze Paket. Ich musste dann irgendwann abbrechen. Mein Vater war bei der Polizei, da war es dann nicht schwer – na ja, er hat mir den Einstieg erleichtert.«

»Was ist passiert?«

»Meine Freundin wurde schwanger.« Sebastian lächelte. »So ein Philosophiestudium bringt nicht zwingend Geld für Frau und Kind ein. Sie lebt jetzt in Südamerika mit einem Ingenieur. Ein Leben wie aus einem Max-Frisch-Roman. Und das im 21. Jahrhundert. Kennst du Max Frisch?«

»Nie gelesen. Dürrenmatt ist besser. Hab ich gehört.«

Sebastian betrachtete Breuers Profil. »Hm. Jedenfalls sitzen wir beide aus diesem Grund jetzt hier. Traurige Geschichte, oder?«

Er hatte es sich, so gut es ging, auf dem Hocker bequem gemacht und musterte einige Studentinnen, die in einer Sitzgruppe am anderen Ende des Ganges eine lebhafte Diskussion begonnen hatten. Der Rollkragenpullover der im Profil sehr attraktiven Wortführerin betonte ihre Brüste mehr als vorteilhaft. Als Breuer und Sebastian bemerkten, dass sie in dieselbe Richtung starrten, warfen sie sich einen kurzen, vielsagenden Blick zu. Sofort spürte Sebastian ein archaisches Gefühl der Zusammengehörigkeit.

»Könnte man so sehen«, antwortete Breuer.

»Was?«, fragte Sebastian.

»Ihre Geschichte. Traurig.«

»Ah. Ja«, sagte Sebastian. »Hattest du Sex mit Katia?«

Breuer wurde rot.

»Ich meine nur«, sagte Sebastian gelangweilt. »Ich stelle mir Informatikstudenten immer als Nerds vor, die nie besonders gut aussehen. Auf solche Typen stehen Frauen nicht. Auf attraktive Sonderlinge dagegen schon.«

Breuer sagte nichts, und Sebastian reichte das als Antwort. Er schlug sein Notizbuch auf.

»Was schreiben Sie?«, fragte Breuer.

»Ich schreibe: Stand in sexueller Beziehung zum Mordopfer, eventuell sogar Freundin. Betrauert Tod nicht. Entweder offensichtliche Gefühlskälte oder ...« Sebastian warf ihm einen lauernden Blick zu.

Breuer lächelte. Er stand ohne ein weiteres Wort auf und ging dem Ausgang zu.

»Wenigstens die Adresse«, rief Sebastian ihm nach, der einsah, dass er es zu weit getrieben hatte. »Das würde meine Arbeit bedeutend vereinfachen.« Die Tür knallte. »Scheiße«, murmelte er.

Er warf den Kugelschreiber in seine Tasche, seine Schläfen pochten jetzt sehr stark.

5

Es war zu früh für Rotwein.

Die Schicht war zu Ende, doch es war erst kurz nach zwei Uhr mittags. Sebastian schloss die Wohnungstür ab. Der Schnee an seinen Stiefeln begann bereits zu schmelzen. Eine schwarze Brühe sickerte durch die Fugen des Parketts.

Im Wohnzimmer roch es nach Wäsche und Schlaf, die Rollläden waren geschlossen. Sebastian öffnete sie nicht.

Nach zwanzig Stunden im Dienst war es ihm unmöglich, etwas zu essen. Schon der Gedanke an aufgewärmte Nahrung ließ ihn vor Ekel erschaudern. Nachts fehlte außer für einen Döner oder einen Hamburger die Zeit. Die meisten Kollegen bekamen nach einigen Jahren Nachtdienst zwangsläufig eine Magenerkrankung.

Sebastian knabberte lustlos an einem vier Tage alten Brot, dann verbrühte er sich beim Versuch, Spaghetti zu kochen. Es war definitiv zu früh für Rotwein.

Oder zu spät. Er öffnete eine Flasche Rioja.

Er war weit davon entfernt, Lars' Unverschämtheit als besonderen Hass gegen die Staatsmacht oder den Staat im Allgemeinen zu verstehen. Lars hatte offensichtlich wenig Erfahrung im Umgang mit Menschen. Dass er den Tod von Katia Seligmann ohne Gefühlsregung aufgenommen hatte, zeugte wohl weniger von Kälte als von der Unkenntnis gewisser Verhaltensregeln, die für die überwältigende Mehrheit der Menschheit selbstverständlich waren. Lars kannte sie nicht, vermutete Sebastian, ihm fehlte jegliche zwischenmenschliche Intuition. Verständlich, dass seine Wahl auf ein Studium der Informatik gefallen war. Hatte Lars wirklich sexuellen Kontakt mit dem Opfer gehabt? Sebastian war sich da nicht ganz so sicher. Lars sah nicht schlecht aus, Sebastian konnte sich vorstellen, dass er der Typ Mann war, der Frauen anzog, eine Mischung aus männlicher Attraktivität und kindlicher Naivität. Er reizte bei Frauen wahrscheinlich die sexuellen und mütterlichen Instinkte gleichermaßen. Sebastian hingegen verspürte den Drang, ihm die Fresse zu polieren.

Warum hatte er ihm von Nadja erzählt? Sebastian nahm einen tiefen Schluck. Das Universitätsgebäude, die unbequemen Hocker, der spezifische Geruch, der in allen Hochschulen der gleiche zu sein schien – süßlich, trocken, ein Gemisch aus Staub, Kreide, Gummi, Reinigungsmittel und Schweiß, etwas chemischer als der Geruch von Schulen –, all das hatte Erinnerungen geweckt an die erste Begegnung mit Nadja, Erinnerungen an einen tristen Herbstmorgen, den ersten Tag des Wintersemesters. Es schien Jahrzehnte her zu sein. Dabei waren es gerade einmal acht Jahre. Sie hatte intelligent gewirkt, attraktiv, enorm attraktiv sogar. Nadja war schlicht gekleidet gewesen, eine helle Jeans, Sneaker, einen einfarbigen Pullover ohne Rollkragen. Das Lächeln unter den gelockten blonden Haaren hatte geblendet, im Wortsinn.

Mit der Zeit hatten sich Nadjas intellektuelle Züge als ein niederträchtiges Maskenspiel der Natur herausgestellt. Nadja ihrerseits war bald gelangweilt gewesen. Sie hatten die Beziehung aus beiderseitiger Trägheit nicht beendet. Dann kam die Schwangerschaft und mit ihr der bittere Streit um die Abtreibung, bei dem Nadja schließlich gesiegt hatte. Sophie war gesund zur Welt gekommen, und für kurze Zeit schien sogar ihre Beziehung gerettet.

Sebastian liebte Sophie, schon immer. Er hatte bald vergessen, dass sie der Grund für das Ende seines Studiums war, der Grund für den ungeliebten Polizeiberuf. Er war in die Fußstapfen seines Vaters getreten, was er, wie jeder Mann seit den Achtundsechzigern, tunlichst hatte vermeiden wollen. Doch Sebastian hatte damals seine Verantwortung erkannt. Er hatte sogar eine gewisse Befriedigung in seiner Rolle als Familienvater gefunden. Auch die früher pünktlich wiederkehrenden Phasen schwärzester Depression waren langsam verschwunden. Und während der ganzen Zeit hatte Nadja ihm eine Rolle vorgespielt. Die Beziehungstektonik hatte sich schon lange zu Sebastians Ungunsten verschoben.

Auf der Vernissage einer ehemaligen Kommilitonin, die ihr Kunstgeschichtsstudium abgebrochen und die Kunstgeschichte selbst in die Hand genommen hatte, hatte Nadja ihre Homo-Faber-Kopie eines Mannes aufgegabelt. Sebastian war mit einer Leichtigkeit fallen gelassen worden, mit der ein Fünfjähriger ein über Wochen bevorzugtes Spielzeug plötzlich durch ein anderes ersetzt. Er hatte sich nicht gewehrt, überhaupt nicht. Mit Manfred hatte er sich sogar einmal zu einem Kaffee getroffen und ihm Erziehungsratschläge gegeben. Er hatte ihm durch die schwarze Hornbrille verständnisvolle Blicke zugesandt.

Mit Nadjas Weggang waren die Depressionen in einer Härte zurückgekommen, die Sebastian zuerst in die Arme einer anderen Stadt (Tübingen), dann in die Arme einer anderen Frau (Tina, er wusste wenig mehr von ihr, als dass sie durch kontinuierliche Einnahme der Pille ihre Periode ausgeblendet hatte und gerne Bücher von Cecelia Ahern las) und schließlich in die einladenden Arme des Weingottes Bacchus geführt hatte.

Irgendwann hatte er auch Tina überwunden und leistete sich nur noch eine Flasche pro Woche. An der Überwindung Tübingens arbeitete er noch fleißig.

Er zwang sich, Touristenfotografien der sommerlichen Neckarfront und verwinkelter Altstadtgässchen auszublenden, indem er sich die Stadt vornehmlich im Novembernieselregen betrachtete. Er spazierte gerne im Februarmatsch durch die hässlichsten Teile von Derendingen, einem Stadtteil, der ein Lehrstück für die Verfehlungen des Städtebaus der Nachkriegszeit darstellte. Er löste mit dem kleinen Finger Mörtel aus der Bahnhofswand, genoss den Uringestank der Unterführungen, die Kotzpfützen am Depotareal, die Ungepflegtheit des Anlagensees. Sebastian phantasierte über Ansichtskarten der Bauruine an der Blauen Brücke oder über dystopische Endzeitbilder der Universitätsgebäude auf der Morgenstelle, deren Architektur an manchen Stellen der Charme eines nuklearen Super-GAU innewohnte. Er ließ sich von Busfahrern anschreien, stolperte beherzt durch Schlaglöcher in der Südstadt und ruderte mit dem Boot immer so weit hinaus, bis er das Neckarparkhaus mit der abstoßenden Waschbetonfront vor sich hatte, bildfüllend und bröckelnd, Resultat irgendeines Meetings in irgendeinem Architekturbüro der sechziger Jahre, das mit dem Ausspruch »Scheiß drauf!« geendet hatte.

Oh, Sebastian hasste Tübingen. Nur die Einsicht, dass der Großteil seiner Abneigung daher rührte, dass er den Zustand seines Lebens auf die Stadt projizierte, versöhnte ihn zuweilen mit der gealterten Braut zwischen Frucht- und Rebgelände, an deren

Füßen sich immer noch der, wenn auch nunmehr gestaute und gebändigte Neckar schmiegte.

Er schenkte sich ein zweites Glas ein. Es war jetzt halb drei. Hinter den geschlossenen Rollläden hupte der Mittagsverkehr vorbei.

Das Telefon klingelte. Sebastian nahm ab.

»Möllner?«

»Bist du noch wach? Mann, du hast zwanzig Stunden hinter dir!« Es war Anna.

»Ich kann nachmittags nicht einschlafen.«

»Wir haben Schlafmittel gefunden.«

»Katia Seligmann?«

»Sie war schon bewusstlos, als sie starb.«

Sebastian nickte.

»Was sagst du?«, drang es aus dem Hörer.

»Es überrascht mich nicht.«

»Weiß ich. Hast du es mal mit Rotwein versucht? Zwei Finger breit, und du schläfst wie ein Baby auf Watte.«

Sebastian lächelte. »Werd ich probieren.«

»Mach das. Bis morgen.«

»Bis morgen, Anna.« Er legte auf, ging durchs Zimmer und öffnete den Rollladen. Das Weiß des Schnees und des Himmels blendete ihn. Sebastian trat hinaus auf den Balkon. Es waren mehrere Grad unter null, in den nächsten Tagen sollte es noch kälter werden. Er trug nur ein verschwitztes T-Shirt. Unter ihm rollten die Autos Richtung Herrenberg. Auf der Hügelkette glitzerten die Verbindungshäuser.

Sebastian ging zurück in die Wohnung. Wenn Lars der obrigkeitsskeptische Paranoiker war, als der er sich gerierte, waren im Internet sicher keine Spuren von ihm zu finden. Sebastian öffnete seinen Laptop.

Keine verwertbaren Ergebnisse für »Lars Breuer« oder »Lars Breuer Informatik Tübingen«. Kein Facebook-Profil.

Keine Ergebnisse für »Lbreuer Tübingen« oder »Breuer Seligmann«.

Kein Facebook-Profil von Katia Seligmann.

Sebastian seufzte, obwohl er das erwartet hatte. Noch kein

Ermittler hatte einen Mordfall ausschließlich über das Internet gelöst. Der Grund dafür war offensichtlich. Im Internet gab es keine Morde. Mord setzte einen Körper voraus, eine zart gespannte Haut, durch die man ein Küchenmesser rammen konnte. Nerven, die durchtrennbar waren. Knochen, die zerbersten konnten. Das Internet war die Sphäre der Fleischlosigkeit, in der ein Mord so wenig ausrichten konnte wie ein Propeller im luftleeren Raum.

Sebastian zog sein Notizbuch hervor, schlug zwei Seiten zurück und tippte »Maja Wehrle« in das Suchfeld. Der Name der Grundschullehrerin, mit der er am Morgen im Hallenbad gesprochen hatte.

Er fand ihr Facebook-Profil sofort. Mit einer gewissen Abgeklärtheit registrierte er ihren Beziehungsstatus: Single. Das Bild war seriös, schließlich musste sie mit den prüfenden Blicken übereifriger Eltern rechnen. Ein höchstwahrscheinlich selbst geschossenes Porträt in Dreiviertelansicht, vor blauem Hintergrund. Ihre blonden Haare waren zu einem strengen Pferdeschwanz gebunden. Sie lächelte zurückhaltend, beinahe schüchtern, mit geschlossenem Mund.

Sebastian goss sich ein drittes Glas ein. Er nahm einen tiefen Schluck, dann stand er auf und ließ die Rollläden herunter. Im schwachen Schein des Laptops ging er zurück zum Schreibtisch. Nur er konnte diese unendliche Sehnsucht in Majas Blick erkennen, da war er sich plötzlich sicher. Nur für ihn hatte sie in diese Kamera geschaut. Sebastian vergrößerte ihr Bild, bis es den Bildschirm ganz ausfüllte, bis nur noch das Gesicht zu sehen war, bis das Weiß ihrer Augen ihn blendete.

6

Das Zimmer war so klein, dass der Dampf des Nudelwassers schon nach wenigen Minuten eine tropisch feuchte Atmosphäre erzeugt hatte. Lars aß die Nudeln ohne Soße, er benutzte auch kein Besteck. Mit der linken Hand griff er in den Teller, mit der rechten tippte er auf der Tastatur.

Vom Gang drangen die Geräusche der anderen Bewohner des Stockwerks. Es war früher Abend. Das Wohnheim war ein vierzig Jahre alter Zweckbau, der sich langsam auflöste. Es bröckelte, knarrte und ächzte überall. Lars erinnerte sich, einmal gelesen zu haben, dass Stahlbeton nach etwa hundertfünfzig Jahren in seine Bestandteile zerfällt. Nachfolgende Generationen würden von der Kultur des 20. Jahrhunderts so gut wie nichts mehr vorfinden. Er grub seine Hand tief in den glitschigen Spaghettiberg.

Etwas war katastrophal schiefgelaufen.

Lars war sofort nach dem irrelevanten Verhör mit diesem Kommissar, dessen Namen er schon wieder vergessen hatte, nach Hause gefahren. Seit Stunden versuchte er, die letzten Minuten von Katias Leben zu rekonstruieren, aber nichts ergab Sinn, immer fehlte ein Teil, immer gab es logische Lücken. Dabei wusste er mehr als der Kommissar.

Lars wusste zum Beispiel, dass er gegen halb vier Uhr nachts eine Mail von Katia erhalten hatte. Sie hatte ihn gebeten, sich mit ihr im Hörsaal zu treffen. Er hatte die Mail erst nach dem Aufstehen gelesen. Viel zu spät. Sie war bereits tot gewesen.

Und Lars wusste natürlich von der Aktion gestern Nacht.

Er öffnete den Internetbrowser. Schöller, Söldner, Möller – Möllner, der Name des Kommissars fiel ihm wieder ein. Doch er fand nichts im Internet. Die Polizei war vorsichtig, man veröffentlichte Namen von Beamten prinzipiell nicht, das konnte Lars verstehen. Er selbst machte es nicht anders.

Er öffnete Skype, doch Sandra war nicht online. Ob sie schon von Katias Tod wusste? Auch Henner war nicht verfügbar. Er hatte ihn bereits am Morgen vom Handy aus kontaktiert, sofort nachdem er Katias Leiche entdeckt hatte, noch aus dem Hörsaal. Er hatte Henner noch vor der Polizei informiert. Henner hatte Anweisung gegeben, ihn telefonisch nicht mehr zu kontaktieren. Er wollte sich zunächst im Hintergrund halten. Lars überlegte kurz, ihn nochmals anzurufen, entschied sich aber dagegen.

Der lokale Fernsehsender hatte den Fall noch nicht aufgegriffen. Auch die Onlineausgabe des Schwäbischen Tagblatts hatte offenbar noch keine Kenntnis davon.

Auf dem Gang waren Schritte zu hören. Lars sprang auf, stürzte fast schwebend in einer einzigen Bewegung zur Tür hin und schloss doppelt ab.

Er wusste nicht, wie er sich fühlen sollte. Es stimmte, er hatte zweimal mit Katia geschlafen, aber es war von ihr ausgegangen und lag auch schon mehrere Monate zurück. Lars nahm an, dass es ihr keinen Spaß gemacht hatte, ihm selbst hatte es auch nicht sonderlich gefallen. Doch wie war sein Verhältnis dann zu ihr gewesen? Er hatte sie niemals als Freundin im kameradschaftlichen Sinne gesehen – wenn, dann war sie eine Mitstreiterin, eine Art Genossin gewesen. Die Partei hatte sie zusammengeführt. Aber als bloßer Mitstreiterin stand ihr auch nicht seine umfassende Trauer zu. Er hatte sie tatsächlich nie als Mensch gemocht. Er hatte sie respektiert, für ihre fachliche Kompetenz, ihre Intelligenz, ihren Ehrgeiz, ihre Leistungen und ihren Idealismus. Aber das war nicht genug, um jetzt eine Träne zu vergießen. Lars war klar, dass diese Haltung als Ausdruck von Soziopathie missverstanden werden konnte, eine psychische Störung, die er aber laut ärztlichem Attest nicht hatte.

Wenn Katias Tod etwas mit der »Aktion« zu tun hatte, hätte sich Henner schon längst wieder gemeldet. Oder Sandra. Es sei denn – Lars zögerte, den Gedanken fortzuführen. Nein, die Sache war niemals *derart* groß. Allerdings kannte er natürlich die Seilschaften, deren Mitglieder sich, katalysiert durch die Universität, in der ganzen Republik Führungspositionen hatten zuspielen können. Ihm schauderte. Diese verfluchte Nazi-Scheiße.

Ein Ton drang aus dem Lautsprecher. Lars wandte sich von der Holzmaserung der Tür ab, machte drei große Schritte zurück ins Zimmer und schaltete den Bildschirm wieder an. Es war Sandra, sie war online.

Lars wartete einige Minuten, doch sie schrieb nichts. Inzwischen war es dunkel geworden. Schließlich schrieb er: »hi«.
Sandra: hi
Lars: weißt du es schon?
Sandra: ja
Lars: von henner?
Sandra: woher weiß er es?
Lars: von mir
Lars: was ist gestern passiert?
Sandra: nichts. es lief alles wie geplant
Sandra: ich verstehe das nicht
Lars: ich auch nicht
Lars: habt ihr gestern mit henner gesprochen?
Sandra: wir wollten heute zu ihm
Sandra: katia und ich
Sandra: und jetzt ist sie tot
Sandra: oh gott
Lars: habt ihr die dokumente kopiert?
Sandra: ja
Sandra: katia hatte die originale
Sandra: denkst du wir sollten irgendwas tun??
Sandra: ich muss die ganze zeit an ihre eltern denken
Lars: was sagt henner?
Lars: habt ihr telefoniert?
Sandra: gechattet
Sandra: verschlüsselt
Sandra: telefonieren wäre zu gefährlich
Sandra: die können das abhören
Lars: abhören?
Sandra: die überwachen mich
Sandra: henner meint wir sollen warten
Lars: warten??
Lars: auf was denn???
Sandra: die ermittlungen
Sandra: ich weiß es nicht.
Sandra: ich hab doch keine ahnung : (
Lars: wann hast du mit ihm gechattet?

Sandra: jetzt grade eben
Lars: er ist nicht online
Sandra: per handy
Lars: die Polizei hat mich eben verhört
Sandra: was?
Lars: katia wollte sich mit mir treffen
Lars: im hörsaal auf der morgenstelle
Sandra: du hast sie gefunden?????
Lars: ja
Sandra: oh gott!
Sandra: was hast du ihnen gesagt?
Lars: nichts
Lars: gar nichts
Lars: was stand in den dokumenten?
Sandra: wie erwartet
Lars: wie viele fälle?
Sandra: fast dreihundert
Sandra: nicht nur das, was wir erwartet haben
Sandra: auch versuche an schwangeren frauen, an kindern, an demenzkranken
Lars: das hab ich mir gedacht
Sandra: das ist größer, als wir gedacht haben
Sandra: das ist eine einzige kranke scheiße
Sandra: denkst du, katias tod hängt damit zusammen?
Sandra: henner meinte, es wäre selbstmord gewesen
Lars: brb

Die Polizei musste schon bei Henner gewesen sein. Lars tastete im Dunkeln nach seinem Handy, fand es aber nicht. Ein leichter Adrenalinstoß schoss durch seinen Körper. Er sprang auf, ging zur Garderobe und überprüfte seine Jackentaschen. Nichts. Hatte er etwa …? Über dem schmalen Küchenstuhl hing seine Jeans. Er griff nach ihr, sein Handy rutschte aus der Hosentasche und fiel auf den Boden. Erleichtert hob er es auf. Henners Nummer hatte er schon vor Wochen unter »Andy« gespeichert, eine Sicherheitsmaßnahme gegen neugierige Blicke von Mitfahrenden im Bus oder in der Bahn. Niemand hob ab. Lars versuchte es erneut, beim dritten Mal kam die automatische Ansage. Henner hatte sein

Handy abgeschaltet. Lars verharrte einige Sekunden unschlüssig in der Mitte des Zimmers, dann ging er zurück an den Rechner.
Lars: hey
Lars: noch da?
Sandra: jo
Lars: ich weiß nicht
Lars: obs einen zusammenhang gibt
Lars: ich habe keine ahnung
Sandra: ich habe angst
Lars: ich auch
Sandra: hast du die dokumente noch nicht gelesen?
Lars: nein
Sandra: es sind auch hochrangige personen drin verwickelt
Sandra: das kannst du dir gar nicht vorstellen
Sandra: das ging damals bestimmt zwanzig, dreißig Jahre zurück
Lars: bis in den bürgerbräukeller
Sandra: bis in den ersten weltkrieg würde ich sagen
Sandra: hatte katia die dokumente nicht bei sich?
Lars: nein
Lars: sie hatte keine Tasche mehr bei sich
Lars: irgendjemand hat sie mit dem laptop und den dokumenten mitgenommen
Lars: katia wurde ermordet

7

Die Schere schnitt tief in seine Lippe. Sebastian fluchte. Er stoppte das Blut mit einem Stück Klopapier und versuchte, den verkrusteten Rotwein mit Aftershave aus den Mundwinkeln zu lösen. Doch die dunkelroten Flecken waren hartnäckig. Das Aftershave brannte auf der Wunde. Er versuchte es noch einmal mit der Schere, dann gab er auf.

Nach einer Nachtschicht verlor er regelmäßig jedes Zeitgefühl. Wenn man nachmittags ins Bett ging, konnte es beim Aufwachen genauso gut sieben Uhr morgens oder ein Uhr nachts sein. Die Straßengeräusche waren in ihrer Intensität über den Tag hinweg beinahe spiegelbildlich verteilt: Abend und Morgen klangen gleich. Es kam vor, dass es Sebastian erst nach längerem Nachdenken gelang, die Himmelsrichtung korrekt zu bestimmen und damit zu entscheiden, ob das Rot der Sonne den Tag oder die Nacht ankündigte. Ein Blick auf die digitale Küchenuhr machte diesmal jedoch deutlich, dass es acht Uhr morgens war. Er versuchte, sich an den Ablauf des Vortages zu erinnern: Nachmittags um zwei war er nach Hause gekommen, ins Bett war er am frühen Abend gegangen. Er hatte fast zwölf Stunden geschlafen.

Sebastian putzte sich die Zähne. Maja Wehrle. Er konnte den Namen der Grundschullehrerin nicht vergessen. Bereits zum zweiten Mal hatte er ihn in sein Notizbuch geschrieben, zusammen mit Geburtsdatum, Geburtsort und ihren Lieblingsfilmen. Facebook war die Einstiegsdroge zu professionellem Stalking.

Sebastian verließ das Haus. Nach wenigen Minuten befand er sich auf der überfüllten Neckarbrücke. Er stürzte sich in den Strom der Menschen, die mit unbewusster Genialität der Struktur der Wochentage folgten. Die Masse ging in dieser Vorstellung der Zeit vollkommen auf, man plante Termine darin, rief Vergangenes auf, erwartete eine Zukunft. Sebastian hingegen kannte nicht einmal den genauen Wochentag. Der Wandkalender im Flur der Dienststelle zeigte immer noch November.

»Depotstraße 5«. Anna drückte ihm einen Zettel in die Hand.

Sebastian war auf dem Weg in sein Büro. Der Geruch von erkaltetem Kaffee lag noch in den Fluren, von der Kantine drang der Geruch nach geschwitzten Zwiebeln herunter.

»Lars Breuer?«, fragte Sebastian.

Anna schüttelte den Kopf. »Nein. Die Tote. Katia Seligmann. Sie hatte eine hübsche Wohnung beim Güterbahnhof, nagelneu.«

Sebastian studierte den Autopsiebericht. Der Fund von Schlafmitteln im Blut der Toten war dick und rot unterstrichen. Er massierte sich die Schläfen. »Gehen wir davon aus …«, begann er und stellte seinen Rucksack auf den Boden. »Gehen wir davon aus, dass sie betäubt war, dann – sie war doch betäubt, oder?« Sebastian konnte sich plötzlich nicht mehr mit hundertprozentiger Gewissheit an das gestrige Telefonat mit Anna erinnern.

»Seite drei«, antwortete sie, ohne den Blick vom Bildschirm ihres Laptops zu nehmen. »Die gefundene Menge an Schlafmittel hätte sie einige Stunden später wahrscheinlich sowieso umgebracht.«

»Dann muss sie ihren Mörder gekannt haben«, murmelte Sebastian. Ob er hinter den Kopfschmerzen eine leichte Migräne oder einen leichten Kater vermuten sollte? Aus den zwei Gläsern Wein war schließlich eine ganze Flasche geworden.

»Wasser?«, fragte Anna. Sie reichte ihm ein Glas. »Du meinst, weil er ihr das Schlafmittel verabreichen konnte?«

»Ja und nein. Ich meine, dass die Universität auf der Morgenstelle nicht mit dem Auto erreichbar ist. Du kannst auf den Parkplatz fahren. Aber danach sind es bestimmt noch dreihundert Meter bis zum Eingang, ein ansteigender Weg mit mehreren Treppen. Katia Seligmann war zwar leicht, aber doch nicht so leicht, dass der Täter sie in den Hörsaal tragen konnte.«

»Der Hörsaal selbst ist im Obergeschoss«, erklärte Anna.

»Genau, genau«, murmelte Sebastian. »Du musst es dir vorstellen – stell es dir vor, Anna. Sie gehen gemeinsam in die Uni. Irgendeinen Vorwand muss es gegeben haben. Und dann ein Gespräch, ein lockeres Plaudern irgendwie, und plötzlich die Frage: ›Hast du Durst?‹, und dann erscheint in der Szene eine Bionade oder eine Cola oder was weiß ich, in der das Schlafmittel … Schmeckt man denn das Schlafmittel?«

»Keine Ahnung.« Anna zuckte mit den Schultern.

»Das müssen wir herausfinden. Können die im Labor feststellen, von welchem Hersteller das Schlafmittel stammt?«

Anna machte sich eine Notiz.

»Und dann – stell es dir bildlich vor.« Sebastian breitete mit einer öffnenden Handbewegung eine imaginäre Bühne aus. »Ein wenig Smalltalk, denn der Täter weiß ja, dass er erreicht hat, was er erreichen wollte. Das Getränk ist leer. Theoretisch kann er jetzt ein Geständnis machen. Er könnte sagen: ›Katia, ich habe dich vergiftet. Du wirst sterben.‹ Und dann wird sie müde. Sie schläft ein. Ein Kinderspiel, ihr jetzt noch den Strick um den Hals zu binden und sie über die Brüstung zu werfen. Und wieso sollte man auch bei einem Selbstmord nach Schlafmitteln im Blut suchen. Gab es Spuren vom Seil unter ihren Fingernägeln?«

»Nichts.«

»Gut. Also hat sie es sich wirklich nicht selbst umgelegt. Jetzt stellt sich die Frage – was hat Katia dorthin gelockt?«

»Es kommt öfter vor, dass sich Pärchen nachts im Hörsaal verstecken«, meinte Anna.

»Katia hatte keinen Freund.« Es war eine Vermutung. Sebastian sprach fast zu sich selbst. »Ich bin mir nicht einmal sicher, ob sie und Lars eine sexuelle Beziehung hatten.« Er massierte sich die Stirn. »Er ist der einzige Zeuge, der Einzige, der Katia bisher vermisst – wir haben nur ihn. Das Seltsame ist nur, dass Lars von Anfang an *gewusst* hat, dass er der Hauptverdächtige sein wird. Wieso ist er dann am Tatort geblieben, wieso hat er den Hausmeister benachrichtigt? Wir müssen rausfinden, wer das Schlafmittel produziert hat und ob man das aus einem starken Getränk herausschmecken kann, aus Kaffee oder …«

»Aus Eistee.«

»Was?«

Anna deutete auf eine Plastiktüte. »Haben wir im Hörsaal auf der Empore gefunden. Den Kronkorken einer Flasche Eistee.«

Sebastian nickte mit geschlossenen Augen. »Ich fahre zur Depotstraße. War schon jemand dort?«

»Niemand«, sagte Anna. »Die Angehörigen wurden gestern benachrichtigt, aber die wohnen irgendwo bei Berlin.«

»Gestern?«, fragte Sebastian. »Also … Welcher Tag ist denn heute?«

Die Gebäude waren Anfang des 20. Jahrhunderts als Lagerhallen für den Güterbahnhof errichtet worden. Der Mentalität einer Staatsbahn entsprechend waren sie hässlich und für die Ewigkeit gebaut worden, zwei schmale, beige verputzte Zweckbauten, deren zahlreiche kleine Dachgauben den Anschein eines mittelalterlichen Speichers vermitteln sollten. Weil die Kosten für den Abriss von dreißig Zentimeter dickem Stahlbeton niemals von der Stadt hätten getragen werden können, hatte man die Gebäude kurzerhand an einen Investor verkauft und in Wohnblocks umgewandelt. Auf dem Papier sollten die bunten Quader hippe Singles und gentrifizierungsfreudige Paare anlocken. Weil hippe Singles jedoch selten Gegenden bevorzugen, die ausdrücklich als hip gelten und weil junge, erfolgreiche Pärchen keine Kinder zwischen Neckarbahn und vierspuriger Bundesstraße aufziehen wollten, verfiel der Mietpreis rasch, und das Gebäude wurde zur Heimat von Arbeitslosen und Studenten. Die Großraumdisco, erbaut, um als wuchtiges Gebäude den Straßenlärm abzuschirmen, zog an Wochenenden die Dorfjugend der umliegenden Gemeinden magnetisch an und vergrub damit das letzte Großstadtgefühl unter Erbrochenem, besoffenem Dialekt und dem Dröhnen von getunten Opel Astras. Die Gentrifizierung war gescheitert.

Sebastian lauschte dem Jammern des Hausmeisters, während sie die blütenweißen Flure hinabliefen, die sporadisch von massiven Stahlbetonpfeilern gesäumt wurden.

»Alles politisch gewollt«, meinte der Hausmeister. »Alles politisch entschieden. Machen Se dies, machen Se das, alles nachhaltig, bitte schön, energiesparsam, Solarkollektoren könnten wir doch aufs Dach stellen, isch doch toll, sieht alles auf dem Papier super aus, das bekommt man sauber durch den Stadtrat, aber schauen Se, was dabei rauskommt. Wohnung 56, bitte schön.« Er schloss die Tür auf.

Ein Schwall abgestandener Luft wehte Sebastian entgegen, es roch nach Wäsche. Auch der Hausmeister kräuselte seine Nasenflügel, verkniff sich aber einen Kommentar. Die Rollläden waren geschlossen. Katia Seligmann musste ihre Wohnung nachts oder abends verlassen haben.

Der Hausmeister betätigte den Lichtschalter. Eine typische Studentenwohnung, sie bestand nur aus einem Wohnbereich sowie einem kleinen Bad. Sebastian schätzte die Gesamtfläche auf weniger als fünfundzwanzig Quadratmeter.

Er ging durch den Flur, der ohne Tür in den Wohnbereich überging. Eine Kommode stand dort, ein Sockenregal war nur hastig zugeschoben worden. Der eigentliche Wohnraum war klein, eine Wand wurde von einer Einbauküche eingenommen. Einem weiblichen Singlehaushalt entsprechend war das Zimmer gepflegt und plüschig eingerichtet. Sebastian spähte nach Anzeichen einer Beziehung, fand aber weder Urlaubsbilder noch herzförmige Geschenke. Neben dem Schreibtisch stand ein prall gefülltes Bücherregal, und auch auf dem Küchentisch, auf dem Kühlschrank, neben der Matratze, auf dem kleinen Fernseher und auf dem Klavier stapelten und reihten sich Bücher aller Art. Eine Armada von Reclam-Heftchen bewachte die Tür zum Balkon. Sebastian öffnete die Rollläden. Draußen war außer winterlichem Schmutz und einem verrotteten Holzschemel nichts zu sehen. Über dem Schreibtisch hing ein großformatiges Banner, das wohl einmal auf irgendeiner politischen Veranstaltung gehisst worden war.

»›Keine Macht der Unfreiheit‹«, las der Hausmeister. »Hm.«

Sebastian streifte das Banner mit einem nachdenklichen Blick. Unter den Fenstern standen Pflanzen, größtenteils Kräuter. Er entdeckte keine einzige Blume. Er wandte sich wieder dem Schreibtisch zu.

»Wo ist der Laptop?«, murmelte er. »Eine Informatikstudentin ohne Computer …«

»›Krok-kroptin‹«, las der Hausmeister einen Buchrücken.

»Kropotkin«, korrigierte Sebastian. »Anarchismus. Selbstverwaltung, Selbstorganisation. Hm. Das alte Thema der theoretischen Informatik. Problematisch wird es nur, wenn man statt Nullen und Einsen Menschen vor sich hat …« Sebastian erinnerte sich an ein lange zurückliegendes Seminar, in dem der Professor, der vom deutschen Idealismus nie ohne ein kokettes Schaudern sprach und für den sämtliche Irrwege der letzten hundertfünfzig Jahre von der Person Hegel wie von einem barocken Sonnenkönig ausstrahlten, das Gefahrenpotenzial des modernen Nerds erklärt hatte. Dieser kurz vor der Pensionierung stehende Mann war vor einem Dutzend gelangweilter Drittsemester nicht müde geworden zu betonen, dass in den Informatikfakultäten der Welt eine Generation von lebensfremden Wahnsinnigen herangezüchtet werde, die die Hardware-Ebene als letzte ontologische Instanz betrachteten. »Der Schritt von der Implementierung von Softwaresystemen hin zur Implementierung von Gesellschaftssystemen fällt solchen Köpfen besonders leicht, und das macht sie so gefährlich.« Sebastian hatte dieser Satz damals eine Gänsehaut beschert.

»Brauchen Se mich eigentlich noch?«, fragte der Hausmeister. »Ich habe heute noch –«

Sebastian schreckte auf. »Nein, nein, schon okay.«

»Ziehen Se die Tür zu, wenn Se fertig sind.« Der Hausmeister verschwand.

»Kropotkin«, murmelte Sebastian. Kant fand er in einem anderen Regal, beide Kritiken, jeweils nach der ersten Auflage. Auch Hegel, Sartre, wieder Hegel, Fichte. Schließlich Romane. Verstreut über den ganzen Raum waren Werke von Dostojewski, die meisten in mehreren Übersetzungen, allein »Schuld und Sühne« fand Sebastian viermal auf Deutsch, einmal als »Verbrechen und Strafe«. Alle Ausgaben waren verschlissen und offenbar mehrfach gelesen, der dicke Band der »Brüder Karamasow« hatte sich bereits in zwei Teile aufgelöst. In einer anderen Ecke stapelten sich alle »Tim und Struppi«-Bände im französischen Original.

Außer Büchern fand Sebastian einen einzigen Collegeblock, gefüllt mit mathematischen Formeln. Einige dokumentierten offenbar einen Moment vollkommener geistiger Klarheit und zogen sich ohne eine einzige Korrektur in völlig unverständlichen Schritten über mehrere Seiten und endeten in einem stolz hingeworfenen *Quod erat demonstrandum*. Sebastian zog sein Handy hervor und drückte auf die Kurzwahltaste für das Präsidium.

»Anna, habt ihr irgendwelche Dokumente bei der Toten gefunden?«

Wildes Blättern am anderen Ende der Leitung, Rascheln von Papier. »Einen Geldbeutel, sechzehn Euro zwanzig in bar,

EC-Karte, Kreditkarte, Studentenausweis, Bibliotheksausweis, Personalausweis, Führerschein. Ein paar Kassenzettel von Discountern, nur Lebensmittel. Wohnungsschlüssel in der Hosentasche, eine Packung Kräuterbonbons, ein fast leerer Block mit ein paar Notizen zu Büchern, wahrscheinlich Bestandsnummern der Uni-Bibliothek.«

»Sonst nichts?« Sebastian öffnete den Küchenschrank, Geschirr und Töpfe.

»Nichts.«

»Danke.«

Sebastian drehte sich einmal um die eigene Achse. Außer dem Bücherregal und den Küchenschränken gab es keine weiteren Aufbewahrungsmöglichkeiten. Eine Dreiundzwanzigjährige konnte doch nicht ohne Dokumente leben. Wenigstens Zeugnisse, ein paar Rechnungen mussten sich doch finden lassen.

Sebastian öffnete sein Notizbuch. *K.S. belesen, untypische Themen für Info.-Studentin, Dokumente bei Eltern vermut., Laptop höchstw. in Rucksack, von Mörder entwendet. Warum?,* schrieb er. Dann groß und unterstrichen: *Keine Macht der Unfreiheit!*

8

Als eine der Neonröhren hörbar flackerte, schaute Maja von ihrem Simenon-Bändchen auf und ließ den Blick durch den Raum streifen. »Lena!«

Ertappt und mit hochrotem Kopf wandte sich die Angesprochene wieder ihrem eigenen Heft zu. Es war, wie Maja vom Pult aus sehen konnte, noch vollkommen unbeschrieben. Sie fragte sich, was Lena zum Thema ›Mein schönstes Weihnachtserlebnis‹ wohl bei ihrer Nachbarin abzuschreiben hoffte.

»Noch zwanzig Minuten«, mahnte sie. Ein Raunen ging durch die Klasse. Maja streckte möglichst unauffällig die Beine unter dem Pult und verkniff sich ein Gähnen.

Das Klassenzimmer war irgendwann in den zwanziger Jahren für fast dreimal so viele Schüler höherer Klassenstufen als Werkraum gebaut worden. Nach einem Umbau in den Siebzigern wirkte es jetzt wie aus dem Maßstab gefallen. Der weitläufige Raum ließ die grundschulgerechten Stühle und Bänke auf Puppenhausgröße schrumpfen. Wenn Maja nach vier Stunden Unterricht das Klassenzimmer zur großen Pause verließ, erschrak sie jedes Mal über die enormen Dimensionen der Außenwelt. In den meisten Pausen blieb sie deshalb im Zimmer ihrer Klasse, aß ihr immer gleiches Baguette mit Mozzarella, Tomaten und Rucola und blätterte in Büchern, die sie gerne mit einer Oberstufenklasse durchgenommen hätte.

»Lena!«

»Ich weiß doch nichts, Frau Wehrle«, jammerte Lena. Sie stand offenbar kurz davor, in Tränen auszubrechen. Einige Jungen in der ersten Reihe warfen sich schon erwartungsvolle Blicke zu.

»Überleg doch mal«, sagte Maja. »Was war dein schönstes Weihnachtserlebnis? Was war das schönste Geschenk, das du jemals zu Weihnachten bekommen hast?«

Lenas Blick klärte sich. Als sie ansetzte, eine Antwort zu geben, sagte Maja: »Erzähl es nicht mir. Schreib es auf.«

Die Tinte schien endlich zu fließen. Maja schaute aus dem

Fenster und fröstelte beim Anblick des weißtrüben Nichts, das vor der Scheibe herrschte. Es mussten mindestens zehn Grad unter null sein, und es würde die nächsten Wochen nicht besser werden. Einen letzten Rundgang durch das Klassenzimmer wollte sie noch machen, bevor sie die Hefte einsammelte.

Am Nachmittag würde sie sich in einem dicken Pullover an das Fenster in ihrer Küche setzen und bei einem Kaffee die Aufsätze korrigieren. Sie freute sich darauf. Aufsätze dieser Art boten selten Überraschungen und waren sehr unterhaltsam zu lesen. Maja fand es süß, wie Drittklässler zu ausladenden Erklärungen irgendeines PC-Spieles, einer Actionfigur oder einer Angelausrüstung ansetzten. Ausführungen, die aus Zeitmangel aber meistens abrupt endeten. Immer kurz vor Weihnachten ließ Maja jede Klasse einen Aufsatz über dieses Thema anfertigen. Fast alle Kinder schrieben über ihr schönstes Geschenk. Häufig befand sich unter den Schülern ein kleiner Streber, der eloquent erklärte, dass *seine* Eltern auf Geschenke an Weihnachten verzichteten, da es nicht dem ursprünglichen Geist dieses Festes entspreche. Im letzten Jahr hatte der Text eines Mädchens, das sechs Seiten lang eine an Heiligabend gesichtete Sternschnuppe mit Erinnerungen an ihre verstorbene Großmutter vermischt hatte, Maja fast zu Tränen gerührt.

Als sie ihre Runde durch die Klasse beendet hatte, blieb sie vor der riesigen Pappbiene stehen, die neben der Tür des Klassenzimmers hing. Einige Schüler hatten, auf welchen Wegen auch immer, den Vornamen ihrer Lehrerin herausgefunden und nannten die Klasse seitdem die ›Bienenklasse‹. Damit hatte sich ein Kreis geschlossen, denn Maja war bereits in ihrer Grundschulzeit aufgrund des Namens regelmäßig gehänselt worden. In der vierten Klasse hatte sie einer besonders zickigen Mitschülerin deshalb den rechten Oberarm gebrochen.

Gedankenverloren rückte Maja den Stachel der Biene zurecht, als sich die Tür einen Spalt öffnete und die Rektorin ins Zimmer blickte. Elisabeth Römer war kurzsichtig und hatte ein Alter erreicht, über das im Lehrerzimmer die wildesten Gerüchte kursierten. Fakt war, dass sie die Aufgabenblätter ihrer Klassenarbeiten von Hand mit dem Füller schrieb und dann kopierte. In einem Abstellraum im Keller hing noch ein von ihr mit einer Klasse gestaltetes Poster, Überschrift: ›Unsere Bundeskanzler‹. Es endete bei Helmut Schmidt.

»Anruf für Sie, Frau Wehrle«, flüsterte sie mit übertriebenen Lippenbewegungen.

»Wir sind gerade mitten in einem Aufsatz.«

»Es ist dringend. Ein Doktor irgendwas. Klang sehr offiziell. Er hat ausdrücklich Sie verlangt.«

»Doktor?«

»Wenn Sie möchten, kann ich Sie kurz vertreten.«

Maja nickte dankend. Sie schob sich an Elisabeth Römer vorbei durch die Tür und lief durch den Gang ins Nachbargebäude, wo sich das Sekretariat befand. Die Sekretärin überreichte ihr den Hörer.

Maja räusperte sich. »Ja? Wehrle?«

Da war ein Rauschen in der Leitung. Für einen kurzen Moment meinte sie, Atemzüge zu hören. »Hallo? Hallo?«

Niemand meldete sich.

9

Keine Macht der Unfreiheit.

Lars betrachtete sich im Spiegel. Das T-Shirt war blau, die Schrift unaufdringlich, serifenlos und durch mehrere Waschgänge bei zu hoher Temperatur bereits stark verblasst. Er trug dieses T-Shirt nur selten, doch heute hatte er es angezogen, unter den Pullover, den er sich jetzt überstreifte. In bedrohlichen Situationen klammerte man sich eben gerne an Verbindendes. Die profansten Dinge erhielten einen Schimmer des Heiligen, wenn nur einige Menschen darin übereinstimmten, sie in denselben Kategorien zu verstehen und ihnen dieselbe Bedeutung zu verleihen. Lars zog sich die Schuhe an.

»Keine Macht der Unfreiheit«. In gewisser Weise war es eine Art Uniform, die er jetzt trug.

Lars löste die Festplatte aus dem Gehäuse und warf sie in den Rucksack. Er legte seinen schwarzen Schal um, dann verließ er das Wohnheim.

Lars wusste, dass er alle Anzeichen einer soliden paranoiden Störung entwickelte. Er stand an der Bushaltestelle und betrachtete den Abfahrtsmonitor. Drei Linien bildeten hier verschränkt einen Fünf-Minuten-Takt, den die Anzeige perfekt abbildete. Ungemein beruhigend. Als nach wenigen Minuten ein Bus hielt, stieg Lars nicht ein, sondern wartete auf den nächsten.

Für die Strecke nach Pfrondorf benötigte er über eine Stunde. Er fuhr den größtmöglichen Umweg, reizte jede Buslinie bis zur Endstation aus. Dabei war das alles vollkommen unnötig. Sandra übertrieb wahrscheinlich. Wer auch immer die Veröffentlichung der Dokumente verhindern wollte, war jetzt im Besitz der Originale. Es würde keine weiteren Toten geben. Katias Tod war wahrscheinlich nur ein dummer Unfall gewesen, jedenfalls nicht geplant. Vielleicht hatte sie sich gewehrt. Vielleicht hatte man sie mit Tabletten ruhigstellen wollen und dabei versehentlich die Dosis zu hoch geschätzt. Lars wusste es nicht.

Doch wenn Sandra recht hatte damit, dass die Verwicklungen

bis in die höchsten Ebenen reichten, dann würden sie nach seiner Verhaftung alles daransetzen, dass er auch tatsächlich verurteilt würde. Das wusste Lars. Dazu hatten sie die Macht, vor allem wenn das Ganze vor einem hiesigen Gericht ausgetragen würde. Und zurzeit war er der einzige Verdächtige. Die Polizei und dieser Kommissar Möllner würden sich völlig unbewusst zum Vollstrecker *ihres* Plans machen. Lars schätzte den Kommissar als intelligenten Mann ein. Doch auch er war Teil des Systems und hinterfragte es nur bis zu dem Punkt, an dem es noch einen Platz für ihn bot.

Alle waren sie Teil des Systems.

Lars musste unwillkürlich lachen. Die Augen einiger Fahrgäste richteten sich auf ihn. Er hustete ein paarmal, dann wandte er seinen Blick wieder aus dem Fenster.

Über Dahrendorf, Gudrun Ensslin, Roman Herzog, Kiesinger, Horst Köhler und Joseph Ratzinger konnte man eine Verschwörung spannen, die vom Dritten Reich bis weit in die Gegenwart reichte, von der politischen Elite der Republik bis zur RAF, von der Frankfurter Schule bis zum Vatikan.

Und alles drehte sich darin um Tübingen. Alle Schnüre liefen in der geografischen Mitte Baden-Württembergs zusammen. Alle Feldlinien richteten sich auf den abgebrannten und wiederaufgebauten Turm an der Neckarfront, unter dessen Dach jahrzehntelang der verrückte Hölderlin gehaust hatte. Alles rotierte um die Neue Aula, in der frischgebackene Juristen nach dem bestandenen Examen mit Urkunden und festgefahrenem Grinsen stolz vor der Büste Kaiser Wilhelms posierten. Und die Touristen flanierten weiter durch die Stadt, die verschont geblieben war von den Bomben des Zweiten Weltkriegs, eine Stadt, die nach 1945 noch jahrzehntelang wie unter einer Käseglocke gelebt hatte und die bis weit in die sechziger Jahre hinein in tiefem Winterschlaf den Geist der Vorkriegszeit konserviert hatte. Wenige Touristen ahnten, dass hinter den mittelalterlichen Mauern das letzte Todesurteil auf deutschem Boden vollstreckt worden war. Dem verurteilten Raubmörder hatte man mit Hilfe einer gewissenhaft gewarteten Guillotine den Kopf abgetrennt. Das war in den fünfziger Jahren gewesen. Korpus sowie Schädel waren danach, der Tradition folgend, an das Universitätsklinikum verkauft worden.

Oh, sie hatten Macht. Und sie würden diese Macht zu nutzen wissen, sobald auch nur der Hauch eines konkreten Verdachts auf ihn fiel.

Es galt daher, Beweise zu vernichten.

Lars stieg mitten in Pfrondorf aus. Das Dorf, offiziell ein Stadtteil von Tübingen, erschien zu jeder Tageszeit wie ausgestorben. Er bog von der Hauptstraße in einen kleinen Weg ab. Die Landstraße führte ostwärts. Der Asphalt wurde bald durch kiesbefüllte Schlaglöcher unterbrochen, schließlich verwandelte die Straße sich in einen Schotterweg und mündete dann im Wald.

Lars lief lange. Er suchte sich ansteigende Wanderwege, bis er nach etwa dreißig Minuten einen der höchsten Punkte der Umgebung erreicht hatte. Von hier aus konnte man bereits die Spitzen der Mietskasernen von Reutlingen erkennen. Zu seinen Füßen befanden sich die silbernen Bänder des Neckars und der B 27, Kirchentellinsfurt war zu sehen und der Baggersee. Von hier oben erschien er als glänzende weiße Fläche, beinahe makellos, durchbrochen nur von einigen schwarzen Flecken, die die Stellen markierten, an denen Tiere eingebrochen waren.

Lars fror, er trug keine Handschuhe. Er nahm die Festplatte aus dem Rucksack. Weit und breit war er der einzige Mensch, es war windstill. Das Speichergerät fühlte sich schwer und solide an in seiner Hand, es wog mindestens ein Kilogramm und hätte leicht als Mordwaffe verwendet werden können.

Er öffnete seine Jacke und zog einen Schraubenzieher aus der Innenbrusttasche. Dann setzte er sich auf eine der Bänke für Ausflügler und begann, die Festplatte aufzuschrauben.

Stets aufs Neue irritierte ihn das Innere einer mechanischen Festplatte. Der plump wirkende Lesearm, die glänzende Aluminiumplatte, der Festplattenmotor und der wie aus Gusseisen wirkende Rahmen schienen aus einer anderen Epoche zu stammen.

Er suchte den vereisten Boden nach einem passenden Stein ab. Die physikalische sowie theoretische Trennung von Rechen- und Speichereinheit waren der Grund, weshalb moderne Computer nicht die Leistungsfähigkeit eines organischen Gehirns erreichen konnten. Lars hatte es schon immer als niedlich empfunden, wie der Mensch die moderne Rechenmaschine nach jenem Bild des

Gehirns modelliert hatte, das man bereits Kindern verständlich machen konnte: das Denken als Jonglieren mit Erinnerungen und Anschauungen, die man bei Bedarf aus der bodenlosen Truhe des Gedächtnisses fischte. Ein Prozessor und ein Speicher. Man konnte es einfach nicht anders in Worte fassen, als dass Erinnern und logisches Denken getrennte Mechanismen waren. Diese Unfähigkeit des Gehirns, seine eigene Funktionsweise korrekt zu analysieren und sich selbst als zusammenhängende Einheit zu betrachten, würde es der Menschheit für immer unmöglich machen, ein Gehirn in seine Bestandteile zu zerlegen und aus totem Material nachzubauen.

Man konnte sich nun einmal nicht zu hundert Prozent selbst erkennen, das war eine der grundlegenden Einsichten der Logik des vergangenen Jahrhunderts: Kein komplexes System konnte sich selbst vollständig beschreiben.

Am Fuß eines Hangs fand er einen passenden Stein, faustgroß, er war perfekt. Lars wog ihn zufrieden in der Hand, als er zurück zu den Ausflugsbänken lief.

Er legte die Festplatte auf den Bordstein des Parkplatzes, kniete sich davor und ließ den Stein hinuntersausen. Der Aluminium-Glas-Verbundstoff der Datenplatte zerbrach splitternd in Hunderte Teile. In den Scherben brach sich das Sonnenlicht als Regenbogen. Lars begann, die Bruchstücke an verschiedenen Stellen der Lichtung zu verstecken. Ein paar der Scherben trug er etwas tiefer in den Wald, den Rest der Festplatte sammelte er in einer Plastiktüte, um sie darin ans andere Ende der Stadt zu befördern und dort zu vergraben. Chaos, Entropie, nicht mehr rückgängig zu machen. Er verstaute die Tüte zufrieden in seinem Rucksack.

Da knirschte es. Ein Ast brach. Lars glitt in einer fließenden Bewegung zum Rand der kleinen Lichtung und spähte den Abhang hinunter. Etwa sechzig Meter von ihm entfernt, getrennt nur durch einige junge Tannen, rollte ein schwarzer Mercedes über den unbefestigten Wanderweg. Der Motor surrte fast unhörbar, übertönt vom Knacken der gefrorenen Äste, die unter den Reifen brachen. Lars benötigte zwei Sekunden, um das Stuttgarter Kennzeichen auswendig zu lernen, dann verschwand er leise in der Dunkelheit des Tannenwaldes.

10

Sebastian warf einen Blick auf die Uhr. Halb fünf. Er würde sich nie wohlfühlen in dem mit grünem Linoleum ausgekleideten Saal der Pathologie. Während seines Zivildienstes hatte Sebastian einmal im Rahmen eines Fortbildungskurses ein Bestattungsunternehmen besucht. Der Inhaber hatte sie in den Raum geführt, in dem er die Toten für die Aufbahrung vorbereitete. Es war ein Saal gewesen, der bei den meisten Menschen ein archaisches Ekelgefühl ausgelöst hätte. Auf den ersten Blick hatte er wie ein gewöhnlicher Operationssaal gewirkt. In der Mitte hatte sich eine riesige, kreisrunde Lampe befunden, aus der wie Saugnäpfe mehrere Birnenfassungen heraustraten.

Sebastian hatte damals angenommen, dass sich der Bestatter wohl aus ausgesonderten Restbeständen eines Krankenhauses eingedeckt hatte. Auch die Instrumente hatten authentisch gewirkt. Silberne Skalpelle waren darunter gewesen, Zangen und seltsam geformte Scheren, die wohl dazu dienten, die Hautschichten zu durchtrennen. Bohrer. In einer Ecke hatten Nadel und Faden gelegen.

Doch es war die Unsauberkeit gewesen, die im derben Kontrast zur klinischen Ausstattung gestanden und Sebastian zutiefst verunsichert hatte. Das krankenhausgrüne Polster des Operationstisches war übersät gewesen von verkrusteten Flecken, das Operationsbesteck von Rost überzogen. Ein süßlicher Duft hatte im Raum gehangen, den Sebastian beständig irgendeinem verfaulten Obst, einer Pflanze oder Schimmel an der Wand hatte zuschreiben wollen, obwohl er genau gewusst hatte, dass es der Geruch verwesender Leichen war.

Der Boden war schwarz vom Gummi der Fußsohlen gewesen, die Schubladen hatten teilweise offen gestanden. Beliebig und unordentlich gefüllt mit Handschuhen, Garn, Papiertüchern, Werkzeugen. Nikotindämpfe hatten über die Jahre die gesamte Einrichtung beige gefärbt. Was Sebastian damals, kaum neunzehnjährig und erst eine einzige familiäre Beerdigung hinter sich, jedoch beinahe hatte zurücktaumeln lassen, war der geöffnete Schminkkoffer auf einem fahrbaren Tisch gewesen, mit Puderdöschen, Wimperntusche und Farben in verschiedensten Erdtönen. Benutzte Pinsel hatten danebengelegen.

Der fröhliche und adipöse Bestatter hatte unvermittelt eine schwere Tür geöffnet, und dahinter hatte, gehüllt in eiskalte Schwaden und mit der weißlichen Bläue frisch gefallenen Schnees, etwa ein Dutzend nackter, tiefgefrorener Leichen gelegen.

Im Gegensatz zu den verdreckten Räumen des Bestattungsunternehmens blitzte und blinkte hier überall kalter Edelstahl. Im Mittelalter hätten solche Instrumente einer peinlichen Befragung dienen können. Sebastian hatte nicht den Hauch einer Ahnung, wozu sie genau dienten, vermutete aber Namen wie ›Spreizer‹ oder ›Schaber‹. Ihn schauderte.

»Katia Seligmann, 54-A-IFC. Bitte.« Der Mann im weißen Kittel war Sebastian bekannt, er trug eine dicke schwarze Hornbrille auf dem Eierkopf und wirkte wie eine abgespeckte Version von Heinz Erhardt. An seinen Namen konnte Sebastian sich jedoch beim besten Willen nicht erinnern. Der Hornbrillenträger verschwand ohne Verabschiedung hinter einer grünen Tür und ließ ihn allein mit sechs mal sechs nummerierten Schubladen, von denen jede einzelne eine Leiche hätte beinhalten können. Herausgezogen und über jeden Zweifel erhaben war jedoch nur eine einzige.

Augen und Mund waren geschlossen. Der Farbton der toten Haut verlieh Katia Seligmann das Aussehen einer zerbrechlichen Porzellanpuppe. Die Lippen waren blau, und die Fingernägel ähnelten denen starker Raucher. Die Leiche strahlte Kälte aus, eine sanfte Kühlschrankkälte. Sebastian fragte sich, wie sehr die Toten wohl herabgekühlt wurden, um den Verwesungsprozess zu stoppen.

Dreckig war es hier wirklich nicht. Im Gegenteil: Weil es in diesen Räumen darum ging, die Leichen möglichst im kriminologischen Zustand ihrer Entdeckung zu belassen, war die Hygiene maximal. Sebastian musterte die Leiche von Katia Seligmann so unbefangen wie möglich. Beinahe wäre er an ihren Brüsten hängen geblieben, die im seltsamen Widerspruch zur Leblosigkeit des Körpers immer noch das an Männchen gewandte Signal der Gebärfähigkeit aussendeten. Sebastian schämte sich. Er wusste nicht einmal genau, warum er hier war. Am Nachmittag war er vor Breuers Wohnheimzimmer gestanden. Die Universität hatte aufgrund der laufenden Ermittlungen die Adresse herausgegeben. Sebastian hatte geklopft, doch niemand hatte geöffnet. Danach war er hierhergefahren, in der Hoffnung, irgendein übersehenes Detail zu entdecken.

Katia Seligmanns Züge waren durchaus ansprechend, wenn man von der monströsen Blaufärbung ihres Halses absah. Sebastian war sich sicher, dass Katia der Typ Frau gewesen war, der Lars anzog, auf einer simplen sexuellen Basis. Es war die Synthese aus Kindlichkeit und intellektueller Überlegenheit, die sich auch jetzt noch in ihren Zügen widerspiegelte. Sie erinnerte ihn an Nadja.

Als Sebastian den Hornbrillenträger in seinem Büro aufsuchte und darum bat, Katia Seligmanns Leiche wieder zu verstauen, war es bereits Abend. Der Winter hüllte Tübingen in frühe Dunkelheit, die dem alltäglichen Treiben, das im Sommer um achtzehn Uhr ganz natürlich erschienen wäre, etwas seltsam Unpassendes und Überflüssiges verlieh. Auf der Neckarbrücke glitzerte die Weihnachtsbeleuchtung. Oben auf den Veranden der Verbindungshäuser des Österbergs waren Lichterketten angeschaltet. Sebastian, der zu Fuß unterwegs war, warf ein Fünfzig-Cent-Stück in den Plastikbecher eines Bettlers.

Auf dem Revier waren nur noch wenige Kollegen anwesend. Sebastian betrat sein Büro. Er hielt es aus Prinzip karg und zweckmäßig eingerichtet, mit einem Schrank für Akten, einem Schreibtisch mit Flachbildschirm und einer Yuccapalme in der Zimmerecke, die er von seinem pensionierten Vorgänger geerbt hatte.

Die Zimmerbeleuchtung ließ er ausgeschaltet und knipste die Schreibtischlampe an, die einen scharf abgegrenzten Lichtkegel auf das Holzimitat der Schreibtischoberfläche warf.

Sebastian saß untätig am Tisch. Das Bild der toten Katia Seligmann verschwand nicht. Er schlug mechanisch sein Notizbuch auf, las das unterstrichene »Keine Macht der Unfreiheit« und startete den Rechner. In ihm hatte sich das Gefühl ausgebreitet, die Worte zu kennen. Als das Betriebssystem ihn jedoch nach dem Passwort fragte, nahm er das Notizbuch wieder in die Hand und blätterte einige Seiten nach vorne, auf die letzte Seite des Notizbuches. Dann schaute er auf die Uhr, wählte die Nummer von Nadja, hörte es lange klicken, rauschen, tackern und schließlich tuten. Nach fünfzehn Sekunden wurde abgenommen.

»Ja?« Es war eine Kinderstimme.

»Hallo?«, fragte Sebastian. »Hallo? Wer ist denn da?«

»Ich bin's«, sagte die Kinderstimme.

»Wer bist du denn?«, fragte Sebastian, der unweigerlich in den halb ironischen Ton verfiel, in dem man aus irgendeinem Grund mit kleinen Kindern sprach.

»Die Sophie bin ich«, sagte das Mädchen.

»Ahh«, machte Sebastian und lachte. Seine Tochter war jetzt vier. »Wie spät ist es denn bei dir, Schatz? Habt ihr schon mittaggegessen?«

»Nein«, sagte Sophie. »Die Mama ist heut zu faul zum Kochen, und wir gehen alle in die Stadt.«

Sebastian fragte sich, ob Sophie Portugiesisch gelernt hatte. Er hatte sich diese Frage bisher nie gestellt. Soviel er wusste, besuchte sie eine deutschsprachige Schule.

»Wer bist denn du?«, fragte Sophie.

»Ich?«, fragte Sebastian, immer noch gespielt kindisch, aber sein Herz klopfte schneller. »Ich bin's, dein Papa. Wo ist denn die Mama?«

»Du lügst«, sagte Sophie. »Der Manfred, das ist mein Papa.« Sie sprach Manfred wie Mampf-Fred aus.

»Sophie, wo ist deine Mama?«

»Mama ist arbeiten, ich bin mit Manfred daheim.«

»Kannst du –?«, begann Sebastian.

»Ich muss jetzt auflegen«, sagte Sophie. Sie kopierte genau den Tonfall von Nadja. »Tschüss!«, rief sie.

»Halt – Sophie –«

Doch Sophie hatte schon aufgelegt. Sebastian starrte in die Dunkelheit. Der Bildschirm seines PCs hatte sich bereits wieder abgeschaltet. Er fuhr den Rechner herunter, kritzelte eine Nachricht auf einen Post-it-Zettel und verließ das Büro. Den Notizzettel warf er auf Annas Schreibtisch. Darauf bat er sie, die Adresse der jungen Grundschullehrerin Maja Wehrle ausfindig zu machen, die in der Geschwister-Scholl-Schule Unterricht gab und die bei dem Diebstahl im Hallenbad Nord anwesend gewesen war.

Er fuhr nach Hause, nachdem er sich in einem Supermarkt am Hauptbahnhof zwei Flaschen Rioja gekauft hatte.

Als Sebastian neben der Neuen Aula an einer Ampel stand, mied er routiniert den Anblick der klassizistischen Universitätsfassade mit ihrem güldenen »Attempto!« unter der Traufe. Er drehte den Kopf zur anderen Straßenseite. Dort fiel ihm ein Plakat an der Wand des Clubhauses auf. Ein etwas zu vertrauenswürdig aussehendes, junges Gesicht war darauf zu sehen. Es ragte aus einem Anzug und einer viel zu gut sitzenden Krawatte, lächelte nur andeutungsweise und sollte wohl im Gesamten das Bild eines engagierten, entschlossenen Jungpolitikers vermitteln.

»Henner Maier«, war darauf zu lesen. Und darunter: »Die PFI in den Landtag!«

Schräg über das Plakat verlief der leicht transparente Schriftzug: »Keine Macht der Unfreiheit!«

11

»Chat session started.«

Lars hatte jetzt schon seit vorgestern nicht mehr mit Sandra gesprochen. Sie hielt sich bedeckt. Ob es Trauer war, die sie so zurückhaltend machte, oder tatsächlich Todesangst, wie sie ihm am Tag von Katias Tod mitgeteilt hatte, konnte er nicht feststellen. Er hatte zufällig Skype gestartet, und genauso zufällig war ihm Sandras Status aufgefallen: »Verfügbar«.

Er schrieb: »habe mir sorgen gemacht um dich«.

Doch er bekam keine Antwort. Er lehnte sich zurück in den billigen Einheitsstuhl mit birkenfarbener Sitzfläche, von der Art, wie wahrscheinlich in den meisten Universitäten der Republik irgendwo einer stand. Bereits seit den frühen Morgenstunden befand er sich im Fakultätsgebäude auf dem Sand, einem wuchtigen Komplex aus den dreißiger Jahren, dessen überbreite Türen und vierzig Zentimeter dicken Wände noch immer die ursprüngliche Verwendung als Wehrmachtskrankenhaus andeuteten.

Lars widmete sich wieder den anspruchslosen Übungsblattaufgaben. Drei Aufgaben schaffte er, dann kritzelte er seinen Namen und seine Matrikelnummer in die obere Ecke und stopfte das Blatt in seinen Rucksack. Es hatte begonnen zu schneien, große, schwere Flocken, die den Teint der Landschaft auffrischten und die Alltagsgeräusche von draußen dämpften. Lars legte seine Füße auf die Heizung. Er war der Einzige in der weitläufigen Fakultätsbibliothek, die nur von wenigen genutzt wurde. Hier oben konnte man seine Ruhe haben, die Aufsicht war meistens mit dem Tippen irgendeiner Studienarbeit beschäftigt.

Sein Handy vibrierte. Er nahm es in die Hand, strich über den Bildschirm und registrierte eine kurze Antwort von Sandra. Sie schrieb: »wieso?«

Seit der schwarze Mercedes gestern Abend mehrere Minuten regungslos auf der Lichtung oberhalb des Baggersees stehen geblieben war, zwang Lars sich zu noch mehr Vorsicht. Das Fahrzeug war wie von Geisterhand auf die Fläche gerollt, auf der er Minuten zuvor die Festplatte zertrümmert hatte. Lars hatte sich hinter einigen Büschen und einer Gruppe Tannen versteckt, er war sich sicher gewesen, dass niemand im Auto ihn gesehen haben könnte. Der Mercedes hatte schwarze verspiegelte Scheiben besessen, es war nicht möglich gewesen, ins Innere zu sehen.

Nach einigen Minuten war das Auto, immer noch mit abgeschaltetem Motor, wieder rückwärtsgerollt, hatte gewendet und wurde erst gestartet, als der Waldweg etwas anstieg.

Lars war über Umwege durch den Wald zurück nach Pfrondorf gelaufen, hatte sich die Schuhe mit Schnee sauber gerieben und war dann mit dem Bus zurück in die Stadt gefahren. Über die Allee war er zu dem schmalen Zipfel der Neckarinsel gelaufen, der von der massiven Brücke der Ammertalbahn vor Blicken und Spaziergängern geschützt wurde. Dort hatte er den Rest der Festplattenscherben in den Neckar geworfen.

Jetzt wurde es also ernst. Sie hatten sich aus der Deckung gewagt, hatten seine Position wahrscheinlich über sein Handy geortet und ihn verfolgt. Er durfte jetzt keine Spuren mehr hinterlassen. Ins Internet ging er über sein Smartphone, aus dem er die SIM-Karte entfernt hatte, um eine Ortung unmöglich zu machen. Mit dem Netz verband er sich durch das offene WLAN der Universität. Die Speicherkarte des Handys war keine zwei Quadratzentimeter groß und konnte binnen Sekunden vernichtet werden, im schlimmsten Fall würde Lars sie einfach verschlucken und somit Hinweise auf seine Aktivitäten oder Aufzeichnungen seiner Chat-Nachrichten vernichten. Die Server der Universität speicherten die Aktivitäten ihrer Nutzer aufgrund einer Beschwerde der Fachschaft nur noch vierundzwanzig Stunden lang. Anonymisiert. Danach mussten sie vernichtet werden.

Lars konnte also mit einer gewissen Entspannung in das Display seines Handys tippen: »weil du dich nicht mehr gemeldet hast«.
Sandra: es tut mir leid
Sandra: ich weiß, ich hätte mich melden sollen
Sandra: es ist nur dass ich nicht mehr weiß was ich tun soll
Sandra: ich schlafe überhaupt nicht mehr
Lars: ich auch nicht
Sandra: ich zucke bei jedem schritt vor der tür zusammen

Sandra: ich traue mich nicht mal mehr auf die straße
Sandra: ich habe seit der sache das haus nicht mehr verlassen
Lars: hm
Sandra: ja …
Lars: hat sich der kommissar bei dir gemeldet?
Sandra: nein, noch nicht
Sandra: woher sollte der meine adresse haben?
Sandra: hast du sie ihm gesagt????
Lars: nein, ich habe ihm gar nichts gesagt, keine angst.
Sandra: früher oder später wird er wenigstens über die partei verbindungen zwischen uns herstellen
Sandra: aber das dauert noch
Lars: ja
Lars: ich versuche den ganzen morgen schon, Henner zu erreichen
Lars: hast du noch mal mit ihm gesprochen?
Sandra: nein
Sandra: ich glaube, er will sich aus der sache draußen halten
Sandra: wegen der landtagswahl
Sandra: ich finde das sogar vernünftig
Sandra: wir kämpfen nicht dafür, irgendwelche guerillataktiken anwenden zu müssen
Lars: ich weiß
Sandra: wir kämpfen dafür, direkt in den parlamenten etwas zu verändern
Sandra: du kannst die leute mit solchen aktionen nicht wirklich mitnehmen
Sandra: schau dir die RAF an
Sandra: die leute finden solche aktionen toll, solange es menschen gibt, mit denen sie schon immer eine Rechnung offen gehabt haben
Sandra: aber unterbewusst fürchten sie immer, dass ihnen das selbst passieren könnte.
Sandra: deshalb würde so eine partei niemals wirklich mehrheiten bekommen
Lars: hm
Lars: was schlägst du vor?
Sandra: wir sollten gras wachsen lassen über die sache

Lars: hä??
Lars: katia ist tot, die polizei ermittelt
Lars: wie stellst du dir das vor?
Sandra: ich werde bedroht
Lars: bedroht?
Sandra: ich bekomme anrufe
Sandra: am anderen ende ist niemand
Sandra: nur rauschen
Sandra: und ich habe eine abmahnung erhalten
Lars: eine abmahnung? weswegen
Sandra: von der klinik
Sandra: eine dumme sache, aber sie liegt schon acht monate zurück
Sandra: aber verstehst du nicht den zeitpunkt!
Sandra: das ist doch kein zufall
Sandra: die wollen mich fertigmachen
Sandra: die wollen mich zum schweigen bringen
Sandra: und ich hab ehrlich gesagt keine lust zu kämpfen
Lars: versteh ich
Sandra: du weißt hoffentlich, dass sie alles daransetzen werden, uns mit dem mord an katia in verbindung zu bringen
Lars: woher weißt du, dass es mord war?
Sandra: aus demselben grund wie du
Sandra: weil katia sich nicht umgebracht hätte
Sandra: auf uns wird jetzt aus allen rohren geschossen werden
Sandra: aus der universität, von der klinik, aus der politik
Sandra: natürlich alles sehr subtil, die wollen ja keine spuren hinterlassen!
Lars: ich weiß
Lars: ich wurde gestern verfolgt
Sandra: verfolgt??
Lars: ich habe meine festplatte zerstört
Lars: die verbindungsprotokolle waren da drauf
Lars: gerade chatte ich mit dem handy
Lars: ich hab ein paar speicherkarten zu hause
Lars: ich wechsle sie täglich
Lars: jedenfalls hat ein auto mich dabei verfolgt
Lars: ein schwarzer daimler

Sandra: haben sie gesehen, wie du die festplatte vernichtet hast?
Lars: nein
Sandra: gut
Sandra: das ist gut … du musst alle beweise vernichten. ich rede mit henner
Lars: warum redet henner nicht mit mir?
Sandra: wie gesagt, er will das alles von sich fernhalten glaube ich bis nach der landtagswahl
Sandra: ich kommuniziere auch nur über kurze SMS mit ihm
Lars: SMS sind gefährlich
Lars: könnten geortet werden
Sandra: früher oder später werden sie meine adresse sowieso herausfinden
Sandra: es ist wichtig, dass du mit NIEMANDEM über die sache sprichst, hörst du?
Sandra: die polizei wird eventuell sogar dich verdächtigen, wenn sie die sache mit dir und katia rausfinden
Lars: das war nichts
Sandra: ich weiß … aber du bist zurzeit der einzige, den sie haben
Sandra: schweig am besten. ich rede mit Henner
Sandra: wir entscheiden dann, was weiter zu tun ist
Lars: ich finde nur, dass ihr mich in eure entscheidung irgendwie miteinbeziehen könntet …
Sandra: du bist im blickfeld der polizei. Zu diesem zeitpunkt dürfen wir dich persönlich in überhaupt nichts einbeziehen
Sandra: vernichte am besten jetzt gleich nach dem gespräch die speicherkarte und kaufe dir eine neue. Die sind ja nicht teuer
Sandra: ich muss jetzt weg

Sie verschwand aus der Session, bevor Lars ein weiteres Wort tippen konnte. Es war klar, dass Sandra und Henner mehr wussten als er, dass sie ihm irgendetwas verschwieg. Vielleicht, um ihn zu schützen? Oder wollten sie ihn als Bauernopfer der Polizei vorwerfen, um Schaden von der Partei fernzuhalten? Nein, das wäre nur schwer möglich. Der Polizei würde es nicht gelingen, ihn als Mörder zu überführen. Er hatte die Leiche nie berührt. Er hatte Katia vor ihrem Tod seit Wochen nicht mehr persönlich getroffen. Es gab nichts. Die Polizei hatte nichts, sie konnte gar nichts gegen ihn in der Hand haben. Die Gefahr ging ausschließlich von *ihnen* aus.

Sandras Abmahnung passte da nur zu perfekt ins Bild. Ein subtiler Hinweis, unmissverständlich zum richtigen Zeitpunkt lanciert, aber dennoch vollkommen unverdächtig. Die Klinikleitung hatte gegen Sandra vorgehen müssen, und zwei Morde binnen weniger Tage wären zu verdächtig gewesen.

Das war das Perfide an ihrem Plan, dass Katias Tod sie alle lähmte, dass sie von nun an unter ständiger Bewachung der Polizei stehen würden, diesem hirnlosen Exekutivapparat, der ohne eigene Moral die Handstreiche der Mächtigen aktiv umsetzte. Und es war klar, wer in dieser Stadt das Sagen hatte.

Lars nahm die Speicherkarte aus dem Smartphone, betrachtete sie eine Weile und wollte sie schon zerbrechen. Doch er entschied sich anders und steckte sie zurück in das Handy. Wenigstens für den Moment war es besser, über Aufzeichnungen zu verfügen.

Er verließ das Gebäude. Es hatte aufgehört zu schneien. Die Feuchte des knarzenden Schnees drang in Lars' Schuhe. Der Himmel war grau. Eisiger Nebel hing in der Luft, hinter dem nur noch die rot blinkenden Lichter des Helikopterlandeplatzes auf dem Dach der Universitätsklinik zu sehen waren.

12

»Was soll das bedeuten?«, fragte Sebastian in sein Handy. Er schlängelte den Dienstwagen an einigen Bussen vorbei durch das Nadelöhr am Nonnenhaus. Als er schalten musste, fiel ihm das Telefon aus der Hand.

»Scheiße!« Er stoppte vor der grünen Ampel. Hinter ihm begann ein Hupkonzert, und er angelte das Handy zwischen den Pedalen hervor. Annas Stimme summte aus dem Lautsprecher.

»Was?«, rief Sebastian und fuhr quietschend an.

»Es wird so nicht an Einzelpersonen verkauft«, wiederholte Anna.

»Das heißt?«

»Du bekommst das Zeug nicht in Apotheken. Das wird meistens hochkonzentriert direkt an Krankenhäuser geliefert, und die dosieren es dann je nach Anwendungsfall. Meistens wird das Zeug intravenös gespritzt. Zur Narkose.«

»Und das hat das Labor herausgefunden?« Sebastian rumpelte die schmale kopfsteingepflasterte Österbergstraße hinauf.

»Und du hattest recht, Sebastian«, meinte Anna. »Man schmeckt es wirklich nicht. Das Schlafmittel hat beinahe keinen Eigengeschmack.«

»Unser Verdächtiger hat also Zugang zu Lagerbeständen von hochkonzentrierten Schlafmitteln«, murmelte Sebastian, halb zu seiner Kollegin, halb zu sich selbst. »Wo würde das in der Stadt verwendet werden? Haben die Leute vom Labor dazu was gesagt?«

»Wenn er es hier aus der Stadt hat, stammt es höchstwahrscheinlich aus einer der Kliniken«, erklärte Anna.

»Das dachte ich mir«, sagte Sebastian. »Hör mal, ich fahre gerade zu diesem Maier, ich rufe dich später zurück.« Ein neuer Gedanke kam ihm. »Ruf doch mal bei der – ich weiß nicht, fang bei der Uniklinik an, dann die Berufsgenossenschaftliche, dann die privaten. Die müssen doch ihre Bestände kennen und merken, wenn ihnen eine Flasche Schlafmittelkonzentrat fehlt.«

Anna setzte an, um irgendetwas zu korrigieren, doch Sebastian legte auf. Rechts und links erhoben sich würdevoll und ernst die Gründerzeit- und Jugendstilfassaden des Villenviertels. Das Auto rollte langsam über die schmale Straße. Er musterte die vorbeiziehenden Fassaden auf der Suche nach Hausnummer 65.

Schon im 15. Jahrhundert war der Österberg, einst Teil des Bergkamms, auf dessen Sattel die Altstadt gegründet worden war, durch die Anlage eines Kanals von der Stadt getrennt worden. Damals hatte man eine schmale Schlucht in den Berg geschnitten, durch die der im Norden der Stadt gelegene Ammerbach dem natürlichen Gefälle zum Neckar hatte folgen können. So waren einige Mühlen angetrieben worden. Verkehrsprobleme hatten schließlich gegen Ende des 19. Jahrhunderts dazu geführt, dass man die Schlucht erweitert und eine Straße nebst Häuserzeile hineingepfercht hatte. Die Mühlstraße im Westen und natürliche Begrenzungen am Ost- und Nordhang hatten aus dem Österberg eine Art Wohnfestung mitten in der Stadt gemacht, die sich ihrer natürlichen Bestimmung als Villenviertel gefügt hatte. Der Festungscharakter wurde noch verstärkt durch die Tatsache, dass der Österberg nur von der Westseite aus erreichbar war. Das Viertel war geprägt von historisierenden Verbindungshäusern, zur Neckarseite hin präsentierten adrette Backsteingebäude Zinnen und spitze Türmchen.

Sebastian hielt vor einem der schlichteren Jugendstilgebäude. Auf der Fassade prangte eine altmodische, kunstvoll geschmiedete Hausnummer. Ansonsten war das Gebäude relativ ungepflegt, man verließ sich auf die zeitlose Eleganz der Architektur. Vom Zaun des Nachbarhauses bellten ihn zwei Schäferhunde an.

Er schloss den Dienstwagen ab und klingelte an dem hüfthohen Gartentörchen. Sofort meldete sich eine Stimme mit einem freundlichen »Kommen Sie herein!«. Das Schloss surrte. Sebastian schritt über einen von gefrorenen Blumenbeeten eingefassten Kieselweg und blieb vor der Haustür stehen. Sie war aus massiver Eiche gezimmert, ein Bogen mit angedeutetem Schlussstein überspannte sie.

Dezent in das Mauerwerk eingelassen war eine kleine schwarze Plastikkugel, hinter deren transparenter Oberfläche man ein Kameraobjektiv erahnen konnte. Das Schloss wurde geöffnet, Sebastian drückte die Tür nach innen.

Im Treppenhaus war es eiskalt. Die Stufen waren aus Holz und die Handläufe gusseisern geschmiedet, es roch seltsam süßlich-scharf, ein Geruch, den Sebastian augenblicklich mit dem von entlüfteten Heizungen verband. Er stand alleine im Eingangsbereich, von dem außer den Treppen noch drei Türen abgingen. Eine davon war geöffnet, dahinter war ein rustikal eingerichteter Raum mit Theke und Bierzapfsäule zu sehen, der in der Aufmachung einer Dorfkneipe entsprach. An der Wand waren zwei gekreuzte Florette aufgehängt, dahinter groß das Wappen der Studentenverbindung.

Jemand stieg von oben die Treppen herab. Sebastian hörte das Knarzen des Holzes. Er wartete. Dem Lauf der Stufen folgten an der Wand unzählige kleine Schwarz-Weiß-Fotografien. Man sah darauf stolze Burschenschafter vor dem Zweiten Weltkrieg in Uniform, Verbindungsmütze und Schärpe. Oft waren sich zuprostende Gruppen darauf abgebildet. Die Fotografien stammten aus einer Zeit, zu der sich in Berlin Frauen mit Zylinder an blasierte, monokeltragende Herren geworfen hatten und im Hintergrund Josephine Baker aufgetreten war. Doch auf diesen Bildern waren mittelalterliche Gestalten zu sehen, barocke Körper mit Bubi-Gesichtern. Meistens mit Schmiss und unter einer Verbindungsmütze. Die Züge ließen einen gewissen Stolz erkennen. Auch längst arrivierte Männer, die Sebastian auf über siebzig schätzte, waren darunter.

»Guten Tag.«

Vor ihm stand Henner Maier. Sebastian kannte ihn von den Wahlplakaten der PFI. Seine Haut war etwas unreiner als auf den Fotos. Er trug einen himmelblauen Pullover und nagelneue Jeans. Die kurzen Haare waren gescheitelt.

»Guten Morgen, Herr Maier«, sagte Sebastian.

Maier lächelte. »Wenn man zu einer Wahl antritt, legt man jede Anonymität ab. Wahrscheinlich ist das auch gut so. Im alten Rom –«

»Ich bin von der Kriminalpolizei. Kommissar Möllner.« Er verzichtete darauf, den Ausweis zu zeigen. »Kann ich Ihnen ein paar Fragen stellen?«

»Natürlich. Natürlich!« Maier zeigte keine Spur der Beunruhigung. Die Andeutung eines ironischen Lächelns ließ Sebastian vermuten, dass er ihn schon seit Tagen erwartete. »Kommen Sie mit, wir gehen nach oben. Bitte vermeiden Sie jeden Lärm, die anderen schlafen noch, wir hatten gestern eine kleine Festivität …« Wieder ein ironisches Grinsen.

Maier führte Sebastian in ein prachtvolles Aufenthaltszimmer im zweiten Stock. Wände und Decke waren mit Kirschholz vertäfelt, kleine Leuchter erhellten den Raum. Die Feuerstelle des Kamins wurde von einer Blende verdeckt. Durch ein Panoramafenster hatte man einen grandiosen Blick über das Neckartal. Über die Nacht hatte sich aller Nebel verzogen. Auch der Himmel war wolkenlos, die Luft ungewöhnlich klar. Sebastian konnte die schneebedeckte Silhouette der Burg Hohenzollern mit scharfen Konturen erkennen.

»Wunderschöne Aussicht, nicht wahr?«

»Wunderschön, ja.« Etwas an Henner Maiers Auftreten störte Sebastian. Er besaß die Selbstsicherheit eines jungen Erwachsenen, dem im Leben bisher alles zugeflogen war, der keinerlei Hürden hatte überwinden müssen. Das Kind aus gutem Hause triefte ihm aus allen Poren. Er hatte sich sicher nie etwas erkämpfen müssen, nie etwas verteidigen müssen. Sebastian konnte sich vorstellen, dass er auf Widrigkeiten im Leben mit einem fast kindischen Hass reagierte. Dennoch war er nicht unsympathisch.

»Setzen Sie sich.«

Sebastian nahm Platz auf einem uralten Sessel. Es roch nach Staub, nachdem er sich gesetzt hatte.

»Herr Maier, Sie sind der Landesvorsitzende der PFI, ist das korrekt?«

»Vollkommen korrekt.«

»PFI, das heißt …?«

»Das bedeutet ›Partei für Freiheit der Information‹. Der Name ist nicht gerade sexy, ich weiß, aber –«

»Wir haben Ihre, ähm, Mitgliederlisten überprüft, die Sie ja dankenswerterweise öffentlich machen …« Am Morgen hatte er die Homepage der Partei überprüft.

»Die Informationsfreiheit beginnt in der Partei«, warf Maier ein.

»Und …« Sebastian zog einen Ausdruck aus der Innentasche

seines Mantels. »Katia Seligmann war Mitglied hier im Ortsverband. Kannten Sie Katia Seligmann?«

Das ironische, herablassende Lächeln verschwand sofort. »Sie war meine Öffentlichkeitsarbeiterin.« Maier redete nun mit einem ernsteren Ton. »Wir standen immer in sehr engem Kontakt. Das Jonglieren mit der Lokalpresse ist ein Fulltime-Job, verstehen Sie. Katia wusste immer genau, welche Köder man den Leuten vom Schwäbischen Tagblatt auslegen musste, um sie zu dieser oder jener Berichterstattung zu verleiten. Darin war sie sehr geschickt. Ich weiß von ihrem Selbstmord.« Er stand neben dem Sessel, auf dem Sebastian Platz genommen hatte, und schaute nachdenklich auf den Boden.

»Ah«, machte Sebastian. »Darf ich fragen, woher?«

»So etwas spricht sich herum an der Uni. Im Freundeskreis … klein, wie er ist. Katia hatte leider wenig Freunde. Keine, um genau zu sein, sie war sehr introvertiert. Die Partei war eine Ersatzfamilie für sie. Das hat sie mir selbst mehrfach gesagt.«

Sebastian betrachtete eine rote Spielzeugeisenbahn, die unten im Tal Richtung Reutlingen fuhr.

»Sie gehen also von Selbstmord aus?«, fragte er.

»Sie etwa nicht?«

Eine Pause entstand. Maier musterte Sebastian interessiert von der Seite.

»Sie kandidieren für den Landtag.« Das Wahlplakat fiel Sebastian wieder ein.

»Es ist schwer zu übersehen, nicht wahr? Die Stadt ist ja voll von den Plakaten. Und ob Sie es glauben oder nicht, Herr Möller –«

»Möllner«, sagte Sebastian leise.

»Entschuldigung. Ob Sie es glauben oder nicht, wir haben gute Chancen, es diesmal zu schaffen. Auf Bundesebene tut sich etwas. Ein Ruck geht durch die Republik, den wir in die schwäbische Provinz bringen müssen. Gerade hier hat der Liberalismus ja so eine stolze, lange Tradition. Wir sehen uns als Erben dieses Liberalismus. Es geht uns um eine gesamtheitliche Freiheit. Wir tragen zwar die Informationsfreiheit im Namen, aber in einer vernetzten Welt von Handy und Internet ist Informationsfreiheit *die* Freiheit, verstehen Sie?«

Sebastian nickte langsam. Maier spulte sein auswendig gelerntes Parteitagswissen herunter, bald würde er Phrasen wie ›Nachhaltigkeit‹ oder ›die Menschen in diesem Land‹ verwenden. Sebastian interessierte viel mehr, wie Maier sich so sicher sein konnte, dass Katias Tod ein Selbstmord war. Lars hatte das völlig ausgeschlossen. Sebastian wurde das Gefühl nicht los, dass Lars Breuer und Henner Maier dasselbe Ziel hatten, dasselbe Ziel *mit ihm*, dass Maier sich aber ungleich geschickter anstellte. Er lehnte sich tiefer in den Sessel.

»Wissen Sie, Herr Kommissar, ich erkläre es immer gerne mit einer Landschaft. Stellen Sie sich vor, man würde Sie auf der Stelle, von einer Sekunde auf die nächste, in den Urwald verbannen. Man würde Ihnen sagen: Herr Kommissar Möllner, Sie sind jetzt frei. Sie können tun, was Sie wollen. Sie können gehen, wohin Sie wollen. Man würde Sie alleine lassen. Was würden Sie mit Ihrer Freiheit anfangen? Nichts! Sie wären verloren im Dschungel, nach wenigen Wochen wären Sie höchstwahrscheinlich verhungert, gestorben in vollkommener Freiheit. Was hat Ihnen gefehlt? Eine Karte. Eine Landkarte, um Ihre Freiheit auch sinnvoll einsetzen zu können. Erst mit der *Information* über Ihre Umgebung haben Sie den Hebel in der Hand, Ihre Freiheit auch aktiv zu nutzen. Diese Informationen werden von einer kleinen Elite dieses Landes kontrolliert, um das Volk an der kurzen Leine halten zu können. Die Programme der anderen Parteien, die Vermögensumverteilung, soziales Ungleichgewicht, das ist alles sekundär. Primär geht es um das Verfügbarmachen von Informationen. Dort setzen unsere Programme an.«

Sebastian langweilte sich. »An was arbeitete Katia Seligmann vor ihrem Tod?«

»Sie meinen, innerhalb der Partei?« Maier ließ sich mit dem Blick eines Unverstandenen auf den plötzlichen Themenwechsel ein.

»Ja.«

»An nichts Bestimmtem. Der Landtagswahlkampf war und ist in vollem Gang, aber Katia war, wie gesagt, nur für die Lokalpresse in Tübingen zuständig. Daher trifft uns ihr Tod weniger hart, als Sie vielleicht denken.« Er hielt inne, als ob seine Pietätlosigkeit ihm selbst einen Schreck versetzt hätte.

Aber Sebastian ging nicht darauf ein. »Wie lief diese Einflussnahme auf das Schwäbische Tagblatt ab? Was genau waren Katias Aufgaben?«

»Wie man das eben so macht. Überbewerten Sie das bitte nicht, Herr Möllner. Das politische Alltagsgeschäft eben. Sie hat die Interviews Korrektur gelesen und gewisse Stellen gestrichen, oder wir haben den Journalisten beiläufig irgendwelche Gerüchte ganz selbstverständlich mitgeteilt. Selbst wenn sie so etwas nicht veröffentlichen, machen sie sich doch darüber Gedanken. Das ist der Anfang jeder Recherche. Sie sagen zum Beispiel: ›Und wir werden trotz der internen Probleme der lokalen SPD die Möglichkeit einer Koalition prüfen.‹ Obwohl Sie gar nicht wissen, ob es dort überhaupt Probleme gibt. Wenn es veröffentlicht wird: Gut, dann machen sich die Leser ihre Gedanken. Wenn nicht: Auch gut. Dann wird es in der Redaktion heißen: ›Welche Probleme? Findet das raus!‹ Und irgendwas finden sie immer. Man muss ihnen nur ein wenig auf die Sprünge helfen. So werden die Prozentpunkte verteilt.« Maier zeigte wieder ein schmales Lächeln, diesmal ganz ohne Ironie.

»Sie scheinen dieses Spiel souverän zu beherrschen.«

»Oh, Katia war gut darin. Sie hat mir das alles beigebracht, diese Sichtweise der Politik als Schachspiel auf dem Brett der Medien. Das war Katias Thema. Diese fast schon sture Ignoranz der Presse, die sich als Sprachrohr der Parteien vereinnahmen lässt. Darüber hat sie sich viele Gedanken gemacht. Dass selbst kritische Berichte immer irgendwie von irgendwem lanciert sind. Sie hat davon immer viel gesprochen.«

»Hat sie selbst einmal einen Artikel lanciert?«

Maier ging zu einem Schränkchen, das von außen aussah, als ob es einen Schnapsvorrat beherbergte, innen aber nur mit Flaschen hochpreisigen Mineralwassers gefüllt war.

»Für mich nicht, danke«, sagte Sebastian.

Maier sprach in den Schrank. »So weit geht unser Einfluss nicht. Dafür sind wir zu klein, dafür gibt es uns noch nicht lange genug. Wir sind schon dankbar, wenn man uns ein Interview anträgt. Inzwischen übrigens immer öfter.«

Wieder entstand eine Pause. Sebastian malte gelangweilt den

Namen von Maja in sein Notizbuch. Aus den Augenwinkeln erkannte er, wie Maier den Bewegungen des Stiftes aufmerksam folgte. Sebastian führte das kleine e von »Wehrle« um den Namen herum zur einer Wolke weiter.

»Ist das hier so eine Art Aufenthaltsraum?«, fragte er unvermittelt.

»Oh! Das?« Maier lachte. »Ja. Hier kann man sich zurückziehen ins soziale Gefüge!« Er grinste breit. »Wir haben alle unsere eigenen Zimmer, im ersten Stock. Hier oben sind die Gemeinschaftsräume.«

»Ungewöhnlich, oder?«

»Was?«

»Dass das Mitglied einer nichtschlagenden Verbindung sich in einer Partei engagiert, die von der Öffentlichkeit als eher links wahrgenommen wird. Sie stehen doch eher links, oder nicht? Als Partei.«

»Ja, natürlich. Auch wenn ich nicht gerne in diesen Kategorien von links und rechts rede.«

»Weil das sekundäre Kategorien sind und Ihre Partei primär an der Wurzel zupacken will«, sagte Sebastian trocken.

Maier sagte nichts. Sebastian registrierte zufrieden, dass er ihn aus dem Konzept gebracht hatte. Maier stellte das Wasserglas, das er sich inzwischen eingeschenkt hatte, langsam auf einen kleinen Sekretär. Um Zeit zu gewinnen. Dann sagte er: »Sie haben es erfasst.«

»Was sagen Ihre – wie nennt man das denn? Auch Kommilitonen? Verbindungs-, ähm, -brüder?«

»Sagen Sie lieber Kommilitonen …«

»Was sagen also Ihre Kommilitonen dazu? Zu Ihrem Engagement?«

»Sie scheinen eine falsche Vorstellung von der Einrichtung einer Burschenschaft zu haben. Wir sind im Herzen unpolitisch.«

»Ah.«

»Es geht natürlich um traditionelle Werte wie Zusammengehörigkeit oder Treue. Oder Verantwortung. Aufrichtigkeit. Aber diese Werte sind an keine Partei gebunden. All diese Werte sind ja jetzt plötzlich wieder modern, nachdem man sie jahrzehntelang mit einem beinahe pathologischen Ekel betrachtet hat. Schauen Sie doch zum Beispiel unsere Generationenverständigung an. Keines unserer Mitglieder muss hier eine hohe Miete zahlen. Obwohl sie das könnten, das gebe ich gerne zu. Man muss sich für Reichtum meiner Meinung nach nicht schämen, wenn er ehrlich erwirtschaftet ist und über Generationen hinweg gepflegt wurde. Das Haus wird hauptsächlich durch unsere Alten Herren finanziert. Das sind Mitglieder der Burschenschaft, die bereits alle beruflich erfolgreich sind und es sich leisten können, engagierten Studenten das Studium zu finanzieren. Der gesellschaftliche Blick auf die Burschenschaften hat meiner Meinung nach immer auch ein wenig mit Neid zu tun auf den Zusammenhalt, den wir hier pflegen und der in den letzten Jahrzehnten in Gesellschaft und Familie immer mehr abhandengekommen ist. Da existiert eine Sehnsucht. Und Sehnsucht bietet besten Boden für Neid.«

»Und diese Werte versuchen Sie durch die aufklärerische Idee der Informationsfreiheit wiederherzustellen?«

»Wenn Sie Informationsfreiheit als Ausdruck einer immer größer werdenden Vernetzung aller Menschen verstehen, dann ja. Schauen Sie sich Facebook an. Schauen Sie sich Twitter an. Natürlich schlägt diese Vernetzung teilweise über die Stränge, aber allein die Idee, dass man die ganze Welt als gleichwertigen Teilnehmer an den eigenen Gedanken betrachtet, die ist meiner Meinung nach durchaus im Geiste der Urburschenschaft als brüderlichem Bund. Es gab und gibt natürlich Strömungen, die sich von diesem Geist entfernt haben und die ich im Einzelnen auch nicht gutheißen kann.«

»Herr Maier, wo waren Sie in der Nacht vom 7. auf den 8. Dezember?« Sebastian wechselte nicht einmal seine Sitzposition, sein Blick blieb auf die Wolke um Majas Namen geheftet.

»Wieso fragen Sie mich das?« Maier veränderte seine Position nicht, seine Stimme war ruhig.

»Reine Routine.«

»Es war doch Selbstmord?«

Sebastian fiel wieder der manipulative Ton in dieser Bemerkung auf. Er entschied, das in Katias Körper gefundene Schlafmittel zunächst zu verschweigen.

»Wie gesagt, reine Routine.«

»Gut. Ich habe geschlafen, wie Sie sich vorstellen können.« Maier überlegte. »Am 7. Das war Dienstag, nicht wahr?«

Sebastian nickte.

»Wir hatten bis etwa ein Uhr ein kleines Treffen, wo wir das Vorgehen bei der Landtagswahl besprechen wollten.«

»Wo war das?«, fragte Sebastian. Er setzte sich in seinem Sessel auf.

»Das war in einer Kneipe am Marktplatz, neben dem Rathaus. Café Lichtenstein. Sie können dort gerne nachfragen.«

»Wer war dabei?« Sebastian hatte plötzlich eine Vermutung.

»Wir waren nur zu zweit. Es ging um den Aufbau unserer Homepage.«

»Sie und?«

»Unser Spezialist für solche Fälle. Lars Breuer.«

»Lars Breuer?« Also doch. Der Meister und sein Lehrling. Sebastian spürte ein Kribbeln im Bauch.

»Kennen Sie ihn?«, fragte Maier.

»Er hat die Leiche gefunden.«

»Lars?«, fragte Maier.

Bluffte er? Sebastian bemühte sich um einen lockeren Tonfall. »Ja. Er hat die Polizei benachrichtigt. Café Lichtenstein«, murmelte er. »Wann sind Sie dort angekommen?«

»Ich weiß nicht, etwa um neun?«

»Ein langes Gespräch?«

»Es ging um das grundsätzliche Design. Waren Sie einmal auf unserer Webseite? Nicht gerade ansprechend.«

»Die Kellner dort kennen Sie?«

»Ich denke doch, wir sind dort öfter.«

»Gut. Und danach sind Sie nach Hause gefahren.«

»Exakt.«

»Ich nehme an, die anderen Bewohner hier im Haus könnten das bestätigen?«

»Nehme ich an.«

»Gut.« Sebastian stand auf. »Ich danke Ihnen für das ausführliche Gespräch.« Er gab Maier die Hand. »Vielleicht wähle ich Sie im März ja.«

»Oh, das müssen Sie. Schauen Sie sich die anderen Parteien an, Herr Möllner. Sie haben gar keine andere Wahl.« Er schüttelte Sebastian immer noch die Hand. Maier schien nun aus irgendeinem Grund sehr zufrieden.

»Ach, übrigens«, sagte Sebastian, nachdem er sich schon zum Gehen gewandt hatte. »Lars Breuer hat vehement betont, dass Katia sich niemals umgebracht hätte.«

»So?« Maier schien gelassen. »In der Sache ist es ihm, glaube ich, nicht möglich, ganz objektiv zu sein.« Jetzt lächelte er wieder ironisch, und Sebastian erwiderte das Lächeln, um zu zeigen, dass er verstanden hatte. In Wahrheit machte sich jedoch ein Gefühl der Enttäuschung in ihm breit, er hatte gehofft, Maier mit dieser Bemerkung aus der Deckung zu holen.

Er verließ die Jugendstilvilla mit dem deutlichen Gefühl, dass Henner Maier ihm etwas verschwieg, genauso wie Lars Breuer ihm etwas verschwieg. Genauso wie Katia Seligmanns Wohnung ihm etwas verschwieg. Er fragte sich, was aus Katias Laptop geworden war.

Auf dem Bürgersteig drehte er sich noch einmal um und schaute hinauf in den zweiten Stock. Die Fenster zur Straßenseite waren klein, dahinter war es dunkel. Sebastian konnte nicht erkennen, ob Maier ihm nachschaute.

Er stieg in den Dienstwagen und vermied es, den Motor aufheulen zu lassen. Betont langsam fuhr er durch die Straßen hinunter zum Lustnauer Tor.

13

Sebastian stellte den Dienstwagen im Parkhaus am Nonnenhaus ab, am Rande der Altstadt. Er wollte die Sache mit Henner Maiers Alibi lieber gleich klären, denn er brauchte Gewissheit, auch wenn er nicht davon ausging, dass Maier ihn derart dreist angelogen hatte. Irgendeine Kränkung aber war Sebastian widerfahren, er schaffte es nur nicht, sie genau zu benennen.

Sebastian lief durch die Unterstadt, die vor gar nicht so langer Zeit das Armenviertel der Stadt gewesen war. Auch liebevolle Restauration und gepflasterte Wege konnten über den ursprünglichen Charakter der geduckten Giebel und niedrigen Haustüren nicht hinwegtäuschen.

Etwa auf halbem Wege zum Marktplatz klingelte Sebastians Handy. Es war Nadja. Es kam so gut wie nie vor, dass sie aus Guatemala anrief, wahrscheinlich hatte Sophie ihr über den seltsamen Anruf eines Mannes berichtet, der sich als ihr Vater ausgegeben hatte. Sebastian drückte auf »Abweisen«.

In der Altstadt war der Schnee bereits geschmolzen. Der Holzmarkt war übersät von Streugut. Sebastian lehnte sich nach einigen Metern an eine Hauswand, um ein Steinchen aus seinem Schuh zu befördern. Gehetzte Familienmenschen waren auf der Suche nach Geschenken für die Lieben. Ihr Blick glich dem aufgescheuchter Rehe. Das Rathaus machte mit seinen schiefen Winkeln und Erkern wie immer den Eindruck eines alten Herrn, der sich pflichtbewusst gegen den Verfall stemmt und trotzdem das nahende Ende spürt. Sebastian betrat das kleine Lokal am Hang des Schlossberges. Das Café Lichtenstein war eine kleine Studentenkneipe in einem pittoresken Altbau.

Nur vier Tische und eine Theke befanden sich darin. In der hinteren Ecke führte eine Studentin ihre offenbar zu Besuch verweilenden Eltern aus. Man erkannte auf den ersten Blick das bodenständige Ehepaar von der Schwäbischen Alb, aus dem Harz oder aus dem Ruhrpott, dem die plötzliche Verwandlung der Tochter zur mondänen Karrierefrau nicht ganz geheuer war.

Sebastian setzte sich an den Tresen. Er klopfte zweimal auf die zerkratzte Eichenplatte und bestellte ein Mineralwasser. Die Kellnerin, die er auf fünfundzwanzig schätzte, brachte ihm das Glas. Sebastian zeigte seinen Ausweis.

»Kripo«, sagte er.

»Oh.« Die junge Frau war wohl eher über das lächerliche krimiartige Auftreten erstaunt als über die Anwesenheit der Polizei. Sebastian war ausgesprochen schlecht darin, bei einem solchen Auftritt nicht ins Klischee zu verfallen.

»Es geht um einige Gäste, die sie vor etwa einer Woche hier hatten …«, sagte er leise, um die essende Familie nicht zu stören.

»Kann ich nix zu sagen. Hm. Hast du den genauen Tag? Ich war letzte Woche gar net da, aber Julian war hier.«

Sebastian blätterte in seinem Notizbuch. »7. Dezember. Abends. Gegen neun sind sie gekommen.«

»Ich frag Julian.« Sie verschwand in einer schmalen Schwingtür, durch die Sebastian für den Bruchteil einer Sekunde eine Küche sehen konnte, die nur wenig breiter war als die Tür selbst. Er nahm einen Schluck Wasser und belauschte die Familie. Die Tochter berichtete von einem geplanten Praktikum in Belgien, die Eltern brachten sie auf den neuesten Stand bezüglich familiärer Eheschließungen, Todesfälle und Finanzprobleme.

Die Schwingtür klapperte. Die Bedienung kam zurück. Sie sagte: »Ne, sorry, kann ich dir nicht helfen. Julian weiß nix. An dem Abend war 'ne Kollegin hier, und die ist grad net da.«

»Wann kommt sie denn?«

»Hm. Sie hat heute Nachmittag Schicht, sollte in knapp einer Stunde kommen … Wenn du so lange warten willst …«

Sebastian wartete. Er bestellte noch ein Glas Mineralwasser und einen Espresso. Dabei betrachtete er die Kellnerin und stellte zufrieden fest, dass sie Nadja überhaupt nicht ähnelte.

Sein Handy klingelte erneut, doch diesmal war es Anna. Trotzdem nahm er nicht ab.

Um drei erschien die Ablösung, die etwas dicker und etwas kleiner war als ihre Kollegin und sich als Martina vorstellte. Nun sprachen beide auf Sebastian ein.

»Das war doch der Maier, nicht wahr?«, sagte Martina.

»Henner Maier. Genau«, bestätigte Sebastian.

»Klar kenn ich den, dem sein Gesicht springt einen doch überall in der Stadt an.« Sie grinste zu ihrer Kollegin hinüber. »Der war hier, ja. Der ist allgemein oft hier. Ist sein Stammlokal.«

»Wie lange war er denn hier?«

»Ich würde sagen, bis eins? Er hat mit diesem kleinen Nerd 'ne Zeit lang alleine dagesessen. So ein Strebertyp. Aber nicht unattraktiv. Attraktiv auf so 'ne creepy Art. War schon öfters hier, aber ich kenne seinen Namen nicht. Geredet haben sie eigentlich wenig.«

Sebastian machte sich Notizen.

»Haben sie was getrunken?«

»Nichts Alkoholisches.«

»Das Gespräch?«

»Neee, wie gesagt, die haben gar nicht gesprochen. Der eine hat seinen Club-Mate getrunken. Der Maier einen Kaffee nach dem anderen.«

»Und um eins sind sie gemeinsam gegangen?«

»Gemeinsam, ja. Das heißt, sie sind mit dem Mädel gegangen.«

»Mädel?« Sebastian schaute ihr ins Gesicht, das, wie er sich eingestehen musste, nicht unattraktiv war. »Die waren nicht alleine hier?«

»Größtenteils schon, doch. Aber gekommen sind sie zu dritt. Der Nerd, unser aufstrebender Jungpolitiker und eine, die war auch schon öfters hier. Ich hab das nicht so genau verfolgt, es war relativ viel los an dem Abend. Irgendwann ist die dann gegangen. Sogar ziemlich früh, glaube ich.«

»Wann war das ungefähr?«, fragte Sebastian.

»Och, wenn sie um neun gekommen sind … Sicher spätestens um halb zehn. Spätestens. Eher früher. Sie hat auch nix getrunken.«

»Und sie kam dann wieder zurück?«

»Ja, später irgendwann, sogar ziemlich spät. Sie saßen dann kurz rum, haben ziemlich aufgeregt irgendwas diskutiert. Deshalb erinnere ich mich auch an das Ganze. Die Diskussion war nämlich ziemlich heftig. Dann sind sie gegangen. Alle drei. Das war so um eins.«

Sebastian notierte das.

»Und Sie haben nicht gehört, worum es bei dieser Diskussion ging?«

»Nein, überhaupt nicht. Wenn der Laden hier voll ist und noch die Musik läuft, da hören Se nix. Da können Sie sich am Tisch anschreien und sind trotzdem noch unter sich.«

»Wenn ich Ihnen ein Bild von einer jungen Frau zeigen würde, könnten Sie mir dann sagen, ob sie es war, die an dem Abend hier war?«

»Klar könnt ich das. Wie gesagt, die war schon öfters hier. Die gehört sicher auch zu der komischen Partei. Ach, wie heißt die noch mal, Christina?«

»FPI«, sage die Kollegin.

»PFI.« Auch Sebastian kam mit solchen Abkürzungen immer durcheinander. Seit heute Morgen hatte er sich die Buchstaben genau eingeprägt: »Partei für Freiheit der Information«.

»Ja genau, PFI. Marschiert, marschiert, die Partei, die Partei, die hat immer recht.« Martina lachte. »Dafür, dass sie so für diese ganze Liberalismusschiene eintreten, sind sie ziemlich straff organisiert.«

Sebastian zog das Passfoto von Katia Seligmann aus seinem Notizbuch, das er an einer der hinteren Seiten mit einer Büroklammer angebracht hatte.

Er legte das Foto auf den Tresen. »War sie es?«

Martina betrachtete das Bild. »Nee, hundertprozentig nicht. Die war das nicht. Aber die kenne ich auch, die war auch manchmal mit dem Maier hier. Aber nicht an dem Abend. Ist das nicht seine Pressedingsda oder so was?«

»Ja«, murmelte Sebastian. »Genau.«

Auf dem Weg zurück zum Dienstwagen machte Sebastian einen langen Umweg. Er lief am Evangelischen Stift vorbei, wo Hölderlin sich während seiner Studienzeit ein Zimmer mit Hegel und Schelling geteilt hatte, die Neckarhalde hinab und betrat von der Alleenbrücke her die Neckarinsel.

Die lang gestreckte Insel, entstanden durch die Stauung des Flusses Anfang des 20. Jahrhunderts, war einer der wenigen Orte, die Sebastian in Tübingen wirklich liebte. Obwohl die Insel mitten in der Stadt lag, gewissermaßen ihr Herz darstellte, hatte man auf der kilometerlangen Platanenallee das Gefühl, der Stadt und dem Alltag entrückt zu sein. Von der Stadt war hier nie etwas zu hören. Die pittoreske Neckarfront, die gebirgsartig aufsteigenden Hausfassaden hinter dem Hölderlinturm waren bereits seit hundertfünfzig Jahren zum Touristenklischee verkommen, besaßen aber einen Charme, dem sich auch Sebastian nur schwer entziehen konnte. Manchmal verschlug ihm der Anblick der windschiefen Giebel und repräsentativen Fachwerkhäuser in einer Weise den Atem, wie es sonst nur der Fall war, wenn er gotische Kathedralen betrat. Hier spürte man den umfassenden Plan, den jahrhundertelanges, fast beliebiges Bauen ganz unbewusst vollendet hatte. Man war eins mit den Dutzenden von Generationen, die diese Häuser gebaut und in ihnen gelebt hatten. Manchmal meinte Sebastian, hier den Antrieb all dieser längst verwesten Bewohner zu spüren. Er fühlte ihr inneres Feuer, das dem eigenen nicht sonderlich verschieden war.

Jetzt im Winter war die Neckarinsel fast immer verlassen. Die Wege waren unbefestigt. Durch den wärmenden Neckar gefroren sie nur selten, und Sebastian musste über viele Matsch- und Schneepfützen springen. Er genoss es, alleine hier zu sein.

Von der Neckarbrücke lief er über die Mühlstraße zurück zu seinem Dienstwagen im Parkhaus. Für den Umweg hatte er etwa zwanzig Minuten gebraucht. Ihm war kalt. Er ließ entgegen allen Vorschriften den Motor im Parkhaus einige Minuten warm laufen, wärmte sich die Hände am Gebläse und zog dann sein Handy heraus. Anna hatte noch einmal angerufen, dann hatte sie wohl vermutet, dass Sebastian sich in einem Gespräch befand, und ihm eine SMS geschrieben. Die SMS beinhaltete nur eine Adresse und eine Telefonnummer, es war die Anschrift von Maja Wehrle. Sebastian fühlte einen leichten Adrenalinstoß. Anna hatte sie tatsächlich ausfindig gemacht.

Er notierte die Adresse geflissentlich in sein Notizbuch.

Den Motor ließ er noch weitere fünf Minuten laufen, bis das Auto auf eine fast unerträgliche Temperatur geheizt war. Dann löste er die Handbremse und verließ das Parkhaus.

14

Der schwarze Mercedes war auch nach dreißig Minuten noch an derselben Position geparkt. Durch die getönten Fenster war nicht zu erkennen, ob jemand darin saß. Aber Lars hatte auch niemanden aussteigen sehen.

Sein Wohnheimzimmer befand sich im elften Stock. Lars spähte durch das halb vom Rollladen verdeckte Fenster nach unten auf die Straße.

Es dämmerte schon. Von Zeit zu Zeit fuhr ein Bus von der Morgenstelle herkommend Richtung Stadtmitte. Selbst aus dem elften Stock konnte Lars die Personen in dem hell erleuchteten Fahrgastraum erkennen. Aber der schwarze Mercedes gab sein Geheimnis nicht preis. Lars konnte auch das Nummernschild nicht entziffern. Er hätte es zu gerne mit dem des Fahrzeuges verglichen, das ihm in den Wald gefolgt war. Doch er war sich auch so sicher, dass sie identisch waren.

Als es fast vollständig dunkel war, wagte er einen Ausbruch. Er streifte sich einen Pullover über das Unterhemd, schlüpfte in eine Trainingshose und zog eine dicke schwarze Jacke an. Nachdem er sich vergewissert hatte, dass der Flur verlassen war, huschte er Richtung Aufzug. Der altertümliche Lift aus den siebziger Jahren fuhr klappernd nach unten.

Zum Supermarkt waren es nur wenige Minuten. Lars wählte absichtlich einen Weg, der ihn an dem schwarzen Mercedes vorbeiführen würde. Er bog um eine Hausecke.

Der Mercedes war verschwunden.

Lars behielt absichtlich ein rasches Tempo bei, er dachte gar nicht daran, stehen zu bleiben.

Er betrat den Supermarkt, kaufte eine Packung Penne, ein Glas Tomatensoße und ging wieder zurück. Irgendetwas stimmte nicht.

Auch von diesem Kommissar Möllner hatte er nichts mehr gehört. Das allein war seltsam genug.

Etwas abseits von seinem Hauseingang standen zwei Männer in dunklen Jacken in ein Gespräch vertieft. Sein Handy trug Lars tief in seiner rechten Hosentasche. Vielleicht war das ein Fehler gewesen. Er beeilte sich, in den Lift zu kommen.

Als er sein Zimmer betreten und die Lebensmittel auf der schmalen Kochnische verstaut hatte, klingelte das Telefon. Reflexartig griff Lars zum Handy, doch es war das Festnetztelefon, das klingelte.

Lars wartete das nächste Klingeln ab. Und das nächste.

Beim fünften Klingeln nahm er ab.

»Breuer?«

Am anderen Ende war nichts zu hören.

»Breuer?«, wiederholte Lars.

Jemand atmete.

»Hallo?«, rief er. Dann legte er auf. Er wagte einen erneuten Blick nach unten zu der Stelle, wo der schwarze Mercedes geparkt hatte, doch er war nicht wiedergekommen.

Lars' Hand zitterte. Er kauerte sich neben die Heizung. Er hatte noch einige Übungsaufgaben zu lösen, auch noch von letzter Woche, er kam einfach nicht mehr dazu.

Als das Telefon erneut klingelte, zog er den Stecker. Langsam verlor er wirklich den Verstand.

Er kochte Nudeln und erhitzte die Tomatensoße. Es war halb sechs, als er anfing zu essen. Die Soße war fade, die Penne verkocht.

Vielleicht sollte er aktiv werden und Henner kontaktieren. Eventuell sollten sie doch noch über eine sofortige Veröffentlichung der Dokumente nachdenken. Immerhin wären sie damit aus der Defensive. Aber natürlich wussten *die*, wie man eine Veröffentlichung verhinderte. Lars musste laut lachen über seine eigene Naivität.

Sollte er einfach nichts tun? Sollte er passiv bleiben, wie Sandra es vorgeschlagen hatte? Würden sie ihm dann sein Leben lassen?

Er kippte das übrig gebliebene Essen in die Toilette und spülte.

Dann wurde es mit einem Schlag dunkel.

Das Licht im Badezimmer war ausgegangen, auch das Licht im Wohnraum war erloschen. Lars biss sich auf die Zunge. Er rannte an seinen Schreibtisch, doch auch hier war die Lampe defekt, er betätigte hastig und immer wieder den Schalter. Nichts passierte. Sein Zimmer lag zu weit oben, um noch Licht von den Straßenlaternen einzufangen.

Seine Augen hatten sich noch nicht an die Dunkelheit gewöhnt. Er stand im leeren Nichts, in dem sich nur langsam die Schatten seiner Möbel abzeichneten.

Dann klopfte es.

Er hatte keine Wahl mehr.

Lars ging zur Tür, öffnete sie und trat einen Schritt in den dunklen Flur des Wohnheims. Er lief direkt in eine schwarz verhüllte Gestalt, die viel größer war als er selbst.

Er stieß einen dumpfen Ton aus, der von der Filzjacke der Gestalt gedämpft wurde.

»Vorsicht, Herr Breuer«, sagte die Filzjacke. »Anscheinend haben Sie hier einen Stromausfall.« Lars erkannte die Stimme erleichtert. Der Kommissar hatte offenbar das »Du«, mit dem er ihn bei ihrem letzten Treffen angesprochen hatte, schon wieder vergessen.

»Herr Möllner?«, flüsterte Lars in die Dunkelheit.

»Dass Sie sich an meinen Namen erinnern, ist immerhin etwas«, sagte Möllner und lachte. »Hat Sie der Stromausfall kalt erwischt?«

»Könnte man so sagen, ja …«

»Scheint nur Ihr Stockwerk zu sein. Sehen Sie, die Beleuchtung im Treppenhaus geht noch. Auch der Lift funktioniert noch. Eventuell eine Sicherung.«

»Ja.«

»Haben Sie kurz Zeit?«

In diesem Moment ging das Licht wieder an. Jemand rief in den Flur: »Sorry! Mein Toaster ist durchgebrannt.«

»Geht es schnell?«, fragte Lars.

»Ich habe nur zwei Fragen.«

»Kommen Sie rein.«

Sie betraten das Zimmer. Möllner wirkte in der Studentenbude wie ein Riese, der Raum war für zwei Leute eindeutig zu klein.

»Sie haben ja eine eigene Küche«, sagte der Kommissar, nachdem Lars Breuer die Tür hinter ihm geschlossen hatte. »Ich hatte damals nicht mal 'ne Toilette auf meinem Zimmer …«

Lars starrte ins Leere. Hatte Möllner etwas mit dem schwarzen

Mercedes zu tun? War es sein Dienstwagen? Doch das Kennzeichen, das er gestern im Wald gesehen hatte, war ein privates gewesen. Hatten nur Streifenwagen das Landeskennzeichen? War es Möllners Privatwagen?

»Ich habe während des Studiums auch in einem Wohnheim gewohnt«, sagte Möllner.

»Aha.«

Der Kommissar ließ sich Zeit. Der Sauerstoffmangel in dem kleinen Zimmer machte sich offenbar bemerkbar, er gähnte. Lars war der Besuch unangenehm, er schämte sich für sein Zimmer. Der Raum war höchstens zwanzig Quadratmeter groß, hatte eine in einem Schrank versteckte Singleküche und ein winziges Badezimmer. Die Einrichtung war spartanisch: Bett und Schreibtisch wirkten, als ob sie zum Raum gehörten und in der Miete inbegriffen waren, ansonsten gab es außer einem altmodisch wirkenden Kleiderschrank kein weiteres Möbel. Seit Wochen hatte Lars nicht mehr aufgeräumt. Neben dem Bett lagen einige Fachbücher auf dem Boden. Möllner musterte die ausgedruckten E-Books, die vor dem Bett lagen und die Lars mit Draht gebunden hatte.

»Das ist die Dissertation von John Nash. ›Non-cooperative Games‹. Kennen Sie Nash? Mathematiker.«

»Nein, um ehrlich zu sein. Von dem hier kenne ich wenigstens den Autor.«

»Ah, Leibniz. Nash ist Spieltheorie«, erklärte Lars. »Haben Sie nie diesen idiotischen Film gesehen, ›A Beautiful Mind‹? Das ist der Typ. John Forbes Nash. Nobelpreisträger.«

»Ach!«, sagte Möllner. »Ich dachte, für Mathematiker gibt es die Fields-Medaille?«

»Wirtschaftsnobelpreis. Die Doktorarbeit ist nur dreißig Seiten lang. Es ging ihm nur um die Darstellung seiner Idee. Er hat auf jede Form verzichtet.«

»Interessant. Herr Breuer, weshalb ich eigentlich hier bin – ich war gestern schon einmal hier, aber Sie waren leider nicht zu Hause.«

Lars schwieg. Vermutlich war Möllner gekommen, als er in Pfrondorf war, um die Festplatte loszuwerden.

»Jedenfalls«, sagte Möllner, »bin ich gekommen, um Sie über ein paar Fortschritte zu informieren, die ich gemacht habe. Im Fall Katia Seligmann.«

»So?«

»Es war kein Selbstmord, wie Sie ja auch vermutet hatten. Katia wurde ermordet. Wir haben Schlafmittel in ihrem Blut gefunden. Wird auch zur Narkose verwendet und nicht an Privatpersonen verkauft. Es stammt aus dem Bestand der Uniklinik. Dort vermisst man einige Flaschen. Wir haben dort nachfragt … vermutlich wurde es entwendet. Leider haben die dort keine Videoüberwachung, daher … ermitteln wir noch. Wir wissen nicht, wer das Schlafmittel entwendet hat.«

Lars unterdrückte ein Lächeln. Er hatte es gewusst.

»Und ich habe Ihren Parteivorsitzenden besucht.« Möllner sprach jetzt mit ironischem Unterton.

»Sie haben mit Henner gesprochen?« Lars war überrascht. Warum hatte Henner sich nicht gemeldet, um die Aussagen abzugleichen? Wusste Henner bereits vom Schlafmittel? Oder versuchte Möllner gerade, sie gegeneinander auszuspielen?

»Korrekt«, bestätigte Möllner. »Wir hatten heute Morgen ein interessantes Gespräch. Wie lange sind Sie denn schon aktiv in der PFI?«

»Ich weiß nicht, zwei Jahre?«, antwortete Lars. Als ob es darauf ankam! Er musste unbedingt überlegen.

»Woher wusste Herr Maier von Katias Tod?«

»Ich weiß es nicht. Wahrscheinlich von Freunden von Katia. So etwas spricht sich herum an der Universität.« Lars war sich sicher, glaubwürdig geklungen zu haben.

»Hm«, knurrte Möllner. »Wieso haben Sie mir verschwiegen, dass Sie am Vorabend von Katias – von Frau Seligmanns – Tod mit Herrn Maier in der Stadt waren? Im Café Lichtenstein?«

»Das habe ich nicht verschwiegen. Sie haben mich nie danach gefragt. Unser Verhör ging ja leider nur kurz.«

»Das war kein Verhör«, entgegnete Möllner knapp. »Das war eine Befragung.«

»Wo liegt denn da der Unterschied?«

»Darin, dass ich nie von Ihrer Schuld ausgegangen bin. Was

haben Sie mit Herrn Maier besprochen? Oder waren Sie nur in dem Café, um etwas zu trinken?«

»Wir mussten etwas bereden. Wir haben uns nie einfach so getroffen. Um ehrlich zu sein, kann ich ihn nicht leiden.«

»Das habe ich schon vermutet. Und was haben Sie besprochen?«

»Das wissen Sie doch sicher von schon von Henner. Unsere Homepage. Wir wollten sie umgestalten. Die Landtagswahl. Sie verstehen.«

»Die Oberfläche muss glänzen«, meinte Möllner nachdenklich.

»Ganz genau.«

»Wer war die junge Frau, auf die Sie und Herr Maier gewartet haben?«

Damit konnte er Lars nicht beeindrucken. »Die kenne ich nicht. Ich dachte an dem Abend, sie ist Henners Freundin. Er wechselt seine Freundinnen relativ häufig.«

»Seine Freundin? Haben Sie mit ihr geredet?«

»Nicht viel. Sie hat nicht viel gesagt. Sie musste wohl zu irgendeiner Party. Sie ist dann irgendwann um halb zwei oder so wiedergekommen. Dann bin ich nach Hause, und Henner ist mit ihr gegangen.«

»Sie hat Ihnen nicht ihren Namen genannt?«

»Nein.« Er lächelte. »Ich bin recht gut darin, Gesprächen mit Frauen auszuweichen.«

»Ich sage Ihnen, was mein Eindruck ist, Herr Breuer. Ich habe mir natürlich auch meine Gedanken gemacht. Leider kann ich die nur mit Ihnen teilen, denn Herr Maier ist kurz nach unserem Gespräch abgereist, zu irgendeiner Parteiveranstaltung in Freiburg. Er bleibt dort über Nacht und ist auch auf dem Handy nicht zu erreichen. Das hat man mir wenigstens am Telefon gesagt. Ich stimme Ihnen übrigens zu, ich finde ihn auch nicht besonders sympathisch.«

Ein lächerlicher Verbrüderungsversuch.

»Ich sage das also nur Ihnen: Ich denke, Sie haben dort im Café Lichtenstein auf etwas gewartet, Herr Breuer. Sie und Henner Maier. Sie haben auf etwas gewartet, bei dem die junge Frau eine entscheidende Rolle gespielt hat. Sie haben auf *sie* gewartet. Und es war nicht Katia.«

»Sie irren sich.« Auf Katia hatten sie sehr wohl gewartet.

»Ich hatte drei Big Macs Zeit, mir das Ganze zu überlegen. Ich bin mir meiner Sache ziemlich sicher. Das Problem ist nur …«

»Dass die Beweislast auf Ihrer Seite liegt?«

»Haha. Ja. Sie haben es erfasst. Sie bleiben also dabei, dass Sie die junge Frau nicht gekannt haben?«

»Sie war Henners Begleitung.« Lars zuckte mit den Schultern.

»Gut.« Möllner stand auf. »Passen Sie auf, ich gebe Ihnen meine Handynummer.« Er zog eine Visitenkarte aus seinem Geldbeutel und überreichte sie Lars. »Wo waren Sie denn eigentlich gestern, als ich vergeblich hier geklopft habe?«

»An der Uni.«

»Ah. Natürlich. Sie sind ja gerade mitten im Semester. Nun ja. Auf Wiedersehen. Danke.« Möllner stand schon im Flur und streckte seine Hand zur Verabschiedung aus.

»Es war übrigens nur eine sehr kurze Sache.«

Möllners Augen weiteten sich.

»Die Sache mit Katia. Nur ein paar Wochen. Das ist bestimmt schon ein halbes Jahr her. Weil Sie mich gefragt hatten. Vor zwei Tagen.«

»Oh«, entgegnete Möllner. »Ja. Das dachte ich mir.« Er machte eine kurze Pause. »Mein Beileid …«

Möllner verabschiedete sich endgültig, er wandte sich um und ging den Flur hinab.

Lars wartete, bis der Kommissar im Lift verschwunden war, dann schloss er die Tür und drehte den Schlüssel zweimal herum. Er setzte sich auf das Bett und atmete einige Male tief durch. Möllner war näher an der Lösung, als er wahrscheinlich vermutete. Doch er war Teil des Systems. Die Wahrheit war für ihn so unerreichbar, wie es einem Tier unmöglich war, sich seiner selbst bewusst zu werden.

15

Sie logen alle. Maier log, Lars log. Auch Katia Seligmann log selbst im Tode noch, denn ihre Wohnung war eingerichtet wie die einer Germanistikstudentin, einer Intellektuellen, die sie wohl kaum gewesen war. Der Raum gab Antworten, die der Person Katia Seligmann nicht entsprachen. Sie hatte in dieser Identität wie in einer zweiten Haut gelebt. Ihre kurze Beziehung zu Lars kam Sebastian wie ein vorübergehender Ausbruch aus dieser Lüge vor. Ein Bekennen zu ihrer Studienwahl und zu ihrer wahren Persönlichkeit. Aber Sebastian war sich nicht sicher.

Die Lüge verband sie alle. Die Lüge war abgesprochen, um etwas zu schützen, aber er konnte beim besten Willen nicht erraten, was das sein sollte.

Sebastian schloss den Wagen von innen ab. Er massierte sich erst die Schläfen, dann die Nasenwurzel und schließlich das ganze Gesicht, wie auf der Suche nach einer Maske, die er rückstandslos entfernen konnte. Er fühlte sich in solchen Gesprächen nie ganz wohl. Die Routine hatte dazu geführt, dass man ihm das äußerlich nicht mehr ansah. Innerlich aber quälte er sich, Sebastian war nicht der schlagfertige, ironisch distanzierte Mensch, den er in Verhören und Zeugengesprächen spielte.

Er startete den Motor und fuhr den Nordring hinunter. Die Stadt im Tal lag im Lichterglanz, es war sieben Uhr abends.

Sebastian kroch hinter einem Bus Richtung Unterjesingen. Am Nachmittag war er schon einmal dort gewesen. Er fuhr die Strecke fast automatisch. Außerhalb der Stadt begleitete ihn kurze Zeit ein Zug der Ammertalbahn. Sebastian musste einigen Kurven folgen. Der Zug verschwand hinter einem Hügel. Die Straße schlängelte sich noch eine Weile an den Ausläufern des Schönbuchs entlang, dann streiften die Scheinwerfer des Dienstwagens das Ortsteilschild. Sebastian fuhr kurz über die Hauptstraße, dann bog er links ab.

Er befand sich in einem Wohngebiet, das hauptsächlich aus Einfamilienhäusern bestand. Vereinzelt durchbrachen niedrige

Wohnblocks das Muster, es gab auch einige Bungalows, in denen Studentenwohnheime untergebracht waren.

Jetzt schaltete er die Scheinwerfer aus und bog in eine Sackgasse. Sebastian stellte den Dienstwagen auf dem Bordstein ab und schaltete den Motor aus.

Dann wartete er.

Er wusste nicht, was ihn einige Stunden zuvor veranlasst hatte, die Adresse zu überprüfen. Die Kellnerin im Café Lichtenstein hatte ihn verwirrt. Sie war der Typ Frau, von dem Sebastian während seiner Beziehung mit Nadja oft geträumt hatte, als die noch ungeborene Sophie sie schon zu einer verschworenen Schicksalsgemeinschaft gemacht hatte: spontan, attraktiv und eine gewisse intellektuelle Würde ausstrahlend. Nadja hatte all das auch gehabt, aber es war nur Schein gewesen, nur Oberfläche. Anerzogene Gesten.

Er spähte zu dem dunklen Fenster im ersten Stock. Am Nachmittag hatte er die Türklingeln geprüft. Im ersten Stock gab es nur eine einzige Wohnung. Der Name am zweiten Klingelschild von unten lautete: M. Wehrle.

Maja Wehrle ging ihm nicht mehr aus dem Kopf. Sebastian hatte Tag und Nacht an sie gedacht, seitdem sie ihm im Hallenbad gegenübergestanden hatte. Dabei hatten sie nur ein paar Sätze gewechselt. Ihre Antworten hatten Professionalität ausgedrückt, Maja hatte natürlich ihre Verantwortung vor den Kindern gespürt. Aber ihr Blick hatte Sebastian eine Sehnsucht verraten, und er hatte den Blick erwidert.

Sie war sehr attraktiv, obwohl sie eigentlich ein Allerweltsgesicht hatte: Auf den wenigen Facebook-Bildern, die Sebastian außer dem Profilbild noch gefunden hatte, war ihre Nase etwas breit, beinahe knubbelig, die blonden Haare hatte sie fast immer zu einem konservativen Pferdeschwanz gebunden. Auf ihrer linken Wange war ein Muttermal, das etwas zu hell war, um als Schönheitsfleck durchzugehen. Trotzdem war sie attraktiv. Es waren ihre Augen, die ihrem Gesicht etwas Anziehendes verliehen. Ohne Kajal oder Lidschatten schienen sie tief im Gesicht zu liegen und drückten ein geheimnisvolles, schüchternes Verlangen aus.

Im ersten Stock ging ein Licht an. Sebastian duckte sich etwas hinter das Lenkrad und spähte nach oben.

Das Fenster gehörte zum Wohnzimmer. Eine junge Frau, zweifelsfrei Maja Wehrle, trat zum Fenster, schaute hinaus, überlegte wohl, ob sie die Rollläden schließen sollte, und entschied sich dann dagegen. Die Fenster reichten bis zum Boden. Sie trug einen eng anliegenden roten Schlafanzug, unter dem sich ihre Brüste stark abzeichneten. Maja wandte sich zurück ins Zimmer. Sekunden später wurde das Licht schwächer. Sie erschien mit einer Tüte Chips und ließ sich auf die Couch fallen, die im rechten Winkel zum Fenster stand. Sebastian sah Maja jetzt im Profil. Sie schaltete den Fernseher an, der dem im Dämmerlicht liegenden Zimmer einen flackernden blauen Glanz verlieh, und öffnete die Chipstüte. Von Zeit zu Zeit strich sie sich eine Strähne aus dem Gesicht.

Sebastian blieb zwei Stunden. Erst gegen halb zehn verließ Maja das Wohnzimmer. Ein erleuchtender Widerschein an der Wand des Nachbarhauses ließ Sebastian vermuten, dass sie sich im Bad fertig für die Nacht machte. Wahrscheinlich musste sie morgen zur ersten Stunde Unterricht geben und bereits um sechs das Haus verlassen. Sebastian wartete, bis auch dieser Lichtschein erlosch. Dann fuhr er zurück Richtung Innenstadt.

16

Zu Hause erwartete ihn Henner Maier. Sein strahlendes Gesicht grinste Sebastian aus dem Briefkasten entgegen. Es war auf einen Flyer gedruckt, der im orange-blauen Design der PFI gehalten war. In dicken Lettern war zu lesen: »Für eine Zukunft der Nachhaltigkeit, Transparenz und Informationsfreiheit«. »Nachhaltigkeit« war unterstrichen und fett gedruckt. Sebastian holte aus, um den Flyer zusammengeknüllt in den Garten des Nachbarhauses zu werfen, entschied sich aber dagegen. Er nahm ihn mit nach oben in die Wohnung.

Die Wäschetürme waren über die letzten Wochen fast auf Hüfthöhe gewachsen. Er trug seit drei Tagen denselben Pullover. Alle anderen waren in der Wäsche. Seufzend stieg er über einen Haufen ungewaschener T-Shirts, betrat die Küche und ließ sich dort auf den Stuhl fallen. In der Spüle stapelte sich Geschirr mit den Essensresten der vergangenen Woche. Das Neonlicht verlieh den Resten von Tomatensoße und Dosengemüse einen unappetitlichen Farbton. Sebastian öffnete eine Flache Dornfelder, kippte sich genau vier Zentimeter in ein gewöhnliches Wasserglas und nippte vorsichtig daran. Die Figur des trinkenden Kriminalkommissars hatte ihm schon immer gefallen.

Sebastian begann, den Flyer zu lesen. Das abgedruckte Parteiprogramm entsprach im Groben den Ideen und Überzeugungen, die Maier ihm am Vormittag vermittelt hatte. Die PFI trat dafür ein, dass Informationen, die der Öffentlichkeit vorenthalten wurden, verfügbar gemacht wurden. Unter dem Stichwort »Transparenz« wurden Bürgerbeteiligungen, »ergebnisoffene Mitgliederbefragungen« und Volksentscheide angeführt. Der Begriff »Nachhaltigkeit« wurde mit abgedroschenen Phrasen vorgestellt, hinter denen man den fehlgeschlagenen Versuch erkannte, eine durchaus lobenswerte Idee der breiten Masse verständlich zu machen. Sebastian nahm einen tiefen Schluck Rotwein.

Ein Gruppenbild war abgedruckt, das Sebastian schon auf der Partei-Homepage gesehen hatte und das außer Henner Maier niemanden zeigte, der ihm bekannt war. Weder Lars Breuer noch Katia Seligmann waren darauf zu sehen. Vielleicht war die mysteriöse dritte Person aus dem Café Lichtenstein darauf abgebildet. Doch etwas anderes weckte seine Aufmerksamkeit: Auf der letzten Seite waren einige Internetadressen abgedruckt. Darunter ein Link mit der Überschrift: »Persönlicher Blog des Landesvorsitzenden Henner Maier«.

Die URL beeinhaltete den Nicknamen von Henner Maier: »uninspiredname«. Sebastian stellte das Rotweinglas auf den Tisch. Er hatte Maier gegoogelt, aber er war nie auf die Idee gekommen, seinen Nicknamen in Erfahrung zu bringen. Vielleicht betrieb Lars auch auf irgendeinem Server einen versteckten Blog. Doch Lars war kein Selbstdarsteller. Maier dagegen schon.

Sebastian leerte den Rotwein in einem Zug, dann verließ er die Küche, räumte im Wohnzimmer einige Akten von seinem Laptop und tippte die Adresse von Maiers Blog in den Browser. Die Seite war kühl gehalten, fast minimalistisch, die Farben der PFI fehlten. Schwarz und Weiß dominierten. Eine elegante Schrift nannte oben links den Autor des Blogs, »uninspiredname«. Darunter stand in fetten, serifenlosen Lettern: »uninspiredblog«. Selbst die Ironie dahinter war etwas uninspiriert, doch vielleicht sollte gerade das Brechen der Ironie die eigentliche Ironie sein. Sebastian verzog die Mundwinkel.

Es gab nicht viele Einträge. In den letzten zwölf Monaten hatte Maier vielleicht zwanzig Artikel gepostet, wenige waren länger als vierhundert Worte. Die meisten handelten von tagespolitischen Themen, es waren Kommentare zu Reden der Bundeskanzlerin und kritische Auseinandersetzungen mit Positionen der Opposition auf Bundesebene. Meist waren die eigenen Überzeugungen in den Kommentar eingearbeitet, sie begannen größtenteils nach etwa der Hälfte des Artikels. Zur Auflockerung und wohl um den Landtagskandidaten menschlicher erscheinen zu lassen, waren einige persönliche Einträge vorhanden. Die meisten dieser Alltagsberichte wirkten wie niedliche Verbrüderungsversuche mit dem gemeinen Wahlvolk. Es ging um die amateurhaft umgesetzte Fahrplanauskunft des Stadtverkehrs, um schlechte Straßen in der Südstadt, um Wartezeiten im Rathaus. Ein längerer Artikel berichtete etwas gezwungen von Maiers Versuch, in der Altstadt einen Supermarkt zu finden. Sebastian fand aber immerhin Lars Breuers Namen: Seine E-Mail-Adresse stand versteckt im Impressum als »technischer Kontakt«.

Wenigstens etwas, Lars hatte also nicht gelogen. Sebastian begann, seine Wohnung aufzuräumen und grob zu reinigen. Er brachte den Müll und ein halbes Dutzend Weinflaschen aus dem Haus. Doch kurz vor Mitternacht trieb es ihn zurück zum Bildschirm. Er las die Kommentare, die einige Besucher von Maiers Blog unter den Artikeln hinterlassen hatten. Meist waren sie anonym verfasst, einige aber hatten ihren Namen hinterlassen.

Er klickte sich durch Kommentare, die meist nur aus wenigen Worten bestanden. Der Nahverkehrsartikel war von Lars Breuer mit einem trockenen »Daumen hoch!« kommentiert worden, ansonsten fand sich wenig Interessantes. Sebastian klickte auf »Archiv« und stöberte durch ältere Artikel. Auch das Archiv war überschaubar, es gab kaum mehr als dreißig Einträge. Maier schien zwar ein eloquenter Redner zu sein, vom geschriebenen Wort verstand er jedoch wenig. Kein Wunder, dass er Katia Seligmann als Pressebeauftragte benötigt hatte.

Unter einem Eintrag, der von schlechter Bezahlung und Streiks am Universitätsklinikum handelte, riss ein Kommentar Sebastian plötzlich aus seiner Müdigkeit. In dem Eintrag war ein Link zu einem Video enthalten. Der Text lautete: »es ist unglaublich, was die sich erlauben können, vor allem wenn man die geschichte der uniklinik im hinterkopf behält!« Geschrieben am 10. März. Als Verfasser war angegeben: *katias*.

Er hatte ein geschriebenes Wort von Katia Seligmann entdeckt. Eigentlich war es nur eine Nebensächlichkeit, doch Sebastian saß mit einem Mal aufrecht im Bürostuhl. Es war tatsächlich der erste Satz, den sie sozusagen an ihn richtete. In ihrer Wohnung gab es außer mathematischen Formeln nichts Geschriebenes. Man hatte auch bei der gründlichen Durchsuchung am Tag zuvor, bei der Sebastian nicht anwesend gewesen war, keine Dokumente gefunden. Nichts. Keine Ausdrucke, keine handgeschriebenen Texte, nur sechs Collegeblöcke voller Lösungswege zu unbekannten Übungsaufgaben, die auf die mathematisch unbedarften

Untersuchungsbeamten wie eine Ansammlung von ägyptischen Schriftzeichen gewirkt hatten.

Sebastian starrte auf das kursiv gesetzte *»katias«*. Er klickte auf den Videolink.

Der Film war ein Ausschnitt aus einer Dokumentation und etwa fünfzehn Minuten lang. Zunächst ging es um Fälle von sexuellem Missbrauch und körperlicher Gewalt in kirchlichen Kinderheimen in Baden-Württemberg. Die Dokumentation berichtete über Ereignisse in den fünfziger Jahren. Nationalsozialistisch gedrillte Aufseher und Erzieher hatten sich nach dem Krieg langsam in Kinderheimen und Waisenhäusern eingenistet, und dort waren sie auf Personal gestoßen, das noch immer Vorstellungen aus den zwanziger und dreißiger Jahren folgte. Ihr Zusammentreffen bildete eine Synthese psychischen Terrors und körperlicher Gewalt. Tränenüberströmte Greise berichteten davon, wie sie nachts mit Gurten ans Bett gefesselt worden waren, wie ihnen das Mittagessen, das sie aus Ekel oder Krankheit erbrochen hatten, am Abend wieder aufgetischt wurde, wie sie für einfache Arbeiten in benachbarte Betriebe verschickt wurden und nach dem Unterricht teilweise noch acht Stunden lang nähen, löten oder schrauben mussten, um ihren Heimplatz zu finanzieren. Man sah Menschen, die zum Opfer des gefürchteten Elternausspruches »Dafür kommst du ins Heim!« geworden waren und die selbst sechzig Jahre später nur schwer von den Erfahrungen berichten konnten.

Sebastian lauschte der sonoren Erzählerstimme. Es war bisher keine Rede von Tübingen, es ging um Städte in der näheren Umgebung, auf der Schwäbischen Alb, in Bayern, am Bodensee, in Baden.

Dann erschien ein auf den ersten Blick seltsam weiblich aussehender, etwa siebzigjähriger Mann auf dem Bildschirm. Offenbar saß er im Rollstuhl. Er war am ganzen Körper aufgedunsen, das Sprechen fiel ihm schwer. Vor einer schwarzen Leinwand berichtete er von anhaltenden Prügeln in einem Heim nahe Stuttgart, in das er als unerwünschtes Kind einer minderjährigen Stuttgarterin und eines US-Soldaten geschickt worden war. Bilder von damals zeigten ein gesundes, aber zutiefst verunsichertes Kind in einem einfachen Pullover aus grober Wolle. Der Mann berichtete vom

Alltag der körperlichen Misshandlungen. Mehrfach, so erzählte er, hätte ihm der Direktor des Heims die Beine gebrochen, als er mit Stiefeln auf ihn eingetreten hatte. Die Brüche waren nie ärztlich versorgt worden, waren von selbst wieder schief zusammengewachsen und hatten zur Folge gehabt, dass er dreißig Jahre später auf einen Rollstuhl angewiesen war. Er berichtete von seiner Behinderung mit einer Teilnahmslosigkeit, die Sebastian erschaudern ließ.

Die Stimme des unsichtbaren Reporters fragte hinter der Kamera nach weiteren Vorfällen. Offensichtlich waren ihm diese bekannt, und er versuchte, sie durch den Mund des Betroffenen dem Zuschauer zu präsentieren.

Der alte Mann setzte zur Antwort an. Seine Stimme war nur schwer zu verstehen.

»Mit fünf hatte ich zum ersten Mal Probleme mit dem Gang zur Toilette. Also nachts …«

Der interviewende Reporter sagte etwas, das man nicht verstehen konnte. Der alte Mann, jetzt untertitelt mit »Alfred R.«, beugte sich nach vorne.

»Bettnässer, genau«, bestätigte er. »Und das gab jeden Morgen Prügel. Jeden Morgen. Teilweise hab ich ja versucht, gar nicht mehr zu schlafen, um es rechtzeitig aufs Klo zu schaffen. Aber ich war fünf, ich war sechs, hören Sie. Sie schaffen es als Fünfjähriger doch nicht, eine ganze Nacht wach zu bleiben. Ich bin immer irgendwann eingeschlafen. Und am Morgen war dann alles nass. Es gab jedes Mal Prügel.« Wieder lehnte er sich nach vorne und lauschte den unverständlichen Worten des Reporters.

»Ja, natürlich hab ich das versucht«, rief er dann. Er schien die Kamera völlig vergessen zu haben. »Ich habe auch versucht, es trocken zu reiben. Ich habe versucht, die Bettwäsche zu verstecken, aber das war ja alles nutzlos. Was man sich eben so denkt als kleines Kind. Es hat nichts genützt. Ja, und so ging das fast drei Jahre. Das war der Horror für mich. Die psychische Belastung, das können Sie sich gar nicht vorstellen. Ja, und dann kam eben der Herr Dr. Oberwalder. Mir achtjährigem Kind hat man gesagt, er hätte die Lösung. Und er war ja Arzt. Als Kind glaubt man dem Arzt. Und ich wollte ja selber, dass es aufhört. Das war mein größter

Wunsch gewesen, regelmäßig durchzuschlafen, ohne dass etwas – na ja – passiert. Der Herr Dr. Oberwalder hat geredet von einer Behandlungsmethode, von einer neuartigen Behandlungsmethode. Mit Kathoden. Haben Sie mit acht gewusst, was eine Kathode ist, was eine Anode? Ich hatte keine Ahnung. Ich hab dem alles geglaubt. Und es hätte ja auch gar nichts genützt, wenn ich abgelehnt hätte. Das war schon alles besprochen mit der Heimleitung. Der Herr Dr. Oberwalder hat sich nur noch mal persönlich mit mir unterhalten, um sein Gewissen zu beruhigen. So ganz überzeugt war der, glaube ich, nämlich selbst nicht. Ja, und dann ging's in die Klinik. Eines Morgens hieß es: ›Zieh dich an‹. Dann wurde ich abgeholt, relativ unbemerkt von den anderen. Es war – das weiß ich noch ganz genau –, es war ein beiger Mercedes 220, so ganz schön, mit verchromtem Kühlergrill. Wir kannten damals die ganzen Modelle auswendig. Wir haben ja geträumt davon, später auch mal so einen zu fahren.« Er gluckste, und es lag keine Bitterkeit in seinem Lachen. »Zwei Komma zwei Liter, achtzig PS, ich glaube, zweitausendzweihundert Kubikzentimeter Hubraum. Das kannten wir Jungs damals alles auswendig. Ja, und da staunen Sie als kleiner Bub, wenn Sie mit so was fahren durften!«

Es folgten einige verwackelte Schwarz-Weiß-Aufnahmen vom Inneren eines Krankenhauses.

Die sonore Stimme erzählte: »Alfred R. wurde in das Universitätsklinikum im siebzig Kilometer entfernten Tübingen gebracht. Dort hatte man Anfang der fünfziger Jahre mit Testreihen zur Elektroschocktherapie begonnen. Den meist minderjährigen Probanden wurden dabei elektrische Impulse auf die Geschlechtsteile geleitet. Man hoffte, Alfred R.s Bettnässen damit behandeln zu können.«

Die Aufnahmen eines kleines Zimmers wurden gezeigt. Die Kamera filmte zunächst verwackelt und sicher nicht zur Veröffentlichung bestimmt den Blick aus der Psychiatrischen Klinik auf Stiftskirche, Stadtgraben und Unterstadt. Danach wurde ein einfaches Metallbett gezeigt, hinter dem einige für heutige Betrachter antiquiert wirkende Geräte mit massiven Reglern und rhythmisch schwingenden Zeigern zu sehen waren. Ein Arzt, wohl der Leiter des Experimentes, erklärte im charmanten Singsang der fünfziger

Jahre das genaue Vorgehen, er nannte souverän Stromstärke, Spannung und andere Parameter. Zwischen den zahlreichen Assistenten, die um das Bett standen, erfasste die Kamera für einen kurzen Moment den hilflosen Blick eines kleinen Jungen.

Alfred R. war wieder vor der schwarzen Leinwand zu sehen, er hatte den Kopf gesenkt und kämpfte offenbar mit den Tränen. Er holte tief Luft. »Ja, und dann hieß es, Behandlung erfolgreich. Du bist entlassen. Und man hat mich nach nicht mal vier Tagen wieder zurückgebracht. Und ich dachte die ganze Zeit: Da stimmt doch was nicht, du hast ja gar kein Gefühl mehr da unten.«

Dann wieder das Voice-over. »Alfred R.s Hoden sind irreparabel beschädigt. Er überspringt die Pubertät, entwickelt weibliche Körpermerkmale. Mit zwanzig macht er seine leibliche Mutter ausfindig, lebt bis zu ihrem Tod bei ihr. Seitdem wohnt er alleine. Jahrzehntelang arbeitet er als Briefsortierer bei der Post, lebt alleine. Erst mit Ende vierzig wird ihm eine Behinderung zuerkannt, er erhält seitdem eine monatliche Rente. Alfred R. war nie verheiratet.«

Kurz wurde zurückgeblendet auf Alfred R., er saß jetzt zusammengesunken im Rollstuhl und wischte sich Tränen aus den Augen.

Sebastian schloss das Video, als von mehreren Selbstmordversuchen die Rede war. Er fühlte sich miserabel.

Wie ihm schien es auch den Besuchern von Maiers Blog gegangen zu sein. Die Antworten, die auf Katia Seligmanns Kommentar folgten, waren allesamt betroffen, schockiert und angeekelt. Einige schrieben: »Das ist krank. Das ist völlig pervers.« Andere schrieben Dinge wie: »Einfach weitergemacht, wie man in Auschwitz aufgehört hat.«

Dann wurden die Antworten sachlicher. Katia Seligmann meldete sich noch mal zurück. Sie schrieb: »Und es gab Dutzende viel schlimmerer Fälle. Mit Todesfolgen. Kein Mensch hat die jemals öffentlich gemacht.«

Maier schrieb dazu Ende April: »Grade noch mal das Video gesehen. Das ist einfach abstoßend. Was waren das für Menschen?«

Das war der vorletzte Kommentar, er lag acht Monate zurück.

Die letzte Antwort war von Katia. Da der ursprüngliche Artikel von Anfang März stammte und tief im Archiv versteckt war, hatte diesen letzten Kommentar bisher wohl niemand gelesen. Er stammte vom 5. Dezember, nur zwei Tage vor der Mordnacht.

katias schrieb: »Die können sich auf eine Überraschung gefasst machen.«

17

»Wir müssen Sandra schützen. Wir müssen ihren Namen auf alle Fälle da raushalten. Das ist jetzt wichtiger als die Landtagswahl.« Henner strich sich eine Strähne aus dem Gesicht.

Sie standen hinter den Zinnen. Der Wind peitschte ihnen aus dem Tal ins Gesicht. Von Zeit zu Zeit schickte er einige Schneeflocken über den kleinen Park. Der Himmel war tiefgrau und bildete das schmutzige Gegenstück zur schneebedeckten Altstadt, die ihnen als Panorama zu Füßen lag.

Sie hatten sich in der Stadt getroffen. Nachdem Henner sich mehrfach vergewissert hatte, dass ihnen niemand folgte, waren sie hinauf zum Schloss gestiegen. Bei schlechtem Wetter konnte man hier oben unter sich sein. Außer ihnen befand sich niemand in dem kleinen Park, der sich oberhalb des Tors befand. Hinter ihnen erhob sich das trutzige Schloss Hohentübingen, das Ulrich von Württemberg irgendwann im 16. Jahrhundert zur Festung hatte ausbauen lassen.

Lars rieb sich die Hände. Er nickte, dann zog er den Kopf tiefer in seine schwere Winterjacke. »Du hast recht«, sagte er.

»Ich wusste nichts von der Abmahnung«, meinte Henner. »Ich wusste nicht, dass Sandra eine bekommen hat.«

»Denkst du, es hängt damit –«

»Natürlich hängt das zusammen. Sie wollen sie aus der Klinik rausbekommen. Wahrscheinlich möglichst geräuschlos, jetzt nach der Sache mit Katia.« Henner atmete tief ein. Er warf die Hände nach oben. »Was weiß ich, verdammt. Vielleicht hatten sie doch irgendwo eine Kamera. Vielleicht haben sie das Ganze auf Video. Hochauflösend. Nur weil man keine Kamera gesehen hat …«

»Der Kommissar meinte, sie hätten Schlafmittel in Katias Körper gefunden. Schlafmittel, das in Tübingen nur aus der Uniklinik stammen kann.«

»Weißt du was? Das würde mich gar nicht mehr wundern. Diese ganze Scheiße, mein Gott. Mein Gott, Lars! Es war zu groß für uns! Es war einfach verdammt noch mal *too fucking big*!«

Lars schwieg. Er scharrte einige Zeit unschlüssig mit dem Stiefel im Kies, dann meinte er: »Sandra hat ziemliche Angst.«

»Ich weiß.«

»Redet ihr oft miteinander?«

»Fast täglich seit der Sache.«

»Wie?«

»Hm?«

»Ich meine«, sagte Lars, »auf welchem Weg?«

»Wir haben da unsere eigene Methode.«

»Nicht persönlich?«

»Wir chatten.«

»Hinterlasst ihr irgendwelche Spuren?«

Henner blickte über die Stadt. »Keine«, sagte er. »Es gab welche. Ich habe sie verbrannt.«

»Habt ihr euch schriftliche Nachrichten zukommen lassen?«

»Anfangs ja. Seit vorgestern nicht mehr. Du weißt, dass sie seit Tagen ihre Wohnung nicht mehr verlassen hat?«

»Sie hat es mir erzählt«, meinte Lars. »Sie hat mir auch von Drohanrufen erzählt …«

»Mir auch«, murmelte Henner. »Es war ein Fehler, Sandra da reinzuziehen. Das Ganze war überhaupt ein riesiger Fehler.«

»Hast du sie seit dem Vorfall einmal getroffen?«, fragte Lars.

Henner schüttelte den Kopf. »Sie lässt mich auch nicht in ihre Wohnung. Du weißt, wie sie ist.«

Er ließ den Blick wieder über die Landschaft streifen.

Lars lehnte an einer Zinne und betrachtete das Schloss. Der Nordostturm stellte den kartografischen Mittelpunkt Württembergs dar. Dahinter, in einem Seitenflügel, hatte ein Schweizer Wissenschaftler Mitte des 19. Jahrhunderts die DNA entdeckt. Lars hatte das Schloss einmal betreten, vor Jahren schon, die Universität betrieb ein Museum darin, das für Studenten kostenlos war. Sein Blick blieb am Torportal hängen, das reich mit Ornamenten und Figuren geschmückt war. Eine der Gestalten hielt eine Flinte im Anschlag, der Lauf schien direkt auf Lars gerichtet.

Am Morgen hatte erneut das Telefon geklingelt. »Ich bekomme auch Drohanrufe«, sagte Lars.

»Hm?«, fragte Henner. Er hielt die Hand ans Ohr.

Lars wiederholte es, diesmal lauter. Er musste gegen den Wind anreden.

»Du auch? Wie viele?« Henner schien ernsthaft beunruhigt.

»Heute Morgen schon der dritte. Sie rufen aufs Festnetz an. Ich nehme ab, und niemand meldet sich. Man hört nur …«

»Was?«

»Immer nur regelmäßige Atemgeräusche. Dann wird aufgelegt.«

Henner steckte die Hände zurück in die Taschen. Er schaute in den Himmel. »Bei Sandra das Gleiche. Ich hab das erst als Paranoia abgetan … Diese ganze Sache war ein Fehler, Lars.«

»Es war Katias Idee.«

»Wenn es geklappt hätte …«

Lars antwortete scharf. »Dann hätten wir zwei, drei Prozentpunkte mehr in der Landtagswahl bekommen. Oder? Das denkst du doch.«

»Nein. Wirklich nicht. Ich bin nicht so karrierefixiert, wie du immer dachtest, Lars. Ich könnte nach dem Studium in jeder Kanzlei der Welt anfangen. Aber ich bringe das Opfer …«

»Oh, der große Märtyrer!« Lars verdrehte die Augen.

Er bekam keine Antwort, eine Pause entstand. War Henner gekränkt? War die Ironie unpassend gewesen? In solchen Situation fühlte Lars sich stets unsicher. Er beruhigte sich. »Tut mir leid. Die letzten Tagen waren einfach – es war einfach der Horror.«

Auf Henners Gesicht zeichnete sich jedoch schon wieder ein Lächeln ab. »Sandra hat mir von dem schwarzen Mercedes erzählt.«

»Ja?«, fragte Lars. Er bemühte sich, aus Henners Gesicht abzulesen, wie dieser die Sache einschätzte. War es doch nur Paranoia, oder wurde er tatsächlich beschattet?

Doch Henner ging gar nicht mehr darauf ein. Er wandte sich um und blickte wieder über die Altstadt.

Was überlegte er? Lars begann, von einem Bein aufs andere zu treten. Der Wind hatte merklich nachgelassen, dennoch wurde es immer kälter.

»Wie war es in Freiburg?«, fragte Lars, einfach um etwas zu sagen.

Henner wartete einen Augenblick, bevor er sich umdrehte. »Oh, toll.« Er klang zerstreut. »Wirklich gut. Wir haben viele Unterstützer gefunden. Mitglieder geworben. Und …« Er hielt inne. »Vergessen wir den Bullshit doch kurz. Hast du die Dokumente schon gesehen?«

»Nein«, murmelte Lars. »Du?«

»Nur überflogen, höchstens eine Minute. Du hast gesagt, die Originale sind verschwunden?«

»Katia hatte die Originale. Als ich sie gefunden habe, hatten sie ihren Rucksack schon durchsucht. Sie waren weg.«

»Sandra hat Kopien.«

»Ich weiß«, sagte Lars. »Die Frage ist nur, was wir jetzt damit machen.«

»Was wir jetzt damit machen? Das fragst du noch?« Henner schaute sich um, als ob er von einem imaginären Publikum die Antwort erwartete. »Nichts! Überhaupt nichts. Wir warten ab, Lars. Wir warten verdammt noch mal ab, bis ein bisschen Ruhe in die ganze Sache reinkommt.«

»Aber der ganze Aufwand …« Lars fühlte eine tiefe Enttäuschung.

»… war eine gute Trainingseinheit für spätere Projekte.«

Lars betrachtete ihn.

»Versteh mich nicht falsch«, sagte Henner schnell. »Natürlich können wir die Dokumente irgendwann veröffentlichen. Aber zuerst muss Gras über die Sache wachsen. Wir müssen an Sandra denken. Wir müssen an *dich* denken, Lars. Ansonsten bist du ganz schnell deinen Studienplatz los. Glaubst du etwa, das Ganze reicht nicht bis in die Universität? Bist du wirklich so naiv?«

»Nein«, flüsterte Lars.

»Wir haben einen entscheidenden Vorteil.« Henner machte einen großen Schritt auf ihn zu, er wirkte jetzt sehr selbstsicher, fast euphorisch.

»Der wäre?«

»Die Kopien. Sie wissen nicht, dass wir Kopien gemacht haben. Die Originaldokumente haben sie sicher zerstört, nachdem sie sie Katia abgenommen haben. Aber wir haben die Kopien. Die kann uns keiner nehmen.«

»Wann kann ich die Scans eigentlich mal sehen?«, fragte Lars.

»Ich sage Sandra, sie soll sie dir schicken.«

Lars nickte. »Du musst dich jetzt auf einen Besuch von diesem Kommissar gefasst machen.«

»Dieser Möllner? Wegen Sandra? Denkst du, die Kellnerin im Café Lichtenstein hat ihren Namen gekannt?«

»Kaum.« Lars erinnerte sich an das Gespräch mit Möllner.

»Was macht dich da so sicher?«

»Der Kommissar hat versucht, mir ihren Namen zu entlocken. Er kennt ihn also nicht. Du musst dir da keine Sorgen machen.«

Henner runzelte die Stirn. »Und du hast ihm gesagt, es wäre meine *Begleitung* gewesen?«

»Ja.«

War das ein Fehler gewesen? Lars spürte leise Panik, ihm war im Gespräch mit Möllner nichts besseres eingefallen. Doch Henner lachte laut auf. »Wenn er jetzt Claudia verhört und ihr das sagt – dann hängt der Haussegen aber schief, verstehst du?« Er kicherte noch. »Zum Glück geht das gerade nicht.«

Was war daran so amüsant? Der Gedanke, dass Möllner Henners Freundin verhören könnte, gefiel Lars nicht. Die beiden führten eine Art Zweckbeziehung, von Liebe war nichts zu erkennen. Die Gefahr, dass Claudia mit einer ihrer zynischen Spitzen das wenige, was sie vom Projekt wissen konnte, dem Kommissar offenbarte, war zu groß. »Denkst du, er würde Claudia befragen?«

»Dieser Möllner weiß sicher schon lange, dass sie meine Freundin ist. Er *muss* sie jetzt einfach fragen. Ich telefoniere mit Claudia. Keine Angst.«

»Wo ist sie denn genau?«

»Nicht in Tübingen. Im Urlaub. Sie joggt jetzt wahrscheinlich gerade über den Strand.«

»Wo?«, fragte Lars.

»Seychellen, irgendwo. Aktivurlaub. Mit Sportprogramm und so weiter. Keine Ahnung. Hat sie auch bitter nötig. Wird immer fetter.« Er kam noch einen Schritt näher, Lars konnte schon seinen Atem spüren. »Sandras Name darf nicht fallen. Sandra muss geschützt werden. Noch mal: Wir müssen alles von ihr fernhalten. Die Gefahr ist zu groß.«

Wieso war er nur so sehr an Sandras Wohlergehen interessiert? Und was war zwischen Henner und Claudia vorgefallen, dass ihr

Aufenthaltsort ihn so wenig interessierte? »Welche Gefahr?«, fragte Lars. »Dass sie ihren Job verliert?«

Henner lachte kurz auf. »Lars. Nein.« Er kam noch näher, jetzt berührten sich ihre Gesichter fast. Henners Blick war kühl und abgeklärt, in den Pupillen sah Lars sein eigenes Gesicht gespiegelt. »Nein, Lars. Ich habe Angst, dass ihr das Gleiche passiert wie Katia.«

18

Sebastian zog seinen Dienstausweis aus dem Geldbeutel. Er betrachtete sein Spiegelbild in der Glastür, registrierte zufrieden, dass er absolut perfekt rasiert war, strich sich einige Strähnen aus der Stirn und entfernte die Krümel einer Brezel von seinem Schal. Er räusperte sich. Dann klingelte er.

Bei Nadja war alles viel einfacher gewesen. Ihrer Beziehung war damals eine fast einjährige Freundschaft vorausgegangen. Sie hatten sich wie die meisten Studenten aus einer äußeren Bedrohung heraus zu einem winzigen, verschworenen Staat zusammengetan. Die Bedrohung war die Universität gewesen. In seiner allerersten Semesterwoche hatte der zwanzigjährige Sebastian, gerade aus dem Zivildienst entlassen, immer noch pickelig, mit einer Vorliebe für F. Scott Fitzgerald und stets nur blaue T-Shirts tragend, eine eingeschüchterte Kommilitonin vor dem Seminarsaal getroffen. Schon damals, in dieser ersten Sekunde, hatte er den Eindruck gehabt, dass Nadja an einer Universität nichts zu suchen hatte.

Sie stammte aus guter Familie und hatte dank unzähliger Nachhilfestunden gerade so das Abitur geschafft. Dass sie sich nur vier Tage nach dem Abschlussball an mehreren Universitäten beworben hatte, war mehr aus Familientradition heraus geschehen. Sebastian hingegen war im Stammbaum, der immerhin bis zum Dreißigjährigen Krieg zurückreichte, der Erste gewesen, der eine Hochschule besuchte.

Dieses Spannungsverhältnis war schließlich einer der Gründe für das Scheitern der Beziehung gewesen: Auf der einen Seite die etwas träge Stammhalterin einer seit Jahrhunderten etablierten Familie von pietistischen Pfarrern, Kaufleuten, Medizinern oder Hochschullehrern. Auf der anderen Seite der wie besessen am gesellschaftlichen und intellektuellen Vorankommen arbeitende Kleinbürgerspross Sebastian, dessen Vater sich bereits durch sportliche Erfolge und großen Ehrgeiz aus einer Handwerkerfamilie zum Kommissar hochgearbeitet hatte. Sebastian und Nadja hatten sich in diesen Dingen nie wirklich verstanden. Vor dem Seminarsaal hatte Sebastian den Zauberspruch des studentischen Sozialgefüges gesagt: »Na, auch Erstsemester?«

Nadja hatte vom Raumbelegungsplan aufgeschaut und ihn dankbar angelächelt.

Zwei Jahre später war sie schwanger geworden.

Das Wetter hatte sich im Laufe des Vormittags aufgeklärt, jetzt waren nur noch vereinzelt Wolken am Himmel. Sebastian klingelte ein weiteres Mal, doch im selben Moment meldete sich eine Stimme. Der hektische Tonfall ließ vermuten, dass Sebastian sie gerade aus einer wichtigen Beschäftigung gerissen hatte.

»Möllner, Kriminalpolizei Tübingen«, sagte er. »Kann ich einen Moment mit Ihnen sprechen?«

»Öhm?«, kam es aus dem Lautsprecher. Dann: »Ja klar, kommen Sie hoch. Erster Stock.«

Ich weiß, dachte Sebastian.

Der Türöffner summte. Er atmete tief ein, dann trat er ins Treppenhaus.

Maja Wehrle stand in Trainingshose und bunter Strickjacke in ihrer Wohnungstür. Die blonden Haare fielen ihr gelockt über die Schultern, die sehr schmal waren. Sie machte sich wohl gerade zum Verlassen des Hauses bereit, denn ihr Gesicht war nur halb geschminkt. Sie trug bereits Wimperntusche, doch der Mund war noch natürlich-spröde, der Lippenstift fehlte. Ihr Gesicht wirkte im Ungleichgewicht, doch sie war immer noch unglaublich hübsch.

Sebastian fummelte an seinem Ausweis herum und hielt ihn schutzschildartig vor sich.

»Ich kenne Sie doch«, meinte Maja. Anscheinend hatte sie sich die Minute, die Sebastian nach oben gebraucht hatte, den Kopf darüber zerbrochen, was die Kripo von ihr wollte. Jetzt war es ihr wohl klar geworden. »Sie waren doch letzte Woche im Hallenbad, wegen des Diebstahls, den die Kinder beobachtet haben? Der ›technisch gesehen‹ kein Diebstahl war.«

»Genau«, meinte Sebastian. »Genau. Deshalb bin ich hier. Ich hätte da noch ein paar Fragen.«

Auf der geschminkten Seite ihres Gesichtes zeichneten sich

einige Falten ab, der ungeschminkte Teil jedoch schien zu lächeln. »So?«, fragte sie. »Ich habe doch alles gesagt. Die Kinder haben die Sache beobachtet.«

»Ich weiß, ich weiß. Wir sollten es trotzdem noch einmal zusammen durchgehen.«

Maja seufzte erst, doch dann legte sich das Lächeln über ihr ganzes Gesicht. »Na gut, kommen Sie rein. Kaffee?«

»Nein, danke«, beeilte sich Sebastian zu sagen.

»Sie bekommen trotzdem welchen. Kekse?«

Die Wohnung war in Fichte eingerichtet und entsprechend hell, fast zu hell, wegen der großen Fenster war sie sogar jetzt im Winter sonnendurchflutet. Der weiß geflieste Boden war wie zur Entschuldigung mit unzähligen Teppichen in warmen Tönen belegt.

Vom großen Wohnzimmer gingen die Küche, ein Schlafzimmer und das Bad ab. Sebastian erkannte das Sofa, auf dem Maja am Vorabend chipsknabbernd gesessen hatte. Es roch gut in der Wohnung, es roch sauber. Es roch nach frisch bezogenem Bett, nach Duschgel, nach Zitronenspülmittel. Selbst der unterschwellige Staubsaugergeruch trug zur allgemeinen Frische bei. Sebastian gefiel die Wohnung, und er erkannte an dem unterdrückten Stolz in Majas Gesicht, dass sie es bemerkte. Sie wandte ihm ihre ungeschminkte Gesichtshälfte zu. Dann bat sie ihn, Platz zu nehmen. Sebastian setzte sich auf die Couch.

Um seine Unsicherheit zu überspielen, sagte er, kaum dass er Platz genommen hatte: »Die Kinder sind also zu Ihnen gekommen und haben Ihnen gesagt …«

Maja setzte sich sehr langsam auf einen Sessel, der Sebastian gegenüberstand. Sie schüttelte den Kopf. »Nein, falsch. Ganz falsch. Ich bin zu den Kindern gegangen, weil der ganze Pulk zusammengestanden und irgendwas diskutiert hat. Bei so was müssen Sie als Lehrerin vorsichtig sein. Die kennen auch in dem Alter schon alle Mechanismen einer Verschwörung.« Sie lächelte. Sebastian machte sich sinnlose Notizen, er schrieb »Verschwörung« und unterstrich es mehrfach. Es war viel zu früh, einen Vorstoß zu machen. »Und dann haben die Kinder Ihnen von dem aufgebrochenen Schrank berichtet?«

»Fach. Es war ein Fach. Diese kleinen Kästchen, wo man seine Wertsachen einschließt.« Maja betrachtete ihn jetzt neugierig, bemerkte Sebastian. Er hätte sich besser vorbereiten sollen.

»Ein Schließfach also, hm. Haben die Kinder denn irgendjemanden gesehen? Jemanden, der Verdacht erregte?«

Sie zuckte mit den Schultern. »Wie schon gesagt. Die Kinder haben einen Mann gesehen. Aber was –«

»Ja, was bedeutet das bei Kindern schon.«

Sie musterte ihn erneut. »Genau. Das kann alles bedeuten. Für Zweitklässler ist jeder bis sechzehn ein Junge und ein Mädchen, alles darüber ist Mann und Frau.«

Sebastian notierte eifrig: »<16 = Mädchen/Junge, >16 = Mann/Frau«.

»Und außerdem«, fuhr Maja fort, »war die Person in Badehose. Wollen Sie meine persönliche Meinung hören?«

»Gerne.« Sebastian legte das Notizbuch beiseite.

»Fach aufgebrochen, in Kabine gegangen, umgezogen, rausspaziert. Die beste Verkleidung. Die meisten Menschen sehen nackt und nass ganz anders aus als angezogen und trocken.«

»Da haben Sie recht …«

Maja führte den kleinen Finger an ihre ungeschminkte Gesichtshälfte und strich sich eine Strähne hinters Ohr. Sie verharrte mit der Hand an der Schläfe und stützte ihren nun leicht geneigten Kopf darauf ab. Nach einem kurzen Blick auf den Boden und einem unschuldigen Zwinkern schaute sie wieder auf und sagte: »Darf ich Ihnen eine Frage stellen?«

»Klar, gerne.« Sebastian setzte sich im Sofa etwas aufrechter. Es war angenehm warm in der Wohnung. Direkt vor dem Fenster hielt gerade ein Zug der Ammertalbahn Richtung Herrenberg. Unzählige Schüler stiegen aus.

»Ich hatte heute Morgen frei«, sagte Maja. Ihr Blick war Sebastians gefolgt. »Aber ich muss spätestens in fünfzehn Minuten los, Nachmittagsunterricht. Sie müssen sich also beeilen, Herr …«

»Möllner, Kommissar Möllner. Sie wollten mir eine Frage stellen.«

Sie nickte. »Was erhoffen Sie sich von diesem Besuch? Ich muss ehrlich gestehen, dass ich nicht davon ausgehe, dass diese Lappalie jemals aufgeklärt wird ... Dass die Kripo bei so was überhaupt derart intensiv ermittelt, alle Achtung. Das hätte ich nicht erwartet.«

Sebastian hustete. »Ja, wir tun unser Bestes ... Ich hoffe schon, den Fall irgendwann zu klären.« Der überfüllte Zug vor dem Fenster gab ihm die Möglichkeit, das Thema elegant zu wechseln. »Ist sicher oft anstrengend in Ihrem Job. Welche Klassen unterrichten Sie denn?« Perfekt. Das ging gerade noch so als mäßig interessierter Smalltalk eines Beamten durch.

»Nur Grundschule, erste bis vierte Klasse.« Maja schien vom plötzlichen Themenwechsel nicht beeindruckt.

»Wenn sie noch süß sind«, sagte Sebastian.

»Haben Sie Kinder?«

»Eine Tochter. Sophie.«

»Ach.« Majas Augen weiteten sich überrascht. »Wie alt ist sie denn?«

»Bald fünf.« Er machte eine Pause. Sollte er dieser Frau wirklich von Nadja und Homo Faber erzählen? Er entschied sich dafür. »Aber ich sehe sie nur noch selten.«

»So?«

»Sie lebt bei ihrer Mutter.«

»Ah.« Majas Stimme drückte ein gewisses Mitleid aus. Sie verstand offenbar sofort, was er meinte. Machte sie sich Vorwürfe, mit ihrer Frage zu direkt gewesen zu sein? Sebastian konnte es nicht sagen.

Er sagte: »Wir sind schon lange getrennt. Ihre Mutter lebt in Guatemala ...«

»Guatemala!« Maja stieß ein kurzes Lachen aus, ihr Gesicht wurde jedoch beinahe sofort wieder ernst, anscheinend vermutete sie eine Indiskretion. Sie wandte den Kopf zur Seite und sagte entschuldigend: »Na ja ...«

»Der neue Partner von ... Also, von Sophies Mutter ist Ingenieur ... Er hat dort Aufträge angenommen, in Guatemala. Vermutlich, um hier in Deutschland vor irgendwas zu flüchten.« Er zuckte schmunzelnd mit den Schultern. »Oder vor irgendwem.«

»Ah, so 'ne Homo-Faber-Geschichte«, sagte Maja wie beiläufig.

Sebastian betrachtete irritiert ihr unschuldiges Lächeln, das sich jetzt ungebrochen über beide Gesichtshälften ausgebreitet hatte.

»Ja, äh, genau«, stammelte er. Insgeheim nannte er Nadjas Abenteuer seit Jahren so, aber das konnte Maja nicht wissen. Sie hatte zufällig dieselbe Bezeichnung gefunden. »Max Frisch nehmen Sie in der Grundschule aber bestimmt nicht durch.«

»Denken Sie, ich lese den ganzen Tag ›Räuber Hotzenplotz‹ und ›Das kleine Gespenst‹?«

Sebastian lachte. »Nein …« Er bemerkte ein Regal, vollgestopft mit DVDs. Auf ihrer Facebook-Seite hatte er von ihrer Vorliebe für Ingmar Bergman gelesen. Doch er verkniff es sich, eine Diskussion über Filme anzuregen, es passte nicht zum offiziellen Charakter des Gesprächs. Auf einmal wusste er nicht mehr, was er sich mit dem Besuch gedacht hatte. Er führte sich auf wie ein Dreizehnjähriger, der im Deutschunterricht unbedingt in die Arbeitsgruppe mit Stefanie, Simone, Amelie oder Anja kommen wollte, um dann eine Schulstunde lang als Hahn im Korb Schwachsinn zu faseln und sich drei Nachmittage lang zu schämen.

Maja streckte sich. »Ach Scheiße!«, rief sie. »Ich habe ja den Kaffee ganz vergessen. Jetzt ist es zu spät, ich muss bald los. Hier, wollen Sie nicht die Kekse mitnehmen? Ich bin sowieso zu fett, ich habe allein in den letzten sechs Monaten drei Kilo zugenommen. So ist das, wenn man Single ist. Haben Sie notiert, was Sie notieren wollten? War das eigentlich ursprünglich als Zeugenbefragung geplant, oder sollte es von Anfang an ein Date werden?«

Sebastian spürte eine starke Hitzeentwicklung im Gesicht. Das erschreckte ihn. Er war seit Jahren nicht mehr rot angelaufen. Das Gefühl, wie das Blut einem in die Wangen schoss, die Ahnung eines Fiebers, all das hatte er schon fast vergessen.

»Es tut mir leid, ich führe mich hier auf wie einer Ihrer Schüler.«

Maja entgegnete frech: »Die schreiben: ›Willst du mit mir gehen? Ja. Nein. Vielleicht.‹ Zum Ankreuzen. Das wissen Sie doch.«

Sebastian lächelte. »Natürlich.«

»Jetzt müssen Sie wirklich gehen. Ich muss los. Wenn ich einmal fünf Minuten zu spät komme, bedeutet das *carte blanche* für die Schüler, ab jetzt jedes Mal zehn Minuten zu spät zu kommen. Und fertig schminken muss ich mich auch noch.«

Sie begleitete Sebastian in den Flur.

An der Tür setzte er an: »Ich habe übermorgen frei, also, eventuell …«

»Wir könnten uns nachmittags am Baggersee treffen. Ein Spaziergang mit der Möglichkeit eines nachträglichen geselligen Beisammenseins in einer gastronomischem Einrichtung, die Heißgetränke ausschenkt.«

»Um halb zwei?«

»Halb drei, ich habe Unterricht bis zehn vor zwei.«

»Okay.«

»Ruf mich an, wenn dir was dazwischenkommt.«

Sebastian nickte lächelnd. Er ging die Treppe hinunter, stieg ins Auto und wagte noch einen Blick hinauf in den ersten Stock. Natürlich stand sie nicht am Fenster.

Er grinste, schüttelte den Kopf und ließ den Motor an. Es war, als sei er bei einem Schachspiel geschlagen worden, und dennoch fühlte er sich als Sieger.

19

Am nächsten Tag stand die Sonne selbst um zwei noch niedrig am Himmel, überall blendete das von der gefrorenen Stadt zurückgeworfene Licht Sebastian. Er hatte den Dienstwagen hinter der Universitätsbibliothek geparkt und ging die wenigen Meter am Hegelbau vorbei zu Fuß.

Sebastian hatte eine unruhige Nacht hinter sich, er hatte mehrere Alpträume gehabt.

Der sanierungsbedürftig anmutende Hegelbau verdeckte die Sonne. Sebastian zog den Kragen seines Mantels etwas höher. Seine Gänsehaut kratzte unangenehm gegen den Pullover aus ungeschorener Wolle.

Auf dem Platz vor der Universitätsbibliothek waren einige Informationsstände aufgestellt, hinter denen sich ein halbes Dutzend Freiwilliger mit Glühwein aufwärmte. Sie traten zitternd von einem Bein aufs andere. Das Interesse war aufgrund der Kälte nur mäßig, die meisten Kommilitonen hatten es eilig, von der Bushaltestelle ins Gebäude zu kommen. Sie warfen beim Vorübergehen nur einen flüchtigen Blick auf das großformatige Banner, das zwischen zwei Schirmständern den Schriftzug »Keine Macht der Unfreiheit« präsentierte. Sebastian fand den Slogan mit jedem Mal abgedroschener und inhaltsleerer. Auch das auf Whiteboards skizzierte Parteiprogramm machte auf ihn den Eindruck, als ob ein durchaus hehres Ideal in die Formen des herrschenden Politikbetriebs gezwängt worden sei. Er konnte sich gut vorstellen, dass Lars Veranstaltungen dieser Art anekelten.

»Herr Möllner! Darf ich Sie zu einem Glühwein einladen?« Henner Maier trat lachend hinter einem Stand hervor.

Sebastian registrierte zufrieden, dass ihn sein Gefühl, Henner Maier hier aufzufinden, nicht getäuscht hatte. Von der Veranstaltung hatte er aus der Zeitung erfahren. »Danke. Haben Sie auch Kaffee?«

»Ah, ich verstehe.« Maier begrüßte Sebastian mit Handschlag. »Sie sind im Dienst.«

»Ja. Aber das würde mich, um ehrlich zu sein, nicht abhalten.«

Sebastian schüttelte ihm die Hand. Die letzte Bemerkung schien Maier kurz aus dem Konzept zu bringen.

»Kaffee haben wir leider nicht da.« Schon war sein Lächeln wieder selbstbewusst.

»Schade.« Sebastian ließ einen Blick über die heterogene Gruppe in verschiedenfarbigen Winterjacken schweifen. »Stoßen Sie mit Ihrer Veranstaltung auf Interesse?«

»Bisher leider nicht. Zu kalt.« Er zuckte mit den Schultern.

»Ich habe die letzten Umfragewerte gesehen. Es steht ja gar nicht schlecht für Sie.«

»Für mich oder für die Partei?«, fragte Maier.

»Für die Partei. Aber das kann Ihnen ja, dank Landesliste, egal sein.«

Maier grinste verschmitzt. »Da haben Sie recht.«

»Herr Maier, ich habe Ihr Alibi für die Tatnacht überprüft.« Es wurde Zeit, Klartext zu reden.

»Ich habe mir schon gedacht, dass Sie nicht als unentschlossener Wähler gekommen sind. Dauert es lange?«

»Nein, nur kurz. Herr Maier, könnten Sie kurz wiederholen, mit wem Sie während der fraglichen Zeit im Café Lichtenstein waren?«

»Wie gesagt, mit Lars Breuer. Ich kann Ihnen sogar ein paar Notizzettel zeigen, die ich vollgekritzelt habe. Einrichtung eines besseren Blog-Systems, ein modernes Forum, ein professionelleres Design …«

»In der Bar hat man mir gesagt, dass Sie zu dritt waren.«

»Zu dritt? Nein, es waren nur ich und Lars.« Er machte eine Pause. »Ach so! Sie meinen Claudia? Die war doch nur kurz da.«

»Ihre Freundin war also dabei?«

»Hat Lars Ihnen das erzählt? Ja, Claudia ist meine Freundin. Aber sie hat mich nur in die Stadt begleitet und ist dann nach ein paar Stunden in die Uni. Sie hat mich gegen ein Uhr oder so wieder abgeholt, dann sind wir nach Hause.«

Bluffte er? Sebastian war sich nicht sicher. Das Problem an Maier war, dass sein ganzes Wesen etwas so Affektiertes und Darstellendes hatte. Sein schwarzer Mantel war makellos, der Schal in den Parteifarben perfekt gebunden, eine Art winterlicher Krawattenersatz. Jede seiner Aussagen war auf die öffentliche Wirkung zugeschnitten, Lüge und Wahrheit waren nicht mehr zu unterscheiden. Sebastian erkannte bereits den zukünftigen Berufspolitiker vor sich. Maier befolgte bereits die elementarsten Regeln. Nur in den Bruchstücken des öffentlichen Diskurses formulieren. Jede Aussage unabhängig von der eigenen Person treffen. Möglichst seelenlos werden, ein Gespenst. Oder war Maier einer von jenen Politikern, die sich einfach nahmen, was sie wollten, instinkthaft? Typ Napoleon? Sebastian konnte das nicht ganz einschätzen, auch einen Napoleon konnte man spielen.

»Wie heißt Ihre Freundin mit vollem Namen?«, fragte Sebastian. Er hatte sein Notizbuch gezückt.

»Von Hege. Claudia von Hege«, antwortete Maier gelassen.

»Adresse?«

»Beim Westbahnhof. Sindelfinger Straße 61.«

»War Frau von Hege vorher schon einmal im Café Lichtenstein?«

Maier zögerte das erste Mal. »Ja, doch, ich glaube. Sie war schon mal dort.«

»Einmal oder mehrmals?«

»Mehrmals, wenn ich mich richtig erinnere.«

»Könnte ich ihre Telefonnummer haben?«

»Ich kann Ihnen Claudias Handynummer geben, aber Sie werden sie gerade nicht erreichen.«

»Warum nicht?«

»Sie ist im Urlaub.«

»Im Urlaub?«, fragte Sebastian.

»Sie macht einen Aktivurlaub auf den Seychellen.«

Sebastian runzelte die Stirn. »Entspricht ganz dem Klischee, finden Sie nicht?«

»Habe ich ihr auch gesagt«, bestätigte Maier. »Sie hat darauf so reagiert, dass sie mir weder Telefonnummer noch Adresse des Hotels mitgeteilt hat. Claudia wollte ihre Ruhe haben.«

»Beziehungsprobleme?«, fragte Sebastian. Ihm wurde zunehmend kälter.

Maier warf den Kopf in den Nacken und stieß einen Luftschwall aus. »Nein. Aber Claudia war etwas gereizt, sie hatte ziemlichen Stress an der Uni. Und mit ihren Eltern. Mit denen redet sie sowieso schon seit Monaten kein Wort mehr.«

»Ich nehme an, die wissen auch nicht, wo genau sie den Urlaub verbringt?«

»Die wissen nicht mal, dass sie im Urlaub ist. In gewisser Weise ist das gut so, denn sie verprasst dort das Geld, das ihre Eltern ihr gegen ihren Willen regelmäßig überweisen.«

Eine seltsame Form, gegen den Wohlstand der Eltern zu rebellieren, fand Sebastian. Der Begriff *first world problem* kam ihm in den Sinn. »Was sagt Ihre Freundin eigentlich zu Ihren Parteiambitionen?«

»Weder dafür noch dagegen. Sie unterstützt mich, aber sie ist politisch nicht interessiert.«

»Und sie ist seit wann im Urlaub?«

»Oh, wir haben uns an dem Abend gleich verabschiedet, nachdem wir daheim waren. Sie ist zu sich nach Hause und am nächsten Morgen von Stuttgart aus geflogen.«

»An welchem Abend? Als Sie mit Lars Breuer im Café Lichtenstein waren?«

»Genau.«

»Claudia ist also in der Tatnacht verreist?«

Maier nickte. »Ich sehe nicht, wieso das ungewöhnlich sein soll.« Er schien erstaunlich selbstsicher, denn die Implikationen dieser Frage mussten ihm klar sein.

»Haben Sie in der Zwischenzeit mit ihr telefoniert?«

»Nein. Wie gesagt, sie will keinen Kontakt. Das wirkt auf Sie vielleicht seltsam, Herr Kommissar. Aber Claudia tickt eben so. Es war letztes Jahr genau das Gleiche. Da war sie in Schweden. Und vorletztes Jahr mit Australien auch. Sie ist auch vor unserer Beziehung schon immer alleine gereist.«

Sebastian seufzte, unterstrich »v. Hege verreist?« in seinem Notizbuch doppelt, dann sagte er: »Ich muss jetzt zurück ins Auto, sonst erfriere ich. Mir fehlt leider das wärmende politische Feuer.«

Maier lachte. »Ich hoffe, ich konnte Ihnen weiterhelfen, Herr Kommissar.«

»Das werden wir sehen. Was studiert sie eigentlich?«

»Claudia? Medizin.«

»Natürlich«, murmelte Sebastian, der höchstens noch BWL oder Jura erwartet hätte. Doch Henner Maier hatte sich bereits zurück zum Stand gewandt und hörte ihn nicht mehr.

20

Es hatte wieder begonnen zu schneien. Ein gefährlicher Neuschneeschleier lag über dem Asphalt der Straße zwischen Tübingen und Herrenberg. Die Sicht war mehr als schlecht. Maja drosselte die Geschwindigkeit auf zwanzig Kilometer pro Stunde und verfluchte das wechselhafte Wetter. Als sie dreißig Minuten zuvor den Parkplatz der Schule verlassen hatte, war der Himmel noch blau gewesen. Die klirrende Kälte würde den gefallenen Schnee binnen Minuten zu einer Eisbahn gefrieren lassen, die sie hier, auf der Bundesstraße, ungebremst in den Gegenverkehr schlittern ließe. Maja schaltete das Fernlicht an, doch die Sicht verschlechterte sich damit nur noch mehr.

Der Blick in den Rückspiegel bestätigte ihr, dass hinter ihr immer noch ein Wagen fuhr. Es kam also nicht in Frage, einfach stehen zu bleiben und bessere Sicht abzuwarten.

Maja schaltete in den ersten Gang und erwartete, dass das Auto hinter ihr hupte. Doch der schwarze Wagen vergrößerte seinen Abstand sogar.

Den Vormittag hatte Maja in der ständigen Angst verbracht, von einer aufmerksamen Schülerin mit der Frage »Frau Wehrle, sind Sie verliebt?« entlarvt zu werden. Kinder im Grundschulalter registrierten selbst die feinsten Nuancen im Stimmungsbild eines Erwachsenen ganz instinktiv. Es war zwecklos, sich verstellen zu wollen. In den allermeisten Fällen war es besser, die Wahrheit zu sagen und auf eventuelle Nachfragen mit Gemeinplätzen zu antworten. Mir ist gestern etwas ganz Schlimmes passiert. Jemand ist gestorben. Ich bin krank. Ich habe einen ganz süßen Kriminalkommissar kennengelernt.

Maja wich vorsichtig einer Schneeverwehung aus. Sie befand sich etwa auf halbem Weg zwischen der Tübinger Weststadt und Unterjesingen. Durch ihr Ausweichmanöver hatte der Wagen hinter ihr kurz wieder etwas aufgeholt, und beim Blick in den Rückspiegel fiel ihr auf, dass sie das am Grill befestigte Hufeisen schon gesehen hatte, als sie vom Parkplatz der Schule gefahren war. Maja hatte es bemerkt, weil das Hufeisen nicht, wie sonst bei Oberklassewagen von Männern über sechzig üblich, schräg angebracht war, sondern gerade und mittig, genau unter dem Mercedesstern. Es sah aus wie ein großes U mit Serifen. Das Auto war aus einer Seitenstraße gekommen, nachdem sie den Parkplatz verlassen hatte. Es war derselbe Wagen.

Maja war einen Umweg gefahren, hatte mindestens dreißig Minuten in einem Supermarkt eingekauft und war dann durch die Innenstadt gefahren. Kein Mensch, der von Derendingen nach Unterjesingen wollte, würde diese Strecke nehmen.

Und schon gar nicht würde er dreißig Minuten vor einem Supermarkt auf sie warten.

21

Sebastian saß hinter der Frontscheibe des Café Lieb an der Neckarbrücke. Vor ihm dampfte eine Tasse Cappuccino. Es war etwa sechzehn Uhr. Vor dem Fenster fuhren im Minutentakt Busse an die Haltestelle Friedrichstraße. Er stellte die Tasse auf die Mitgliederlisten der PFI und drei Studienarbeiten von Lars, die er am Morgen, noch vor dem Gespräch mit Henner Maier, im Internet gefunden hatte.

Er ging noch einmal die alphabetisch sortierte Liste durch. Schließlich blieb er zwischen »Stefan Breslau« und »Meike Brezler« hängen und tippte dreimal mit dem Kugelschreiber auf das Papier. Hier vermisste Sebastian »Lars Breuer«. Lars Breuer war offenbar kein offizielles Mitglied der Partei. Er tauchte auf keiner Liste auf. Sebastian markierte die Stelle.

Er fühlte sich voller Tatendrang. Sein hochroter Kopf, das konfirmandenhafte Auftreten und sein lächerlicher Ansatz, das Ganze als Zeugenbefragung zu tarnen – alles war vergessen, alles verblasste im Hinblick auf einen Winterspaziergang zu zweit. Zu zweit mit Maja. Es war eine seltsame Verabredung, deren Zustandekommen er nicht mehr zu hundert Prozent rekonstruieren konnte. Doch darauf kam es nicht mehr an. Es war eine Verabredung.

Die Studienarbeiten, die Breuer verteilt über die letzten drei Jahre eingereicht hatte, waren Sebastian vollkommen unverständlich. Die ersten beiden waren auf Deutsch, die letzte, datiert auf Anfang August, war auf Englisch verfasst worden. Mit zunehmendem Fortschritt des Studiums waren Breuers Arbeiten immer abstrakter geworden. Die letzte war über siebzig Seiten lang. Aus der vorangestellten Zusammenfassung hatte Sebastian erfahren, dass es um ein Problem der Komplexitätstheorie ging, doch er war bereits im zweiten Absatz an einer barock anmutenden Formel gescheitert. Die mittlere der Arbeiten behandelte technische Themen, es ging um Fehlerkorrekturen bei Datenübertragungen.

Die älteste der Arbeiten, die Lars Breuer schon im zweiten

Semester für ein Proseminar verfasst hatte, handelte von Sicherheitskonzepten für Netzwerke. Das Telefon klingelte.

Etwas Kaffee schwappte aus der Tasse, als Sebastian sie auf den Tisch stellte.

»Möllner?«

Es war Anna. Sie teilte ihm in wenigen Worten mit, dass sie Lars Breuer festgenommen hätten. Die Kollegen unternahmen ansonsten keine solchen Alleingänge, und Sebastian war wenig erfreut.

»Was?«, fragte er. »Was? Ihr habt was?«

Ein älteres Ehepaar am Nebentisch betrachtete ihn mit zusammengekniffenem Mund.

»Weshalb? Wann …« Er ließ Anna reden. »Wieso wurde ich nicht informiert? Ich wollte doch über alles – ja, aber *vor* der Festnahme. Nicht danach. Anna! Ihr hättet mich vorher – nein – was? – Nein, gut, ich komme vorbei. Ich komme, so schnell ich kann. Ciao.«

Sebastian seufzte tief. Einige Sekunden verharrte er in der Betrachtung seiner unzähligen Unterlagen. Er hatte sich auf eine Schlacht vorbereitet, die plötzlich abgesagt worden war. Sebastian steckte das Handy in die Tasche, raffte die Papiere zusammen und warf drei Euro auf den Tisch. Er beeilte sich, ins Revier zu kommen.

Im Büro herrschte eine unterschwellige Aufregung, jedenfalls kam es Sebastian so vor. Mehr Menschen als sonst eilten durch die Gänge. Hinter jeder Ecke hörte man das Quietschen von Schuhsohlen auf Laminat. Telefone klingelten. Es war die gewöhnliche nachmittägliche Betriebsamkeit, aber Sebastian fühlte sich in seiner Wahrnehmung geschärft. Man hatte ihn aus seiner ersten wirklich mußevollen Stunde seit Monaten gerissen. Er konnte es kaum erwarten, mit Anna zu sprechen.

Sebastian fand sie mit verschränkten Armen an ihrem Schreibtisch lehnend. Ihre Miene trug Züge eines bereits abklingenden Triumphes. Sie begrüßte ihn nicht, sondern lächelte nur unsicher. Sebastians harsche Reaktion am Telefon hatte sie offensichtlich irritiert.

»Wo ist er?«, fragte Sebastian.

Anna zog ihren Pullover zurecht. Sie wies mit dem Kopf den Gang hinab. »Wir haben ihn noch nicht verhört.«

»Er ist der Falsche.«

»Sebastian …«

»Der war's nicht.«

Der letzte Stolz wich aus ihrer Miene. Sie presste die Lippen zusammen und senkte mit geschlossenen Augen den Kopf. Zum Boden gewandt sagte sie: »Du weißt doch gar nicht, was wir herausgefunden haben.«

»Egal, was es ist. Er war's nicht. Niemals. Ich will ihn sehen.«

Anna lief voraus. Ihr Gang hatte etwas Schleppendes, Wiegendes. Mit vierzehn war sie schon eins fünfundsiebzig groß gewesen und hatte sich den verschämt geduckten Gang nie abgewöhnen können. Von hinten wirkte ihr Körper, der Sebastian um einige Zentimeter überragte, wie der einer Amazone.

Sie blieben vor einer grauen Zellentür mit einem invertierten Türspion stehen. Nur von außen konnte man hineinschauen. Sebastian wagte einen Blick.

Auf einer mit grauem Leder bespannten Matratze saß Lars Breuer. Sein dichtes Haar war zerzaust, sein Blick schien leer, fast irr. Er hatte die Hände zwischen den Knien, die er fest aneinanderpresste. Sein Oberkörper neigte sich etwas nach vorn, sodass es aussah, als ob er jeden Moment erbrechen müsste.

»Scheiße.« Sebastian löste sich vom Türspion. Er spähte zu Anna, die sich etwas geduckt hatte und ihn vorsichtig von unten betrachtete. »Hier haben wir einen Fehler gemacht«, murmelte er.

Das »wir« lockte Anna offenbar etwas aus ihrer Deckung. »Wieso?«, fragte sie.

»Das war unser wichtigster Zeuge, jetzt können wir ihn vergessen. Der ist – wie soll ich das formulieren. Hm. Er ist – sehr leicht beeindruckbar.« Sebastian sprach jetzt fast zu sich selbst. »Sehr leicht beeindruckbar. Und er hat sowieso schon so eine paranoide Abneigung gegen alles gesellschaftlich Organisierte.«

»Was hätten wir denn machen sollen.« Anna klang jetzt wieder selbstbewusst, ihr Ton hatte etwas Vorwurfsvolles. »Bei den Indizien. Wenn wir da untätig geblieben wären – der Staatsanwalt hätte uns in der Luft zerrissen. Einfach so.« Sie machte eine schnipsende Handbewegung und schaute Sebastian eindringlich in die Augen. »Verstehst du?«

Sebastian verstand. Was Anna an Intuition fehlte, machte sie mit Kenntnissen des Systems wieder wett. Sie hatte keine andere Wahl gehabt »Was habt ihr gegen ihn in der Hand?«, fragte er.

Annas Blick wurde wieder freundschaftlich. »Komm mit.«

Sie gingen in den als »Bunker« bekannten Raum, der als einziger auf dem Stockwerk keine Fenster besaß.

Früher hatten hier einmal die Großrechner der Abteilung gestanden, doch mit der schrumpfenden Technik war der kleine Saal überflüssig geworden. Man hatte einen Aufenthaltsraum daraus gemacht, den aber niemand nutzen wollte. »Dadrin erstickt man ja«, war die fast schon sprichwörtliche Antwort auf Vorschläge, die Pause darin zu verbringen.

Anna wies auf einen Ecktisch, der mit einigen Dokumenten bedeckt war. Er nahm unter einer der dreieckigen Designerlampen Platz, die man in den neunziger Jahren installiert hatte. Sie machten den Raum noch unerträglicher.

Auch Anna setzte sich mit einem »Uff!« und holte mit weit geöffneten Armen zu einer Erklärung aus. »Also …«

Sebastian ahnte bereits den Grund der Verhaftung. »Ihr habt rausbekommen, wer das Schlafmittel aus der Uniklinik geklaut hat«, kam er ihr zuvor. »Lars Breuer.«

Anna schien in keiner Weise gekränkt, dass er sie nicht hatte aussprechen lassen. »Nein. Nicht unbedingt«, entgegnete sie. »Die Sache ist etwas komplizierter.«

»Schieß los.«

Sie senkte den Kopf und atmete hörbar aus. »Wir haben beim Universitätsklinikum angefragt, gleich nachdem das Labor das Narkosemittel identifiziert hat.«

»Weiß ich, weiß ich.«

»Dass ihnen eine Flasche fehlt, ist denen relativ rasch aufgefallen. Ich nehme an, die haben eine spontane Inventur gemacht.«

»Und? Ist die fehlende Flasche in Lars Breuers Badschränkchen aufgetaucht?«

Anna bemühte sich offensichtlich darum, in Sebastians Kommentaren keine Spitzen zu finden, denn spätestens jetzt hätte er eine kollegiale Zurechtweisung erwartet. Sie schüttelte aber nur langsam den Kopf. »Die Flasche ist nach wie vor verschwunden. Aber die Sache hat denen von der Uniklinik keine Ruhe gelassen. Wir reden hier immerhin von Arzneimittelbeständen, die ausreichen, ein ganzes Dorf in Vollnarkose zu versetzen.«

»Das Lager ist gesichert, nehme ich an?«

»Durch mehrere elektronische Codeschlösser, die zentral gesteuert werden. Nur wenige Angestellte des Klinikums haben überhaupt die Berechtigung, das Medikamentenlager zu betreten.«

»Also könnte unser Verdächtiger ein Angestellter der Uniklinik sein. Aber so weit waren wir schon vor vier Tagen.«

»Und es würde Lars Breuer nicht belasten«, sagte Anna. »Nein, die Sache sieht ganz anders aus. Die Techniker der Uniklinik haben heute Nacht einige verdächtige Aktivitäten im internen Netzwerk festgestellt.«

»Verdächtige Aktivitäten?«, fragte Sebastian. Er konnte sich nicht ganz vorstellen, was Anna damit meinte.

»Von einem Benutzerkonto aus wurde mehrfach versucht, die Aufzeichnungen der Arzneimittelbestände zu löschen.«

Also verwischte der Täter seine Spuren. Sebastian nickte.

Anna erklärte: »Die Bestände der Arzneimittel werden elektronisch verwaltet und –«

»Inwiefern wurden sie gelöscht?«, unterbrach Sebastian.

»Sie wurden nicht gelöscht«, sagte Anna. »Es wurde nur versucht, sie zu löschen. Das Benutzerkonto hatte jedoch keine Berechtigung. Es hat mehrfach versucht, die betreffenden Festplatten vollständig zu löschen. Weil der Versuch mehr als dreimal fehlgeschlagen ist, wurde eine Angriffswarnung an die zuständigen Techniker geschickt.«

»Und wer war es?«

»Ein gewisser Julius S. Schmidt.«

Sebastian runzelte die Stirn.

»Er existiert nicht«, fuhr Anna fort. »Der Name taucht auf keiner einzigen Personalliste des Klinikums auf. Es ist ein Fake-Account. Ein Konto ohne dazugehörigen Mitarbeiter. Erzeugt, um Zugriff aufs interne Netzwerk zu bekommen. Und jetzt wurde über dieses Konto versucht, die Arzneimittelbestände zu löschen. Offensichtlich, um zu vertuschen, dass das Schlafmittel geklaut wurde. Leider zu spät.«

»Wo ist die Verbindung zu Lars Breuer?«

»Eins nach dem anderen.« Sie bewegte die Hände in einer beschwichtigenden Geste auf und ab. »Das Benutzerkonto, mit dem der Angriff versucht wurde, existiert schon seit Anfang November.«

»Anfang November?«

»Es wurde damals von einem externen Angreifer erstellt.«

»Von außerhalb? Du meinst, über das Internet?«

»Exakt. Die nennen das – Moment.« Anna blätterte in einem Block. »Einen Angriff nach der Brute-Force-Methode. So wurde es mir erklärt. Dabei setzt man ein eigens dafür geschriebenes Programm auf die Schnittstelle an, die das interne Netzwerk des Klinikums zur Außenwelt hat. Das Programm beginnt, Passwörter auszuprobieren. Tagelang. Wochenlang. Monatelang. Mehrere Dutzend pro Sekunde. Man hofft dabei, dass das Passwort entweder ein sinnvolles Wort ist oder entsprechend kurz. In diesem Fall hatte der Angreifer Glück. Die Attacke blieb unbemerkt, die Techniker haben ihn aber rekonstruieren können. Wir wissen, von welcher IP-Adresse aus sich der Angreifer ins interne Netz gehackt hat.«

»Und ihr habt diese IP-Adresse rückverfolgen lassen.«

»Das mussten wir nicht einmal. Die Techniker von der Klinik konnten uns sofort sagen, dass die IP-Adresse zur Universität gehört. Wir haben dort angerufen, und …«

»Lars Breuer«, sagte Sebastian.

»Der Angriff wurde von der IP-Adresse seines Wohnheimzimmers aus geführt. Unbemerkt. Die Techniker selbst haben zugegeben, dass ihre Warnmechanismen da unzureichend sind. Von der IP-Adresse von Breuers Zimmer wurde auch das Benutzerkonto angelegt. Und von da an hatte er Zugriff aufs interne Netz der Klinik. Völlig unbemerkt, theoretisch von jedem beliebigen Internetzugang auf der Welt. Der Angriff gestern Nacht lief über ein Internetcafé in der Innenstadt.«

»Moment«, sagte Sebastian. »Der Angriff gestern Nacht lief nicht von Lars' IP-Adresse aus?«

»Nein, anscheinend ist er vorsichtiger geworden.«
»Wann war das genau?«
Anna blätterte in den Unterlagen. »Ich habe die genaue Zeit hier, zwischen dreiundzwanzig Uhr sechzehn und dreiundzwanzig Uhr achtundfünfzig.«
»Ich war etwa um sieben bei ihm«, meinte Sebastian. »Das ergibt keinen Sinn.«
»Wieso?«
»Ich habe ihm davon erzählt, dass wir Schlafmittel in Katia Seligmanns Körper gefunden haben.«
»So?«, meinte Anna. »Das passt doch. Er erfährt davon, sitzt zwei, drei Stunden grübelnd in seiner Wohnung und entschließt sich dann, lieber die Spuren zu verwischen.«
»Ihr geht also davon aus, dass er das Schlafmittel in der Klinik geklaut hat«, sagte Sebastian. »Ihr geht davon aus, dass er sich in deren Netzwerk gehackt hat. Und dann – dann erstellt er sich ein falsches Benutzerkonto, betritt die Klinik, verschafft sich mit dem Konto Zugang zum Arzneimittellager und klaut dort eine Packung Schlafmittel.«
»Es war Narkosemittel. Und ja, so wie es aussieht –«
»Narkosemittel. Eben. Wieso ist er nicht einfach in eine verdammte Apotheke gegangen und hat sich ein normales Schlafmittel besorgt?«
»Da verlangen sie Rezepte, und –«
»Ich bitte dich, Anna!«, rief Sebastian. Jetzt versuchte sie nur noch, sich selbst zu rechtfertigen.
»Es ist dünn, ich weiß …«
»Ich habe ihm gestern Abend *gesagt*, dass das Schlafmittel aus der Uniklinik stammt. Lars *wusste*, dass wir es wissen. Die ganze Vertuschung wäre vollkommen sinnlos gewesen.«
»Ja … aber der Verdacht besteht.«
»Wir haben den Falschen, Anna. Lars war's nicht. Aber er hätte uns früher oder später zum wahren Mörder geführt.«
»Woher willst du das wissen?«
Sebastian zuckte mit den Schultern. »Er verschweigt irgendwas. Er weiß irgendwas. Und er ist vor allem selbst daran interessiert, den Mörder zu finden. Aber die Möglichkeit haben wir jetzt

verspielt. Ich bezweifle, dass er nach dem heutigen Tag noch mit uns zusammenarbeiten wird. Was passiert jetzt mit ihm?«

»Wir können ihn noch eine Weile hierbehalten.«

»Nein«, murmelte Sebastian. Ihm kam eine neue Idee. »Wir lassen ihn gehen. Dass er gestern Nacht in dem Internetcafé war, können wir nicht nachweisen und nicht widerlegen. Oder?«

»Keine Videoüberwachung dort, gezahlt wird per Automat«, meinte Anna. »Der Besitzer wohnt im Stockwerk darüber und schaut nur manchmal nach dem Rechten. Er hat nichts gesehen.«

»Gut, das entlastet Lars zumindest etwas. Wir lassen ihn laufen, Anna. Wohin sollte er auch abhauen? Und weshalb auch? Dafür ist er zu intelligent. Eine Frage bleibt jedoch.«

»Welche?« Anna betrachtete ihn neugierig.

»Auch wenn er das letzte Nacht nicht gewesen ist, hat er trotzdem Ende November das Benutzerkonto erstellt«, sagte Sebastian. »Die Frage ist: Wozu? Wofür hat er es gebraucht? Was hat er damit angestellt?«

»Ich weiß es nicht.«

»Mir geht einfach nicht dieses Video aus dem Kopf …«, murmelte Sebastian.

»Welches Video?«, wollte Anna wissen.

Sebastian war sich nicht sicher, ob er ihr davon erzählen sollte. Er wollte Anna aus dieser Sache am liebsten raushalten, nur seinem eigenen Instinkt folgen. »Ach, ein Video. Über die Methoden der Uniklinik in den fünfziger Jahren. Es ist seltsam …«

»Was?« Anna betrachtete ihn fragend, in ihrem Ton lag ein leiser Vorwurf. Hätte er ihr früher von dem Video erzählen sollen?

»In diesem Fall weist alles in eine Richtung: auf den Schnarrenberg. Auf irgendeine Art und Weise hängt alles mit der Klinik zusammen. Wir müssen Lars jetzt Spielraum geben, etwas Freiheit …«

»Und dann?«

»Irgendwann wird er von selbst zu uns kommen. Du wirst schon sehen.«

»Soll ich ihm sagen, dass wir ihn wieder gehen lassen?«, fragte Anna.

»Nein«, meinte Sebastian. »Nein. Das mache ich persönlich.«

Sie fanden Lars Breuer auf dem Boden des kleinen Raumes liegend. Aus seinem Mund lief trüber, zähflüssiger Speichel. Mehrere Köpfe beugten sich über ihn und redeten ihm gut zu. Eine Frau sagte: »Wasser. Bringt ihm ein Glas Wasser.«

»Zusammengebrochen«, informierte man Anna und Sebastian. »Schwächeanfall. Zu wenig getrunken. Hat geschwitzt wie ein Schwein. Flüssigkeitsmangel.«

Sebastian seufzte. Auf der Suche nach einer Flasche Mineralwasser stieß ihn jemand an und murmelte: »Entschuldigung.« Sebastian streifte Anna mit einem Blick, der »Siehst du?« bedeuten sollte. Anna verzog die Mundwinkel.

Irgendjemand trieb ein Glas Orangensaft auf, das man Lars jetzt vorsichtig einflößte. Er war bei Bewusstsein. Sebastian war sich nicht sicher, wie viel von dem Zusammenbruch gespielt war. Lars sah jedenfalls erschreckend schlecht aus, als Sebastian die Tür hinter sich ins Schloss zog. Die Augen waren blutunterlaufen, die Haare klebten in dicken Strähnen auf der Stirn. Sie befanden sich allein im Raum, etwaige Beobachter verscheuchte Sebastian mit einer Handbewegung Richtung Türspion. Er schenkte Lars ein weiteres Glas Saft ein.

Für ihn gab es keine Sitzmöglichkeit, er lehnte sich in die Ecke des Raumes. Lars saß auf der lederbezogenen Liege. Er wirkte eingeschüchtert und verstört. Sebastian konnte seine Angst tatsächlich riechen, ein säuerliches Aroma lag in der Luft. Und dennoch meinte Sebastian, in Lars' Blick etwas konsequent Herausforderndes zu erkennen. Es war ein Selbstbewusstsein, das seine Stärke wahrscheinlich aus der wenige Stunden zuvor erfolgten Bestätigung von Lars' grundsätzlicher Arbeitshypothese bezog: Der Staat und seine Institutionen waren in ihrer gleichgültigen Lethargie böse, korrupt und menschenverachtend. Sebastian ahnte, dass Lars diese Überzeugungen aufgrund ihrer Jungfräulichkeit nie ganz ohne Argwohn hatte betrachten können. Jetzt war er selbst Opfer einer blinden Staatsmacht geworden, und die Theorie hatte sich in seiner eigenen Erfahrung bestätigt. Lars schaute Sebastian direkt in die Augen. In seinem herausfordernden Blick lag beinahe etwas Masochistisches.

»War Ihr Besuch gestern Abend die Vorbereitung für das hier?«, fragte Lars. »Hat man Sie als Scout vorausgeschickt, um die Lage zu sondieren?«

»Ich wusste davon nichts«, sagte Sebastian.

Lars strafte ihn mit einem verächtlichen Grinsen. Doch etwas an der Art, wie er jetzt die Augen blinzelnd auf den Boden richtete, verriet, dass er ihm glaubte.

»Sie waren nicht sonderlich vorsichtig«, begann Sebastian. Er war nicht ganz sicher, wie er ins Gespräch einsteigen sollte.

»Sie meinen, weil ich die Attacke aus dem Netz der Universität heraus geführt habe?«

Sebastian nickte.

»Sie glauben mir wahrscheinlich nicht, wenn ich Ihnen sage, dass das alles Zufall war.«

»Zufall?«, fragte Sebastian. Bei Lars war es wahrscheinlich, dass er auch hinter dem Zufall ein Konzept verstand.

»Aber Sie haben recht.« Lars blickte auf seine Hände. »Ich hätte vorsichtiger sein müssen. Das Ganze ist passiert, kurz nachdem das Rechenzentrum der Uni uns zugesagt hatte, dass sie die Verbindungsprotokolle jetzt nach drei Monaten löschen. Wir haben uns damals alle dafür eingesetzt ... Vermutlich war ich ein bisschen zu euphorisch, das hat mich unvorsichtig gemacht.«

»Vielleicht waren Sie auch ein bisschen naiv.« Sebastian hatte schon eine eventuelle Verteidigungsstrategie vor dem Staatsanwalt im Sinn.

»In solchen Dingen bin ich nicht naiv. Wenn die ganze Sache sechs Wochen später aufgeflogen wäre, hätten Sie keine Protokolle mehr.«

Offenbar hatte Lars ihn falsch verstanden. Sebastian stöhnte innerlich. Es würde nicht leicht sein, Lars in eine Geschichte für den Staatsanwalt einzuspannen, er war zu ehrlich. »Was wollten Sie mit dem Benutzerkonto anstellen?«

Lars betrachtete seine Fingernägel. »Hören Sie, Herr Möllner. Ich bin gerne bereit, den Angriff von Anfang November zuzugeben. Sie sehen, ich bin keineswegs naiv. Leugnen ist hier völlig zwecklos, die Verbindungsprotokolle sprechen eine deutliche, formal korrekte Sprache.« Er lachte leise. Sebastian hatte nicht die geringste Ahnung, was das mit formaler Korrektheit zu tun hatte.

»Aber eines ist ganz klar: Dieser *dilettantische* Einbruch gestern Nacht – das war ich nicht. Das war ich einfach nicht. Hier läuft ganz offensichtlich der Versuch, mir etwas anzuhängen.«

Darauf konnte Sebastian später noch eingehen. »Der Angriff erfolgte mit dem Nutzerkonto, das *Sie* Anfang November angelegt haben.«

»Aber der *Angriff* ist nicht von meinem Rechner aus geschehen. Wissen Sie das nicht? Ihr Kollege hat mir gesagt, es ging von einem Internetcafé aus. Herr Kommissar, Sie wissen doch selbst, dass ich das nicht gewesen sein kann. Denken Sie, ich bin so ein Idiot, dass ich, Stunden nachdem *Sie selbst* mir gesagt haben, dass das Narkosemittel aus der Uniklinik stammt, in das Netzwerk einbreche, um die Hinweise, die Sie ja schon haben, zu vernichten?«

Sebastian schwieg einen Moment. Lars hatte recht, er hielt ihn keineswegs für so dumm. »Es geht ja gar nicht um *mich*«, erklärte er. »Das müssen Sie verstehen. Es geht um den Staatsanwalt. Der zerreißt Sie doch in der Luft!«

»Ich *weiß* doch, dass gewöhnliche Benutzerkonten im Klinik-Netzwerk gar nicht autorisiert sind, ganze Datenbestände zu löschen. Wieso hätte ich es dann mehrfach versuchen sollen? Obwohl ich genau weiß, dass nach dem dritten fehlgeschlagenen Versuch eine Alarmmeldung rausgeschickt wird. Ich bin kein Dilettant, Herr Möllner.«

»Ich weiß. Sie haben mehrere Studienarbeiten über das Thema geschrieben.« Sebastian betrachtete das Leder der Bank, auf der Lars saß.

»Exakt.« Sein Tonfall war immer noch selbstsicher, aber als Sebastian aufblickte, betrachtete Lars ihn mit einigermaßen erstaunten Augen.

»Wenn ich Sie richtig verstehe«, sagte Sebastian, »geht Ihre ganze Verteidigung in die Richtung, dass Ihnen irgendjemand die Sache anhängen will.«

»Genau so. Ich war das nicht.«

Sebastian deutete mit einem Kopfwippen an, dass es so einfach nicht sein würde. »Sie haben meine ursprüngliche Frage nicht beantwortet. Wieso sind Sie Anfang November in das Netzwerk der Uniklinik eingebrochen? *Das* ist die Frage, die man Ihnen vor Gericht zuallererst stellen wird. Ob Sie der Meinung sind, Opfer einer Verschwörung zu sein, interessiert dort erst am zweiten oder dritten Prozesstag. Wenn überhaupt! Die holen irgendeinen Psychiater, der Ihnen eine paranoide Störung diagnostiziert, und das war's dann.« Sebastian bemühte sich um einen strengen, eindringlichen Blick.

Das Wort »Gericht« ließ Lars sichtbar zusammenzucken. Anscheinend hatte er trotz seiner Märtyrerhaltung die Möglichkeit eines Prozesses noch gar nicht in Betracht gezogen. »Es war eine Dummheit«, sagte er. »Ich habe den Zugang zufällig geknackt, das war gar keine bewusste Attacke.« Er schloss die Augen. »Es war ein Nachmittag nach einer Vorlesung zu Netzwerksicherheit. Professor – äh, Fischer war es, glaube ich – hat ein paar Werkzeuge präsentiert, mit denen man seinen eigenen Rechner auf Sicherheit prüfen kann.«

»Und Sie haben die Werkzeuge gegen das Netzwerk der Universität eingesetzt.«

Lars nickte eifrig. »Die Idee ist doch naheliegend, oder nicht? Ich habe es aus Interesse gemacht. Rein wissenschaftliches Interesse. Das meine ich nicht ironisch. Wir hätten in der nächsten Vorlesung darüber diskutieren können. So was macht immer Eindruck. Aber ich habe ja gar nicht damit gerechnet, ein Loch in deren Sicherheitskonzept zu finden.«

»Deshalb die Unvorsichtigkeit, es von einem Universitätsrechner zu versuchen?«

»Ich habe den Angriff im Hintergrund laufen lassen, während ich Übungsblätter gelöst habe.«

»Und sind auf ein Loch gestoßen«, sagte Sebastian.

Lars schüttelte den Kopf. »Zunächst nicht. Zunächst lief alles wie erwartet. Kein Zugriff, der kleinste Angriff wurde binnen Sekunden abgewehrt. Das ganze Netz der Uni war sicher wie eine Festung von – kennen Sie Vauban? Der Straßburg und ich glaube Freiburg in uneinnehmbare Festungsanlagen verwandelt hat, indem er sie in geometrische Konzepte gezwängt hat?«

Sebastian schüttelte den Kopf. Er kannte Vauban tatsächlich, er war mit Nadja sogar einmal in Neuf-Brisach im Elsass gewesen, wo man die Festungsanlagen noch vollständig besichtigen konnte.

»Das Ganze ist ungemein interessant, wenn man bedenkt –«

»Bleiben Sie beim Thema.«

Lars hob entschuldigend die Schultern. »Es gab jedenfalls keine Sicherheitslücke. Da war kein Durchkommen. Und das hätte mich auch gewundert. Das Rechenzentrum wird ja geleitet von promovierten oder habilitierten Informatikern. Mit dem Spezialgebiet Netzwerksicherheit. Die sind schon von Berufs wegen paranoid.«

Sebastian konnte sich ein Lächeln nicht verkneifen.

»Dann bin ich auf die Idee gekommen, es mit dem Netz der Uniklinik zu versuchen.«

»Und das war einfacher.«

»Genau. Die Systeme sind ähnlich. Aber die Webseiten von vielen Forschungsgruppen an der Klinik sind extrem unprofessionell. Ich habe es mit der Seite der Blutspendezentrale versucht. Zuerst über SSH, aber die Seite lag hinter dem Gateway der Uniklinik. Gesichert, da kommen sie erst gar nicht an die Ports ran. Dann bin ich auf die Idee gekommen, das Administratorpasswort ihres CMS zu knacken –«

»Was ist das?«

»Content-Management-System. Stellen Sie es sich als Verwaltungsprogramm der Homepage vor. Es war überhaupt nicht gesichert. Ich habe von fünf verschiedenen Rechnern aus insgesamt vierzig Passwörter pro Sekunde testen lassen, über drei Stunden. Völlig problemlos. Am Abend hatte ich das Passwort, es war, glaube ich, ›klinik3342‹. Völlig lächerlich.«

»Und dann?«

»Dann habe ich ein paar PHP-Skripte hochgeladen, der Webserver hatte *root*-Zugriff auf die zentrale Datenbank … Es war ein Kinderspiel. So einfach, dass kein Staatsanwalt mir Vorsatz anhängen kann, Herr Möllner. Es hat sich einfach so ergeben.«

»Und dann haben Sie sozusagen als Fingerübung ein Benutzerkonto erstellt.«

»Genau.«

»Und Sie behaupten, das Konto nie wieder benutzt zu haben.«

»Nie wieder.« Lars blinzelte. Auch Sebastian spürte, dass das Neonlicht der Zelle ihm langsam Kopfweh bescherte.

»Das Passwort zu diesem Benutzerkonto, haben Sie das an

irgendjemanden weitergegeben?« Zum Beispiel an jemanden der kleinen Runde, die in der Mordnacht im Café Lichtenstein gewartet hatte. Oder an Katia selbst.

Lars' Antwort kam sofort. »Nein. Das kannte nur ich.«

Sebastian schwieg eine Weile. Er hatte gehofft, dass Lars diesen Strohhalm ergreifen würde. Er seufzte absichtlich enttäuscht. »Gehen wir also davon aus, dass sich gestern jemand mit diesem Benutzerkonto eingeloggt und absichtlich diese Warnmeldung ausgelöst hat.«

»Um auf mich einen Verdacht zu lenken.« Lars setzte sich aufrechter und nickte mehrfach. Er wirkte wie ein Kindergartenkind, das einem Erwachsenen endlich einen eigentlich simplen Sachverhalt klargemacht hatte.

»Wer hätte Interesse daran, Ihnen zu schaden?«

»Der wahre Mörder von Katia natürlich. Oder *die* wahren Mörder.«

»Sie gehen von mehreren Tätern aus?« Auch Sebastian war inzwischen zu dieser Überzeugung gelangt. Eigentlich war es schade, dass Breuer Verdächtiger war und nicht Mitarbeiter.

»Ich weiß nicht …« Lars machte eine Pause. »Möglich ist alles. Es war jemand, der Zugriff aufs Netz der Klinik hat. Sie haben ja keine Ahnung …« Den letzten Satz murmelte er halb verständlich vor sich hin.

»Bitte?« Anscheinend wusste Breuer etwas, das er nicht preisgeben wollte.

»Nichts.«

Dann nicht, überlegte Sebastian. Vorläufig nicht. Es war besser, ihn nicht vor den Kopf zu stoßen, man musste mit Fingerspitzengefühl vorgehen. »Herr Breuer, wussten Sie, dass Katia Seligmann sich für Ereignisse an der Uniklinik interessiert hat, die in den fünfziger Jahren passiert sind?« Auch Sebastian senkte seine Stimme.

Lars antwortete nicht sofort. In ihm arbeitete etwas. Sebastian erkannte es an seinen Fingern. Sie tippten rhythmisch auf den Lederbezug der Pritsche und schienen jeden Gedankengang wie auf einer Klaviatur zu spielen. »Vorfälle?«, fragte er.

»Es ging um Elektroschocktherapie …«

Lars' Finger verharrten in der Luft, er schaute nicht auf. »Nein.

Davon wusste ich nichts.« Die Aussage klang sehr bestimmt. Sebastian hatte damit gerechnet, dass er jedes Wissen abstritt. Er hakte nicht nach, er wollte Lars nicht noch mehr einschüchtern.

»Was machen wir denn jetzt?«, fragte Sebastian und warf in gespielter Verzweiflung die Hände nach oben. »Das alles wird die Staatsanwaltschaft nicht beeindrucken.«

»Aber ich kann das gestern Abend doch gar nicht gewesen sein. Ich war nicht in dem Internetcafé.«

»Leider gibt es dort keine Videoüberwachung.«

»Aber zu der Zeit war ich im Gemeinschaftsraum im Wohnheim. Wir haben ›Fargo‹ angeschaut, der ganze Stock … Kennen Sie den? Ein Meisterwerk … Es gibt mindestens acht Zeugen.«

Sebastian brauchte kurz Zeit, um das Gehörte korrekt einzuordnen. Dann rief er: »Sie haben ein Alibi?«

»Natürlich.« Lars betrachtete ihn verwundert.

»Wieso haben Sie das nicht von Anfang an gesagt?« Sebastian musste seine Fassungslosigkeit nicht spielen.

»Weil man mir die Verbindungsprotokolle aus dem Internetcafé vorgelegt hat … Das sind harte Daten. Wie hätte ich die durch ein paar Zeugen widerlegen sollen?« Er wirkte verwirrt, krampfte die Hände zusammen, der Flüssigkeitsmangel schien sich erneut bemerkbar zu machen.

Sebastian schenkte ihm noch ein Glas Orangensaft ein. »Trinken Sie.«

Lars trank das Glas in vier Zügen leer. Nachdem er es wieder abgestellt hatte, sagte er: »Es geht um die formale Korrektheit …« Er betrachtete Sebastian jetzt wie ein Hund, der ahnte, etwas falsch gemacht zu haben.

»Ja …« Sebastian gab sich gar keine Mühe, seine Melancholie zu verbergen. Er spürte das seltsame Verlangen, Lars den Kopf zu streicheln. »Herr Breuer, ich rede jetzt mit dem zuständigen Kollegen. Wenn Sie dem die Namen und Anschriften der Zeugen genannt haben, können Sie wahrscheinlich gleich nach Hause gehen.«

Lars' Augen glänzten, als Sebastian die Zellentür öffnete. »Eine Frage noch«, sagte er, als er schon fast aus der Tür war. Lars hob den Kopf. »Sind Sie offizielles Mitglied der PFI?«

»Nein. Ich habe ein paar Webseiten für sie gestaltet und so von ihrem Programm erfahren. Es hat mir gefallen. Aber ich wurde nie offizielles Mitglied. Das ist nichts für mich. Zu organisiert.« Lars lächelte gezwungen.

Sebastian nickte, verließ den Raum und schloss die Tür. Draußen stand Anna mit erwartungsvollem Blick. »Und?«

»Lass ihn gehen«, sagte er.

»Gehen?« Annas Augen weiteten sich.

»Er hat ein Alibi. Du kannst ihm nichts vorwerfen, außer dass er eine massive Sicherheitslücke im Netzwerk der Uniklinik ausgenutzt hat. Solange die Klinik keine Anzeige erstattet …«

»Hat sie nicht.« Anna schüttelte den Kopf. »Er hat ein Alibi für gestern Abend?«

»Laut seiner Aussage acht Zeugen. Er lügt nicht.«

Anna atmete tief aus.

»Glaub mir«, sagte Sebastian, »wenn wir Breuer noch ein, zwei Wochen geben, klärt er den Fall für uns. Er ist genauso daran interessiert wie wir.«

»So?« Anna schaute kurz fragend auf, wandte den Blick aber sofort wieder nachdenklich ab. Sie lächelte. Sie würde Sebastian gewähren lassen und ihm vor allem die Zeit geben.

»Anna«, sagte Sebastian. »Du musst für mich eine Person ausfindig machen.«

»Wen?«

»Claudia von Hege.«

»Von Hege? Gerne, Moment, wo ist mein rotes Telefon mit der Direktverbindung zum internationalen Jetset –«

»Anna, es ist wichtig.«

»Wer ist sie?«

»Henner Maiers Freundin.«

»Warum fragst du nicht ihn?«

»Habe ich. Er meint, sie sei im Urlaub auf den Seychellen und für niemanden zu erreichen. Will angeblich ihre Ruhe haben.«

»Und du glaubst ihm nicht.«

Sebastian schüttelte den Kopf. »Sie war am Abend des Mordes mit Maier und Lars Breuer in einer Bar am Rathaus. Ich habe das Gefühl, Maier will nicht, dass ich mir ihr rede.«

»Und was erhoffst du dir von ihr?«

»Ich weiß nicht …« Er zuckte mit den Schultern. »Tu mir den Gefallen, ja? Ich habe hier ihre Adresse.« Er riss die Seite mit der Adresse aus seinem Notizbuch. »Sie studiert an der Uni, wenn euch das weiterhelfen sollte.«

»Was studiert sie?«

Sebastian massierte sich die Nasenwurzel, das Kopfweh war etwas schlimmer geworden. »Medizin.«

Anna seufzte. »Gibt mir vierundzwanzig Stunden.« Sie notierte sich den Namen.

Sebastian lächelte. »Danke, Anna.« Er schaute auf die Uhr, es war schon fast sechs. »Ich muss jetzt los.«

»Wohin?«

»Ich habe einen Termin in der Uniklinik. Es gibt da ein paar Fragen, die ich denen stellen möchte.«

Vor dem Gebäude atmete er die eiskalte Winterluft. Er fühlte sich erleichtert, dass Lars davonkommen wüde.

22

Touristen und Ortsfremde stellten beim Anblick der Psychiatrischen Klinik gerne die erstaunte Frage, was denn das für ein hübsches Schlösschen sei. Die liebliche Front, die eine Art Barock nachahmte, wirkte auf die wenigsten Besucher wie die Fassade einer Klinik. Man wies den unkundigen Betrachter routiniert darauf hin, dass die prachtvolle Fassade Ende des 19. Jahrhunderts die weniger prächtigen Behandlungsmethoden im Innern hatte verbergen sollen. Die Hauptsache jedoch ließ man mit dieser Erklärung unbeachtet: dass nämlich die mit Abstand repräsentativsten Gebäude der Stadt Einrichtungen der Universitätsklinik beherbergten.

In einer Stadt ohne nennenswerte Industrie war das Klinikum immer eine der Haupteinnahmequellen gewesen. Die Universität erwirtschaftete in ihren besten Zeiten gerade genug, um sich selbst zu finanzieren – die Klinik jedoch lockte seit jeher wohlhabende Patienten an, die ihr Vermögen gerne in die Verlängerung ihres Lebens investierten. Seit ihrer Gründung Anfang des 19. Jahrhunderts war die Klinik kontinuierlich gewachsen, sodass inzwischen fast zwei Stadtteile von ihr dominiert wurden. Die beiden Komplexe der Universitätskliniken ›Tal‹ und ›Berg‹ waren Städte in der Stadt. Die Gebäude auf dem Schnarrenberg, die seit den sechziger Jahren errichtet worden waren, besaßen eine eigene Infrastruktur. Einzelne, mit Pförtnern und Schranken versehene Zufahrten schirmten das interne Straßennetz von der restlichen Stadt ab. Die Kliniken verfügten über eigenes Sicherheitspersonal.

Sebastian hatte schon am Morgen nach dem Gespräch mit Henner Maier angerufen und um einen Termin gebeten. Er folgte farbigen Linien auf dem Linoleum, die alle in verschiedene Behandlungsbereiche führten. Die Linien waren zur Steuerung des Patientenstroms gedacht und schienen den ganzen Komplex wie mit einem abstrakten Netzplan zu überziehen. Von Zeit zu Zeit zweigten Nebenäste ab, die entferntere Gebäudeteile erkundeten. Mehrmals durchquerte Sebastian tennisplatzgroße

Wartesäle, in denen Menschen auf das Aufrufen ihrer Nummer und die Behandlung ihrer Krankheit warteten. Die meisten hatten irgendwo einen Verband, trugen einen Gips oder rollten ein Gestell mit Infusionsflaschen vor sich her. Es roch nach dem krankenhaustypischen Gemisch aus Krankheit und scharfem Desinfektionsmittel.

Sebastian verlief sich mehrmals. Er musste zweimal das Gebäude wechseln, ließ sich einige hundert Meter von einer Krankenpflegerin führen und stand schließlich vor einer Tür, die von einer Patientenzimmertür nicht zu unterscheiden war. Sie war genauso breit und hatte auf Höhe der Betten einen Schutz aus zerkratztem Blech. Sebastian klopfte vorsichtig.

Von innen war ein kräftiges, gesundes »Herein!« zu hören.

Sebastian öffnete die Tür.

Das Büro war spartanisch eingerichtet. An der Wand hing ein gerahmter Kunstdruck von Magritte, unter dem in serifenlosen Buchstaben sehr groß der Name des Malers stand. Wahrscheinlich hätte man dem Benutzer des Büros auch Dalí oder Picasso mit der Unterschrift »MAGRITTE« verkaufen können, ohne dass er den Betrug bemerkt hätte. In der Ecke neben der Eingangstür setzte ein geflochtener Korbstuhl einen lässigen Akzent, ansonsten glich die Einrichtung einem Operationssaal. Alles war weiß, alles war blank. Der Computerbildschirm hatte ein Gehäuse aus gebürstetem Aluminium.

Sebastian stellte sich vor.

»Ah, Herr Möllner! Von der Kripo. Wir hatten ja telefoniert.« Professor Niemeyer trug den unvermeidlichen weißen Arztkittel, obwohl er wahrscheinlich seit Wochen nicht mehr im Operationssaal gestanden hatte. Um seinen Hals war eine Fliege gebunden. Aus den Aktenbergen auf seinem Schreibtisch ging hervor, dass er als ärztlicher Direktor der Chirurgie hauptsächlich für Verwaltung und Repräsentation zuständig war.

»So ist es«, entgegnete Sebastian. Ihn irritierte die Fliege, die Professor Niemeyer trug.

»Nun!« Er breitete die Hände aus. »Was kann ich für Sie tun, Herr Kommissar?« Sein Ton war freundlich. »Sie hatten am Telefon etwas von einem Selbstmord erwähnt, bei dem Sie ermitteln. Ich muss Ihnen leider sagen, dass in diesem Fall chirurgische Hilfe zu spät kommt.«

Sebastian zwang sich ein Lächeln ab. »Dass es Selbstmord war, daran zweifeln wir inzwischen, Herr Niemeyer.«

»Es geht doch nicht etwa um den Mord an der jungen Studentin oben auf der Morgenstelle?« Niemeyers Augen weiteten sich. »Erst heute Morgen habe ich mit einem Kollegen aus der Anästhesie darüber gesprochen …«

Sebastian nickte leicht und schloss für einen Moment die Augen. »Sie wurde betäubt und danach erhängt. An der Brüstung im großen Hörsaal.«

»Schreckliche Geschichte.« Niemeyer schüttelte den Kopf, sein perfekter Scheitel blieb dabei in Position. »Wirklich schreckliche Geschichte. Ich dachte, das wäre inzwischen geklärt.«

»Das Narkosemittel stammte aus Ihrer Abteilung.«

»Ich weiß. Herr Dr. Selendorn hat die Aufsicht über das Medikamentenlager. Er hat mit mir gesprochen.«

Sebastian notierte sich den Namen Selendorns. »Ich nehme an, dass mehrere Personen Zugang zu diesem Lager haben?«

Niemeyer kratzte sich am Kinn. »Wie gesagt, ich habe heute Morgen mit dem Kollegen aus der Anästhesie gesprochen. Anscheinend haben die Techniker ein Loch in unserem Netzwerk gefunden, durch das sich ein Unbefugter ein Benutzerkonto erstellen konnte, das Zugriff auf das Medikamentenlager hat. Das Lager ist durch ein Codeschloss gesichert. Da haben Sie doch Ihren Täter.«

Niemeyer war ein wenig zu selbstsicher, fast arrogant. Sebastian versuchte, sich nichts anmerken zu lassen. Mit direkten Fragen würde er bei Niemeyer nichts erreichen, er musste den Dingen ihren Lauf lassen. »Die Tatsachen sind mir bekannt.«

»Aber?«

»Der Verdacht gegen die betreffende Person hat sich als unhaltbar erwiesen. Er ist aus anderen Gründen in das Netzwerk Ihrer Klinik eingebrochen. Aber nicht, um sich Schlafmittel zu klauen, das er sich genauso gut illegal im Internet hätte bestellen können. Ein kurzfristiger Ermittlungsfehler, für den ich mich entschuldige.«

»Wozu dann der Einbruch?« Niemeyer lächelte. »Klären Sie mich auf. Nun bin ich verwirrt.«

»Sport.«

»Sport?«

»Die reine sportliche Herausforderung für einen Informatiker. Oder aber – es war etwas anderes.«

»Etwas anderes? Was?«

»Deswegen bin ich hier. Um dieses *andere* herauszufinden. Herr Niemeyer, kennen Sie die Dokumentation ›Mengeles Erben‹? Man kann die sich ganz kostenlos im Internet anschauen.« Inzwischen hatte Sebastian auch in Erfahrung gebracht, dass die Dokumentation vor drei Jahren ein einziges Mal im öffentlich-rechtlichen Fernsehen ausgestrahlt worden war, spätabends natürlich.

Das Lächeln verschwand sofort aus Niemeyers Gesicht. Er wirkte wie ein Schauspieler, vor dem der Vorhang gefallen war. »Ich weiß natürlich, worauf Sie anspielen, Herr Möllner. Diese Vorfälle sind in keiner Weise charakteristisch für das Universitätsklinikum Tübingen.«

»Weil es sie überall gegeben hat?«

»Erstens das. Und zweitens, weil es bedauerliche Einzelfälle waren. Es war keinesfalls die Regel.«

»Sie scheinen da ein gewisses geschichtliches Verständnis zu besitzen«, bemerkte Sebastian.

Niemeyer seufzte. »Nun, nachdem die Sache in der Presse war, mussten wir uns zwangsläufig damit beschäftigen. Auch wenn es Einzelfälle waren, ist die Klinik natürlich keineswegs stolz darauf. Wir waren damals der Meinung, durch jahrzehntelanges Aufarbeiten wenigstens die Zeit bis '45 – nun ja – *abgeschlossen* zu haben.«

»Sie meinen den Beitrag der Universität zur faschistischen Rassenideologie.«

»Ganz richtig«, bestätigte Niemeyer. »Wobei für uns als Klinikum natürlich weniger die theoretischen Aspekte das Problem waren. Wir hatten praktische Dinge aufzuarbeiten.«

»Zum Beispiel?«

»Nun, zum Beispiel die Zwangssterilisationen. Oder die Behandlungsmethoden zur Vermeidung von sogenanntem erbkranken Nachwuchs. Wir wissen heute noch nicht genau, wie viele Mütter dabei sofort oder an den Spätfolgen gestorben sind.«

»Wie erfolgte diese Aufarbeitung?«

»Na ja, durch Aufklärung, durch Ausstellungen. Durch ein offizielles Bekennen. Ausdruck der Scham et cetera. Wir haben einige Plaketten anbringen lassen. Nicht anders als bei anderen Kliniken dieser Größe. Es war ja überall mehr oder weniger das Gleiche. Wir hatten natürlich das belastete Personal, Verschuer zum Beispiel oder Wilhelm Weitz.«

»Wer?«

»Professor Verschuer war einige Jahre Assistenzarzt an der Uniklinik und hat hier zur Rassentheorie geforscht. Weitz hat irgendwann in den zwanziger Jahren den Tübinger Ableger der ›Gesellschaft für Rassenhygiene‹ gegründet und hat maßgeblich dazu beigetragen, dass diese ganze Rassentheorie hier an der Klinik – nun ja – salonfähig geworden ist.«

Sebastian notierte sich die Namen.

»Professor Verschuer«, fuhr Niemeyer fort, »war später der Doktorvater von Josef Mengele.«

Sebastian blickte von seinem Notizbuch auf und schaute Niemeyer in die Augen.

»Da war er aber bereits in Frankfurt«, sagte dieser. »Sie sehen, die Verbindungen existierten durchaus. Auch wenn man sich in Tübingen selten die Hände schmutzig gemacht hat – der Geist war vorhanden. Man wollte ja auch damals schon Forschungsgelder bekommen und musste mit dem Zeitgeist gehen. Bitte missverstehen Sie das nicht als Zynismus, Herr Möllner. Aber so lief und läuft das nun mal. Verstehen Sie?«

Sebastian räusperte sich. »*Sie* müssen verstehen«, sagte er, »dass es für mich als Laien schwierig ist, zu glauben, dass diese ganzen Praktiken – dass überhaupt dieses ganze Gedankengut, diese Ideologien und Praktiken –, dass das *nach* '45 einfach so verschwunden sein soll. Dass man es von einem Tag auf den anderen einfach so vergessen hat. Es müssen da doch Forschungsreihen existiert haben, an denen gewisse Professoren bereits jahrelang gearbeitet hatten. Ist es nicht viel wahrscheinlicher, dass man diese Forschungen nach dem Ende des Zweiten Weltkriegs einfach fortgeführt hat? In neuer, politisch korrekter Verpackung?«

Niemeyer blieb gelassen. »Nein, das halte ich für ausgeschlossen«, sagte er. »Die Öffentlichkeit war damals nach der Entnazifizierung ja in einer Weise sensibilisiert – das hätten Sie nicht machen können. Denken Sie daran, dass Tübingen eine besetzte Stadt war. Das hätte man doch nie vor den Franzosen geheim halten können.«

»Ich rede ja nicht von öffentlichen Versuchen«, bemerkte Sebastian. »Geheime Experimente. Fragwürdige Untersuchungen und Behandlungsmethoden, die man ohne das Wissen der Betroffenen durchgeführt hat. Vielleicht sogar ohne das Wissen der Vorgesetzten.«

»Sie spielen wieder auf die Dokumentation an«, entgegnete Niemeyer seufzend. Er warf einen verstohlenen Blick auf die Wanduhr. »Diese Fälle *hat* es gegeben, Herr Möllner. Das streitet die Klinik in keiner Weise ab. Wir haben damals vor zwei Jahren auch eine klare Stellungsnahme veröffentlicht. Es waren jedoch bedauerliche Einzelfälle.«

»Gibt es von diesen Einzelfällen Aufzeichnungen?«

»Ich sehe nicht, was das mit Ihren Ermittlungen zu tun haben sollte«, meinte Niemeyer.

»Herr Professor Niemeyer.« Sebastian legte besonderes Gewicht auf das »Professor«. »Sie haben mich vorhin gefragt, zu welchem Zweck sich der Verdächtige in Ihr Netzwerk gehackt haben könnte.«

»Habe ich.«

Sebastian lehnte sich zurück. »Wissen Sie, Herr Niemeyer, ich liege sehr häufig nachts wach. Verzeihen Sie mir meine plumpe Selbstdiagnose, aber die Gründe für meine Schlaflosigkeit sind wahrscheinlich berufliche Selbstzweifel und die Tatsache, dass meine Tochter nicht mehr weiß, dass ich ihr Vater bin. Nun ja. Gestern Nacht lag ich jedenfalls auch sehr lange wach. Ich habe einen Teil dieser Dokumentation gesehen, ›Mengeles Erben‹. Den Teil, in dem es um die Elektroschocktherapien an Ihrer Klinik geht. Wissen Sie, wer mir diese Dokumentation empfohlen hat?«

»Nein.«

»Die Tote von der Morgenstelle. Ist das nicht interessant? Sie hat es als Kommentar in einem Blog gepostet …«

»So«, stieß Niemeyer hervor. Anscheinend verstand er nicht ganz oder wollte nicht verstehen.

»Und gestern Nacht habe ich mir überlegt: Was, wenn ihr Tod mit diesem Video zusammenhängt. Was, wenn das Video sie genauso schockiert hat wie mich. Was, wenn sie einen Hang hatte, der Obrigkeit zu misstrauen. Was, wenn sie als Mitglied der PFI da mal genauer nachforschen wollte, ob das der einzige solche Fall war?«

»PFI?«, fragte Niemeyer. Er betonte es beinahe verächtlich.

»Partei für Freiheit der Information«, sagte Sebastian. »Kennen Sie die nicht? Der Name ist nicht besonders sexy. Die kandidiert gerade sogar für den Landtag. Ein kleines Medienspektakel wäre der Partei jetzt sicher gut bekommen, verstehen Sie?«

»Sie meinen …?« Niemeyer kniff die Augen zusammen.

»Ich meine, dass der Hacking-Angriff auf das Netzwerk der Klinik mit diesem Video zu tun haben könnte.«

»Eine etwas gewagte These.«

»Überhaupt nicht«, sagte Sebastian. »Es ist sehr naheliegend, wenn Sie jung sind. Engagiert. Und über das nötige Know-how verfügen.«

Niemeyer kratzte sich am Kinn.

»Sie haben nach einer Verbindung gefragt, da ist sie. Jeder Staatsanwalt würde mir zustimmen. Ich könnte natürlich den offiziellen Weg gehen. Gestern Nacht habe ich mir aber überlegt, dass Ihnen der *inoffizielle* Weg vielleicht lieber sein würde.«

»Hören Sie, Herr Möllner, ich bin weder in der Position noch habe ich die Absicht, Ihnen Steine in den Weg zu legen.« Niemeyer zuckte mit den Schultern und warf sich im Bürostuhl zurück. »Ich leite hier nur die chirurgische Abteilung.«

»Wo würde man Aufzeichnungen zu den Fällen in den fünfziger Jahren finden?«

»Nun ja, sicher in den alten Patientenakten.« Niemeyer klang, als ob ihm das Thema gleichgültig war.

»Sind die öffentlich verfügbar?«

»Natürlich nicht. Das ist aus datenschutztechnischen Gründen gar nicht möglich.« Niemeyer seufzte. »Ich kann Ihnen zumindest Einsicht geben. Die Akten dürfen unser Archiv jedoch nicht verlassen.«

»Wie lange würde das dauern?«, fragte Sebastian.

»Wenn ich es sofort in Auftrag gebe, hat das Archiv die bis morgen Mittag herausgesucht. Verbleiben wir doch so, dass ich Sie anrufe, sobald die Akten für Sie bereitliegen. Würde Ihnen das weiterhelfen?«

»Sehr.«

»Gut. Ich notiere es mir. Herr Möllner, Sie sehen, ich stecke leider bis zum Kopf …« Er wies mit einem Kopfnicken auf die Aktenberge. »Wenn es Ihnen nichts ausmacht.«

Sebastian gab ein paar Verabschiedungsfloskeln von sich, die Niemeyer mit einem unverständlichen Murmeln und einer abwehrenden Geste quittierte. Wann genau er während des Gesprächs dafür gesorgt hatte, dass Niemeyer ihn nun hasste, konnte Sebastian nicht sagen. Auf seinem Rückweg über die bunten Pfade drehten sich vorbeieilende Assistenzärzte nach ihm um. Sebastian konnte das Gefühl nicht unterdrücken, dass er neugierig gemustert wurde.

23

Die Nacht bereitete sich auf den extremsten Temperatursturz des Winters vor. In den Ecken der Fensterscheiben hatten sich verästelte Kristalle gebildet. Schwaden gefrorenen Schnees trieben durch die Straßen. Die Stadt lag in eisiger Starre zu Lars Breuers Füßen. Er hatte sich in mehrere Decken gewickelt und schaute aus dem Fenster im elften Stock. Er hatte versucht zu duschen, doch es hatte mehrere Minuten gedauert, bis das kalte Wasser zumindest lauwarm geworden war. Er schlürfte einen Löffel der Gemüsesuppe. Den Teller hatte er auf die Fensterbank gestellt, so saß er direkt vor der Heizung. Neben der Suppe stand bereits das dritte Glas Wasser. Der Flüssigkeitsmangel machte sich noch bemerkbar, Lars hatte einen Kater wie nach zwei Flaschen Rotwein.

Es war die schlimmste Erfahrung seines Lebens gewesen.

Lars versuchte, Sinn in die Ereignisse des Tages zu bringen, ihrer Abfolge eine innere Struktur zu geben, doch er schaffte es nicht. Immer stimmte etwas nicht, immer gab es eine Lücke. Das Seltsamste war, dass Lars ahnte, dass es Kommissar Möllner gerade genauso ging wie ihm selbst. Dass auch er an seinem Küchenfenster saß. Dass auch er versuchte, die Schleier zu lüften. Eine starke Böe drückte eiskalte Luft durch das undichte Wohnheimfenster. Lars nahm einen Schluck Wasser.

Er hatte Möllner nur in einer einzigen Sache angelogen.

Es gab eine einzige Person, der Lars das Passwort für das gehackte Benutzerkonto mitgeteilt hatte. Als persönlichen Witz hatte er das Passwort auf »pfi4landtag« gesetzt.

Nur eine Person hatte das Passwort wissen können. Nur einer Person hatte er es weitergegeben.

Lars warf einen erneuten Blick auf das Display seines Smartphones. Sandra war immer noch nicht im Chat erschienen.

Er zog sich die Decke bis ans Kinn. Dann schaute er wieder aus dem Fenster. Doch unten stand kein schwarzer Mercedes, wahrscheinlich verzichteten sie bei minus dreiundzwanzig Grad auf seine Überwachung.

Warum hätte Sandra sich selbst schaden sollen? Sie konnte gestern Nacht nicht versucht haben, die Datensätze zu löschen. Lars massierte sich die Schläfen. Sie hatte zwar das Passwort, doch es fehlte ihr das technische Grundwissen. Sie konnte es einfach nicht gewesen sein. Sandra hatte selbst zu viel zu verlieren.

Also musste der Angriff von der Klinik selbst ausgegangen sein. Sie hatten das Benutzerkonto sicher schon Stunden nach dem Einbruch ausfindig gemacht. Und dann hatten sie sich damit eingeloggt, waren damit im Netzwerk ein wenig Amok gelaufen, hatten möglichst viele Spuren hinterlassen und diese der Polizei präsentiert. Es war perfide, es war genial. Lars bekam eine Gänsehaut. Hätte man ihn wirklich als Mörder verhaftet, hätten sie damit nicht nur einen Zeugen ausgeschaltet. Sie hätten auch dafür gesorgt, dass die Ermittlungen nicht das Klinikum streifen würden. Sie hatten der Polizei einen möglichen Täter präsentieren wollen – ihn selbst, Lars Breuer.

Doch ihr Plan war fehlgeschlagen. Sicher wussten sie bereits davon. Jetzt würden sie sich auf ihr eigentliches Hauptproblem konzentrieren. Sandra. Lars musste sie unbedingt erreichen.

Er nahm das Handy und wählte Henners Nummer. Es wurde sofort abgenommen.

»Ja?«

»Henner?«

»Lars? Wo bist du? Bist du verrückt, hier anzurufen?«

»Ich wurde heute Nachmittag festgenommen.«

»Wie bitte? Wieso – mit welchem Grund?«

Lars bemühte sich, die Geschehnisse möglichst objektiv zu berichten. Als er geendet hatte, schwieg Henner einige Zeit.

»Und du bist es nicht gewesen?«, fragte er dann.

»Ich habe das Benutzerkonto seit Wochen nicht mehr angerührt. Gerade jetzt! Ich bin doch nicht verrückt. Ich war das nicht.«

»Ich glaube dir das. Und die Polizei ja glücklicherweise auch. Aber hör mal – wollen wir uns nicht lieber persönlich treffen?«

»Jetzt?«

»Nein.« Henner klang nervös. »Eventuell morgen.«

»Ich kann Sandra nicht erreichen. Der Angriff auf mich ist fehlgeschlagen. Jetzt werden sie sich Sandra vornehmen. Sandra ist von Anfang an ihr Hauptproblem gewesen. Wir müssen sie warnen.«

»Ich kann sie auch nicht erreichen«, murmelte Henner. »Hab es schon mehrfach versucht.«

»Die ganze Sache ist völlig aus dem Ruder gelaufen.«

»Ich weiß, ich weiß. Dreh jetzt nicht durch. Die Polizei ist auf deiner Seite. Die können nur durch die offiziellen Behörden agieren. Sie brauchen die Polizei als Werkzeug, und dieses Werkzeug ist jetzt unbrauchbar geworden. Gegen dich zumindest.«

»Aber nicht gegen Sandra.«

»Weiß die Polizei etwas von Sandra?«, fragte Henner.

»Nichts. Überhaupt nichts. Niemand weiß irgendwas. Wir müssen sie schützen.«

»Gut. Aber ich muss ehrlich sagen …« Henner sprach nicht weiter.

»Was?«

»Dass sie nicht erreichbar ist, beunruhigt mich auch ein bisschen.«

»Ein bisschen?« Lars konnte seine Empörung nicht verbergen.

»Lass mich nachdenken.«

»Dieser Kommissar weiß, dass Katia zu den Vorfällen in der Klinik recherchiert hat.«

»Was?« Henner klang überrascht, doch er beherrschte sich sofort. »Woher?«

»Ich weiß es nicht.«

Es folgte eine lange Pause, in der Lars ungeduldig in seiner inzwischen kalt gewordenen Suppe rührte.

»Ich fahre zu Sandra«, sagte Henner dann.

»Jetzt?«

»Ja. Ich fahre sofort los. Bin in zwanzig Minuten dort. Ich schreibe dir eine SMS.«

»Danke«, sagte Lars.

»Keine Ursache.«

»Was, denkst du, wird ihr nächster Schritt sein?«

»Ich weiß es nicht. Du solltest vorerst das Haus nicht mehr verlassen. Ich habe Sandra schon vor Tagen das Gleiche geraten. Das ist wichtig, hörst du? Ich schreibe dir eine SMS.« Er legte auf.

Lars warf den Löffel in die Suppe. Draußen war es jetzt so kalt, dass sich ein Nebel aus Eispartikeln gebildet hatte, der den Blick auf die Straße versperrte. Der Wohnheimblock wirkte wie auf Wolken gebaut, kein fester Grund war mehr sichtbar. Das Zimmer schien zu wanken. Lars wurde schwindlig. Er taumelte zum Herd und versuchte, sich etwas Kaffee zu kochen. Als draußen im Gang Schritte zu hören waren, war er in drei großen Schritten an der Tür und prüfte das Schloss.

Nichts, wahrscheinlich ein anderer Bewohner. Er ging zurück ins Zimmer, füllte den Espressokocher und stellte ihn auf die Herdplatte.

Er lauschte dem siedenden Wasser. Als der Kaffee durchgelaufen war und der letzte Dampf mit einem lauten Zischen entwich, fiel Lars ein, dass er für Katias Beerdigung keinen Anzug besaß. Er schaltete den Herd ab. Katia hatte nie viel für Etikette übriggehabt. Er würde ihr in seinen Alltagskleidern die letzte Ehre erweisen. Sie hätte das gut gefunden. Ob wohl ihre Eltern schon aus Flensburg angereist waren?

Es klopfte. Dreimal. Drei kurze, kräftige Erschütterungen, die bis in die Fundamente des Gebäudes zu reichen schienen. Lars zuckte zusammen, dann schlich er zum Türspion, doch der Gang draußen war dunkel. Niemand war zu sehen. Er wartete. Das Klopfen wiederholte sich nicht.

Lars öffnete den Schrank über dem Waschbecken, nahm zwei Ohrstöpsel heraus und drückte sie sich in die Gehörgänge. Er setzte sich an die Heizung, zog die Decke über den Kopf und schloss die Augen.

24

Das Weiß des Schnees war unendlich, es verschmolz zu beiden Seiten der Gleise mit dem Nebel und den Wolken und hüllte den kleinen Zug in einen Kokon, den die wenigsten Menschen einen schönen Wintertag genannt hätten. Sebastian saß allein im Waggon, er hatte sich telefonisch mit Maja in Kirchentellinsfurt verabredet. Sie hatte sich entschlossen, mit dem Auto zu kommen, was Sebastian jetzt, als er erneut aus dem Fenster schaute, etwas beunruhigte. Es hatte immer noch über fünfzehn Grad unter null.

Der Zug rauschte unter einer Bundesstraße hindurch, streifte die gefrorenen Krallen einiger Bäume und fuhr dann mit einem Ruckeln auf den vereisten Gleisen im Bahnhof ein.

Sebastian trug unter seinen Jeans eine Jogginghose, darunter zwei Paar Socken. Sein Oberkörper war in mindestens sechs Schichten Stoff gehüllt, trotzdem fror er. Er ging möglichst rasch Richtung Ortsmitte, um sich durch die Bewegung etwas aufzuwärmen. Die Straßen waren verlassen, obwohl es Mittwoch war. Weit und breit kein Auto. Zitternd wechselte Sebastian von einem Bein zum anderen, als er Majas Auto an einer Tankstelle sah. Sie verließ gerade winkend das angeschlossene Café und kam auf ihn zu. Bevor sie zu sprechen begann, schob sie sich den Rest eines Croissants in den Mund.

»Hey«, sagte sie. »Perfektes Wetter haben wir da erwischt für unser erstes Date. Oder nicht?«

Sebastian lächelte. Maja trug Jacke und Mütze mit skandinavischen Mustern. Die Hände steckten in Fäustlingen. Eine dicke Cordhose mündete in klobige Stiefel aus unbehandeltem Leder, alles an Maja war in erdfarbenen Pastelltönen gehalten. Unter der Mütze schauten einige Strähnen ihres gelockten Haars hervor. Sie lächelte und zeigte ihre perfekten Zähne. »Gehen wir?«

Der Weg führte sie zunächst durch das Dorf, dann bogen sie ab und überquerten den Neckar. Wenn man einen Umweg von fünfzehn Minuten vermeiden wollte, musste man über ein breites Feld stapfen. Die Wege waren nicht geräumt, aber aufgrund des kurzen Tauwetters und des anschließenden Temperatursturzes war der Schnee gefroren und steinhart. Sebastian und Maja kamen auch auf dem Acker gut voran.

»Ich bin im Sommer oft hier«, sagte Maja, »aber im Winter war ich noch nie hier. Wir haben im August einen Wandertag zum Baggersee gemacht, die ganze Schule. Acht Klassen, danach lag ich vierzehn Stunden im Bett.«

»Ich komme öfter her, wenn es geschneit hat«, sagte Sebastian. »Es sind selten Leute da, man kann am Ufer stehen und ein bisschen nachdenken. Vielleicht können wir heute sogar auf den See.«

»Bist du gerne alleine?«, fragte Maja. Sie stolperte über eine Ackerfurche und stieß Sebastian leicht an die Seite.

Er zuckte mit den Schultern. »Manchmal.«

»Veranlagung oder Lebenszweifel?«

Er lachte. »Wahrscheinlich beides beziehungsweise eine Veranlagung *zum* Lebenszweifel.«

»Nicht zufrieden mit deinem Job?«

»Irgendwie fehlt die Erfüllung. Man hat das Gefühl, gegen etwas anzuarbeiten. Man läuft gegen einen Strom, aber man kommt höchstens zentimeterweit vorwärts. Man löst einen Fall, aber darauf folgen fünf ungelöste. Wenn ich Maurer wäre, könnte ich am Ende ein Haus betrachten, verstehst du. Wenn ich Tischler wäre, hätte ich am Ende einen Schrank. So was fehlt mir. Ich hätte irgendein Handwerk lernen sollen.«

Maja nickte.

»Ich überlege mir oft, dass die Figur des Kriminalkommissars die vollkommen existenzialistische Romanfigur ist. Niemand kämpft so entschlossen gegen einen Mahlstrom und ist gleichzeitig so offensichtlich auf verlorenem Posten wie er. Der Aufstieg der Kriminalromane folgt ja historisch auch irgendwie dem des Existenzialismus. Poirot, Camus, Maigret, Sartre – das lief doch alles parallel ab. Verstehst du?«

»Nicht zu hundert Prozent«, sagte Maja mit einem Lächeln. »Aber rede nur weiter.«

»Nein, ich verschone dich«, sagte Sebastian. Er hatte das Gefühl, ihr auf die Nerven zu gehen. »Ich befürchte nur, dass mir genau dieses Schicksal droht. Auch in diesem Fall.«

»Was für ein Schicksal? Welcher Fall?«

»Dass er gelöst wird, ohne gelöst zu werden.«

»Wie meinst du das?«

»Ich weiß es nicht.« Ein schmaler Wald tauchte vor ihnen auf. Er lag wie ein Gürtel um den Baggersee.

»An was für einem Fall arbeitest du gerade?«

Sebastian konnte sich ein Lachen nicht verkneifen. »Ich glaube, du ahnst schon, dass es nicht um aufgebrochene Schließfächer in Hallenbädern geht.«

Maja zuckte vergnügt mit den Schultern. »Ich weiß ja nicht. Vielleicht ist das Hallenbad ein geheimer Drogenumschlagplatz oder so, Person A bestellt bei Person B ein paar Gramm Hasch, Person B deponiert sie im Schließfach und übergibt den Schlüssel Person A. Und in diesem Fall hat eben Person A den Schlüssel verloren …« Sie prustete los. »Was weiß ich!« Ernster fuhr sie fort: »Willst du nicht darüber reden?«

»Es geht um den Selbstmord der jungen Studentin, oben auf der Morgenstelle.«

»Oh!« Maja hielt die Hand vor den Mund. »Davon hab ich gelesen, schlimme Sache. Das passiert ja alle paar Jahre wieder, dass jemand mit dem Leistungsdruck nicht zurechtkommt, aber …« Sie brach den Satz ab und verlangsamte den Gang etwas. Sebastian bemerkte, dass sie sich auf die Lippe biss. »Es war kein Selbstmord, hab ich recht? Sie wurde ermordet. Und niemand weiß es, außer dem schrulligen Kommissar, dem niemand glaubt. Es ist wie im ›Tatort‹.« Sie fasste Sebastian lachend an die Schultern.

Sebastian hatte das Gefühl, Maja alles anvertrauen zu können. Sie strahlte eine Wärme aus, die unglaublich war. Es war eine tiefe Sanftheit, gewürzt mit etwas beruflich bedingtem Sarkasmus. Ihm war immer noch etwas kalt, doch ihre Stimme legte sich wie eine kuschelweiche Decke um ihn. Er verzichtete darauf, ihr Einzelheiten des Falles zu erklären. In der Vergangenheit hatte er immer wieder die Erfahrung gemacht, dass es in seinem Beruf auf lange Sicht besser war, das Berufliche und Private strikt zu trennen. Außerdem galt für ihn natürlich eine Schweigepflicht.

»Ich vermute schon lange, dass die beim ›Tatort‹ immer einem festen Zeitplan folgen«, sagte er.

»Einem Zeitplan? Die Ermittler?«

Er schüttelte den Kopf. »Die Autoren. Da gibt's sicher eine Empfehlung der Programmverantwortlichen, die besagt, dass nach so und so vielen Minuten ein Mord geschehen muss, nach so und so vielen Minuten eine weitere Gewalttat die Handlung wieder spannend machen sollte, so und so viele Minuten vor Schluss ein falscher Verdächtiger geschnappt wird, der es dann natürlich nicht war, und dass dann irgendein zufälliger Ermittlungserfolg den Tathergang schlagartig klarmacht. Wundern würde es mich nicht.«

»Du hast recht«, sagte Maja. »Da gibt es schon immer ein paar Ecksteine in der Handlung, die in jeder Folge die gleichen sind.«

»Natürlich«, sagte Sebastian. »Keine Experimente. Das bundesdeutsche Ehepaar will am Sonntagabend nicht durch dramaturgische Experimente schockiert werden. Der Böse muss geschnappt werden. Als ob es in der Realität so einfach wäre.«

Sie stapften über einen unbefestigten Kiesweg, der dem gefrorenen Schnee wenig Halt gab. Das Fortkommen gestaltete sich schwieriger. Links von ihnen befand sich hinter dichten Büschen und Bäumen die vierspurige Bundesstraße, auf der einige Mutige trotz allgegenwärtiger Warnungen mit dreistelliger Geschwindigkeit vorüberrasten. Rechts passierten sie einen dem Hauptsee vorgelagerten Fischweiher, der zur Forellenzucht diente. »Betreten verboten«-Schilder wiesen auf ein Naturschutzgebiet hin.

»Schau«, sagte Maja. »Da hat jemand das Verbot nicht beachtet. Gilt das für euch Polizeibeamte schon als ziviler Ungehorsam?« Sie zeigte auf ein Loch im Gestrüpp. Dort waren frisch gebrochene Zweige zu sehen.

»Lohnt die Verfolgung nicht«, entgegnete Sebastian. Er winkte ironisch grinsend ab. »Das ist schon ein paar Tage her. Die Bruchstellen der Zweige sind schon wieder mit Eis überzogen.«

»Ganz der ambitionierte Ermittler«, sagte Maja. »Komm, gehen wir weiter.« Sie hakte sich unter Sebastians Arm. Doch irgendetwas an den angebrochenen Ästen regte Sebastians Phantasie an. Er näherte sich etwas. Unter den Bäumen lag fast kein Schnee, auf dem Waldboden waren Spuren zu erkennen. Das Schrittmuster ließ auf zwei Personen schließen. Das Profil der Schuhe war zwar nicht mehr erkennbar, doch die Anordnung der gefrorenen Spuren konnte nur von mehreren Paar Füßen stammen. Außerdem zeigten sie alle in dieselbe Richtung. Wer immer hier entlanggelaufen war, hatte einen anderen Weg zurück genommen.

»Du könntest für mich einen mysteriösen Fall lösen. Ich werde nämlich verfolgt.«

»Verfolgt?« Sebastian drehte sich um.

»Ich bin mir absolut tausendprozentig sicher, dass mir gestern ein Wagen gefolgt ist. Ich habe ihn zuerst gesehen, als ich von dem Schulparkplatz gefahren bin. Dann war ich einkaufen, und zwischen Tübingen und Unterjesingen habe ich ihn wieder gesehen. Es war derselbe Wagen.«

»So?«, fragte Sebastian. Er spielte Interesse, doch er war schon wieder beruhigt. Wahrscheinlich war das Ganze nur ein harmloser Zufall. Aber wohin führten diese Spuren? Und welchen Weg hatten die Personen zurück genommen? Waren sie über den vereisten See gelaufen? Höchstwahrscheinlich.

»Dann hab ich mir gedacht: Lass es drauf ankommen. Ich bin kurz vor Unterjesingen in einen Feldweg abgebogen.«

Sebastian blickte auf. »Und ist der Wagen dir gefolgt?«

»Er hat angehalten, mitten auf der Bundesstraße.«

Eventuell war die Sache doch nicht so harmlos. »Hast du dir das Kennzeichen notiert?«

»Konnte ich nicht, es war extrem schlechte Sicht. Man hat keine fünf Meter weit gesehen. Der Wagen ist dann nach fünfzehn Sekunden oder so weitergefahren.«

»Wahrscheinlich hat der Fahrer gedacht, dass du von der Straße abgekommen bist. Nachdem er gesehen hat, dass du nur abgebogen bist, ist er weitergefahren.« Sebastian hoffte, dass das die Erklärung war. Überzeugt war er nicht, doch er wollte Maja nicht beunruhigen. Sie betrachtete ihn abschätzend.

»Ja, vermutlich hast du recht. So was hab ich mir auch schon gedacht.«

Sie gingen einige Meter schweigend nebeneinander. »Wieso bist du eigentlich Polizist geworden, wenn dir der Job keinen Spaß macht?«

»Das habe ich nicht gesagt«, sagte Sebastian. »Es gibt schon

Momente, in denen er Spaß macht. Er ist außerdem nicht schlecht bezahlt. Und man kann seinen Verstand benutzen und ist trotzdem nicht an einen Schreibtisch gefesselt. Aber er erfüllt mich einfach nicht. Ich hatte immer ganz andere Pläne.«

»Und dann?«

»Dann wurde Nadja schwanger.«

»Ich verstehe.« Sie legte ihren Arm um ihn. Ihre Schritte wurden langsamer, es war jetzt ein torkelndes Schlendern, sie mussten Eis und Schnee ausweichen. Von hinten wirkten sie wahrscheinlich wie ein vertrautes Pärchen auf einem winterlichen Sonntagsspaziergang.

»Abtreibung kam nicht in Frage.« Sebastian war selbst erstaunt darüber, dass ihm die Worte so leicht über die Lippen kamen.

Maja sagte nichts. Sebastian betrachtete sie vorsichtig von der Seite, sie schien zu überlegen, wie sie das Gespräch jetzt fortsetzen sollte. »Und wie hattest du dir dein Leben davor vorgestellt?«, fragte sie schließlich.

Sebastian blieb stehen. »Du darfst aber nicht lachen.«

»Nein, um Gottes willen. Ich lache doch nicht. Die meisten Lebenspläne erweisen sich als unhaltbar, aber lächerlich sind sie deshalb nicht. Aus diesem Anlauf, den man mit sechzehn oder siebzehn genommen hat, folgt doch alles Weitere. Der muss bis ins hohe Alter reichen.«

»Ich wollte immer Künstler werden.«

»Was denn für ein Künstler?«, fragte sie.

»Das war mir völlig egal. Ich wollte etwas erschaffen. Ich habe mit allem experimentiert. Mit fünfzehn habe ich Klavierstücke komponiert, und als ich bemerkt habe, dass ich das nicht kann, wollte ich eben Pianist werden.«

»Du spielst Klavier?« Maja betrachtete ihn leicht erstaunt.

Er schüttelte den Kopf. »Schon lange nicht mehr. Und danach wollte ich Maler werden. Dann Fotograf. Dann Regisseur, dann Drehbuchautor, dann Schriftsteller. Und irgendwann alles zusammen. Es hat nie geklappt. Ich hab das Einzige studiert, was man mit so einem Lebensentwurf studieren kann.«

»Philosophie«, sagte Maja. Sie grinste.

Jetzt legte auch Sebastian seinen Arm um ihre Hüften.

Sie traten auf die große Liegewiese, hinter der sich, abgetrennt durch den Damm der Bundesstraße, ein Parkplatz befand. Im Sommer war die Wiese meistens vollkommen überfüllt, überall sonnten sich ältere Ehepaare, Jugendliche grillten am Ufer, und Kinder sprangen lachend ins Wasser. Gegen Abend wurde alles erleuchtet von den diversen Lagerfeuern, man saß in Grüppchen zusammen, trank Bier, Wein und betrachtete die Abiturienten beim Kiffen und Shisha-Rauchen. Irgendwann zogen sich dann die ersten Pärchen zurück ins Unterholz. Man musste ein Handtuch oder eine Decke mitnehmen, denn die frischen Nadeln und Äste waren schmerzhaft auf nackter Haut. Sebastian erinnerte sich an einen solchen Sommer mit Nadja, es war der letzte Sommer gewesen, der noch geprägt gewesen war vom naiven Optimismus der achtziger und neunziger Jahre, der Sommer 2001. Er hatte Eis in Mark gezahlt und war fast bis zur Mitte des Sees geschwommen.

»Woran denkst du?«

»Nichts.«

Vor ihnen lag eine spiegelglatte weiße Fläche. Der Baggersee war vollständig zugefroren.

»Bist du mit Nadja mal hier gewesen?«, fragte Maja.

Sie hatte ihn durchschaut. Es war erstaunlich, wie gut sie ihn einschätzen konnte. Dabei kannten sie sich erst ein paar Stunden. »Nein. Ein anderer Baggersee, eine andere Stadt. Nicht hier.« Er klatschte in die Hände. »Komm, gehen wir aufs Eis.«

»Bist du sicher?« Sie warf einen kritischen Blick auf den See.

Sebastian nickte. »Es hat minus zwanzig Grad. Das wird uns halten. Komm mit!« Er reichte ihr seine Hand.

Gemeinsam stiegen sie die Uferböschung hinab. Das Eis war hier noch dünn und knackte bedrohlich unter Majas Lederstiefeln. Sebastian tastete sich zentimeterweise voran. Es schien nur am Ufer dünn zu sein. Er wagte einen größeren Schritt, dann einen weiteren. Etwa zwei Meter vom Ufer entfernt testete er die Festigkeit mit mehreren starken Tritten. Das Eis hielt. »Mindestens zwanzig Zentimeter dick«, sagte er, obwohl er keine Ahnung hatte. »Komm!«

Er ging zurück zum Ufer und nahm sie bei der Hand. Ihr Griff war stark verkrampft, sie misstraute dem Eis offensichtlich und bemühte sich, keine Erschütterungen zu erzeugen. Nach einigen Metern jedoch wurde ihre Hand lockerer, schließlich ließ Maja Sebastian los.

»Man vergisst ganz, dass da unter einem fünfzehn Meter Wasser sind«, rief sie, nachdem sie fröhlich einige Meter vorausgerannt war und sich auf dem Eis gleiten ließ wie auf Schlittschuhen. »Komm! Zeig mir, dass auch ein spießiger Kommissar Spaß haben kann.«

Sebastian nahm Anlauf, rutschte nach fünf Schritten aus und schlitterte auf dem Rücken in Majas Füße. Sie fiel auf ihn. Gemeinsam rollten sie auf dem Eis umher. Maja scharrte den wenigen Schnee zusammen, der auf der Eisfläche lag, und bewarf Sebastian mit einem winzigen Schneeball.

Dann saßen sie trotz der Kälte in der Mitte des Sees auf dem Eis und betrachteten die Landschaft ringsum.

»Wirklich schön hier im Winter«, sagte Maja. »Danke für diesen Ausflug.« Sie gab ihm einen Kuss auf die Wange. Maja zitterte leicht, und er setzte sich hinter sie und legte seine Arme um ihre Hüften, um sie zu wärmen.

Nach fünf Minuten wurde es auch ihm zu kalt.

»Sollen wir gehen?«, fragte Maja.

»Okay.«

Sebastian wäre beim Aufstehen fast noch einmal ausgerutscht. Maja konnte ihn gerade noch am Arm fassen. Sie befreiten sich klopfend vom Schnee- und Eisstaub. Maja schlug die Richtung ein, aus der sie gekommen waren, doch Sebastian blieb stehen. Er hatte eine Unregelmäßigkeit im Eis entdeckt.

»Siehst du das da?«, rief er Maja zu. Er zeigte in Richtung des anderen Seeufers.

»Was? Was denn?« Maja kniff die Augen zusammen.

Sebastian ging etwas näher. Etwa zehn Meter von ihm entfernt wurde das Eis klarer. Maja kam zurück. »Was denn?«

»Dort ist das Eis frischer, siehst du? Weil dort der Zufluss aus dem Neckar ist.« Er ging näher. Das Eis war hier nicht von einer gefrorenen Schicht Schnee bedeckt wie auf dem restlichen See, es war uneben und glatt. Sebastian musste vorsichtig sein, um nicht auszurutschen. Vom Neckar her drang leises Glucksen, ansonsten war es völlig still. Der Wind hatte nachgelassen.

»Wasser gefriert in Bewegung viel später, das lernen die Kinder bei mir schon in der ersten Klasse. Gehen wir jetzt? Mir ist wirklich kalt.«

»Sofort.« Sebastian machte einen weiteren Schritt, rutschte aber fast auf einer spiegelglatten Beule im Eis aus.

»Bleib lieber hier«, warnte ihn Maja. »Das Eis ist dort dünner als hier.«

»Ich dachte nur …« Sebastian machte noch zwei weitere Schritte. Das Eis wurde immer klarer und ebener, an einigen Stellen vermutete er bereits den Grund des Sees, er meinte, Algen sehen zu können und einen verrotteten Baumstamm. »Es sieht so aus, als ob hier ein Tier eingebrochen ist!«, rief er.

»Komm zurück!«, rief Maja. Sie stand sicher fünfzehn Meter entfernt von ihm.

»Gleich.« Sebastian prüfte einen weiteren Schritt, dann knackte das Eis unter ihm. Wasser drang durch die Ritzen.

»Sebastian!«

Sebastian zog den Fuß zurück und kehrte um.

Als er Maja wieder erreicht hatte, hakte sie sich bei ihm unter. »Was sollte das denn?«, fragte sie. »Hast du etwas gesehen? Ist etwas eingebrochen?«

»Ich weiß nicht«, sagte Sebastian. »Ich habe nichts sehen können. Aber das Eis dort ist echt gefährlich dünn. Das muss wirklich dieser Zufluss sein.«

Vor ihnen lag die weiße Fläche der Liegewiese, der Übergang vom Eis zum Festland war nicht mehr auszumachen. Die Windstille hatte es dem Eisnebel erlaubt, vom Schönbuch her in das Tal zu ziehen. Der Waldgürtel, der die Bundesstraße abschirmte, war bereits nicht mehr zu sehen. Maja lief vor Sebastian und zog ihn mit sich, bei jedem Knacken des Eises spürte er ein Zucken in ihrer Hand. Schließlich erreichten sie das Ufer. Majas Stimmung besserte sich sofort, sie schien erleichtert, wieder festen Boden unter den Füßen zu haben.

Auf dem Rückweg plauderten sie über Sebastians Studienzeit. Maja erzählte von ihrer Entscheidung, Grundschullehrerin zu werden. Sie war nach dem Abitur an mehreren Universitäten abgelehnt worden, weil ihr für ihr Wunschfach Kulturwissenschaft die Sprachkenntnisse gefehlt hatten. Dann hatte sie in Ludwigsburg ein Studium an der Pädagogischen Hochschule begonnen.

»Für mich war es ein Glücksfall. Wirklich. Ich wäre in so einem Studium nicht glücklich geworden. Ich habe miterlebt, wie Freundinnen, die mit mir Abi gemacht haben, eine nach der anderen aus ihrem geisteswissenschaftlichen Studium ausgestiegen sind. Die wenigen, die bis zum Schluss durchgehalten haben, arbeiten heute als Öffentlichkeitsberater in finsteren Unternehmen. In Unternehmen, die solche Berater *dringend* nötig haben«, fügte Maja hinzu. »Diese ganze Public-Relations-Sache würde mich so anwidern.« Maja riss den Arm nach oben. »Siehst du das da?«

»Was?«, fragte Sebastian.

»Da hat jemand seinen Schal verloren! Siehst du?«

Maja lief einige Meter voraus. Geschützt vor Schnee und Eis lag ein violetter Schal unter einer Tanne am Wegesrand. Maja hob ihn auf.

»Was willst du damit?«, fragte Sebastian.

»Mitnehmen natürlich!«, rief Maja. »Äh, ich meine natürlich, ich bringe ihn ins Fundbüro, Herr Kommissar.« Sie strich den Reif vom Stoff und steckte den Schal in ihre Manteltasche.

»Man verliert doch nicht einfach so einen Schal«, meinte Sebastian. Höchstens auf der Flucht, überlegte er beunruhigt.

»Anscheinend doch, wie du siehst.«

Sie versuchten, Hand in Hand zu gehen, doch Majas Fäustlinge ließen es nicht zu. So stapften sie untergehakt zurück über den Acker. Das Wetter war inzwischen noch schlechter geworden, der Nebel schluckte selbst die Ampellichter an der Kreuzung der Ortseinfahrt. Als sie zurück an der Tankstelle waren, lud Sebastian Maja zu einem Kaffee ein.

»Ich würde dich mitnehmen«, sagte Maja, »aber ich muss noch nach Reutlingen, ich bastle morgen mit der Klasse Weihnachtsdekoration. Das kommt immer gut an bei den Eltern, da hat man gleich einen Vorteil auf dem nächsten Elternabend.«

Sie verabschiedete sich mit dem Versprechen, vorsichtig zu fahren. »Und meine Telefonnummer hast du ja schon ermittelt.« Maja zwinkerte.

Sebastian ging zurück zum Bahnhof. Die Schritte fielen ihm

leicht, er fühlte sich, als hätte er zwanzig Kilo verloren. Er war glücklich. Nur etwas störte ihn. Er konnte das Bild der abgeknickten Äste nicht vergessen, die unregelmäßigen Fußabdrücke, die nicht wieder zurückführten, der verlorene Schal. Irgendwas gefiel ihm daran nicht.

Er stellte sich einen der urigen, lokal verwurzelten ›Tatort‹-Kommissare vor, der auf dem Bildschirm den dramaturgisch vorbereitenden Satz sprach: »Irgendetwas gefällt mir daran nicht.« Sebastian musste lächeln.

Es war nichts, er bildete es sich ein, er war wieder ganz unbewusst ins Klischee geraten. Sebastian hörte den einfahrenden Zug. Erst wenige Meter vor dem Bahnhof brachen die Scheinwerfer durch den Nebel, die Front des Fahrzeuges war über und über mit Eiszapfen bedeckt.

25

»Die wissen gar nichts«, sagte Anna ins Telefon. »Die sagen, dass ihre Tochter natürlich ein Handy besessen hat. Dass sie natürlich einen Laptop besessen hat. Wie sollte sie ohne Laptop auch Informatik studieren. Aber sie haben keine Ahnung, wo das Zeug geblieben ist.«

»So weit waren wir schon.« Sebastian stand mit einer warmen Brezel in einer Bäckerei am Holzmarkt. Die Möglichkeit, selbst in Dörfern ohne Post- oder Bankfilialen zu jeder Tageszeit eine frische Brezel zu bekommen, war einer der größten Vorzüge Süddeutschlands. In Tübingen war das brezelbackende Gewerbe außerdem immer gut, um innerstädtischen Leerstand zu vermeiden. Ein Discountbäcker ging immer. Sebastian biss in das knusprige Ärmchen, das er sich bis zum Schluss aufgespart hatte. »Wann sind die Eltern denn angekommen?«

»Gestern Morgen. Wir haben ihnen einen Tag Zeit gegeben, bevor wir sie befragt haben. Sind übrigens geschieden.«

»Irrelevant«, sagte Sebastian. »Ich nehme an, es ist nicht nötig, dass ich noch persönlich mit ihnen rede.«

»Wahrscheinlich nicht, nein. Wo warst du eigentlich den ganzen Mittag?«

»Beim Baggersee in Kirchentellinsfurt.«

»Ermittlungen?«

»Ermittlungen«, bestätigte Sebastian. »Hör mal, die Wohnung von Katia Seligmann – waren ihre Eltern schon dort?« Eventuell hatte er doch etwas übersehen.

»Nein. Wir haben das für morgen geplant.«

»Die Spurensicherung war ja schon dort, oder?«

»Ja, wie gesagt. Hat nichts gefunden. Wir haben nichts mitgenommen und so gut es ging sauber gemacht. Warum?«

»Wie viel Uhr ist es?« Sebastian spähte nach draußen. Langsam wich der Nebel einer schummrigen Dunkelheit.

»Gleich halb fünf.«

»Ich würde heute Abend noch mal gerne in die Wohnung gehen. Der Schlüssel …«

»Den hat der Hausmeister«, sagte Anna. »Steht am Klingelschild.«

»Danke. Anna …«

»Ja?«

»Wann haben Katias Eltern das letzte Mal mit ihr gesprochen?«

»Zwei Tage vor der Mordnacht. Ihre Mutter hat eigentlich regelmäßig jede Woche bei ihr angerufen.«

»Nichts Besonderes?«

»Nichts Besonderes. Frau Seligmann ist nichts aufgefallen.«

»Hm. Okay. Die Beerdigung ist morgen?« Er hatte bereits entschieden, nicht hinzugehen. Sebastian hasste Beerdigungen.

»Übermorgen.«

»Okay. Also …«

»Bis dann.« Anna legte als Erste auf.

Sebastian ging zu Fuß zum Depot-Areal. Er überquerte den Neckar beim Kraftwerk und benutzte den nur knapp zwei Meter hohen Tunnel, der die Trassen des Güterbahnhofs unterquerte. Von der Existenz des Tunnels wussten selbst viele Bewohner der Stadt nichts.

Ohne nachzufragen überreichte ihm der Hausmeister den Schlüssel zu Katias Wohnung. Er kannte Sebastian offenbar noch und verzichtete darauf, ihn in den vierten Stock zu begleiten.

Sebastian war alleine, als er die Wohnung zum zweiten Mal betrat. Was hoffte er zu finden? Vielleicht gab es irgendetwas, das er mit Katias Recherchen zu den Experimenten in der Uniklinik verbinden könnte. Einen Hinweis, der ihm bei seinem ersten Besuch entgangen war, weil er von ihrem Interesse für die Experimente an der Uniklinik nichts gewusst hatte. Bücher vielleicht, die das Thema behandelten, Notizen, DVDs, Speicherkarten. Irgendetwas musste zu finden sein. Es war zu schwer, persönliche Interessen in dem Raum verborgen zu halten, in dem man wohnte. Sebastian knipste das Licht an. Die Tür hinter ihm fiel von selbst zurück ins Schloss.

Obwohl die Spurensicherung schon durch die Wohnung gegangen war, wirkte sie noch ordentlicher als bei seinem ersten Besuch. Es gab einfach zu wenig Material, aus dem sich eine Unordnung hätte erzeugen lassen. Das Banner mit der Aufschrift

»Keine Macht der Unfreiheit« hatte die Spurensicherung entfernt. Es lag zusammengerollt unter dem Schreibtisch. Sebastian musste an Majas Bemerkung zum zivilen Ungehorsam denken und lächelte. Er setzte sich auf den unbequemen Schreibtischstuhl, ein einfaches Modell aus dem Baumarkt. Der Schreibtisch war bis auf einige Kugelschreiber und einen Schuber mit der »Welt als Wille und Vorstellung« in vier Bänden leer. Selbst eine Schreibtischlampe fehlte.

Er seufzte. Er hatte bei seinem ersten Besuch nichts übersehen. Es gab einfach nichts, das man übersehen konnte.

Sebastian stand auf, zog wahllos einige Bücher aus den Regalen und ließ die Seiten über seinen gespreizten Daumen rasen. Nichts. Natürlich hatte die Spurensicherung schon alle Bücher durchsucht und nichts gefunden. Lediglich die Anordnung hatte man verändert: Nach getaner Arbeit hatten die Kollegen die Bücher sortiert nach Taschenbüchern und Hardcoverausgaben wieder in die Regale gestellt. Sebastian suchte nach einem Buch über die Geschichte des Dritten Reiches, über die Rolle der Mediziner, über Konzentrationslager in der näheren Umgebung – doch er fand nichts.

Er setzte sich zurück an den Schreibtisch. Die Rollläden waren geöffnet worden. Draußen war es jetzt dunkel, man ahnte die bewaldeten Hügel am Stadtrand, die Hochebenen und den Albtrauf. Die Eiskristalle in der Luft reflektierten am Horizont die Lichter von Reutlingen. Von Zeit zu Zeit fuhr auf der Straße ein schwerer Lastwagen vorbei, der das Zimmer erbeben ließ. Er öffnete die Schublade des Schreibtisches und zog Katias Collegeblock hervor.

Die Sprache der Mathematik hatte ihn schon immer fasziniert. Es war weniger die Anwendung, die die meisten Menschen mit der Mathematik verbanden, sondern die abgeschlossene Schönheit ihrer Gedankengänge, die ihn anzog. Sebastian blätterte durch den Block. Die Seiten waren eng beschrieben mit Zeichen, die entweder die Funktionsweise des Geistes oder die der Natur nachbildeten. Das war eine Frage der Betrachtungsweise. Eindrucksvoll war es in jedem Fall. Es war für ihn leider zu spät, noch neue Sprachen zu lernen. Er verstand nicht das Geringste. Es waren abstrakte Zeichen, die genauso gut Hieroglyphen oder Altgriechisch hätten sein können. Sebastian verstand nur die grob umrissene Idee der Mathematik. Vom Alltagsgeschäft des Beweises hatte er keine Ahnung. Er hätte die formale Niederschrift eines Gedankens niemals über mehrere Seiten durchhalten können.

Er blätterte durch den Block. Die Seiten glichen sich. Hier würde er nichts finden. Doch dann stieß er auf eine Seite mit etlichen Ausstreichungen und Korrekturen. Wahrscheinlich hatte Katia hier erfolglos mit einer Aufgabe gekämpft und es schließlich aufgegeben.

Der fehlgeschlagene Beweis nahm die obere Hälfte des Blattes ein. Im unteren Bereich hatte Katia ihr Scheitern offenbar durch verspielte Kritzeleien zu verarbeiten versucht. Sebastian konnte ineinander übergehende geometrische Formen ausmachen, deren Konturen phantastische Lebewesen bildeten. Von den Zeichnungen ausgespart war eine winzige Stelle am Rand des Blattes. Eine flüchtige Notiz listete dort tabellarisch einige Ziffern- und Zahlenfolgen auf. Sebastian richtete sich im Schreibtischstuhl auf. Hatte er gefunden, wonach er gesucht hatte?

Er riss die Seite aus dem Block, faltete sie sorgsam und steckte sie in die Innentasche seines Mantels. Er knipste das Licht aus und schloss die Tür doppelt ab. Den Schlüssel warf er dem Hausmeister in den Briefkasten.

Als er den Innenhof des Wohnkomplexes überquerte, klingelte Sebastians Handy. Er warf einen Blick auf das Display, kannte die Nummer jedoch nicht.

Er drückte die Annahmetaste.

»Ja?«

»Kommissar Möllner?«, fragte eine ruhige, sehr dunkle Stimme. Sie klang angenehm.

»Der bin ich.«

»Mein Name ist Lessing. Ich bin Pressereferent der Universitätsklinik.«

»Woher haben Sie diese Nummer?« Die Nummer seines Handys wurde normalerweise nicht herausgegeben.

»Herr Möllner, Sie hatten gestern Vormittag ein Gespräch mit dem ärztlichen Direktor unserer Chirurgie, Herrn Professor Niemeyer.«

»Hatte ich.« Sebastian wechselte von einem Bein aufs andere. Es war bitterkalt. Er beschleunigte seinen Gang und klemmte das Handy zwischen Ohr und Schulter, während er sich Handschuhe überzog.

»Herr Niemeyer sitzt hier neben hier. Wir haben uns gefragt – könnten Sie heute Abend noch einmal hier vorbeikommen?«

»In der Klinik?«

»Ja. Es geht um Ihren Mordfall. Herr Professor Niemeyer hat einige Anfragen ins Archiv geschickt, betreffend einige – ähm – Behandlungen, die einen gewissen Alfred Reinhard als Patienten nennen.«

»Auf meine Bitte hin, ja«, sagte Sebastian. »Sind die Dokumente denn schon verfügbar?«

»Sehen Sie …« Lessing sprach sehr langsam. »Hier liegt das Problem. Wir hätten Ihnen die Dokumente auch im Sinne einer gesunden Zusammenarbeit zwischen Polizei und Klinikum wirklich gerne überreicht.«

»Aber?« Die gestelzte Ausdrucksweise des Pressereferenten ging Sebastian allmählich auf die Nerven. Jeder seiner Sätze war wohlüberlegt, die Bedeutung bereits im Vorfeld abgewogen. Die Worte klangen wie zum Druck bestimmt.

Wieder ging Lessing nicht auf seine Frage ein. »Wäre es Ihnen möglich, kurz vorbeizukommen?«

Sebastian seufzte. »Ich bin gerade zu Fuß am Depot-Areal. Ich brauche mindestens eine Stunde.«

»Wo sind Sie jetzt genau?«, fragte Lessing.

»Depot-Areal, äh …« Sebastian drehte sich auf der Suche nach einem Straßenschild einmal um die eigene Achse. »Hügelstraße. Geben Sie mir eine Stunde.«

»Wir schicken Ihnen einen Wagen. Er wird in zehn Minuten dort sein.«

26

Die Warnleuchten des Helikopterlandeplatzes schimmerten wie bizarre Nordlichter über den Gebäuden. Hinter vielen Patientenzimmern brannte noch Licht, doch die Pforte war bereits geschlossen. Eine Schranke versperrte dem Mercedes den Weg. Wie bei einer mittelalterlichen Stadt hatten sie den Torschluss verpasst. Der Fahrer zog eine winzige Fernbedienung aus dem Seitenfach des Mercedes und betätigte einen Knopf. Surrend öffnete sich die Schranke.

Sebastian fragte: »Wissen Sie, was die von mir wollen?«

»Tut mir leid«, sagte der Fahrer. »Ich habe nur den Auftrag, Sie abzuholen.«

»Aha …«

Der Wagen setzte sich wieder in Bewegung. Sie passierten die weit aufgeblähten Fahnen mit dem Logo des Universitätsklinikums. Sebastian saß im Fond des Oberklassemodells und betrachtete durch das Fenster die vorüberziehenden Gebäude. Weil die Klinik eigene Verkehrsschilder aufstellte, hatte man das Gefühl, in einem fremden Land zu sein. Auch Straßenlaternen und Abfalleimer folgten im Design nicht den Modellen der Stadt. Eine alte Frau unternahm, von zwei Pflegern begleitet, einen Abendspaziergang. Das Fahrzeug passierte das Gebäude der Blutspendezentrale, dann fuhr der Mercedes eine Rampe hinab. Ein weiterer Druck auf die Fernbedienung öffnete ein breites Garagenrolltor, hinter dem sich ein System von Gängen offenbarte.

»Zufahrten für die Transporter«, erklärte der Fahrer. Sebastian nickte. Das Auto kam zum Stillstand, und sie stiegen aus.

Sie gingen einige Meter zu Fuß, dann wies der Fahrer in einen unendlich wirkenden, etwa zwei Meter breiten Gang. Es war ein Tunnel ohne abgehende Türen. Auf die verputzte Wand waren farbige Streifen und große Ziffern gemalt, wie in einer öffentlichen Tiefgarage.

»Gehen Sie hier runter, die Treppe hoch und dann durch die Tür. Dann sind Sie im Empfangszimmer der Verwaltung. Hier unten durch geht es schneller. Am Empfang sitzt jetzt niemand mehr, Gehen Sie einfach durch. Es brennt nur noch in einem Zimmer Licht. Man erwartet Sie schon.«

Wieder nickte Sebastian.

»Wenn Sie möchten, können Sie einen von denen hier nehmen.« Der Fahrer zeigte auf einige Kickboards, die an der Wand standen. Sebastian lehnte ab, er hatte Angst, sich lächerlich zu machen. Dann stieg der Fahrer zurück ins Auto und steuerte es in einen der breiteren Gänge, wohl um es in irgendeiner Tiefgarage abzustellen.

Sebastian machte sich auf den Weg.

Nach etwa fünf Minuten Fußmarsch durch die unheimliche Stille des Versorgungstunnels stieg er eine schmale Metalltreppe hinauf. Sebastian öffnete eine Schwingtür mit Bullauge und befand sich unverhofft in der typischen Inneneinrichtung eines Krankenhauses. Es war sehr düster, die Beleuchtung war bereits ausgeschaltet worden. Nur die Notausgangsschilder spendeten etwas Licht. Sie verliehen allen Gegenständen im Raum ein surreales Smaragdgrün.

Hinter dem Tresen saß eine junge Frau, augenscheinlich eine Studentin. Hatte der Fahrer nicht gesagt, der Empfang wäre unbesetzt? Die Studentin saß im Lichtkegel einer Schreibtischlampe vor ihrem Laptop. Als Sebastian sich näherte, blickte sie kurz auf. Sie trug eine schmale Brille, hatte kurzes, glattes Haar und lächelte Sebastian freundlich zu.

»Dort hinten, Zimmer 61.« Sie wies ihm den Weg. Sebastian folgte der Richtung ihres ausgestreckten Zeigefingers.

In einem Seitengang fand er die Zimmernummer. Die Tür war geschlossen, doch von innen war unterdrückt ein Gespräch zu hören. Sebastian klopfte. Sofort ertönte in mehreren Stimmen: »Herein!«

Es war ein ähnliches Zimmer wie das, in dem Niemeyer ihn am Vortag empfangen hatte. Die einzigen Möbel waren ein schmales Regal mit einigen medizinischen Fachbüchern und ein gläserner Schreibtisch, auf dem ein riesiger Flachbildschirm stand. Dahinter saß ein hagerer älterer Mann, dessen Physiognomie Sebastian an Abraham Lincoln erinnerte. Vor dem Schreibtisch standen im Halbkreis fünf Stühle, von denen vier besetzt waren. Auf ihnen saßen eine Frau und drei Männer, die sich bei Sebastians Eintreten umgedreht hatten. Links erkannte er Niemeyer, der ihm süffisant zulächelte. Neben ihm saß eine Sebastian unbekannte Frau mit starker Hornbrille und Pferdeschwanz. Auch die beiden anderen Männer, die rechts saßen, kannte Sebastian nicht.

»Guten Abend«, sagte Sebastian.

»Herr Möllner, wie gut, dass Sie kommen konnten. Sie sehen, wir sind alle länger geblieben wegen dieser Sache. Es ist uns ein Anliegen, mit der Kriminalpolizei auf Augenhöhe zu arbeiten. Entschuldigung.« Einer der beiden Männer, die rechts von Sebastian saßen, sprach. Er trug eine Nickelbrille und hatte Vollglatze. »Lessing. Wir haben vorhin telefoniert.«

»Ah!«, machte Sebastian. »Gestern Mittag haben Sie noch keinen Pressereferenten gebraucht«, sagte er in Richtung Niemeyer.

Lessing lächelte leicht. »Herrn Niemeyer kennen Sie ja bereits, er leitet die Chirurgie. Das dort ist unser ärztlicher Direktor Herr Professor Schmiedchen, Frau Liebstöckel leitet das Archiv. Professor Ludwig Weißenstein aus der Psychiatrischen Klinik.« Lessing wies auf die Abraham-Lincoln-Gestalt hinter dem Schreibtisch. Sebastian schätzte ihn jetzt auf Mitte sechzig, trotz des Alters hatte er noch volles schwarzes Jahr. Er nickte zur Begrüßung und wies mit einer Kopfbewegung auf den freien Stuhl.

Sebastian setzte sich. »Wieso haben Sie mich hergebeten?«

Frau Liebstöckel räusperte sich, ihr Pferdeschwanz wippte dabei auf und ab.

»Herr Kommissar …«, begann dann aber doch Lessing. Irgendjemand hatte ihm die Leitung übergeben, und Sebastian war sich sicher, dass es Schmiedchen gewesen war. Dieser saß mit verschränkten Armen auf dem Stuhl und verfolgte jedes Wort der Anwesenden mit einem verächtlichen Blick. Er hatte eine bullige, solide Gestalt und strahlte eine beeindruckende Gesundheit aus. Auf Sebastian machte er nicht den Eindruck, als ob er irgendwann das Wort ergreifen wollte. Er wirkte wie ein Aufseher.

»Sie hatten wohl recht«, sagte Niemeyer. »Ich habe es zunächst als Hirngespinst abgetan, aber Sie hatten recht.«

Sebastian hatte keine Ahnung, wovon er redete. Seit dem Gespräch am Vortag schienen Monate vergangen zu sein.

Lessing ergriff wieder das Wort. »Was Herr Professor Niemeyer sagen will, Herr Möllner, ist, dass Sie mit Ihrer Vermutung recht hatten. Der Angriff auf unser internes Netzwerk zielte auf unser Archiv ab. Nicht auf das Archiv selbst, sondern auf unsere Bestandslisten.«

»Und wie haben Sie das nun so schnell herausgefunden?«

»Frau Liebstöckel?« Lessing wandte sich an die Archivleiterin.

»Nun«, sagte diese, »Herr Professor Niemeyer hat mich gestern Nachmittag gebeten, einige Akten aus den fünfziger Jahren herauszusuchen. Wie ich jetzt weiß, Herr Möllner, geschah das auf Ihren Wunsch hin.«

»Ganz richtig«, bestätigte Sebastian.

»Es war kein Problem, den Standort der Akten zu finden. Unsere elektronischen Bestandslisten sind sehr detailliert. Wir hätten Ihnen die Unterlagen gerne schon gestern Abend zukommen lassen, Herr Möllner. Doch die Akten waren nicht da.«

»Nicht da?« Sebastian lächelte, was Lessing zu irritieren schien. Auch Professor Schmiedchen hatte Sebastian genau im Visier. Er spürte seinen Blick.

»Anscheinend sind sie entwendet worden«, erklärte Lessing.

»Wäre das möglich?« Sebastian klappte sein Notizbuch auf.

»Nun«, sagte Liebstöckel. Sie schloss die Augen und presste den Mund streng zusammen. Erst dann sprach sie weiter. »Die Bestandslisten sind allesamt nur über das interne Netzwerk verfügbar. Aber das Archiv selbst – also die Räume –, da kann prinzipiell jeder Mitarbeiter rein. Daraus entsteht kein Sicherheitsrisiko. Die Menge an Akten ist so überwältigend, dass man ohne das elektronische Verzeichnis Jahre benötigen würde, um das zu finden, was man sucht.«

»Sie müssen sich vorstellen«, sagte Lessing, »von welchen Größenordnungen wir hier reden. Zu jedem Patienten, der seit Mitte des 19. Jahrhunderts bei uns behandelt wurde, existiert eine Akte.«

»Wie viele sind das?«, fragte Sebastian.

»Im zweistelligen Millionenbereich«, antwortete Liebstöckel. Sie saß sehr aufrecht und musste mehrmals pro Minute ihre Designerbrille zurück auf die Nase schieben. Sebastian schätzte sie auf Ende dreißig.

»Herr Kommissar.« Professor Schmiedchen ergriff jetzt doch das Wort. »Sie müssen meine Intention verstehen. Ich will aufs Ausdrücklichste darauf hinweisen, dass wir alles tun werden, um nicht den Eindruck einer Verschleierung entstehen zu lassen. Wenn diese Sache öffentlich wird –«

»Ich bin bei der Kripo, nicht beim Tagblatt«, warf Sebastian ein.

»Ich weiß, Herr Möllner, ich weiß. Doch die Presse wird irgendwann Wind von der Sache bekommen. Wir wollen von Anfang an ausschließen, dass ein falscher Eindruck entsteht. Natürlich war das Universitätsklinikum in die Machenschaften des Dritten Reiches verstrickt. Wir leugnen dieses dunkle Kapitel ja gar nicht. Wir streiten nichts ab, im Gegenteil. Wir sind an der Aufarbeitung aktiv beteiligt. Und das sind nicht nur leere Gesten, wie das an anderen Einrichtungen der Fall sein mag. Unter meiner Leitung und der Leitung meiner Vorgänger haben wir zahlreiche Publikationen auch finanziell unterstützt. Ich rede zum Beispiel über die Forschungen, die das historische Seminar über das Konzentrationslager in Hailfingen-Tailfingen durchgeführt hat. Wussten Sie, dass das Klinikum bis in die neunziger Jahre noch Präparate von toten KZ-Häftlingen als Lehrmaterial verwendet hat? Ich war selbst schockiert davon.«

»Herr Schmiedchen«, sagte Sebastian, »ich glaube Ihnen ja, dass –«

»Und *natürlich* hat es nach dem Zweiten Weltkrieg seine Zeit gedauert, bis wir dieses Kapitel in der Geschichte überwunden hatten.« Schmiedchen redete lauter. Offenbar wagte normalerweise niemand, ihn zu unterbrechen. »*Natürlich* ging das nicht von einem Tag auf den anderen. Die Verwaltung, das Personal, die gesamte ärztliche Elite der Klinik, der Universität, der Stadtverwaltung – die waren ja alle schon in den dreißiger Jahren beruflich aufgestiegen. Sie können von Menschen nicht erwarten, dass sie binnen Tagen so radikal umdenken. Selbst wenn sie es aktiv versucht hätten, vieles überlebt doch im Unbewussten. Und gerade in Tübingen. Es hat doch gerade hier das traumatische Erlebnis gefehlt, das andere Städte von der faschistischen Verblendung befreit hat. Tübingen ist von alledem verschont geblieben. Keine Bombenangriffe. Kein Artilleriebeschuss. Keine flächendeckende Zerstörung. Nichts! Die Stadt stand nach '45 da wie zu Beginn der dreißiger Jahre. Ein einziges Haus wurde durch eine verirrte Brandbombe beschädigt, die eigentlich für Reutlingen bestimmt war. Ein einziges Haus! Aus diesem Grund haben alte Überzeugungen hier länger überlebt als in anderen Städten. Dazu kommt die relative Abgeschiedenheit der Stadt … Diese Problematik ist uns seit Jahrzehnten bekannt, das will ich damit sagen, Herr Möllner. Und spätestens seit achtundsechzig haben wir nach einer langen Ära des Schweigens begonnen, hier Transparenz zu schaffen. Hier an der Uniklinik haben niemals in großem Stil Experimente an den Patienten stattgefunden. Niemals. Dafür lege ich meine Hand ins Feuer.«

Sebastian bemerkte, dass Schmiedchen jetzt stark schwitzte. Auf seiner Hemdbrust hatten sich einige feuchte Flecke gebildet, ein Schweißtropfen rann ihm über die Schläfe. Niemeyer und Weißenstein starrten betreten auf die Tischplatte, offenbar schämten sie sich für diesen Ausbruch ihres Vorgesetzten. Auch Liebstöckel sagte nichts. Lessing hatte wohl erkannt, dass er die Kontrolle über das Gespräch verloren hatte, er war schon während Schmiedchens Monolog resignierend in einen Stuhl gesunken. Sebastian vermutete, dass es im Vorfeld eine Absprache gegeben hatte und Schmiedchen nahegelegt worden war, nichts zu sagen. Wahrscheinlich wusste Lessing, dass er sich nur schwer beherrschen konnte.

»Herr Professor Schmiedchen, ich bin kein Journalist. Ein Mensch wurde ermordet. Es ist meine Aufgabe, herauszufinden, wer der Täter ist. Sie dürfen mir glauben, dass mir das weltanschauliche Selbstmitleid Ihrer Einrichtung herzlich egal ist. Sollten im Laufe der Ermittlungen unangenehme Dinge über Ihre Klinik ans Licht kommen, muss Ihre Public-Relations-Abteilung hier eben Überstunden schieben. Die wird es überleben. Ich möchte nur wissen, wer Katia Seligmann ermordet hat. Frau Liebstöckel«, Sebastian zog die zusammengefaltete Seite aus Katia Seligmanns Collegeblock aus seiner Innentasche, »die fehlenden Dokumente – hatten die zufällig die Bestandsnummern AT-443-B, CF-365-TT und W-36-3-T?«

Liebstöckels Augen weiteten sich, ob aus Irritation oder einfach Überraschung konnte Sebastian nicht erkennen. »Woher …?«

»Sie sehen, ich komme im Notfall auch ohne Ihre Hilfe aus«, sagte Sebastian und erlaubte sich ein verschmitztes Lächeln. »Könnte ich die Regale, in denen die Akten fehlen, einmal sehen?«

Man geleitete Sebastian bereitwillig in das Archiv. Der Weg führte erneut durch ein verwirrendes System von unterirdischen Versorgungstunneln. Frau Liebstöckel führte die Gruppe souverän. Denn auch die Professoren schienen sich hier unten nur ungenau auszukennen. Es war die Welt des Verwaltungspersonals und der studentischen Hilfskräfte.

»Ein Teil des Archivs lagert in der alten Chirurgie unten in der Stadt«, erklärte Liebstöckel. »Die älteren Akten von 1960 an haben wir hier in feuchtigkeitsgeschützten Räumen untergebracht. Wir haben auch alte Rezepte hier, die Friedrich Hölderlin Anfang des 19. Jahrhunderts verschrieben wurden.«

Das Archiv bestand aus Gründen der Klimatisierung aus unzähligen Einzelbereichen, von denen jeder etwa Wohnzimmergröße hatte. Sebastian schaute sich interessiert um. Der Weg von Raum zu Raum glich einem Museumsrundgang durch die verschiedenen Epochen der Archivierung. Moderne Hängeakten wurden von älteren System abgelöst, aus anthrazitfarbenen Plastikumschlägen wurde vergilbte Pappe, aus modernen Ordnern vorsintflutliche Modelle, die in Sütterlin beschriftet waren. Die Regale reichten bis unter die Decke.

Liebstöckel führte sie durch einen Raum, in dem ganze Aktenberge wohl seit Jahrhunderten mit Paketband verschnürt ungelesen schlummerten. Die gesuchten Akten hatten sich in einem Raum befunden, der beschriftet war mit »1951–1963«. Liebstöckel zog eine lange Schublade aus einem Aktenschrank. Sebastian sah sofort, dass etwas nicht stimmte. Die Akten hingen nicht sauber in ihren Schienen. Viele Dokumente waren herausgezogen und nach dem Durchblättern einfach wieder hineingelegt worden. Einige Mappen waren noch geöffnet. Sebastian konnte lose Blätter sehen, die auch schon hinter die Schublade gefallen waren.

»Sehen Sie?«, fragte Liebstöckel und betrachtete ihn über ihre

Brillengläser hinweg. »Wir haben alles so gelassen, wie wir es vorgefunden haben. Die Akten zu den Elektroschocktherapien fehlen. Es tut mir leid.«

Professor Schmiedchen schüttelte langsam den Kopf. Anscheinend sah er die Unordnung zum ersten Mal.

»Hier unten sind wohl selten irgendwelche Personen, oder, Frau Liebstöckel?«, fragte Sebastian.

»Sehr selten. Die Akten, die im Alltag für die Patienten benötigt werden, liegen ja alle auf den Stationen oben. Erst nach einem Jahr kommen sie hier runter, und meistens bleiben sie hier auch unangetastet liegen. Für Jahrzehnte.«

»Es wäre also kein Problem, sich hier längere Zeit – sagen wir, zwei Stunden – aufzuhalten und die Akten zu durchsuchen.«

»Vor allem abends und nachts traut sich von unseren Mitarbeitern niemand mehr hier runter. Es ist zu unheimlich. Man wartet lieber auf den nächsten Tag.« Liebstöckel ließ einen beunruhigten Blick über die Betondecke schweifen, anscheinend fühlte sie sich auch jetzt nicht sehr wohl hier unten.

»Ich verstehe.« Sebastian öffnete den Notizblock.

»Was notieren Sie sich da?«, fragte Lessing.

»Mein Gedächtnis ist leider *sehr* schlecht«, entgegnete Sebastian.

»Sie müssten natürlich oben zuerst durch die Schleuse«, sagte Frau Liebstöckel. Sie begann, die Akten wieder einzuräumen. Niemeyer und Weißenstein standen wortlos hinter ihr, sie hatten seit dem Verlassen des Büros überhaupt nichts mehr gesagt. Schmiedchen warf einen hasserfüllten Blick auf eine defekte Neonröhre, die unregelmäßig blinkte.

»Lassen Sie das bitte, wie es war«, sagte Sebastian an Liebstöckel gewandt. »Dann hat die Spurensicherung noch etwas davon. Was denn für ein Schleuse?«

»Der Patientenbereich ist vom Mitarbeiterbereich an mehreren Stellen durch Schleusen getrennt. Das sind automatische Türen mit Codeschloss. Da haben nur Mitarbeiter Zutritt.«

Das war interessant. »Sind die Benutzerkonten Ihres Netzwerkes mit den Codeschlössern verknüpft?«, fragte Sebastian.

»Ich weiß, was Sie denken«, entgegnete Lessing. »Doch es würde

Ihnen nichts nützen, wenn Sie sich ins Netzwerk hacken und ein Benutzerkonto erstellen.«

»Richtig«, sagte Liebstöckel. Sie nickte. »Die Schlösser an den Schleusen funktionieren mit diesen Chips hier. Sehen Sie?« Sie zog ihren Schlüsselbund aus der Tasche. Darin hing ein münzgroßer Plastikchip. »Kontaktlos. RFID-Technologie. Sie halten den Chip an das Lesegerät, und die Schleuse öffnet sich. Ohne den Chip können Sie den Mitarbeiterbereich nicht betreten. Außerdem haben wir an den Türen Videoüberwachung.«

»Und hier unten?«, fragte Sebastian. Er drehte sich einmal um sich selbst und suchte die Decke nach Kameras ab.

»Hier unten nicht. Sehen Sie hier irgendwo Kameras? Die Notwendigkeit hat nie bestanden.«

»Bis jetzt …«, murmelte Sebastian. »Ich nehme an, dass Sie uns die Videobänder der Türüberwachung zur Verfügung stellen können.«

»Aber natürlich«, versicherte ihm Lessing.

Sebastian wurde zurück zum Ausgang geführt. Man verabschiedete sich. Schmiedchen reichte ihm seine riesige Hand und murmelte etwas Unverständliches in entschuldigendem Tonfall. Anscheinend war ihm der vorige Ausbruch jetzt peinlich.

Der Mercedes stand bereit, der Fahrer lehnte rauchend an der Motorhaube. Liebstöckel, Lessing und Niemeyer gaben dem Kommissar nacheinander die Hand. Professor Weißenstein, der Direktor der Psychiatrie, stand etwas abseits. Auf eine versteckte Aufforderung von Schmiedchen hin machte er drei riesige Schritte in Richtung Sebastian. Er war mindestens zwei Köpfe größer als er.

»Auf Wiedersehen, Herr Kommissar.« Es war das erste Mal, dass Weißenstein das Wort ergriff. Seine tiefe, sonore Stimme passte nicht zu seiner drahtigen Statur. »Fahren Sie gleich mit? Mein Fahrer bringt mich zurück in die Stadt, ich habe leider noch etwas Büroarbeit zu erledigen. Mein Arbeitstag endet wahrlich nie …«

»Danke.« Sebastian schaute auf die Uhr. »Ich nehme den Bus.«

Weißenstein verzog das Gesicht und stieg in den Mercedes. Sebastian folgte dem Fahrzeug zu Fuß durch das Garagentor. Es war klirrend kalt. Die Straße führte in einer leichten Kurve hinab zur Blutspendezentrale. Sebastian wandte sich um. Liebstöckel, Schmiedchen, Niemeyer und Lessing standen in der Garageneinfahrt und schauten ihm nach. Als er sich kurze Zeit später erneut umdrehte, waren sie bereits hinter dem sich schließenden Rolltor verschwunden.

27

Lars saß auf einer der ungepolsterten Holzbänke der Stiftskirche. Durch die hohen Buntglasfenster drang die abendliche Straßenbeleuchtung der Altstadt. Strahler erleuchteten die Figuren im Chor, in deren Grablege auch Eberhard bestattet war. Der rotbärtige Graf hatte 1477 die Universität gegründet, wenige Jahre bevor er seine Residenz nach Stuttgart verlegt hatte. Aus einem Vorstoß im Dienste der Wissenschaft wurde im historischen Rückblick ein Abschiedsgeschenk, das die Stadt davor bewahrt hatte, in den Jahrhunderten danach als beliebige Kleinstadt in der Bedeutungslosigkeit zu verschwinden.

Trotz der Außentemperaturen war es in der Kirche erstaunlich warm. Außer Lars befand sich niemand auf den Bänken. Von Zeit zu Zeit schlug irgendwo eine Tür, manchmal durchquerte eine Person das Kirchenschiff, doch man ließ ihn in Ruhe.

Lars fühlte sich nicht gläubig. Er erinnerte sich, zum letzten Mal mit dreizehn einen Gottesdienst besucht zu haben. Fragen nach der Bedeutung von christlichen Feiertagen brachten ihn regelmäßig in Verlegenheit. Er wusste nicht, was der Karfreitag war, er hatte nicht die geringste Ahnung von der Bedeutung des Pfingstfestes und konnte nie mit Sicherheit sagen, ob er sich in einer protestantischen oder katholischen Kirche befand. Er erkannte beim besten Willen keinen relevanten Unterschied zwischen Christentum, Hinduismus, Judentum, Buddhismus oder dem Islam. Die Unterschiede bestanden nur formal, ein sinnloser Überbau, den die Jahrhunderte mit hohlen Mythen und eingefahrenen Abläufen gefüllt hatten. Alles war Ausdruck derselben Idee und somit ebenbürtig. Es ging darum, das ziellose Treiben des Menschen aufzulösen und die Welt wie ein geendetes Musikstück zum Stillstand zu bringen. Diesen finalen Akkord nannten Christen, Juden und Moslems das Paradies, die Hindus den Ausstieg aus dem ewigen Kreislauf der Wiedergeburt und die Buddhisten die totale Erlöschung des Willens, das Nirwana. Lars war sich sicher, dass dies alles Ausdruck der gleichen Sehnsucht war. Er legte den Kopf in den Nacken. Die emporandrängenden Linien der Säulen verzweigten sich zu einem Geflecht von Streben und Bögen, die sich schließlich alle in einem Schlussstein trafen.

Er kam gerne hierher, weil die Atmosphäre der Stiftskirche ihn vom Denken abhielt.

Nach fünfzehn Minuten wurde ihm doch etwas kalt. Er stand auf und bemerkte beim Verlassen der Kirche, dass in der hinteren Ecke des Schiffes eine alte Frau saß. Sie trug ein Kopftuch, wie es in seiner Kindheit auf dem Dorf die meisten Frauen über achtzig getragen hatten. Es war mit Blümchen bestickt. Lars schätzte ihr Alter auf nahe hundert. Sie trat aus der Bank, nachdem er sie passiert hatte, und folgte ihm. Er hielt ihr die schwere Tür auf.

Sie sagte: »Oh, viele Dank. Gell, kommet Sie au gern her zomm Bäde?«

Lars lächelte unsicher. Die Frau drückte ihm beide Hände, dann verschwand sie. Er bekam Gänsehaut und beeilte sich, die Kirche zu verlassen.

In der Kälte des Abends holte ihn die vorwärtsstrebende Betriebsamkeit der Gegenwart wieder ein, es war erst sieben und die Straßen noch gefüllt mit Fußgängern. Die Weihnachtsbeleuchtung wirkte kaufanregend, die meisten Passanten waren beladen mit Geschenken oder zogen weinende Kinder mit dem genervten Hinweis »Vielleicht gibt's das zu Weihnachten!« von den Schaufenstern weg.

Lars schlug den Weg Richtung Haagtor ein. Noch in der Nacht hatte er eine SMS von Henner erhalten: »war bei sandra, habe sie in der wohnung gehört. wollte mir aber nicht aufmachen. bin ein bisschen beunruhigt.« Lars überquerte den Rathausplatz, passierte die Krumme Brücke und folgte der Ammergasse, die er mit ihrem plätschernden Kanal vor allem im Sommer immer als zutiefst ästhetisch empfunden hatte. Beim Kino stoppte er. Vor ihm öffnete sich der Schlund des Tunnels, der für Fußgänger und Radfahrer den Schlossberg unterquerte. Lars war erst zwei- oder dreimal in dieser Gegend gewesen und konnte sich nicht mehr erinnern, wo Sandra wohnte. Er war nie bei ihr in der Wohnung gewesen, sondern hatte sie nur einmal zusammen mit Henner zu einem Treffen abgeholt.

Nun stand er am Aufstieg zum Schlossberg und wusste nicht, welchen Weg er einschlagen sollte. Er lief eine Seitengasse hinunter und erkannte schließlich an einer Kreuzung das Gebäude. Es war ein alter Fachwerkbau, der jahrzehntelang als Studentenpension gedient hatte, dann vom Studentenwerk aufgekauft und zum Wohnheim umgewandelt worden und seit einigen Jahren wieder in Privatbesitz war. Nur zwei der vielen kleinen Sprossenfenster waren beleuchtet.

Lars schaute sich um. Die enge Straße war für Autos gesperrt, und auch sonst war niemand zu sehen. Er studierte das Klingelschild und fand den Namen sofort: Sandra Scholz. Lars schaute sich nochmals über die Schultern, dann klingelte er.

Niemand öffnete.

Lars stand unschlüssig vor der Tür. War sie nicht zu Hause? Doch Sandra verließ ihre Wohnung nicht mehr. Er klingelte erneut, und diesmal meinte er, im Innern das schrille Läuten einer alten Türglocke hören zu können. Es drang aus einem der Fenster im ersten Stock. Dahinter brannte kein Licht.

Die Haustür war verschlossen, Lars drückte mehrmals erfolglos die Klinke. Das Schloss war mindestens sechzig Jahre alt und hielt die Tür nur noch lose, doch er konnte ja nicht einfach eine fremde Haustür eindrücken, um sich Zugang zu verschaffen. Er ging einige Schritte zurück. Rechts vom Gebäude verschloss ein etwa zwei Meter hoher Holzzaun den Zwischenraum zum Nachbarhaus. Eine Tür war darin eingelassen. Lars versuchte sein Glück. Er drückte gegen die Klinke.

Die Tür war unverschlossen. Lars betrat einen verfallenen Hinterhof, überall lag Gerümpel. Rostige Fahrräder lehnten an der Hauswand. Möbel von schon lange ausgezogenen Mietern stapelten sich in einer Ecke, einige Waschmaschinen standen herum. Von dieser Seite des Hauses konnte man die nachträglich angebrachten Balkone sehen, die den Wohnungen in den oberen Stockwerken einen Panoramablick über die Unterstadt ermöglichten. An einem Balkon hing ein großes Banner: »Keine Macht der Unfreiheit!«, stand darauf. Wahrscheinlich war es Sandras Balkon.

Die Hintertür des Hauses war nur angelehnt. Lars schlüpfte hinein.

Vor den Briefkästen im Hausflur blieb er stehen. Sandras Name stand an einem vollgestopften Briefschlitz, aus dem Prospekte und Briefe quollen. Lars zog einen der Umschläge heraus, es war eine Rechnung der Stadtwerke. Er stieg die schmale Holztreppe hinauf und bemühte sich erfolglos, ein Knarzen zu vermeiden.

Die Treppe mündete im ersten Stock in einen Flur, den man offenbar vor Jahrzehnten renoviert hatte. Die Wohnungstüren hatten die klobigen Plastikklinken der achtziger Jahre. Jede Wohnung war mit einer separaten Türklingel versehen, und über jeder Klingel klebte, manchmal gedruckt und oft handgeschrieben, ein Namensschild.

Lars drückte den Knopf erneut, und diesmal war das Schrillen durch die dünne Holztür so laut zu hören, als ob er neben der Klingel stehen würde.

Wieder reagierte niemand.

Lars klopfte vorsichtig. Er flüsterte: »Sandra?«

Keine Antwort.

»Sandra!«

Er presste sein Ohr gegen die Tür und lauschte. Innen war das Rascheln einer Bettdecke zu hören, dann klirrte etwas. Wie zwei Gläser, die aneinanderstießen. Kein Zweifel, Sandra war zu Hause. Doch wieso hatte sie das Licht ausgeschaltet? Wieso öffnete sie nicht die Tür?

»Sandra? Ich bin's, Lars!«

Doch sie öffnete nicht. Irgendetwas stimmte nicht.

Lars blieb noch einige Minuten. Immer wieder waren leise Geräusche aus der Wohnung zu hören, einmal meinte er sogar zu hören, wie Sandra sich von innen der Tür näherte, um durch den Türspion zu schauen.

Schließlich verließ er das Haus. Es hatte keinen Sinn. Sandra hatte offensichtlich ihre Gründe, niemanden in ihre Wohnung zu lassen und im Dunkeln zu leben. Henner hatte vor Beginn des Projektes Zweifel geäußert, ob Sandra die Richtige für die Aufgabe sei. Er hatte sie gekannt, schon lange bevor sie von Katia vorgeschlagen worden war. Sandra hatte einige Semester zusammen mit Henners Freundin studiert, deshalb hatte er Bescheid gewusst über ihre immer wiederkehrenden Depressionen, ihre bipolare

Störung, die teuflischen spontanen Stimmungsschwankungen, ihre wochenlangen Phasen von Schlaflosigkeit, ihre plötzlichen paranoiden Anfälle.

Henner hatte damals von einer Phase erzählt, in der Sandra wochenlang nicht mehr an der Universität erschienen war. Als einige Freunde sich nach vier Wochen entschlossen, die Tür ihrer Wohnung aufzubrechen, lag sie völlig abgemagert auf ihrem Bett. Ihr Kopf war in ein Handtuch gewickelt. Sie hatte sich nur noch von ihren Vorräten ernährt, hatte pro Tag fünfzig Gramm Nudeln zu sich genommen und Leitungswasser getrunken. Als man die Rollläden öffnete, war der gesamte Fußboden mit menschlichen Haaren übersät. Es waren Sandras Haare. Sie erklärte ihren Rettern, dass sie befürchtete, an Haarausfall zu leiden. Dass sie die kahlen Stellen nicht sehen könne, weil sie von anderen Haaren bedeckt waren. Sie redete wirres Zeug von *Alopecia areata*, dem kreisrunden Haarausfall, und zitierte auswendig Wikipedia-Artikel. Dann nahm sie das Handtuch von ihrem Kopf. In vier Wochen hatte Sandra auf der Suche nach kahlen Stellen ihr gesamtes Haar ausgerissen.

Lars schauderte. Er war nicht persönlich dabei gewesen, doch die Geschichte konnte ihm immer noch eine Gänsehaut bescheren. Trotzdem hatten sie sich für Sandra entschieden. Sie war intelligent, im gesunden Zustand zuverlässig und absolut loyal. Ihre Phasen der paranoiden Depression waren Ausnahmen, es waren seltsame Überbelichtungen, die sich in eine Mappe aus ansonsten makellosen Fotografien ihres Lebens geschlichen hatten. Außerdem war sie die einzige Person, die sie auf die Schnelle hatten auftreiben können, die an der Uniklinik arbeitete.

Doch jetzt war sie offenbar wieder aus einer der Höhen, in die die bipolare Störung die Betroffenen führen kann, abgestürzt in eine finstere Hölle.

Lars verließ den Hinterhof durch die Tür in der Mauer. Er musste sich mit Henner beraten. Hier konnte er nicht alleine entscheiden. Zu viel stand auf dem Spiel. Er machte sich auf den Weg nach Hause.

Auf den Straßen lag der Schnee mindestens zehn Zentimeter hoch. Die Busse fuhren nur sporadisch und mit Verspätung, Lars benötigte fast eine Stunde, bis er in seinem Wohnheimzimmer war.

Im Flur rief ihm jemand aus einem Zimmer hinterher: »Ey, Lars, der Coen-Marathon geht nachher weiter. Biste dabei? Heut Abend nehmen wir uns den harten Brocken vor. ›A Serious Man‹. Na?«

»Vielleicht komme ich auch«, sagte Lars.

Er schloss seine Tür doppelt ab. Mit einem Blick aus dem Fenster vergewisserte er sich, dass der schwarze Mercedes, den er auf dem Weg von der Bushaltestelle zum Wohnheim passiert hatte, noch an derselben Stelle stand. Lars seufzte. Aus seiner Schublade zog er sein Handy, auf das er genau in das »O« des Herstellernamens ein Sandkorn gelegt hatte. Es befand sich noch an derselben Stelle, niemand hatte das Handy bewegt.

Lars öffnete das Gehäuse und entnahm den Akku. Darunter befand sich die Speicherkarte. Lars entfernte auch sie, zog eine Schere aus seinem Stiftehalter und begann, die Karte in einzelne Streifen zu zerschneiden. Die Platine, die sich unter dem Plastik verbarg, war hart und zersplitterte beim Schneiden.

Die Splitter kehrte Lars mit dem Handrücken auf eine Untertasse, die er auf die Fenstersimse stellte. Er streute einige Papierschnipsel darüber, dann zündete er alles mit einem Streichholz an. Das Plastik schmolz, und die Platine brannte. Nach fünf Minuten war noch etwas Ruß übrig, ein paar Tropfen Lötzinn und einige Stücke verschmorten Metalls. Lars kippte alles in die Toilette, spülte dreimal und wischte dann die Untertasse aus.

Er öffnete die andere Schublade, in der sich mindestens fünfzehn jungfräuliche Speicherkarten befanden, entnahm eine einzige und setzte sie in sein Smartphone ein. Dann startete er es und installierte das Chat-Programm neu.

In der Küche befüllte Lars den Espressokocher, stellte ihn auf die Herdplatte und schaute zu, wie der Kaffee in die Kanne lief.

Als er zurück ins Zimmer kam, hatte er eine neue Nachricht von Sandra erhalten.

Sandra: fühle mich nicht gut.
Lars: ich war vorhin bei dir, ich habe geklingelt.
Lars: wieso hast du nicht geöffnet?

Sandra: ich habe angst
Sandra: ich werde beobachtet
Sandra: im haus gegenüber ist jemand ausgezogen
Sandra: vorgestern ist der neue mieter eingezogen
Sandra: der beobachtet mich
Sandra: heute morgen habe ich hinausgeschaut
Sandra: da stand er am fenster und hat in meine richtung geschaut
Sandra: er hat eine kamera
Sandra: er fotografiert mich
Lars: bist du sicher, dass du dir das nicht einbildest?
Sandra: lars!!!
Lars: warum hast du nicht aufgemacht, als ich geklopft habe
Sandra: ich will niemanden sehen
Sandra: bitte lars
Sandra: versteh mich doch
Sandra: henner wollte vor ein paar tagen auch mit mir reden
Sandra: ich will niemanden sehen!
Lars: du musst keine angst haben
Lars: die polizei hat mich verhört
Lars: weißt du das
Sandra: ja, von henner
Lars: ich habe ihnen nichts von dir gesagt
Sandra: ich glaube ich verlasse bald tübingen
Lars: was, wieso denn?
Sandra: ich kann hier nicht mehr leben
Sandra: die sind überall
Sandra: die haben doch die ganze stadt in der tasche
Lars: aber du kannst doch nicht einfach so aufgeben
Lars: wohin willst du denn?
Sandra: ich weiß es nicht
Sandra: ein jahr ins ausland oder so
Sandra: das wollte ich schon immer machen
Sandra: südafrika oder so …
Lars: südafrika??
Sandra: bitte lars …
Lars: weiß henner davon?
Sandra: henner weiß alles

Lars: brauchst du irgendetwas?
Lars: soll ich dir etwas zu essen vorbeibringen
Sandra: nein, danke …
Sandra: henner hält mich am leben
Sandra: er bringt mir manchmal ein paar fertiggerichte
Sandra: stellt sie vor die tür
Lars: okay
Sandra: hör mal
Sandra: wenn ich mich in nächster zeit nicht mehr melde, dann mach dir keine sorgen, okay?
Sandra: ich brauch einfach ein bisschen abstand
Sandra: das verstehst du doch?
Lars: klar, mir geht's selbst nicht anders …
Sandra: danke lars
Sandra: du bist ein schatz <3

Sie verabschiedeten sich, dann verschwand Sandra aus dem Chat. Lars war gleichzeitig irritiert und etwas beruhigt. Der für ihre Verhältnisse nüchterne, sachliche Ton der Nachrichten dämpfte seine Befürchtung, dass Sandra wieder in ein depressives Loch gefallen war. Vielleicht war sie aber auch völlig am Ende und wollte es sich nicht anmerken lassen. Lars war sich nicht sicher.

Er trat zum Fenster. Es hatte wieder begonnen zu schneien. Auch der schwarze Mercedes war nun von einer dicken Schicht bedeckt. Unten im Tal lag Tübingen in eisiger Starre, selbst der Neckar war seit dem Vortag zugefroren.

Und über allem lag der Schnee … Selbst das brennende Moskau hatte bei Napoleons Rückzug unter dem frischen Schnee zauberhaft gewirkt … Auf irgendetwas bereitete sich die Stadt vor. Irgendetwas passierte bald, Lars konnte es spüren. Etwas stand bevor.

28

Das Schwäbische Tagblatt widmete den »dynamischsten und motiviertesten Jungpolitikern, die sich derzeit im Parteienspektrum finden lassen« eine ganze Seite. Ein Reporter und ein Fotograf hatten Wahlkämpfer der PFI auf einer Tour durch die Stadt begleitet. Es wurde von den Schwierigkeiten berichtet, den Parteistand im Schnee zusammenzubauen, von älteren Herren, die auf Angebote, sich das Parteiprogramm erklären zu lassen, mit »Omm Goddes willa, bleibet Se mir fort mit demm ganze Scheißdregg« antworteten, und von einem Besuch des Ordnungsamtes, das Genehmigungen sehen wollte.

Sebastian studierte den Artikel interessiert. Einige SPD-Mitglieder waren am Stand der PFI vorbeigekommen, die sichtlich bemüht gewesen waren, auf Interviewfragen Antworten zu geben, die die grundsätzlichen Ideen der PFI befürworteten. »Für die Umsetzung jedoch benötigt man erfahrenes Personal, das die PFI unserer Meinung nach nicht vorweisen kann.« Auch eine Delegation der lokalen Jungen Union war erschienen, um demonstrativ auf ein Interviewangebot zu warten und darauf mit »Kein Kommentar« zu antworten.

»Die Chancen für die PFI und ihren Spitzenkandidaten Henner Maier aus Tübingen stehen gut, im Februar die Fünf-Prozent-Hürde zu schaffen«, stand im Artikel. »Selbst wenn der Politikbetrieb die PFI noch belächelt – ihre Dynamik übertrifft die etablierter Parteien um ein Vielfaches. Die PFI ist Auffangbecken geworden für all jene politikmüden Menschen unter dreißig, die ihre Lebenseinstellung schon lange nicht mehr in den großen Volksparteien wiederfinden.«

Es war der übliche Grundtenor der etablierten Medien, den die Lokalpresse gerne in eigenen Worten wiedergab. Sebastian faltete die Zeitung zusammen, legte sie auf den Beifahrersitz und verließ den Dienstwagen.

Es war früher Nachmittag, der Österberg lag in friedlicher Ruhe vor ihm. Selbst das Gebell, das ihn bei seinem letzten Besuch empfangen hatte, war verschwunden. Es war so kalt, dass man alle Hunde ins Haus geholt hatte.

Sebastian überquerte die Straße und klingelte an der Jugendstilvilla. Einige Minuten zuvor hatte er aus dem Dienstwagen beobachtet, wie Henner Maier nach Hause gekommen war. Sebastian wartete bereits seit zwei Stunden auf ihn.

»Ja?«

»Herr Maier, Möllner hier, Kripo Tübingen. Hätten Sie nochmals kurz Zeit für mich?«

Die Tür surrte, und Sebastian trat ein.

»Finden Sie den Weg?«, rief Maier von oben. Seine Stimme hallte in dem weitläufigen Treppenhaus. Sebastian ging die Stufen hinauf. Im ersten Stock passierte er einige Türen, die bei seinem letzten Besuch geschlossen gewesen waren. Dahinter befanden sich die Zimmer der anderen Burschenschafter, sie waren im Kontrast zur barocken Pracht des Flurs und des Treppenhauses modern und zweckmäßig eingerichtet. Einige Gesichter drehten sich nach Sebastian um, und die Studenten begrüßten ihn lächelnd.

Henner Maier empfing ihn wie bei seinem ersten Besuch im großen Gemeinschaftssaal im zweiten Stock. Die Stühle standen jetzt anders, sie waren alle an die Wand gerückt. Offenbar war eine größere Party geplant. Sebastian wusste aus seiner eigenen Studienzeit, dass die Partys der Burschenschaften legendär waren. Die wertvoll aussehenden Degen und Flinten hingen immer noch an der Wand.

»Lassen Sie die hängen, wenn hier alles voll ist?«, fragte Sebastian, nachdem er eingetreten war.

Maier blickte von seinem Laptop auf. Er saß auf einem Barhocker am Tresen und hatte einige Zeitungen neben sich. Er folgte Sebastians Blick.

»Die?«, fragte er. »Ein paar schon, ja. Die anderen bringen wir in Sicherheit. Aller Wahrscheinlichkeit nach wird hier heute Nacht verdammt viel los sein.«

»Hat der Anlass mit Ihrer Partei zu tun?«

»Oh, nein. Nein, überhaupt nicht. Eine interne Sache. Keine Externen erwünscht.« Er grinste.

»Kann ich mich setzen?« Sebastian zeigte auf einen der Stühle.

»Natürlich! Nehmen Sie Platz.«

»Das wird Ihnen hier in der Stadt mindestens zwei Prozentpunkte geben.« Sebastian wies auf die Ausgabe des Schwäbischen Tagblattes, die neben Maiers Laptop auf dem Tresen lag. Es war der Artikel aufgeschlagen, den Sebastian im Dienstwagen gelesen hatte.

»Eher das Doppelte. Haben Sie den gelesen? Haben Sie das mit den Zombies von der Jungen Union gelesen? Und die roboterartige Antwort der Jusos? Großartig, haha!« Maier schüttelte den Kopf. »Großartig.«

»Ich habe den Artikel gelesen.«

»Es tut mir leid, dass ich hier nebenbei noch einige Mails beantworte, Herr Möllner. Aber ich bin gerade erst heimgekommen.«

»Ich weiß. Ich habe auf Sie gewartet. Draußen im Wagen.«

»Sie haben …« Maiers Blick wirkte irritiert. »Wieso?«

»Um ehrlich zu sein, habe ich schon gestern versucht, Sie zu erreichen. Aber hier hat man mir gesagt, dass Sie in Stuttgart wären. Wahlkampf. Und telefonisch … nun ja.«

»Es war meistens belegt, habe ich recht? Ja, es war ziemlich stressig gestern. Wir haben vor dem Landtag demonstriert. Es war großartig.«

»Herr Maier, ich gebe gerne zu, dass ich privat Ihr Parteiprogramm durchaus unterstütze –«

»Ja? Sehen Sie. Ich wusste es von Anfang an. Sie haben auf mich nicht gewirkt wie so ein verstaubter Beamter, der sich vierzig Jahre lang auf seine Pension freut. Sie sind im Herzen ein Intellektueller.«

»Nein, da liegen Sie falsch. Ich komme aus einer Polizistenfamilie. Ich war, glaube ich, schon immer im Herzen ein Beamter. Das wurde mir in den letzten Tagen klar. Ich habe sozusagen zu mir selbst gefunden.«

»Ah!«, machte Maier und öffnete dabei übertrieben den Mund. Er warf Sebastian einen süffisanten Blick zu. »Wohl 'ne Frau im Spiel, hab ich recht?« Er lachte leise.

Wenigstens diesmal hatte Maier ihn durchschaut. Sebastian bestätigte mit einem Lächeln.

»Jedenfalls kann man für die eigene Familie nichts.« Maier klang etwas nachdenklich.

Sebastian fragte nach: »Haben Sie ein Problem mit Ihrer Familie?«

»Nein, überhaupt nicht. Obwohl ich sozusagen auch in die Fußstapfen meines Vaters getreten bin.«

»Wirklich? Was studieren Sie denn eigentlich?«

»Jura. Mein Vater war Anwalt, und meine Mutter ist Staatsanwältin.«

»Jura. Hm.« Sebastian hatte sein Notizbuch geöffnet, er notierte. »Übrigens«, sagte er, »ich war eben im Café Lichtenstein und habe einen ausgezeichneten Cappuccino getrunken. Das ist wirklich gemütlich dort. Kannte ich vorher nicht. Auch die Croissants sind erstklassig. Hausgemacht.«

Henner Maiers Gesichtsausdruck wurde ernsthafter. »Sind Sie gekommen, um mir das mitzuteilen?«

»Oh, unter anderem. Ich habe Ihnen einiges mitzuteilen. Aber alles der Reihe nach. Könnte ich ein Glas Mineralwasser haben?«

Maier nickte mit zusammengepressten Lippen, dann stand er widerwillig auf und nahm eine Flasche aus dem Schränkchen.

»Wissen Sie, seit einer Woche versuche ich etwas herauszufinden«, sagte Sebastian.

»Das wäre?«

»Wer war die junge Frau, mit der Sie und Lars Breuer im Café Lichtenstein waren?«

Maier stellte die Mineralwasserflasche sehr laut auf den Tresen. »Meine Freundin Claudia. Das habe ich Ihnen doch bereits gesagt.« Er zog zwei Gläser unter dem Tresen hervor, öffnete die Flasche und schenkte Sebastian ein.

»Ja, und Ihr guter Freund Lars Breuer bestätigt das.«

»Natürlich. Wieso sollte er lügen?« Er brachte Sebastian das Glas, dann ging er zurück an den Laptop. Sich selbst schenkte er nicht ein.

»Herr Maier, wir konnten Ihre Freundin nicht ausfindig machen. Keines der Hotels auf den Seychellen hat einen Gast mit dem Namen Claudia von Hege. Und Sie können mir glauben, unsere Leute haben überall angerufen.«

Maier lachte. »Das wundert mich überhaupt nicht. Die Hotels, in denen Claudia absteigt, sind diskret genug, um auf solche Anrufe nicht mit ›Natürlich, Frau von Hege wohnt in Zimmer 46‹ zu antworten.«

»Keiner ihrer Kommilitonen wusste von ihrer geplanten Reise.«

»Wie gesagt. Claudia hat ihre Urlaube immer streng geheim gehalten. Sie hat sicher so etwas wie – na ja, Sozialneid befürchtet.«

»Sozialneid?« Sebastian seufzte. »Wenn Ihre Freundin, wenn Frau von Hege in den nächsten Tagen wieder auftauchen sollte, was ich, um ehrlich zu sein, bezweifle, dann –«

»Warum bezweifeln Sie das?«, fragte Maier scharf. »Hören Sie: Claudia hat mit der ganzen Sache *nichts*, aber auch *gar nichts* zu tun.«

»Mit welcher Sache?«, fragte Sebastian.

»Mit Katias Tod. Sie kannten sich überhaupt nicht.«

»Wie auch immer. Ihre Freundin sollte sich sofort bei uns melden, wenn sie wieder zurück ist«, sagte Sebastian. »Ihre Freundin war vermutlich kein Mitglied der PFI, oder?«

»Nein, natürlich nicht. Das hat sie nicht interessiert.«

»Lars Breuer ist übrigens *auch* kein Mitglied der PFI.«

»Dieser offizielle Weg ist nichts für ihn.«

»Ja. In diesem Punkt haben Sie recht.« Sebastian atmete tief ein und betrachtete die hölzerne Kassettendecke. In der Ecke rechts von ihm führten Wasserspuren bis zum Boden. »Herr Maier, gehen wir einen Augenblick davon aus, ich würde hier als Privatperson sitzen.«

»Wozu?« Maiers Augen funkelten wachsam.

»Weil ich als Privatperson hemmungslos spekulieren darf. Wissen Sie, es ist zwar gut, wenn man als ermittelnder Kommissar ein wenig denkt, aber die Hauptaufgabe ist dann doch eher die stupide Informationsbeschaffung. Das Kombinieren und Abwägen überlässt man lieber dem Richter. Also. Angenommen, ich würde hemmungslos spekulieren. Dann würde ich annehmen, Herr Maier, dass Sie und Lars Breuer jemanden decken wollen.«

»Decken? Wen denn?« Er klang unsicher. Sein Blick ging zum Bildschirm des Laptops, der sich gerade ausgeschaltet hatte. Automatisch führte er den Zeigefinger zum Touchpad, der Bildschirm ging wieder an.

Sebastian öffnete schulterzuckend die Arme. »Wer weiß? Wenn

ich das wüsste, müsste ich nicht spekulieren. Dann könnte ich die betreffende Person verhaften.«

Maier hatte noch immer den Blick auf dem Laptop. Er lachte gezwungen. »Wieso denn verhaften?«

»Oh, nicht was Sie denken.« Sebastian lachte. »Nicht für den Mord an Katia Seligmann. Ich muss zugeben, dass ich hier mit meinen Ermittlungen noch am Anfang stehe. Ich habe nicht die geringste Ahnung, wer der Mörder von Katia sein könnte. Wirklich nicht.«

»Für was wollen Sie dann jemanden verhaften?«

»Ich weiß nicht, Beihilfe zum Einbruch. Zum Beispiel?«

»Was für ein Einbruch?« Er wandte den Kopf.

»Gestern Abend hatte ich einen interessanten Einblick in die Katakomben des Universitätsklinikums. Man hat mich ins Archiv geführt. Und raten Sie mal, was ich dort gefunden habe.«

»Was?« Maiers Stimme bebte leicht.

»Nichts. Nicht das, was ich gesucht habe. Denn jemand hatte die Akten entwendet.«

»Was für Akten?«

»Lassen Sie doch dieses Spiel, Herr Maier. Ich habe Ihnen doch gesagt, ich bin als Privatperson hier. Ich kann Ihnen nichts nachweisen. Am ehesten würde man Lars Breuer belangen können, denn er war es, der sich ins Netzwerk der Uniklinik gehackt hat. Habe ich nicht recht? Doch *Sie* haben das alles geplant. Es war von Anfang an als Aktion der PFI gedacht. Als öffentlichkeitswirksame Aktion. Und jetzt ist eine der Mitstreiterinnen tot.«

Maier schluckte. Er schloss seinen Laptop. Es war eine Geste, die Bedenkzeit einbringen sollte. »Ich …«

»Sie müssen mir nichts erklären, ich habe mir das meiste selbst zusammengereimt. Haben Sie gewusst, dass Katia Seligmann das Video noch kommentiert hat?«

»Welches Video?« Doch Maier ging offenbar ein Licht auf. Sein Blick klärte sich. »Sie meinen …«

»Ganz genau. Das Video von Alfred R. Die Elektroschockexperimente in den fünfziger Jahren. Die Dokumentation wurde in einem Kommentar auf *Ihrem* Blog gepostet.«

»Und Katia hat …«

»Katia Seligmann hat am Vorabend ihres Todes kommentiert, dass bald etwas auf die Uniklinik zukommen würde. Ein Skandal vermutlich.«

Henner Maier war zum ersten Mal sprachlos. Er strich einige Male mit dem Zeigefinger über eine verstaube Kante des Laptops. Offenbar überlegte er. Schließlich sagte er: »Das hätte sie nicht tun dürfen.«

»Wissen Sie, Herr Maier, ich bin hergekommen, um reinen Tisch zu machen. So lautet doch das Sprichwort, oder nicht? Ich will, dass wir in Zukunft auf einer Höhe kommunizieren können. Sie, Lars Breuer und ich. Ich möchte den Tod von Katia Seligmann aufklären. Daran liegt Ihnen und Lars, glaube ich, auch eine Menge. Und bisher haben Sie beide gegen mich gearbeitet.«

»Was genau wollen Sie denn von mir hören?«

»Zunächst einmal: Geben Sie zu, dass der Einbruch in das Archiv der Uniklinik von der PFI ausging?«

»Ich kann nicht sagen …«

»Herr Maier, ich war von dem Video genauso schockiert wie Katia Seligmann und wahrscheinlich auch Sie. Und ich würde es begrüßen, wenn die Verantwortlichen zur Rechenschaft gezogen würden. Leider sind die meisten von ihnen schon lange tot. Und wenn es tatsächlich weitere Fälle gegeben hat, dann würde ich es als privater Bürger ebenso begrüßen, dass die Öffentlichkeit von diesen Fällen erfährt und die Klinik sich rechtfertigen muss.«

»Oh, es gab weitere Fälle«, sagte Maier. »Dutzende. Auch Todesfälle. Wussten Sie, dass die Klinik einen eigenen Friedhof betreibt? Haben Sie eine Ahnung, wie viele Personen dort anonym begraben wurden?«

»Lars Breuer ist zufällig auf diese Dokumente gestoßen, habe ich recht?« Sebastian lehnte mit dem Arm auf einem der Stapel von Stühlen, die ihn umgaben. »Er hat mir erzählt, dass er sich als reine Fingerübung in das Netzwerk der Uniklinik gehackt hat. Er war selbst überrascht davon, dass es geklappt hat. Ich glaube ihm. Aber dann wurde er neugieriger. Er hat das Video gesehen, das Katia Seligmann in Ihrem Blog gepostet hat. Und Lars Breuer ist ein *sehr* sensibler Mensch. Ich kann mir vorstellen, dass ihn das mitgenommen hat.«

Maier atmete tief ein, sagte aber nichts.

»Also hat er sich ein wenig tiefer in das Netzwerk gegraben. Er hatte ein Benutzerkonto für das Netzwerk, also hatte er auch Zugriff auf den elektronischen Katalog des Archivs. Und dort hat er vermutlich rein aus Interesse zuerst die Akte von Alfred R. gesucht. Und er hat sie gefunden. Doch da war mehr … Habe ich recht? Habe ich recht, Herr Maier?«

Maier starrte auf den Boden und massierte sich die Schläfen. Etwas arbeitete in ihm. Er schien mit sich selbst zu ringen und eine Lösung zu suchen, die einfach nicht zu finden war. Sebastian gab ihm Zeit.

Aus dem Treppenhaus drangen Rufe, dann Gepolter. Die Partyvorbereitungen schienen im vollen Gange. Schließlich hatte Maier sich entschieden.

»Lars ist damit zu mir gekommen. Er meinte, er hätte im Verzeichnis des Archivs die Patientenakten von diesem, äh – Alfred R. gefunden. Sein voller Name ist, glaube ich, Reinhard oder so, ich erinnere mich nicht genau.« Er holte tief Luft. »Jedenfalls stand bei diesen Akten im Verzeichnis der Name des bearbeitenden Arztes, irgendein Assistenzarzt, Sonnenmann oder so. Außerdem eine Art Vorgangsnummer – ich weiß nicht. Lars hat mir gesagt, dass es Dutzende solcher Akten gebe. Aus den Jahren 51 bis 53. Immer dieselbe Vorgangsnummer, immer derselbe Assistenzarzt. Doch, Sonnenmann war es. Lars war sich sicher, dass es sich dabei um weitere Experimente handelte. Dass Reinhards Hoden irreparabel geschädigt waren, das wussten die doch damals nicht. Das hat man erst viel später erkannt. Wahrscheinlich haben sie noch jahrelang mit diesen Behandlungsmethoden experimentiert. Das war in den Fünfzigern *in*. Für alles eine elektrische Lösung zu finden, meine ich. Wir dachten alle, dass Lars recht hatte. Dass es diese anderen Fälle gegeben haben *musste*.«

»Also haben Sie beschlossen, in das Archiv einzubrechen und die Informationen der Öffentlichkeit zugänglich zu machen.«

»Katia hatte die Idee.« Maier lachte. »Alle haben immer gedacht, sie wäre die strebsame kleine Informatik-Nerdin. Aber sie hatte ziemlich radikale Ansichten, wussten Sie das? Katia war eine starke Frau. Die Informatik hat nie ganz zu ihr gepasst.«

»Ich weiß«, sagte Sebastian. »Ich bin in ihrer Wohnung gewesen. Ihre Buchgeschmack war nicht gerade naturwissenschaftlich.«

»Genau das war Katias Problem«, sagte Maier. »Sie wollte immer aus diesen Erwartungsmustern ausbrechen. Nach dem Abitur haben alle von ihr erwartet, dass sie Germanistik studiert. Literaturwissenschaft. Sie war Jahrgangsbeste. Hat die Abschlussrede gehalten. Hat seit der siebten Klasse für die Schülerzeitung geschrieben. Deshalb ist sie ja auch schnell in dieses Amt der Pressebeauftragten reingewachsen. Es war einfach niemand da, der es besser konnte als sie. Jedenfalls hat sie dann nach dem Abitur gesagt: Nein, ich studiere Informatik. Obwohl sie in Mathematik zwar gut war, aber nicht wirklich *gut*. Verstehen Sie? Aber sie hat es gepackt. Sie war dann ziemlich schnell auch hier immer unter den besten zehn des Jahrgangs.«

Sebastian nickte. »Wer war sonst noch in die Sache mit den Akten eingeweiht?«

»Niemand«, beteuerte Maier. »Nur Lars, Katia und ich wussten davon.«

»Es waren also nur Sie drei?«

»Nur wir drei.«

»Und wie sind Sie in das Archiv gekommen? Wer war dort unten? Sie drei zusammen?«

»Nein. Das wäre aufgefallen. Es war Katia.«

»Wie ist sie in den Bereich für das Personal gekommen?«, wollte Sebastian wissen. »Die Sperre ist mit einem Codeschloss gesichert. Als normaler Besucher kommt man da nicht rein.«

Maier nickte. »Darüber haben wir uns auch den Kopf zerbrochen. Die haben diese komischen Chips, die man an ein Lesegerät halten muss. So einen hatten wir nicht. Aber am Ende war es einfacher als gedacht.«

»Wie haben Sie es angestellt?«

»Katia hat neben einer dieser Schleusen gewartet. Sie hat gewartet, bis eine Pflegerin die Tür geöffnet hat. Das sind automatische Türen, die einige Zeit offen bleiben. Als die Schwester um die Ecke war, ist Katia rein. In Straßenkleidern. Das fällt dort drinnen nicht auf. Die Mitarbeiter in der Verwaltung tragen auch alle keine weißen Kittel.«

»Woher wusste Katia, wo das Archiv ist?«

»Lars hat im internen Netzwerk Übersichtspläne gefunden. Erstellt für neue Mitarbeiter.« Maier lächelte schief.

Sebastian wagte einen Frontalangriff. »Sie lügen, Herr Maier. Ich bin mir absolut sicher, dass eine vierte Person Ihnen geholfen hat. In der Klinik gibt es Videoüberwachung. Eine unbefugte Person in Straßenkleidern, die die Sicherheitssperre passiert, wäre sofort aufgefallen. Nein, eine weitere Person muss Ihnen geholfen haben. Jemand, der sich auf dem Gelände der Klinik frei bewegen kann. Auf diese Person haben Sie und Lars Breuer im Café Lichtenstein an jenem Abend gewartet. Ihre Freundin studiert doch Medizin, Herr Maier. Habe ich recht?«

»Claudia?« Maier prustete los. »Sie denken, dass Claudia …? Haha! Die interessiert sich doch nicht für so was. Und selbst wenn. Sie ist viel zu karrierefixiert. Sie hätte bei so etwas niemals mitgemacht.«

Sein Lachen schien unangebracht. War er beunruhigt? Sebastian versuchte, ihn einzuschätzen. Oder war Maier einfach erleichtert darüber, dass Sebastian mit Claudia in die völlig falsche Richtung ermittelte? Er war sich nicht sicher. Eventuell musste er ihn noch ein wenig aus der Deckung bringen. »Das werden wir sehen. Ich hoffe, dass sich Ihre Freundin bald meldet. Ansonsten müssen wir eine Fahndung starten.«

»Eine – wie bitte?« Maiers Gesicht wurde schlagartig ernst.

Die Tür vom Treppenhaus wurde geöffnet, ein Kopf mit Studentenmütze schob sich herein. »Henner, kannst du kurz …«

Maier winkte genervt ab. Sein Blick ruhte auf Sebastian. »Nachher, Max, geht grade nicht.« Max machte ein übertrieben betroffenes Gesicht und schloss die Tür wieder. Dann fragte Maier: »Was wollen Sie starten?«

»Sie haben schon verstanden. Um eine Fahndung werden wir nicht herumkommen. Herr Maier, was ist denn eigentlich aus den Akten geworden? Die Klinik vermisst sie.«

»Das weiß ich selbst nicht«, sagte Maier, immer noch aufgebracht. »Lars und ich fragen uns das seit Tagen. Katia hatte die Dokumente bei sich. Sie wollte sich mit Lars am nächsten Tag in der Uni treffen, um die Sachen durchzugehen.«

»Wir haben bei der Toten keine Dokumente gefunden«, sagte Sebastian.

Maier zuckte mit den Schultern. »Natürlich nicht. Die Akten hat jetzt Katias Mörder.«

»Ja …« Sebastians Blick wanderte durch den Raum und blieb erneut an den Wasserflecken hängen. »Was hatten Sie mit den Dokumenten überhaupt vor? Sie hätten sich mit einer Veröffentlichung doch strafbar gemacht, trotz all Ihrer hehren moralischen Ziele. Oder nicht?«

Maier wirkte jetzt wieder beherrschter. »Das war uns natürlich klar. Katia hätte die Story so lanciert, dass wir es als anonyme Zuspielung eines unbekannten Dritten deklarierten. Sozusagen als anonymen Hinweis an das Volk: Seht her, eure Führungselite hat über Jahrzehnte alte Nazis und ihre Menschenexperimente gedeckt.«

»Eine anonyme Quelle, die der PFI als Sprachrohr nutzt.«

»Völlig korrekt. Wir hätten die Dokumente niemals direkt zitiert. Katia hat gehofft, dass wir in den Dokumenten Beweise finden, die auch ohne die Dokumente selbst Bestand haben. Verstehen Sie? Man entnimmt der illegalen Quelle die Hinweise auf weitere, legale Quellen und zitiert aus diesen. So arbeiten doch alle, ob das ›Der Spiegel‹ ist, der ›Focus‹, irgendeine Provinzzeitung … Der Trick besteht darin, die illegalen Quellen sauber zu bekommen. Wie bei der Geldwäsche. In diesem Fall hätte der Zweck die Mittel auf jeden Fall geheiligt, meine ich.«

»Da stimme ich Ihnen sogar zu.«

»Sehen Sie. Weiß Lars eigentlich, dass Sie von der Aktion wissen?«, frage Maier. »Haben Sie es ihm gesagt?«

»Ich habe ihm das Gleiche erzählt wie Ihnen.« Diese Lüge hatte das Potenzial, eine gewisse Dynamik in die Beziehung zwischen Lars und Maier bringen.

Maier erwiderte nichts, er schaute auf den Tresen.

Sebastian stand auf. »Gut, Herr Maier. Jetzt sind wir beide auf einem Level. Wir können auf Augenhöhe kommunizieren. Ich hoffe, dass es jetzt nur noch eine Frage der Zeit ist, bis wir Katias Mörder finden.«

Maier drehte langsam den Kopf. Er wirkte jetzt müde. »Darf ich Sie etwas fragen?«

»Natürlich.«

»Gehen Sie von einem einzelnen Täter aus?«

»Sie etwa nicht?« Sebastian wollte schon wieder Platz nehmen. Doch Henner sprang vom Barhocker.

»Sie müssen sich nicht wieder setzen. Ich weiß auch nicht mehr als Sie. Aber das Narkosemittel stammte doch aus der Klinik, oder nicht? Katia wurde mit einem Mittel betäubt, das so nur Krankenhäuser kaufen können.«

Diese Information musste er von Lars Breuer haben. »Ja«, sagte Sebastian.

»Sehen Sie«, sagte Henner Maier. »Sehen Sie.«

Sie gingen die Treppe hinunter und verabschiedeten sich an der Haustür.

»Ich nehme an, dass Sie es im Februar in den Landtag schaffen«, sagte Sebastian. »Wenn es so weit ist, werde ich Ihnen vielleicht sogar gratulieren. Eventuell wähle ich die PFI sogar.«

»Herr Möllner«, sagte Maier, »sollte die Klinik in dieser Sache Anzeige erstatten …«

»Ich würde davor keine Angst haben«, sagte Sebastian. »Die sind dort sehr bedacht auf die Wirkung in der Öffentlichkeit. Ich bezweifle, dass sie es überhaupt zu einer Anzeige kommen lassen werden. Und selbst wenn, können Sie sicher sein, dass es keinen Presserummel geben wird. Das wäre nicht im Sinne der Klinik. Sie können also beruhigt sein.«

»Gut. Danke, Herr Möllner.«

»Und was Ihre Freundin angeht …«

»Sie hat damit nichts zu tun, glauben Sie mir. Es war eine Sache zwischen Lars, Katia und mir.«

»Ich verstehe, dass Sie Ihre Freundin decken möchten«, sagte Sebastian. Inzwischen glaubte er selbst nicht mehr so recht an eine Beteiligung Claudias.

»Sie verrennen sich da in etwas, Herr Möllner.«

Sebastian lächelte. »Ja, vielleicht.« Er ging einige Schritte, dann fiel ihm noch etwas ein. Er drehte sich um. »Sagen Sie mal. Auf Ihrer Homepage steht, dass Sie schon siebenundzwanzig sind. Geht das Jura-Studium so lange, oder …?«

»Oh, nein. Ich wollte ursprünglich nicht in die Fußstapfen meines Vaters treten. Ich habe am Anfang etwas ganz anderes studiert. Nach vier Semestern habe ich dann aber doch zu Jura gewechselt. Es passte damals besser zu mir. Jetzt bin ich ganz glücklich mit meiner Wahl.«

»Ist für den Politikbetrieb sicher auch sehr nützlich«, bemerkte Sebastian.

Maier lachte. »Ja, da haben Sie recht.«

»Was haben Sie denn vorher studiert, wenn ich fragen darf?«

»Ich habe vier Semester Informatik studiert. War nichts für mich. Der einzige Rückschlag in meinem Leben, sozusagen.« Er schaute lächelnd nach unten. »Freiwillig aufgehört habe ich nicht. Aber so erklärt sich wahrscheinlich, wieso ich mich so für Informationsfreiheit interessiere.«

»Ich verstehe«, sagte Sebastian. »Ich verstehe.« Er wandte sich wieder um und lief in Richtung seines Dienstwagens. »Auf Wiedersehen, Herr Maier!«

Im Auto betrachtete Sebastian die kleine Info-Box, die im Schwäbischen Tagblatt neben dem PFI-Artikel abgedruckt war. Es war ein kurzer, stichpunktartiger Lebenslauf des Parteivorsitzenden. Das abgebrochene Informatikstudium wurde darin nicht erwähnt.

29

»Woher wusstest du eigentlich, dass ich Ingmar-Bergman-Filme mag?«

»Facebook.« Sebastian schob sich verschmitzt eine Erdnuss in den Mund.

Maja musste lachen. »Natürlich. Aber ich mag Bergman eigentlich überhaupt nicht. Ich habe das nur in mein Profil geschrieben, weil es so verdammt intellektuell klingt. Aber ich finde seine Filme eigentlich alle ziemlich abgehoben ...«

Sie betrachteten beide den Bildschirm, auf dem Bergmans »Persona« bereits seit fünfzehn Minuten lief. Dann lachten sie gleichzeitig.

»Sollen wir abschalten?«, fragte Maja. »Wenn ich ehrlich bin: Ich verstehe überhaupt nichts.«

»Die DVD-Box wirkt auch im Regal verdammt intellektuell«, bemerkte Sebastian. »Ich habe bei mir zu Hause ›Das Sein und das Nichts‹ neben der Toilette stehen. Nie über die ersten zehn Seiten gekommen. Macht auf Besucher aber einen nachhaltigen Eindruck. Niemand verlässt meine Wohnung ohne den Glauben, dass ich mich auf dem Klo mit Existenzialismus beschäftige.«

»Du bist unmöglich.« Maja schnappte sich ein Kissen und warf sich damit auf Sebastian.

Sie fühlte sich glücklich. Am Morgen hatte sie Sebastian angerufen und ihn eingeladen, Heiligabend bei ihr zu verbringen. Kurzerhand hatten sie beschlossen, Weihnachten einen Tag früher beginnen zu lassen. Immerhin hatte Maja ja schon seit gestern Ferien. Sie warf sich auf der Couch zurück. Alles war perfekt. Maja ließ erneut einen Blick durch den Raum streifen. Den Baum hatte sie dieses Jahr besonders klassisch geschmückt, er strahlte in Rot und Gold. Sebastian hatte kurz nach seiner Ankunft die Spitze aufgesetzt. Auf dem Esstisch stand ein angeschnittener Stollen, aus der Küche roch es nach Glühwein, draußen fiel Schnee. Das perfekte Kitsch-Weihnachten. Maja war zufrieden.

»Fassbinders Verfilmung von ›Effi Briest‹«, sagte sie jetzt. »Die ist so öde, dass man sich beim Anschauen einen raschen Tod wünscht, nur um der Langeweile zu entgehen. Dieses Gefühl hatte ich bis jetzt bei ›Persona‹ hier nicht. So schlecht ist er also gar nicht.« Sie lehnte sich zurück und zog die Steppdecke bis ans Kinn. Draußen herrschten immer noch zweistellige Minusgrade, es würde das kälteste Weihnachten seit Langem werden. »Wie wär's mit Glühwein? Wie läuft dein Fall?«

»Glühwein gerne. Der Fall – na ja ...«

Maja schälte sich wieder aus der Decke und ging in die Küche. Ihre Ehre als Köchin verlangte es, dass sie Glühwein grundsätzlich selbst aufsetzte. Sie hatte ihn bereits zwei Stunden zuvor vorbereitet und sogar auf den Einsatz von Tetrapak-Wein verzichtet. Jetzt wurde er in einem Topf auf niedrigster Stufe warm gehalten. »Was heißt ›Na ja‹?«, rief sie ins Wohnzimmer. Sie füllte zwei Tassen und ging zurück ins Wohnzimmer.

»Ich habe ein bisschen gepokert. Gestern habe ich meine Karten auf den Tisch gelegt. Der Einsatz steht. Jetzt muss ich abwarten, ob die anderen bluffen – oder ob ich richtiglag.«

»Womit?«, fragte Maja. Sie nippte an ihrem Glühwein. Sie war sich nicht ganz sicher, ob Sebastian über den Fall reden wollte. Doch sie hatte inzwischen auch schon in der Zeitung davon gelesen. Es interessierte sie.

»Damit, dass zwei Zeugen einen dritten decken.«

»Einen dritten Zeugen?«

»Vermutlich eine Zeug*in*. Jetzt warte ich ab.«

»Warum wird die dritte Zeugin gedeckt?«

»Ich glaube, die anderen beiden wollen sie schützen.«

»Wovor?«

»Vor dem Mörder. Vor der Mörderin. Ich weiß nicht.«

»Also kennen die anderen Zeugen den Killer?«

»Nein«, erklärte Sebastian. »Die kennen ihn auch nicht. Aber einer der Zeugen hat gestern eine interessante Bemerkung gemacht.«

»Welche?« Maja biss sich auf den Fingernagel.

»Dass es keine Einzelperson sein muss. Dass eine Gruppe hinter dem Mord stecken könnte.«

»Eine Verschwörung?«, fragte Maja. Sie fand die Vorstellung etwas lächerlich.

»Ich weiß es nicht …« Sebastian zuckte mit den Schultern. »Ich weiß es wirklich nicht.« Er nahm noch einen Schluck Glühwein, auch Maja nahm die Tasse wieder in die Hand. Er war ihr heute besonders gut gelungen, stellte sie zufrieden fest. Vielleicht etwas zu viel Nelke, aber ansonsten perfekt.

»Vielleicht wirst du den Mörder nie finden«, meinte Maja.

»Wieso das?«

»Weil er schon lange tot ist. Wie in diesem Roman von Dürrenmatt. Wo der Kommissar genau weiß, dass der Mörder ihm an diesem einen Tag in die Arme laufen wird. Doch er kommt nicht. Also wartet der Kommissar einen weiteren Tag. Und er wartet. Und wartet. Und wartet. Und er wird darüber alt. Und verrückt. Dann stirbt er. Und nach seinem Tod stellt sich heraus, dass der Mörder an jenem Tag, als der Kommissar ihn erwartet hat, einen Autounfall hatte und gestorben ist. Daher konnte er ihn nie schnappen.«

»Du meinst, auch in diesem Fall ist der Mörder bereits tot?«

»Kann ja sein«, sagte Maja. »Interessant jedenfalls wäre es. Wer weiß, vielleicht schmilzt im Frühjahr der Schnee, und die Leiche des Mörders kommt zum Vorschein.«

»Ja«, sagte Sebastian. Er lächelte nachdenklich. »Spannend wäre es …«

»Die Kinder fragen übrigens dauernd nach dir.«

»Die Kinder?«

»Meine Kinder. Also die Schüler.« Maja lachte.

»Die wissen von mir?« Sebastian schien geschmeichelt.

»Ich hab ihnen erzählt, dass ich mir einen süßen Polizisten geangelt habe. In dem Alter finden sie Polizisten noch total toll und aufregend.« Plötzlich hatte sie das Gefühl zu erröten. »Noch einen Glühwein?«, fragte sie schnell.

In diesem Moment klingelte Sebastians Handy.

»Verdammte Scheiße«, murmelte er. »Wenn das Anna ist …« Er rappelte sich aus dem Sofa und lief zu seiner Jacke. »Unbekannte Nummer«, murmelte er und nahm ab. »Ja? Möllner?« Maja trommelte etwas enttäuscht auf ihre Oberschenkel, dann leerte sie den restlichen Glühwein in einem Zug und lauschte dem Gespräch.

»Wieso – wer ist denn – was? Jetzt? Es ist gerade nicht sonderlich passend – Wirklich? – Wieso haben Sie – aber – Also gut, wo sind Sie denn gerade? – Nein, nein, ich komme vorbei – Wo genau? – Und wer … – nicht? – Aber woher wissen Sie dann … Gut, in zehn Minuten. Wir treffen uns vor dem Haus.« Sebastian legte auf. Als er zurück zum Sofa kam, wirkte er nachdenklich.

»Kein gemütlicher Abend zu zweit?«, fragte Maja.

Sebastian schüttelte den Kopf. Er schien wie ausgewechselt, doch es war nicht die Haut des seriösen Kommissars, in die er geschlüpft war. Maja bemerkte, dass sein Zeigefinger zitterte. »Ich muss in die Stadt.«

»Wieso?«

»Mein Bluff hat funktioniert«, murmelte er.

»Wieso? Ist der Mörder geschnappt?« Er sprach in Rätseln.

»Nein … Ich muss sofort los.« Er küsste Maja flüchtig auf den Mund.

»Was ist denn los?«

Sebastian zog sich seinen Mantel über. »Ich glaube, der Einsatz war zu hoch.«

30

Der Wagen pflügte sich durch Schneeverwehungen auf der Bundesstraße. Sebastian hatte die Heizung aufgedreht, doch der Motor war noch nicht warm. Ihm blies ein eiskalter Luftstrom ins Gesicht. Außer ihm war niemand auf der Straße. Der Himmel war blind und nebelverhangen, seit Tagen hatte man nachts keine Sterne mehr sehen können. Sebastian drosselte die Geschwindigkeit aufgrund einer gefährlichen Kurve.

Wenn Lars Breuer recht hatte, dann zählte jede Sekunde.

Nach fünf Minuten hatte Sebastian den Stadtrand erreicht. Er passierte den Westbahnhof.

Lars hatte ihn aus dem Bus angerufen, er war sicher schon dort. Sie hatten sich vor dem Haus verabredet. Sofienstraße. Er kannte die Gegend, er selbst wohnte keine vier Minuten entfernt.

Und während der ganzen Fahrt ließ ihn das Gefühl nicht los, dass das alles seine Schuld war …

Sebastian parkte den Wagen auf dem Parkplatz eines indischen Restaurants. Er lief die Straße hinab. Niemand war unterwegs, die Bewohner der Stadt hatten sich in ihre Wohnzimmer zurückgezogen, um vor dem Stress der Feiertage noch einen letzten entspannten Abend zu genießen.

»Herr Breuer!«, rief Sebastian. »Herr Breuer!«

Eine dunkelhaarige Gestalt im Anorak stand an einer Hausecke. Es war Lars. Er hielt den Zeigefinger vor den Mund. Sie begrüßten sich flüsternd.

»Ich bin so schnell gekommen, wie ich konnte«, sagte Sebastian. »Wo wohnt sie?«

»Dort oben«, sagte Lars. »Im ersten Stock. Ich bin vorgestern schon einmal hier gewesen, aber da hat sie nicht aufgemacht.«

»Wie heißt sie?«

»Sandra Scholz.«

»Sie war die dritte Person im Café Lichtenstein, habe ich recht? Sie war es, die in das Archiv der Klinik eingebrochen ist.«

Lars schien nicht einmal überrascht, dass Sebastian von dem

Einbruch wusste. Er zuckte mit den Schultern und sagte nur: »Ja, ja. Aber jetzt geht es um ihr Leben.«

»Gehen wir rein.«

Sie überquerten die Straße und gingen auf das niedrige Fachwerkhaus zu.

»Sie hat mir erzählt, dass im Nachbarhaus ein Mann eingezogen ist, der sie beobachtet hat«, meinte Lars, während Sebastian versuchte, die Haustür zu öffnen. »Sie meinte, er würde sie mit einem Fernglas beobachten. Sie hat Anrufe bekommen. Sie hat nachts oft das Gefühl gehabt, dass jemand vor ihrer Tür steht.« Seine Sätze brachen in einem Stakkato hervor, das ein lange aufgestautes Mitteilungsbedürfnis verriet. »Kommen Sie, hier hinten gibt es ein Gartentor, das nicht abgeschlossen ist.«

Sie rannten um das Haus, und Lars öffnete die Gartentür.

»Haben Sie mit ihr telefoniert?«, fragte Sebastian, als sie sich einen Weg durch das Gerümpel im Innenhof bahnten. Fast stolperte er über eine verrostete Schreibmaschine. Der Schein einer Straßenlaterne drang zwischen zwei Nachbarhäusern hindurch, ihr Licht beleuchtete ein Banner mit der Aufschrift »Keine Macht der Unfreiheit!« Es hing von einem der Balkone.

»Gechattet. Wir haben regelmäßig gechattet. Wir haben auch vorhin gechattet. Sie meinte, dass schon den ganzen Tag mehrere Personen das Haus bewachen. Dass die sich in der Wohnung im Haus gegenüber getroffen und irgendetwas besprochen hätten. Und dass sie bei ihr geklingelt haben. Dann wurde sie panisch. Jemand hat an ihrer Tür geklopft. Dann gerüttelt. Dann wurde versucht, ihr Türschloss aufzubrechen. Ich musste Sie anrufen, verstehen Sie? Es war schon bei Katia zu spät.« Sie hatten den Hof überquert. Lars öffnete die Hintertür.

»Beruhigen Sie sich, Sie haben das Richtige getan.« Sebastian betrat das Treppenhaus. »Hier rauf?«

Lars nickte. Die klapprige Holztreppe verursachte unter Sebastians Stiefeln einen unglaublichen Lärm. Er versuchte, leiser aufzutreten, schaffte es aber nicht.

»Hinten rechts«, sagte Lars.

Sebastian fasste sich an die Hüfte. Das kalte Metall war ungewohnt. Er hatte aus dem Wagen seine Dienstwaffe mitgenommen.

Die Tür mit dem handgeschriebenen »S. Scholz« über dem Spion war unversehrt. Einige Kratzspuren waren neben dem Schloss zu erkennen, doch erst bei näherem Hinsehen. Sebastian wies Lars mit einer Kopfbewegung darauf hin.

Er nickte energisch. Doch er gab keinen Ton von sich. Der Gang wurde von einer schwachen Energiesparlampe beleuchtet, in ihrem Schein wirkte Lars' Gesicht weiß wie Kreide. Mit der linken Hand wies Sebastian ihn an, einige Meter Abstand zu halten. Dann klopfte er.

»Frau Scholz?«, rief er. »Frau Scholz?«

Keine Antwort.

»Frau Scholz? Kriminalpolizei Tübingen! Sie können aufmachen, es besteht keine Gefahr.«

Doch innen rührte sich nichts. Sebastian bedeutete Lars, zu ihm zu kommen. »Sagen Sie etwas«, flüsterte er.

»Was soll ich denn ...« Doch dann rief er: »Sandra? Ich bin's, Lars. Wir sind gekommen, um dir zu helfen. Ich – äh – habe die Polizei verständigt, das hat doch so alles keinen Sinn mehr. Sandra!«

Sebastian seufzte. Er klopfte noch einmal, dann hielt er sein Ohr gegen die Tür. Aus dem Innern drang ein schwaches, streichendes Geräusch. »Ich höre etwas«, sagte er. »Da bewegt sich etwas. Was würden Sie sagen, Herr Breuer. Ist hier Gefahr im Verzug?« Er warf Lars einen ironischen Blick zu. Doch auch Sebastian war etwas mulmig zumute.

»Was?« Lars schien ihn nicht zu verstehen.

Sebastian ging einige Schritte zurück, nahm Anlauf und warf sich mit seinem ganzen Gewicht gegen die Wohnungstür. Das billige Holz gab sofort nach, das Schloss brach splitternd heraus. Er gab der Tür mit dem Fuß einen Stoß, dann schwang sie vollständig auf. »Bleiben Sie hinter mir.«

Im Innern der Wohnung war es dunkel, nur durch ein Fenster drang etwas Licht von der Straßenbeleuchtung herein. Sebastian benötigte einen Moment, um sich an die Dunkelheit zu gewöhnen. Es roch abgestanden, nach einem seit Tagen nicht geleerten Mülleimer. Nach Urin.

»Frau Scholz?« Sebastian stolperte über einige Schuhe, dann fand er den Lichtschalter.

Gelb- und Orangetöne dominierten. Vor den Sprossenfenstern hingen schwere Vorhänge, die sich auf dem Boden wie Brautschleppen um ein Designersofa legten. Überall standen palmenartigen Pflanzen, von denen einige schon vertrocknet waren. Eine kleine Küche war zwischen Bad und Wohnzimmer eingelassen, in der Spüle stand noch ungespültes Geschirr, der Wasserhahn tropfte. Neben der Mikrowelle lagen einige abgenagte Äpfel. Sebastian ging einige Schritte den Flur hinab, um das Wohnzimmer vollständig überschauen zu können. Ein Bett mit Eisengestell war ungemacht und zerwühlt. Daneben stand eine Yuccapalme.

»Schauen Sie sich das an«, murmelte er.

Die Palmenblätter wiesen deutliche Bissspuren auf. Lars betrachtete sie mit verstörtem Blick.

Aus dem Fenster konnte Sebastian tatsächlich in eine andere Wohnung gegenüber sehen, doch in dieser war das Licht nicht angeschaltet.

»Sandra?«, rief Lars.

»Sind Sie sicher, dass …?«, begann Sebastian.

Er hörte ein Klirren. Auch Lars hatte es bemerkt. Sie schauten beide in Richtung des Badezimmers. Sebastian legte den Zeigefinger auf den Mund und näherte sich der Tür. Sie war einen Spalt geöffnet, doch innen war kein Licht. »Frau Scholz?«

Keine Antwort. Er öffnete die Badezimmertür und knipste das Licht an.

Es war ein dunkler, fensterloser Raum. Fliesen und Waschbecken waren in Erdtönen gehalten, die Armaturen abgenutzt und verkalkt. Sebastian machte einen Schritt hinein. Er fuhr erschrocken wieder zurück, fasste sich jedoch schnell. Neben dem Wäschekorb kauerte eine vollkommen abgemagerte Katze. Sie war beim Versuch, aus der Toilette zu trinken, abgestürzt und hatte die Klobürste mitgerissen.

»Kommen Sie«, sagte Sebastian.

»Was ist …«

»Kommen Sie her!«

Lars näherte sich langsam und schaute Sebastian auf Zehenspitzen über die Schulter.

»Schauen Sie, ob Sie in der Küche irgendwas Essbares finden.«

Sebastian streichelte mit dem Daumen über das verschmutzte Fell der Katze. Das schwache Tier zwinkerte nur mit den Augen.

»Hat dich die Sandra vergessen«, murmelte Sebastian. »Hast du das ganze Obst gegessen und an der Palme geknabbert?« In der Toilette befand sich fast kein Wasser mehr. Einen Großteil hatte wahrscheinlich das Tier getrunken, der Rest war verdunstet. Weil auch im Krümmer kein Wasser mehr war, roch es sehr stark aus dem Abfluss des Waschbeckens.

Lars erschien mit einer geöffneten Dose Katzenfutter und einer Glasschale. Sebastian leerte das Futter vor dem Tier auf den Boden. Die Katze bewegte erschöpft den Kopf. Lars schob ihr mit der Hand das Futter unter die Schnauze und strich ihr über den Rücken. Sie begann langsam zu essen. Sebastian füllte die Schale mit Wasser und stellte sie daneben. Eine Weile lang betrachteten sie nur das fressende Tier.

»Herr Breuer …«, begann Sebastian, »sind Sie absolut sicher, dass Sie mit Sandra gechattet haben?«

Lars wandte den Blick nicht von der Katze. »Ja – ja, natürlich!«

»Haben Sie seit der Mordnacht einmal persönlich mit Sandra geredet? Haben Sie mit ihr telefoniert?«

»Nein … Nein, sie wollte nicht. Sie wollte nur über den Chat reden. Der ist SSL-verschlüsselt, wir haben …« Seine Atmung beschleunigte sich.

»Hat Henner Maier in dieser Zeit einmal mit Sandra telefoniert?«

»Sie haben auch immer nur gechattet. Wie gesagt, Sandra war ein bisschen paranoid, und … Ich weiß nicht …« Lars wandte den Kopf und schaute Sebastian hilfesuchend an. Er atmete jetzt wie nach einem Hundertmeterlauf.

Sebastian meinte, seine Verwirrung zu verstehen. Mit dem Eintreten der Tür hatte er Lars' gesamte Wahrnehmung der letzten Wochen in ihren Grundfesten erschüttert. Sebastian schätzte Lars Breuer als einen Menschen ein, der ein übergeordnetes System benötigte, um zu funktionieren, um seinen Intellekt zu steuern und zu zähmen. Wahrscheinlich war er schon sein ganzes Leben auf der Suche nach Ankern gewesen, die ihn an der Oberfläche des Alltages festhielten. Er hatte an Sandras Gefahr geglaubt, er hatte Angst um sie gehabt, er hatte an *sie* geglaubt. Vermutlich hatte er in den Wochen nach Katias Tod nur noch um Sandras willen funktioniert. Jetzt konnte Sebastian förmlich zusehen, wie Lars hinaus ins All getrieben wurde. Er wusste schlicht nicht mehr, woran er sich festhalten sollte.

Dann wurde seine Atmung wieder etwas ruhiger, regelmäßiger. Er schloss die Augen und fasste sich. »Henner hat vor ein paar Tagen versucht, mit Sandra zu reden. Er hat hier geklingelt.«

»Und?«

»Sie hat nicht geöffnet. Ich war auch hier …«

»Sie haben auch geklingelt?«

Er bejahte. »Und ich habe Geräusche gehört. Das war wohl die Katze. Ich wusste nicht, dass Sandra eine Katze hat. Ich dachte, es wäre Sandra. Ich dachte, sie schließt sich ein, weil …«

»Weil?«

»Sandra hatte öfter psychische Probleme. Ich habe es nicht persönlich miterlebt, aber sie hat sich schon mehrmals wochenlang in ihrer Wohnung eingeschlossen.«

Lars erzählte ihm von dem Vorfall mit dem eingebildeten Haarausfall.

»Sie hat sich das gesamte Kopfhaar ausgerissen?« Sebastian war von der Geschichte erstaunt.

»Auf ihrem Laptop haben wir ein paar tausend Bilder von ihrem Hinterkopf gefunden. Sie hat sich selbst von hinten fotografiert, um die kahlen Stellen sehen zu können.«

Sebastian atmete aus. Er nickte. »Aber Sie sehen ja selbst, Herr Breuer. Hier wohnt seit mindestens zwei Wochen kein Mensch mehr. Niemand war da, um die Katze zu füttern.«

»Aber Sandra – der Chat …«

»Haben Sie die Chat-Protokolle noch?«, fragte Sebastian.

»Nur die von vorhin«, erklärte Lars. »Die anderen habe ich alle gelöscht. Sandra wollte es so.«

Sebastian seufzte. »Herr Breuer …«

»Ich dachte doch, sie wäre in Gefahr. Was ist – was ist mit dem Fenster? Was ist mit der Wohnung – mit der gegenüberliegenden Wohnung – die dieser Mann gemietet hat? Er hat sie doch dauernd beobachtet.«

Sebastian stand auf und ging ins Wohnzimmer. Er warf einen Blick aus dem Fenster. »Kommen Sie her«, sagte er.

Lars kam näher und schaute hinaus. »Nein …«, sagte er leise.

Im Fenster gegenüber brannte jetzt Licht. Eine alte Frau saß vor ihrem Fernseher, es lief die »Tagesschau«.

»Ich verstehe das nicht«, sagte Lars. »Ich verstehe das alles nicht.«

»Da geht es Ihnen wie mir«, brummte Sebastian. Er schüttelte den Kopf. Dann klopfte er Lars auf die Schulter. »Kommen Sie. Ich lade Sie zu einem Kaffee ein.«

Sie saßen in einer Pizzeria in der Neckargasse. Aus dem Fenster konnte man den beleuchteten Hölderlinturm sehen, die Neckarinsel lag schwarz und still im Fluss. Am gegenüberliegenden Ufer leuchtete der Schriftzug des Schwäbischen Tagblatts an der Fassade des Redaktionsgebäudes. Es war halb elf. Vor Sebastian dampfte ein doppelter Espresso, von dem er nur winzige Schlucke nahm. Er schmeckte nicht. Normalerweise trank er seinen Espresso nur in einem kleinen Kaffeefachgeschäft in der Unterstadt.

Lars hatte während des Weges durch die Stadt bemerkt, dass er seit zwei Tagen nichts mehr gegessen habe. Sebastian hatte ihn zu einer Portion Spaghetti Carbonara eingeladen.

Sein Notizbuch hatte er in der Tasche gelassen. Sebastian notierte prinzipiell nur Dinge, von denen er fürchtete, er könnte sie vergessen. Nebensächlichkeiten. Doch von diesem Gespräch erwartete er nicht, dass er auch nur einen Satz vergessen würde. Sie hatten bisher wenig gesprochen. Auch während sie auf das Essen gewartet hatten, war Sebastian verzweifelt auf der Suche nach einem Gesprächsthema gewesen, mit dem er das Eis brechen könnte. Sie hatten sich schließlich über die geplante Stadtbahn unterhalten, die irgendwann in ferner Zukunft einmal über die Neckarbrücke fahren sollte. Doch Lars war nicht bei der Sache gewesen. Sebastian vermutete, dass er durch das tagelange Fasten ein wenig unterzuckert war.

»Wenn wir jetzt also zurückgehen – bis zum Anfang …« Sebastian beugte sich nach vorne und stützte die Ellbogen auf dem Tisch ab. Die Pizzeria war um diese Zeit fast leer, am Tresen unterhielten sich gelangweilt zwei Kellner.

Lars schaufelte sich eine Gabel Spaghetti in den Mund. »Wissen Sie denn nicht das meiste sowieso schon? Haben Sie mit Henner geredet?«

»Herr Maier hat gestanden, dass die Aktion von der PFI ausging. Dass Sie in das Uniklinikum eingebrochen sind, um die Dokumente zu entwenden. Aber ich würde es gerne noch einmal aus Ihrem Mund hören. Ich würde vor allem gerne wissen, wieso Sie und Henner Maier mir die ganze Zeit die Existenz von Sandra verschwiegen haben.«

Lars wandte den Blick vom Teller und schaute aus dem Fenster. »Sie haben ja das Video gesehen. Die Sache mit diesem Alfred Reinhard.«

»Ja.«

Lars' Gesicht wurde ernster. »Sie haben keine Ahnung, was das in mir ausgelöst hat. Wissen Sie, wie man sich fühlt, wenn man täglich in ein Universitätsgebäude geht, das einmal ein altes Wehrmachtslazarett war? Wissen Sie, was das Erste ist, was einen im Fakultätsgebäude der Informatik hier begrüßt?«

»Was?«

»Eine Ehrenhalle! Die gesamte Lobby ist eine mit Marmor ausgekleidete Ehrenhalle. Unter der Decke verläuft eine in den Stein gehauene Inschrift von den Nazis.« Lars bewegte die Hand durch die Luft. »Irgendwie ›Im Glauben an das deutsche Volk meistern wir das Schicksal‹ oder so ähnlich. In der Mitte der Halle, direkt beim Treppenaufgang, ist eine Nische in die Wand eingelassen. Darin stand einmal die Führerbüste. Die Handläufe im Treppenhaus sind mit stilisierten Hakenkreuzen in der Wand verankert. Da laufen täglich hunderte Menschen vorbei. Und es stört niemanden! Die ganzen Reliefs von ›aufrechten deutschen Soldaten‹, niemand regt sich darüber auf.« Lars legte die Gabel in den Teller. »Und man denkt die ganze Zeit: Ja, das ist vergangen. Die Universität lässt das aus historischen Gründen in diesem Zustand. Das habe ich mir auch eingeredet.«

»Und dann kam das Video«, meinte Sebastian.

»Ich wusste schon vorher von der Dokumentation. Ich habe Bücher über diese Zeit gelesen, direkt nach dem Krieg. Über die fünfziger Jahre. Über das Nazi-Personal, das man anstandslos einfach übernommen hat. Über die Tatsache, dass bis Anfang der sechziger Jahre alte Nazis ihre Kinder gerne nach Tübingen zum Studieren geschickt haben, weil man in der Stadt keine Spuren von Kriegsverwüstung sehen konnte. Da konnte man munter in der Illusion schwelgen, dass doch nicht alles so schlimm gewesen ist.

Und dann hatte ich diesen Zugang zum Netzwerk der Klinik in der Hand. Ich habe es Katia erzählt. Wir waren damals schon wieder auseinander. Katia meinte, ich könnte doch mal in den Verzeichnissen des Archivs stöbern. Um ehrlich zu sein, habe ich nicht damit gerechnet, etwas zu finden. Aber es war alles verzeichnet. Die Akten von Alfred Reinhard und noch mindestens ein Dutzend andere.«

Sebastian nickte. »Henner Maier hat mir davon erzählt.«

Lars berichtete von den Schwierigkeiten, in das Archiv der Klinik zu gelangen.

»Herr Maier hat gesagt, Katia hätte sich hinter einer Pflegerin hineinschleichen können.«

»Stimmt auch.«

»Katia war also im Archiv?«

»Zusammen mit Sandra.«

»Also ist Sandra Scholz …« Sebastian stellte die Espressotasse auf den Tisch.

»Sandra studiert Medizin und macht ihr Praxissemester an der Uniklinik. Katia kannte sie schon ewig, von irgendeiner interdisziplinären Veranstaltung zur Wissenschaftsethik. Ich und Katia haben den Plan entwickelt. Dann sind wir damit zu Henner. Wir wollten die ganze Sache als Aktion der PFI aufziehen. In den Medien ist immer nur die Rede von Greenpeace oder Attac. Wir wollten unseren eigenen kleinen Coup inszenieren. Katia hatte alles minutiös geplant. Sie hatte die nötigen Kontakt beim Schwäbischen Tagblatt. Und natürlich hätten wir unsere Quellen verschwiegen. Wir hätten es als anonymen Insider-Bericht aus der Uniklinik getarnt. Es wäre zumindest in Baden-Württemberg in den meisten Zeitungen erschienen. Das wäre eine riesige Publicity gewesen, auch für unsere Sache.«

»Also hat Sandra es Katia ermöglicht, ins Archiv einzubrechen. Hatte Herrn Maiers Freundin irgendetwas mit der Sache zu tun?«

Lars schob irritiert den Kopf zurück und runzelte die Stirn. »Claudia?« Er klang skeptisch. »Nichts! Gar nichts. Die würde das Parteiprogramm der FDP den Linken zuordnen. Politisch völlig uninteressiert.«

»Wissen Sie, wo Frau von Hege gerade ist? Wir versuchen seit Tagen, sie aufzufinden.«

»Soweit ich weiß, macht sie Urlaub auf den Seychellen.«

Sebastian seufzte. Anna war es immer noch nicht gelungen, sie ausfindig zu machen.

»Katia und Sandra waren gemeinsam im Archiv. Aber die Dokumente hat Katia an sich genommen.«

»Und wenige Stunden später war sie tot.«

Lars bejahte. »Wir wollten Sandra schützen, Herr Möllner. Henner und ich – wir wollten verhindern, dass Sandra das Gleiche passiert wie Katia. Sie hat mir ja immer geschrieben, dass sie Angst davor hatte.«

»Wovor?«

»Dass man sie auch umbringen würde.«

»Vor wem wollten Herr Maier und Sie Sandra schützen?«

Lars führte die Hand zum Kinn. Er schien seine Worte abzuwägen. Die Kellner am Tresen waren verschwunden, sie befanden sich jetzt alleine im Raum. »Na ja, vor Ihnen!«

»Vor mir?«, fragte Sebastian. Damit hätte er nicht gerechnet. Wieso sollten sie gerade *ihn* fürchten?

»Vor der Polizei. Vor der Staatsmacht. Die hätten Sie doch problemlos zum Vollstrecker ihres Willens machen können. Irgendwie hätte man es so hinbiegen können, dass Sie Sandra und mich verhaften. Dass Sie einen von uns sogar wegen Mordes an Katia Seligmann festnehmen! Was glauben Sie, wieso die mit dem Benutzerkonto, das ich erstellt habe, auf ihren eigenen Servern Amok gelaufen sind? Ich habe es Ihnen doch gesagt. Alles, um den Verdacht auf mich zu lenken. Das wollten Henner und ich Sandra ersparen.«

»Mit ›die‹ meinen Sie die Universitätsklinik?«

Lars nickte. »Ein weiterer Mord wäre aufgefallen. Die konnten ja nicht damit rechnen, dass Sie das Schlafmittel in Katias Leiche finden.« Er musste aus irgendeinem Grund lachen. »Und Sandra war neben Katia die Einzige, die gesehen hat, was in den Patientenakten stand!«

»Sie hatten nie Einblick?«

Er schüttelte den Kopf. »Auch Henner nur kurz. Nur Katia und Sandra. Und jetzt – Katia wollte sich mit mir treffen. Ich habe in der Nacht nach dem Einbruch eine Mail von ihr bekommen.«

»Eine Mail? Wann war das?«

»Gegen halb vier, glaube ich. Henner und ich haben im Café Lichtenstein auf Sandra gewartet. Sie kam kurz nach Mitternacht und meinte, dass alles problemlos abgelaufen wäre und die Dokumente der Hammer wären. Sandra ist dann nach Hause. Sie wohnt ja in der Nähe vom Marktplatz. Und Katia ist schon von der Klinik aus direkt zu sich nach Hause gefahren. Um die Dokumente durchzuschauen und zu sichern.«

Sebastian setzte sich aufrechter. »Was meinen Sie mit ›sichern‹?« Gab es etwa weitere Exemplare?«

»Kopien machen. Der ursprüngliche Plan war, dass wir die Dokumente am nächsten Tag wieder zurückzubringen. Niemand sollte mitbekommen, dass die Akten das Archiv je verlassen hatten.«

»Katia hat Kopien von den Akten angefertigt?«

Lars betrachtete ihn aufmerksam. »Soweit ich weiß, hat sie die Dokumente eingescannt.«

Sebastian atmete enttäuscht aus. »Ihren Laptop haben wir nie gefunden.«

»In dieser Nacht hat sie mir jedenfalls eine Mail geschickt. Sie wollte sich mit mir am nächsten Morgen in der Uni treffen. Sie hat geschrieben, es wäre wichtig. Aber ich habe die Mail zu spät gelesen. Eine SMS konnte sie mir nicht schicken. Katia hatte ihr Handy irgendwo vergessen, und –«

Sebastian unterbrach ihn. »Moment. Frau Seligmann hatte ihr Handy nicht mehr bei sich?«

Lars zuckte mit den Schultern. »In der Mail meinte sie, dass sie es irgendwo liegen gelassen hatte. Eine SMS hätte ich früher gelesen, die hätte mich geweckt. Aber die Mail – es war schon halb neun, als ich aufgestanden bin. Und als ich dann im Hörsaal ankam, war sie schon tot. Und die Patientenakten hatte der Mörder mitgenommen. Ihren Laptop auch.«

»Was, denken Sie, stand in den Akten?«

Lars begann, an seinem Daumen zu nagen. Bevor er zu sprechen begann, schaute er sich mehrfach im Raum um. Obwohl die Kellner nicht wiedergekommen waren, flüsterte er. »Sandra meinte, sie hätten auch Hinweise darauf gefunden, dass die Menschenversuche von oberster Stelle genehmigt waren. Dass jeder es wusste, auch in der Landesregierung. Dass noch heute alte Seilschaften existieren, die bis nach Stuttgart reichen.«

»Herr Breuer, Sie müssen aufpassen, dass Ihnen das Bezugssystem nicht verloren geht. Behalten Sie im Hinterkopf, dass die Person, die sich im Chat als Sandra Scholz ausgegeben hat, eventuell gar nicht Sandra Scholz war.«

»Es war Sandra. Da bin ich mir sicher. Sie hat mir Dinge geschrieben, die nur Sandra wissen konnte. Abläufe der Tatnacht und so.«

»Gab es irgendwann einen Zeitraum, in dem Sie längere Zeit nicht mehr mit Sandra gechattet haben?«

Lars senkte den Blick auf seine Spaghetti. Er schien zu überlegen. »Ja ... wenn Sie mich so fragen. Es gab wirklich ein paar Tage, in denen sie sich nicht gemeldet hat. Deshalb habe ich Henner zu ihrer Wohnung geschickt, um nachzuschauen.«

»Und er stand vor einer verschlossenen Tür. Sandra war schon damals nicht mehr in ihrer Wohnung, Herr Breuer.« Sebastian zog sein Handy heraus und wählte eine Nummer. »Wissen Sie zufällig, wo Sandra Scholz' Eltern wohnen?«

»Soweit ich weiß, sind sie beide bei einem Autounfall gestorben, als sie in der dreizehnten Klasse war. Das war, glaube ich, der Auslöser für ihre Depressionen.«

Sebastian nickte. Es wurde abgenommen.

»Kugler?«

»Sebastian. Anna, kannst du eine Vermisstenmeldung rausgeben?«

»Für wen?«, fragte Anna. Sie klang etwas müde.

»Sandra Scholz. Wie man es spricht. Mit Z. Alter – äh ...« Sebastian schaute zu Lars.

Dieser sagte leise: »Dreiundzwanzig.«

»Dreiundzwanzig«, sprach Sebastian in sein Handy. »Genaue Größe unbekannt. Eher klein. Haarfarbe blond. Sofienstraße 3.«

»Seit wann wird sie vermisst?«

»Seit dem 8. Dezember.«

»Seit dem 8.?« Anna klang mit einem Schlag hellwach. »Du meinst …«

»Ja, es gibt einen Zusammenhang zum Mordfall Seligmann. Ich erkläre dir später mehr. Ich sitze gerade an der Neckarbrücke und trinke Espresso. Mit Lars Breuer.«

»Mit Breuer?«

»Ich erklär's dir nachher. Ach ja, die Eltern von Sandra Scholz sind übrigens seit Jahren tot. Autounfall. In dieser Richtung werdet ihr also nichts finden. Bis später.« Sebastian legte auf. »Essen Sie das noch?«, fragte er Lars. Auf seinem Teller lag noch eine halbe Portion Spaghetti Carbonara. Sie war inzwischen kalt geworden.

»Nein.« Lars schüttelte den Kopf.

»Sie haben das Protokoll Ihres letzten Chats auf dem Handy gespeichert?«

Lars bestätigte durch ein Kopfnicken.

»Würde es Ihnen etwas ausmachen, noch mit mir aufs Revier zu kommen? Es ist jetzt …«, er warf einen Blick auf seine Armbanduhr, »kurz vor elf. Sie sind bis spätestens ein Uhr wieder zu Hause. Das verspreche ich Ihnen.«

Lars stand auf und schlüpfte in seine Jacke. »Ich gehe selten vor vier ins Bett.«

31

Sebastian hatte im »Bunker« einen Beamer aufstellen lassen, der ein staubdurchwabertes Lichttrapez gegen die Raufasertapete warf. Im Raum befanden sich außer ihm Lars Breuer, Anna und Walter Schrebenhuber, der IT-Experte der Kripo. Schrebenhuber war ein rundlicher Mann mit Glatze, der immer einen etwas arroganten Gesichtsausdruck hatte. Er trug Bluejeans und Flanellhemd.

Lars' Smartphone war per Bluetooth-Verbindung mit einem Laptop verbunden, hinter dem Schrebenhuber und Lars sich einen Bildschirm teilten. Sie hatten das Chat-Protokoll auf den Laptop geladen. Der Beamer projizierte es gegen die Wand. Sebastian und Anna saßen auf unbequemen Cafeteria-Stühlen und lasen das Gespräch.

Sandra: lars ich weiß nicht was ich tun soll
Sandra: ich muss weg aus tübingen
Lars: wie geht es dir?
Sandra: nicht gut
Sandra: du, es tut mir leid, dass ich dir nicht aufgemacht habe vorgestern
Lars: schon okay
Lars: wovon lebst du eigentlich?
Sandra: von nudeln, hauptsächlich
Sandra: wünschst du dir nicht manchmal auch, dass das alles aufhören würde
Lars: ja
Sandra: ich würde so gerne verschwinden, lars
Sandra: einfach so
Sandra: ohne meinen verwandten etwas zu sagen
Sandra: mich einfach in luft auflösen

»Bemerkst du etwas?«, fragte Sebastian Anna.

Anna kratzte sich am Kopf. Sie sah müde aus, es war ihre erste Nachtschicht seit Wochen. »Wer immer sich hier als Sandra Scholz ausgibt, bereitet uns hier darauf vor, dass Frau Scholz irgendwann in den nächsten Wochen als vermisst gemeldet werden wird.«

»Genau«, sagte Sebastian. »Wer immer da am anderen Ende der Leitung gesessen hat, *weiß* bereits, dass Frau Scholz verschwunden ist.« Er wies mit der Hand auf die Projektion. »Zeigen Sie die nächste Seite, Herr Breuer.«

Sandra: wünschst du dir nicht auch, dass über die ganze sache endlich gras wächst?
Lars: vor ein paar tagen wäre ich froh darüber gewesen
Lars: aber jetzt nicht mehr
Sandra: was meinst du?
Lars: ich will wissen, wer katia umgebracht hat
Lars: und selbst wenn es den größten skandal verursacht, den das land je gesehen hat
Lars: aber ich bin es ehrlich gesagt wirklich leid, mich hier verbunkern zu müssen
Lars: dieses ganze beschissene versteckspiel
Lars: ich halte es nicht mehr aus
Sandra: genau das wollen sie doch erreichen
Sandra: dass du mürbe wirst!
Sandra: dass du zur polizei gehst
Sandra: genau das wollen sie doch
Sandra: und dann haben sie dich
Sandra: vergiss nicht, dass du derjenige warst, der sich ins netzwerk gehackt hat
Lars: das weiß die polizei
Sandra: was wenn sie noch einmal versuchen, dich verdächtig zu machen?
Sandra: denkst du, du würdest es noch mal packen?
Sandra: alles abzustreiten
Lars: hm
Sandra: es tut mir leid, dass ich heute so negativ bin
Sandra: ich schaffe das nur alles nicht mehr

»Ich habe ihr nie davon erzählt«, rief Lars.

»Was?«, fragte Sebastian.

»Sehen Sie das?« Lars zeigte auf die Projektionsfläche. »Sie hat davon geredet, dass es einen erneuten Versuch geben könnte, mich verdächtig zu machen. Mich anzuschwärzen. Sie spielt auf die Sache mit dem Benutzerkonto an. Auf meine Verhaftung.«

»Davon haben Sie nie etwas erzählt?«

»Nein«, beteuerte er. »Niemals.«

Sebastian wechselte einen Blick mit Anna. »Hätte Herr Maier ihr davon erzählen können?«

Lars schüttelte den Kopf. »Henner hat auch schon seit Tagen versucht, mit ihr in Kontakt zu treten. Ohne Erfolg. Er war ja auch bei ihr an der Wohnung und hat die Geräusche der Katze für Sandra gehalten. Nein, sie konnte das nicht wissen.«

»Das würde bedeuten, dass die Person, die hier mit Ihnen gechattet hat, Sie auch angeschwärzt hat«, meinte Sebastian. Er wandte sich an Anna. »Bemerkst du, wie sie ihn wie besessen davon abbringen will, mit der Polizei zusammenzuarbeiten?«

»Der Täter will Ruhe in die ganze Sache bringen. Mögliche Zeugen ausschalten. Das ist eine bequeme Weise. Er sitzt irgendwo in einem Internetcafé, gibt sich als Sandra Scholz aus und steuert die einzigen Zeugen, die gefährlich für ihn werden könnten, per Bildschirm. Henner Maier und Sie, Herr Breuer.«

»Sie meinen«, sagte Lars, »ich habe mit Katias Mörder gechattet?«

»Höchstwahrscheinlich«, sagte Anna.

»Kannst du herausfinden, von wo aus dieser Chat geführt wurde, Walter?«

Schrebenhubers dicke Finger flogen über die Tastatur, doch Lars schüttelte bereits den Kopf.

»Ich hätte es über eine Analyse des Netzwerkverkehrs herausfinden können«, meinte Schrebenhuber. »So ein Smartphone ist im Grunde ein vollwertiger Computer. Aber die Protokollierung wurde deaktiviert. Keine Chance mehr, sobald die Verbindung beendet wurde.«

»Ich habe die Protokollierung aus Sicherheitsgründen ausgeschaltet«, sagte Lars. »Aus Gründen der Privatsphäre.«

Sebastian brummte: »Nächste Seite.«

Sandra: irgendetwas stimmt nicht
Lars: was meinst du?
Sandra: die wohnung gegenüber
Sandra: der typ, der mich seit tagen beobachtet
Sandra: sie haben sich vorhin dort getroffen

Lars: wer?
Sandra: mehrere männer
Lars: denkst du, sie planen irgendetwas?
Sandra: ich weiß nicht …
Sandra: sie haben jetzt die wohnung drüben verlassen
Sandra: schon vor einer halben stunde
Sandra: ich glaube, jemand ist vor meiner tür
Lars: sandra??

»Schnitt«, sagte Sebastian. »Der Vorhang fällt. Jetzt hat der Täter den Boden bereitet für sein grandioses Finale. Herr Breuer, Sie meinten, dann wäre ein Pause eingetreten?«

»Ja«, antwortete Lars. »Sie …« Lars korrigierte sich. »Also – der Täter ist im Chat geblieben. Aber es wurde nichts mehr geschrieben. Da kam nichts mehr.«

»Für wie lange?«

»Etwa fünfzehn Minuten. Ich habe mir etwas zu trinken geholt.«

»Der Täter hat sich sicher gefühlt. Sonst hätte er sich nicht so viel Zeit genommen«, erklärte Anna.

»Er wollte es möglichst echt wirken lassen«, sagte Sebastian. »Zur perfekten Illusion gehören immer auch Auslassungen. Nächste Seite …«

»Nach ein paar Minuten kam dann das hier«, sagte Lars und scrollte das Protokoll auf die nächste Seite.

Sandra: oh gott
Sandra: lars!!!!
Lars: was?
Lars: was ist?
Sandra: da ist jemand an meiner tür!
Sandra: da ist jemand an meiner TÜR!!!!!
Lars: wer??
Sandra: ich glaube diese männer aus der wohnung gegenüber!
Sandra: die haben *sie* geschickt!
Sandra: unten auf der straße stehen auch zwei
Sandra: das ist alles geplant gewesen
Sandra: oh gott, sie stehen draußen
Sandra: sie kratzen an meinem schloss herum
Lars: du musst die polizei anrufen!!

Sandra: nein! genau das wollen sie doch
Sandra: es hat geklopft
Sandra: lars es hat geklopft
Lars: mach nicht auf
Lars: ich komme vorbei
Lars: ich komme sofort vorbei
Sandra: nein, die bewachen das ganze haus
Sandra: komm auf keinen fall vorbei, hörst du
Sandra: du musst an deine eigene sicherheit denken
Sandra: oh gott lars jetzt versuchen sie die tür aufzubrechen
Sandra: SIE VERSUCHEN DIE TÜR AUFZUBRECHEN
Sandra: KOMM AUF KEINEN FALL VORBEI, SONST BEKOMMEN SIE DICH AUCH
Sandra: Sandra has left the session.

»Fanden Sie das glaubwürdig?«, fragte Sebastian.

»Wieso hätte ich misstrauisch sein sollen?«

»Ist Ihnen nicht aufgefallen, wie ausdrücklich sie darauf besteht, dass Sie nicht vorbeikommen sollen?«, fragte Anna. »Ist Ihnen das nicht verdächtig vorgekommen?«

Lars schaute sich verzweifelt um. »Aber es passte doch zu ihrem Verhalten in den Tagen davor. Sie wollte immer, dass wir völlig getrennt agieren, bis die Sache vorüber ist. Damit sie im schlimmsten Fall nur einen von uns erwischen.« Schrebenhuber war inzwischen aufgestanden und hatte die Arme missmutig vor dem Bauch verschränkt. Er atmete schnaubend aus. Sebastian warf ihm einen finsteren Blick zu.

»Und dann ist sie aus dem Chat verschwunden«, sagte er.

Lars bejahte. »Ich bin sofort zum Bus gerannt. Ich hab etwa zehn Minuten bis runter in die Stadt gebraucht. Aus dem Bus habe ich dann Sie angerufen.«

Anna sagte: »Die Frage ist: Was wollte der Täter mit diesem ganzen Spiel erreichen?«

»Abschreckung natürlich.« Sebastian war in den letzten zehn Minuten immer tiefer in seinen Designerstuhl gerutscht. Er rappelte sich wieder auf. »Totale Abschreckung. Es sollte in jedem Fall verhindert werden, dass Sie, Herr Breuer, irgendwann auf die Idee kommen, zur Polizei zu gehen. Wahrscheinlich hat der Täter auch Abschreckungsmaßnahmen geplant, die Sie direkt treffen sollten.«

»Ich bekomme seit Tagen Anrufe«, sagte Lars.

Anna und Sebastian öffneten den Mund. Schrebenhuber verdrehte die Augen.

»Anrufe?«, fragte Sebastian.

»Es klingelt. Ich nehme ab. Am anderen Ende ist nur leises Atmen zu hören.«

Sebastian warf Anna einen Blick zu.

»Das geht schon seit Katias Tod so. Seit Tagen verfolgt mich ein schwarzer Mercedes.«

»Ein schwarzer Mercedes?«, entfuhr es Sebastian. Er musste an Maja denken. Aber ein Zusammenhang war völlig ausgeschlossen. Schnell senkte er wieder seine Stimme. »Sind Sie sicher?«

»Er steht pünktlich jeden Abend unten vor dem Wohnheim. Ich habe sogar das Kennzeichen.« Lars nahm einen Kugelschreiber und schrieb die Zeichenfolge auf den Rand eines der Protokolle, die vor ihm ausgebreitet lagen. »Denken Sie, das war auch der Täter?«

»Möglich«, murmelte Sebastian. »Für mich klingt das aber eher nach mehreren Personen.« Er betrachtete das Kennzeichen. S-FL-445. »Stuttgarter Nummer«, murmelte er.

»Sollen wir den Halter ermitteln?«

»Ja. Machst du das nachher gleich, Anna?«

Sie nickte, dann wandte sie sich an Lars. »Man wollte Sie einschüchtern. In jedem Fall sollte Ihre Zusammenarbeit mit der Polizei verhindert werden.«

Niemand entgegnete etwas darauf. Sebastian starrte auf das Fliesenmuster des Bodens. Lars schien in ähnlicher Weise paralysiert zu sein. Seine Hände lagen auf den Knien, sie hatten sich im Verlauf des Chatprotokolls immer stärker verkrampft.

Nur Schrebenhuber, der in den Fall höchstens einen oberflächlichen Einblick hatte, war gelassen. Er löste die verschränkten Arme und blickte zu Sebastian. »Sollen wir das jetzt irgendwie sichern? Oder ausdrucken, falls die Staatsanwaltschaft eine Kopie haben will?«

»Ja.« Sebastian war nur mäßig interessiert. »Sicher es. Druck es aus.«

Lars' Handy begann zu klingeln.

»Wollen Sie nicht rangehen?«

Lars nahm sein Smartphone in die Hand. »Das ist kein Anruf«, sagte er. Seine Stimme klang hohl, blechern. »Das ist eine Chat-Nachricht. Sandra hat mir geschrieben.«

Sebastian fiel fast vom Stuhl. Auch Anna richtete sich blitzartig auf.

»Sandra Scholz?«, rief Sebastian. »Jetzt gerade?« Er erhob sich. Auch Anna stand auf. Sie bildeten zusammen mit Schrebenhuber einen Halbkreis hinter Lars.

»Ja … Schauen Sie.« Er hielt Sebastian das Smartphone vor die Nase.

»Kannst du das auf den Beamer bekommen, Walter?«

»Nein, so auf die Schnelle geht das nicht.«

»Was schreibt sie?«, fragte Anna. »Was schreibt sie?«

Auf dem Display war die aktuelle Uhrzeit zu sehen, dann folgte:
Sandra: Hey.

»Was soll ich zurückschreiben?« Lars' Stimme überschlug sich, das Smartphone zitterte in seiner Hand.

Sebastian wusste es nicht. Zum ersten Mal in diesem Fall hatte er keine Ahnung mehr, was zu tun war. »Schreiben Sie …«, begann er. »Begrüßen Sie sie auch. Fragen Sie, ob alles in Ordnung ist.«

Lars tippte.

Lars: hey
Lars: ist alles in ordnung?
Lars: ich habe mir sorgen gemacht
Sandra: wo bist du gerade?

»Zu Hause«, sagte Sebastian.

Lars: bei mir zu hause
Lars: ich hab mir sorgen gemacht
Lars: was war denn los?
Sandra: ich weiß nicht
Sandra: ich glaube jemand hat versucht, mein schloss aufzubrechen
Sandra: aber sie haben es nicht geschafft
Sandra: dann habe ich geschrien
Sandra: und dann sind sie verschwunden
Sandra: ich glaube, die haben gedacht, es wäre niemand zu hause
Lars: gott sei dank ist dir nichts passiert …

»Walter, kannst du herausfinden, wo der Chat-Partner gerade sitzt?«, fragte Sebastian. Eventuell war ein Zugriff noch möglich, wenn sie schnell genug waren. »Kannst du die IP-Adresse jetzt herausfinden?«

»Natürlich«, sagte Schrebenhuber. »Ich muss nur –«

»Ich kann es«, unterbrach Lars ihn. Er öffnete mit einer Tastenkombination eine transparente Eingabezeile und tippte einige Befehle. Sebastian schaute ihm über die Schulter. Die Buchstabenkombinationen waren ihm völlig unverständlich, die Befehle bestanden nicht einmal aus sinnvollen Worten. »*Grep magic«,* sagte Lars und zeigte ein verschämtes Lächeln. »Die Betriebssysteme von diesen Smartphones hier sind alle Unix-basiert, und …« Er verstummte und starrte auf den Bildschirm. Dann bat er um ein Blatt Papier. Anna reichte ihm einen Notizzettel. Lars schrieb die IP-Adresse darauf und überreichte sie Sebastian, der sie Schrebenhuber in die Hand drückte. Ihm fiel auf, dass Lars merklich blasser geworden war.

»Es ist jetzt halb zwölf«, murmelte Schrebenhuber. »Bei der Staatsanwaltschaft arbeitet Schöll immer bis spät in die Nacht. Es müsste möglich sein, da eine kurzfristige richterliche Anordnung für den Netzbetreiber zu bekommen. Dann hätten wir die Adresse.«

Sebastian verzog den Mund. Selbst im besten Fall würde es mindestens eine halbe Stunde dauern. Zu lange.

Schrebenhuber verschwand mit dem Zettel.

»Das ist, glaube ich, gar nicht nötig«, sagte Lars leise. »Ich glaube, ich haben diesen Netzanteil der IP-Adresse schon mal gesehen.«

Doch Sebastian beachtete seine Bemerkung nicht, denn eine weitere Nachricht war auf dem Display erschienen.

Sandra: mir reicht es

»Schnell, antworten Sie«, sagte Sebastian. »Ziehen Sie das Gespräch so lange wie möglich weiter.«

Lars tippte eine Antwort.

Lars: was meinst du?

Sandra: ich muss hier weg

Sandra: ich hab einen flug gebucht

»Wirken Sie erstaunt«, meinte Sebastian. »Fragen Sie, wohin.«

Lars: einen flug??
Lars: wohin denn?
Sandra: denkst du, die lassen mich hier das studium beenden?
Sandra: die finden mittel und wege, mir das studium zur hölle zu machen
Sandra: ich fliege morgen
Sandra: mal schauen, was sich dort so ergibt
Lars: wohin denn?
Lars: wohin willst du denn?
Sandra: ich habe von frankfurt aus einen flug nach rio
Sandra: mach dir keine sorgen
Sandra: ich habe seit dem tod meiner eltern eine menge geld auf dem konto
Sandra: ich kann mich im notfall mindestens zwei jahre durchschlagen
Sandra: du wirst wahrscheinlich nichts mehr von mir hören
Sandra: von henner habe ich mich schon verabschiedet
Sandra: und hiermit verabschiede ich mich von dir

»Widersprechen Sie nicht«, sagte Sebastian. Er hatte Angst, die Gegenseite vor den Kopf zu stoßen und das Gespräch damit zu beenden. »Versuchen Sie noch ein letztes Mal, sie davon abzubringen. Aber nicht übertreiben.«

Lars: bist du dir wirklich sicher, dass das das richtige für dich ist?
Sandra: ja
Sandra: auf jeden fall
Sandra: sie haben es geschafft
Sandra: die haben mich fertiggemacht
Sandra: ich kann nicht mehr
Sandra: ich muss jetzt gehen
Sandra: vielleicht sehen wir uns irgendwann mal wieder
Sandra: ciao
Lars: ok …
Sandra: Sandra has left the session.

»Sie ist offline«, sagte Lars. »Sie ist aus dem Chat gegangen.«

»Ich sehe es«, sagte Sebastian.

»Nicht mal ein Wort über ihre Katze. So dilettantisch«, stammelte Lars. »Die echte Sandra …« Er verstummte.

Anna sagte: »Jetzt hat er es geschafft. Wenn Sandra Scholz in einigen Wochen als vermisst gemeldet worden wäre, hätte man ihr Umfeld befragt. Man hätte Henner Maier befragt. Man hätte *Sie* befragt, Herr Breuer. Und Sie hätten beide übereinstimmend ausgesagt, dass Sandra sich verabschiedet hätte. Richtung Südamerika.«

»Die Flüge wären in diesem Fall nicht überprüft worden«, sagte Sebastian. »Zu viel Aufwand, kein Verdacht. Man wäre davon ausgegangen, dass sie das Land verlassen hat. Und da sie keine näheren Verwandten mehr hat ...«

»Die Suche wäre eingestellt worden. Sandras näheres Umfeld wäre irritiert gewesen. Aber man hätte eine Erklärung geben können. Die Auswanderin. Nach einem Jahr hätte jeder nur noch von ›der Sandra, die nach Südamerika gegangen ist‹ geredet. Und in Wahrheit ...«

»In Wahrheit ist sie schon seit Tagen tot«, sagte Sebastian.

Lars riss die Augen auf. Er saß zusammengesunken auf dem Stuhl, in der Hand hielt er noch das Smartphone. »Sie denken ...?«

»So hart es klingt«, sagte Anna. »Aber es ist in diesem Moment das Wahrscheinlichste. Ihr ist das Gleiche zugefügt worden wie Katia Seligmann.«

Sebastian überlegte. In den letzten drei Wochen hatte es außer Katia Seligmann keinen Leichenfund in ihrem Zuständigkeitsbereich gegeben.

Lars sagte nichts mehr. Sein Blick war müde. Er legte das Smartphone auf den Tisch, senkte den Kopf und schien die Fliesen auf dem Boden zu zählen. Kurze Zeit später schlief er ein. Anna und Sebastian wandten sich um, als sie sein Schnarchen hörten, dann grinsten sie sich an. Der Stress war zu viel für Lars Breuer geworden.

Sie unterhielten sich leise, ab und zu eine Bemerkung oder ein Gedanke zum Fall. Sie warteten darauf, dass Schrebenhuber ihnen den Besitzer der IP-Adresse nennen konnte, von der aus der Täter sich als Sandra Scholz ausgegeben hatten. Doch Sebastian machte sich keine Illusionen.

»Es wird ein Internetcafé sein. Es war auch beim letzten Mal ein Internetcafé, als ihr Lars festgenommen habt.«

»Du meinst, das war dieselbe Person?«

»Ich hoffe es. Denn ansonsten haben wir es mit einer Gruppe zu tun. Oder – mit einer Organisation. Oder mit etwas ganz anderem.« Sebastian erinnerte sich an das Gespräch mit Lars in der Pizzeria. »Hast du gewusst, dass die Verankerungen, also diese Dinger, die in Treppenhäusern die Handläufe an der Wand halten, hast du gewusst, dass das in der Uni oben auf dem Sand stilisierte Hakenkreuze sind?«

»Was?«

»Lars hat es mir erzählt.«

»Ist gut möglich«, sagte Anna. »Der Komplex wurde im Dritten Reich als Lazarett gebaut.«

»Und in der Eingangshalle ist direkt unter der Decke irgendeine Nazi-Scheiße eingemeißelt. Das hat ihn ziemlich mitgenommen.« Sebastian wies auf den schlafenden Lars.

»Was hältst du von ihm?«

»Er ist leicht zu beeindrucken«, entgegnete Sebastian. »Er versucht seit Jahren, irgendwie seine Augen zu schließen.«

Anna verdrehte die Augen. »Du sprichst in vollständigen Rätseln.«

»Ich glaube, für schizophrene Köpfe ist die Beschäftigung mit der Mathematik der Tod und die Beschäftigung mit der Informatik die Rettung.«

»Ich habe nicht die geringste Ahnung, wovon du redest.« Anna gähnte. Sebastian wurde davon angesteckt.

Er musste an die weiteren Ermittlungen denken. »Ach, Scheiße«, murmelte er.

»Was?«

»Wir sind in einer Sackgasse. Jede Minute kommt Walter hier rein und sagt uns, dass der Chat von irgendeinem Internetcafé in Reutlingen geführt worden ist.«

»Befürchtest du das, oder hoffst du das?«

Doch Sebastian antwortete nicht. In diesem Moment betrat Schrebenhuber den Raum. Seine lauten Schritte hallten im »Bunker«, und Lars zuckte im Stuhl zusammen. Er öffnete verschlafen die Augen.

»Und?«, fragte Sebastian.

»Ich habe die Verfügung erhalten. Ich habe die Adresse. Es ist kein Privatanschluss.«

»Ich wusste es.« Sebastian schaute zu Anna. »Ich hab's doch gesagt. Wo ist es?«

»Ich war überrascht.« Schrebenhuber drückte ihm ein bedrucktes Blatt Papier in die Hand.

Sebastian las die Adresse. Otfried-Müller-Straße. Ihn überkam das Gefühl eines freien Falles. Er reichte das Papier Anna.

»Das verstehe ich nicht«, sagte sie. »Die Klinik auf dem Schnarrenberg? Der Chat wurde aus der Uniklinik heraus geführt?«

Lars senkte den Kopf.

Sebastian verließ den Raum und trat auf den Gang. Er hoffte, den Sonnenaufgang zu sehen, doch es war zu früh. Draußen vor den Fenstern herrschte die eiskalte, dunkle Winternacht.

32

»Der Schnee wird dieses Jahr spät schmelzen.«

»Woher willst du das wissen, Mama?«

Sebastian bemerkte, dass Maja ihm von der Seite einen ironischen Blick zuwarf. Sie stieß ihn unter dem Tisch an. Er lächelte leicht und mit gesenktem Kopf.

»Erfahrung, Schatz. Jahrzehntelange Erfahrung. Und vergiss nicht, dass ich auf einem Bauernhof aufgewachsen bin und als Kind …«

»… regelmäßig die Eiszapfen auf der *Innenseite* meines Fensters abschlagen musste«, sang ein Chor von mindestens sechs Mündern. Unter ihnen befanden sich außer Maja noch ihr Bruder Thomas, der Sebastian gegenübersaß, und ihr Vater, der sich ihm sofort als Werner vorgestellt hatte. Er saß am Kopfende des Tisches.

Die dezent festlich gehaltene Tafel deutete das Weihnachtsfest nur an. Es war bereits Mitte Januar. Weil Majas Eltern und ein Großteil der Familie die Feiertage regelmäßig im Urlaub verbrachten, hatte man sich vor Jahren darauf geeinigt, Weihnachten am ersten Wochenende nach den Ferien zu feiern. Sebastian hatte sich mit Maja in Schwäbisch Hall getroffen, wo ihre Eltern sich in den frühen achtziger Jahren ein Haus gebaut hatten.

Rechts von Sebastian saßen außerdem Majas Onkel, ihre Tante sowie Thomas' Ehefrau Lisa, die sich Sebastian mit ihrem Beruf (Immobilienmaklerin) vorgestellt hatte. Majas postpubertäre Cousinen saßen schweigend am anderen Ende des Tisches. Sebastian bemerkte, dass sie sich gelegentlich einen Blick zuwarfen, der bedeuten sollte: nur noch zwei Stunden. Sebastian hatte bisher fast überhaupt nichts gesagt, er hoffte darauf, dass Maja ihm irgendwann ein Thema zuspielen würde.

»Die Geschichte erzählt sie jeden Winter«, sagte Maja ihm jetzt. Das Gespräch hatte lange von der bevorstehenden Landtagswahl gehandelt, bis Thomas eingeworfen hatte, dass Temperaturen von unter zehn Grad die Wahlbeteiligungen massiv drücken könnten.

»Man bekommt eben ein Gespür für die Natur, wenn man auf

dem Land aufwächst, Maja. Man lernt, die Zeichen des Winters zu deuten.«

»Du klingst wie eine Philologin der Jahreszeiten, Sabine«, sagte Majas Vater lachend.

»Eben nicht, Werner. Es ist keine Wissenschaft, ich *spüre* es. Das lässt sich nicht in Worte fassen.«

»Das ist mir zu esoterisch«, sagte Thomas. »Außerdem sollen die Temperaturen bis Mittwoch noch weiter steigen. Wir müssen also keine Angst haben, dass die Wahlurnen zufrieren. Noch einen Wein?«, fragte er Sebastian.

Sebastian nickte. Seit seiner Ankunft vermied die gesamte Familie, ihn direkt anzusprechen. Man war sich offensichtlich nicht sicher, ob man ihn duzen oder siezen sollte, und Sebastian hatte das starke Gefühl, dass das mit seinem Status als Kriminalkommissar zusammenhing. Er nahm einen tiefen Schluck.

»Sebastian ist ein wenig abgespannt.« Maja massierte ihm die Schultern. »Er kommt in seinem aktuellen Fall nicht voran.«

Der Tisch murmelte Verständnis, aber niemand traute sich, Details zu erfragen.

Offenbar bemerkte Maja das. »Eine Studentin hat sich erhängt, und Sebastian meint, dass es Mord war.«

Vom Tischende her drang leises Kichern der Cousinen, sie hatten den Kopf jetzt über einem Handy zusammengesteckt.

»Ich meine es nicht nur, ich weiß es«, sagte Sebastian.

»Man sollte die Toten ruhen lassen, Sebastian«, sagte schließlich Majas Vater. »Der menschliche Geist neigt dazu, hinter Selbstmorden eine rationale Erklärung zu finden, eine Ursache. Man versucht, dem Selbstmörder im Nachhinein psychische Krankheiten anzudichten, oder man sucht direkte Auslöser in seiner Umgebung. Oder man wirft den Selbstmord über den Haufen und vermutet einen Mord. Einen Unfall. Einen schlimmen Zufall. Fakt ist, dass keiner von uns sich anschicken sollte, die komplizierten und über Jahre, Jahrzehnte gewachsenen Ursachen zu interpretieren, die den Einzelnen dazu bringen, sich eine Kugel durch den Kopf zu jagen.«

»Schön doziert, Papa. Aber wir sind nicht eine deiner Ethik-Klassen«, sagte Thomas, während er quietschend den Stuhl zurückschob. »Wahrscheinlich hat Sebastian Beweise, oder? Ich schau mal nach den Kindern.« Er verließ den Raum.

»Dieser Fall ist anders«, sagte Sebastian. »Ganz anders.«

»Die Ermittlungen stecken gerade in einer Sackgasse«, erklärte Maja.

»Der Fall steht kurz davor, zu den Akten gelegt zu werden«, sagte Sebastian leise, aber er hatte das Gefühl, bereits zu viel gesagt zu haben. Er schaute unauffällig auf die Wanduhr. Es war erst drei Uhr. Er nahm das Weinglas in die Hand und sagte: »Aber gerade ist mir das sowieso egal. Ich bin im Urlaub. Noch bis Freitag.« Er nahm einen Schluck.

»Für Sebastian besteht Urlaub darin, in der ›Kritik der reinen Vernunft‹ zu lesen.« Maja lachte.

»Vielleicht finde ich die Lösung für den Fall darin«, sagte er leise.

»Ich bin keine Kriminalbeamtin, aber wenn man bei einer Erhängung von Mord ausgeht, muss man doch bereits einen konkreten Verdächtigen haben, oder nicht? Warum nehmen Sie ihn nicht fest? Oder haben Spuren an der Leiche Sie zu Ihrem Verdacht gedrängt?« Frau Wehrle neigte lächelnd den Kopf nach vorne.

»Du kannst Sebastian duzen, Mama.« Maja strich sich eine Strähne hinters Ohr.

»Es gibt sowohl Hinweise an der Art der Erhängung als auch einen Verdächtigen«, erklärte Sebastian.

»Also?«, fragte Majas Mutter.

»Mama, das geht dich doch gar nichts an.«

»Nein, es ist schon okay.« Sebastian fühlte plötzlich den Drang, sich zu erklären. Eventuell musste er den Fall sowieso bald abgeben. Bausch-Mahnfeld hatte ihm bereits nahegelegt, sich nach seinem Urlaub wieder den »organisierten Jugendbanden« in Derendingen zu widmen. »Es ist in gewisser Weise immer einfacher, einer Einzelperson eine Tat nachzuweisen als einer juristischen Person.«

»Wo ist der Unterschied?«

»Die juristische Person kann auch ein Unternehmen sein oder eine Organisation.«

»Also ist das Opfer von einer internationalen Bande hingerichtet worden?«

»Mama!« Maja stellte ihre Kaffeetasse klirrend auf den Tisch.

»Ich habe mit meiner Oberstufenklasse im letzten Halbjahr ein Buch über die Mafia in Süditalien durchgenommen …«

Maja massierte sich die Nasenwurzel. »Das hat damit nichts zu tun, Papa.«

»Die Ermittlungen sind sehr schwer, weil der Fall sozusagen an den Grundpfeilern der Stadt rüttelt. Und ich möchte nur den Fall lösen, nicht das Schloss Hohentübingen einreißen.«

»Ah, Tübingen.« Maja Vater wandte den Blick verträumt zur Decke. »Eine wunderschöne Stadt. Wohnen Sie schon lange dort?«

Sebastian leerte sein Weinglas und fuhr mit der Hand Majas Schenkel hinauf. Sie legte ihren Arm um ihn. »Ein paar Jahre«, antwortete er.

»Ich wollte selbst immer dort studieren«, fuhr ihr Vater fort, »aber es kam anders. Eine *wunderschöne* Stadt. Geistesgeschichtlich die Wiege Württembergs. Die Kaderschmiede der politischen Elite in diesem Bundesland. Es hat mich immer gewundert, warum so eine wunderbare Stadt so viele fragwürdige Charaktere hervorgebracht hat.«

»Waren wir nicht einmal in den Achtzigern in Tübingen, Werner? Hach, der Neckar. Und diese wunderschöne Schlossruine …«

»Das ist Heidelberg, Sabine.« Irgendjemand hustete, Sebastian hatte das Gefühl, dass es Lisa war.

»Aber da gibt es doch diese Wasserrinnen durch die ganze –«

»Freiburg, Mama.«

»Hmmmm. Hast du eine Erkältung, Lisa? Wie geht es eigentlich Ihrem Fuß, Herr Möllner?«

»Mama, du kannst Sebastian duzen.«

»Schon viel besser, danke«, sagte Sebastian. Es war eine Lüge, er konnte immer noch nicht schmerzfrei auftreten. Das Treppensteigen war eine Qual.

»Was ist mit Ihrem Fuß?«, fragte Majas Onkel vom Tischende. Er hatte mit seiner Frau, einer kleinen, stillen Person, das Gespräch interessiert verfolgt.

»Sebastian ist beim Schlittschuhlaufen umgeknickt.«

»Eine Kleinigkeit.« Er war froh, dass Maja das Gespräch für ihn führte. Wahrscheinlich würde die Familie sich am Abend das Maul über seine Verschwiegenheit zerreißen, aber es war ihm egal. Der Gedanke gefiel ihm sogar irgendwie.

»Er ist extra nach Stuttgart ins Katharinenhospital gefahren. Er wollte sich nicht in Tübingen behandeln lassen«, erklärte Maja.

»Wieso denn das?«, fragte Majas Vater. »Sie haben doch eine hervorragende Uniklinik direkt in der Stadt.«

»Ein Verwandter von mir ist dort einmal wegen einer Fehlbehandlung gestorben.« Sebastian spürte, wie er unter seinem Hemd zu schwitzen begann.

»So? Ich dachte immer, dass der Ruf des Klinikums sehr gut sei. Nun ja.« Er zuckte mit den Schultern.

»Sie müssen heiße Wickel umlegen, Herr Möllner. Soll ich Ihnen welche machen?«

Maja verdrehte die Augen. »Mama, du hast noch nie irgendeinen meiner Freunde gesiezt.«

»Waren es denn so viele?« Sebastian grinste und stupste Maja von der Seite an. Sie stieß einen Schwall Luft aus.

»Oh, ich erinnere mich zum Beispiel an diesen lustigen kleinen Kerl aus Stuttgart. Der hat von nichts anderem geredet als von Straßenbahnen. Er war Straßenbahnfahrer. Ich weiß gar nicht mehr, wie er hieß. Maja war nur drei Monate mit ihm zusammen, habe ich recht, Schatz?«

»Mama, Max hat Physik in Stuttgart studiert und hat nur einmal die Woche eine Schicht in der Straßenbahn übernommen. Und wir waren fast zwei Jahre zusammen.«

»Ich habe eben den Überblick verloren.« Sie warf entschuldigend die Hände in die Luft.

Sebastian lachte. »Den Überblick verloren?«

»Das reicht jetzt«, zischte Maja in Richtung ihrer Mutter.

»Ach, die Liebe!«, sagte Majas Vater. »Sebastian, wussten Sie – ich meine: Wusstest *du*, dass die Liebe unbedingt einer Klassifizierung bedarf? Da gibt es zum einen die sinnliche, sexuelle Leibe, den Eros, dann die fast körperlose, ich möchte sagen: spirituelle Liebe, die Agape, außerdem –«

»Das interessiert doch niemanden, Werner«, unterbrach ihn seine Frau. »Solange jeder seinen Partner findet und weiterhin Kinder geboren werden, ist mir das Definition der Liebe genug.«

»Oh Gott«, sagte Maja. Sie vergrub ihr Gesicht in den Händen.

Sebastian konnte kaum ein Lachen unterdrücken. »Einigen wir uns doch darauf, dass das alles ›ein weites Feld‹ ist.« Er spürte jetzt, dass er bereits angetrunken war. Eine angenehme Leichtigkeit hatte sich über seine Gedanken gelegt.

Thomas kam aus dem ersten Stock zurück.

»Alles in Ordnung oben?«, fragte seine Frau.

»Sie haben mein altes Monopoly entdeckt und betrügen sich gerade gegenseitig.«

»Waschechte Kapitalisten«, sagte Majas Vater. »Ganz die Mutter.« Lisa erzeugte ein hissendes Geräusch, das Sebastian an einen Python erinnerte.

»Papa, irgendein Idiot hat die Einfahrt zugeparkt. Und ich und Lisa wollten eigentlich in den nächsten Minuten gehen. Laura hat morgen einen Mathetest.«

»Zugeparkt?«

»Ja, ein Mercedes.«

»Den verscheuch ich mal«, meinte der Hausherr zwinkernd und stand auf.

Im selben Moment klingelte Sebastians Handy.

»Möllner?«, antwortete er. Es war Anna. Sebastian stand auf und ging in die Zimmerecke.

»Wo bist du gerade?«

»In Schwäbisch Hall. Weihnachten feiern.«

»Mitte Januar?«

»Ja, das ist kompliziert.«

»Wir haben Sandra Scholz gefunden.«

»Was?« Sebastian brauchte kurz, um diese Information zu verarbeiten. Er spürte den Rotwein jetzt sehr deutlich. »Wo? Heute Mittag?«

»Jepp. Kirchentellinsfurt. Im Baggersee.«

»Wie lang seid ihr noch dort?« Er schaute auf die Uhr. »Ich schaffe es in eineinhalb Stunden.«

»Was ist los?«, fragte Maja.

»Ich muss los. Es … es wurde eine Leiche gefunden.«

»Hat es etwas mit der erhängten Studentin zu tun?«, fragte Majas Mutter.

»Vielleicht«, sagte Sebastian. »Ich muss gehen.« Er küsste Maja, die nichts sagte. »Tut mir leid.«

Ihr Vater kam wieder zurück ins Wohnzimmer. »Bist du sicher, dass da ein Auto war, Thomas? Die Einfahrt ist frei.«

»Ein schwarzer Mercedes, quer vor der Auffahrt. Eventuell ist ihm selber aufgefallen, wie scheiße er geparkt hat.«

»Wahrscheinlich.« Er bemerkte, dass Sebastian in seinen Mantel schlüpfte. »Musst du denn schon los?«

»Ein Notfall«, sagte Majas Mutter. »Stell dir vor, Werner: noch eine Leiche!«

33

Der Zustrom des Neckars hatte eine breite Schneise in das Eis des Baggersees gefressen. Das Wasser wirbelte den schlammigen Grund auf und schimmerte braun in der Wintersonne. Während der Rückfahrt von Schwäbisch Hall hatte sich der Himmel geöffnet. Sebastian blinzelte in die wärmenden Strahlen.

»Wegen der Kälte hat es länger gedauert, bis sie nach oben getrieben ist«, sagte Anna. Sie stand neben ihm am Seeufer.

»Ich will, dass das gesamte Ufer abgesucht wird. Die Spurensicherung soll jeden Stein umdrehen. Sie wurde wohl vom Parkplatz aus hertransportiert.«

»Vermutlich. Von Kirchentellinsfurt sind es zu Fuß mindestens fünfzehn Minuten über Felder.«

»Wobei wir nicht wissen, ob sie bereits tot war, als sie versenkt wurde.«

»Du meinst …«

»Vielleicht wurde sie auf den See gejagt.« Sebastian schaute auf den See hinaus. Am anderen Ufer waren die Kollegen von der Spurensicherung fast nicht auszumachen, ihre Kittel verschmolzen mit dem Weiß des Schnees. »Ein perfekter Mord. Keine Spuren, kein Kontakt mit dem Opfer. Die passive Version des Eiszapfenmordes. Das Eis macht die ganze Arbeit. Tötung, Vertuschung.«

»Und keine Möglichkeit zu beweisen, dass sie nicht freiwillig aufs Wasser gelaufen ist«, murmelte Anna.

Sebastian schüttelte den Kopf. »In gewisser Weise ist es ein geniales Verbrechen. Die Eisdecke öffnet sich kurz, verschluckt das Opfer – und am nächsten Tag ist nichts mehr zu sehen.«

»Aber eben nur, bis es wärmer wird.«

»Ich war hier.« Sebastian fasste sich an die Schläfe. Seit er in Schwäbisch Hall losgefahren war, ging ihm der verrottete Baumstumpf nicht aus dem Kopf, den er während des Spazierganges mit Maja durch die klare Eisdecke gesehen hatte. »Ich war mit Maja hier, ein paar Tagen vor Weihnachten. Und ich vermute, ich habe sogar die Einbruchstelle gesehen. Und ich habe nichts bemerkt.«

»Mach dir keine Vorwürfe. Kein Mensch kann hinter die Fassade blicken, die einem die Welt präsentiert. Und wahrscheinlich ist das auch besser so. Ich stelle mir manchmal vor, wie viele Leichen irgendwo einbetoniert oder eingemauert sind. Nicht nur jahrelang. Jahrzehntelang. Jahrhundertelang. Stell dir vor, du schläfst vierzig Jahre lang im selben Raum, im selben Bett, zehn Zentimeter von derselben Wand entfernt. Würdest du es wissen wollen, wenn man in genau dieser Wand eine Leiche findet? Wenn du einen Vertrag abschließen könntest mit der Welt, der dich bis ans Ende deines Lebens vor solchen Offenbarungen schützt – würdest du ihn nicht unterschreiben?«

»Vermutlich. Ich wusste nicht, dass du dir über solche Dinge Gedanken machst.« Sebastian kickte einen Kiesel auf die Eisfläche. Der Fall würde nun wieder mit ganzer Stärke aufgenommen werden, und er war sich nicht sicher, ob er sich darüber freuen sollte.

»Ich bin vermutlich wie du eine verkappte Intellektuelle im Polizeidienst. In der fortgeschrittenen Version. Vor dir siehst du dich in zwanzig Jahren.«

Sebastian seufze. »Vielleicht bricht die Fassade manchmal auf.«

»Wie lange geht dein Urlaub noch?«

»Noch zwei Tage. Bis Freitag.«

»Und wie fühlst du dich nach zwei Wochen Auszeit?«

»Schlimmer als davor.«

Sie lachten beide. Eine kleine Menschenmenge stand etwas entfernt am Ufer um einen fahrbaren Kran. Der Ausleger wurde gerade eingefahren. Weit oben hing an einer von den Tauchern befestigten Schlaufe die Leiche von Sandra Scholz. Sie war leicht aufgebläht, schleimig-grau und mit Algen behängt. Auf den ersten Blick war sie tatsächlich mit einem Baumstamm zu verwechseln. Sebastian wandte sich schaudernd ab.

»Der Zustand ist gut, dank der Kälte«, sagte Anna. »Die Taucher haben ihre Handtasche gefunden, Personalausweis, Studentenausweis, alles drin.«

»Ein Handy?«

»Ja, aber nicht mehr zu gebrauchen. Ein älteres Modell.«

Sebastian verzog den Mund. Er drehte sich um die eigene Achse. Hinter ihm zogen einige weiß gekleidete Männer durch das Gestrüpp, aufgrund der einsetzenden Dunkelheit bereits mit Taschenlampen.

»Denkst du, die finden etwas?«

»Vermutlich nicht. Wie stehen die Ermittlungen gegen die Universitätsklinik, Anna?«

Anna machte ein zerknirschtes Gesicht. »Nichts. Wir haben nicht den geringsten Anhaltspunkt. Schmiedchen, Niemeyer, Weißenstein, Liebstöckel haben natürlich alle Alibis für die Mordnacht. Und während wir mit der falschen Sandra Scholz gechattet haben, war die halbe Klinik auf der Weihnachtsfeier.«

»Natürlich.« Sebastian kratzte mit der Schuhspitze im Schnee. Er hatte damit gerechnet. »Und das Kennzeichen, das Lars auswendig gelernt hat?«

»Eine Spur ins Nichts. Unbrauchbar. Der Wagen gehört einem Rentner namens Fritz Langbein in Stuttgart-Vaihingen, der nachweislich zum Tatzeitpunkt nicht mit dem Auto gefahren ist.«

»Wie beweist er das?«

»Er liegt schon seit Ende November im Krankenhaus. Krebs.«

»Er muss nicht selbst damit gefahren sein.«

»War auch mein erster Gedanke. Lenz macht gerade einen Background-Check. Wir versuchen herauszubekommen, ob Langbein den Wagen irgendjemandem zur Verfügung gestellt hat.«

»Was hat dieser Langbein früher beruflich gemacht?«

»Herzchirurg im Olgahospital.«

Sebastian betrachtete Anna von der Seite. Auch ihr musste klar sein, dass das kein Zufall sein konnte.

»Ich weiß, was du denkst.« Sie betrachtete ihn nachdenklich. »Und selbst wenn. Dann wäre er nur ein kleines Rädchen in deinem Verschwörungsnetzwerk. Ein alter Herr, der seinen ehemaligen Kollegen einen Wagen zur Verfügung stellt. Vielleicht wusste er, wofür, vielleicht nicht. Aber weshalb sollte er uns davon erzählen?« Sie machte einen Schritt auf Sebastian zu und sagte etwas leiser: »Über diese Spuren kommen wir niemals an den Täter.«

»Wie meinst du das?« War es bereits Resignation? Oder war ihr etwas anderes klar geworden?

»Es gibt Personen, die auf solche Aufträge spezialisiert sind.«

»Du meinst Auftragsmorde?«

Anna nickte. »Absolute Profis. Hinterlassen keine Spuren bei der Tat. Und was noch unangenehmer ist: Sie hinterlassen keine Spuren beim Kontakt mit ihrem Auftraggeber.«

»Aber in diesem Fall muss doch Geld geflossen sein.«

»Von wem? Weißt du, wie viele konservative Thinktanks es gibt?«

»Es wäre jedenfalls niemals über die Uniklinik gelaufen«, sagte Sebastian.

»Niemals«, bestätigte Anna. »Aber stell dir doch die ganzen Seilschaften vor, die es allein im Raum Stuttgart gibt. Wir sind in einer Sackgasse. Und der Chefin sind die Ermittlungen sowieso ein Dorn im Auge.«

»Wurde Bausch-Mahnfeld ins Rathaus zitiert?«, fragte Sebastian. Ihm gefiel die Vorstellung.

»Nein, aber sie befürchtet es. Und im Grunde hat sie recht.«

»Womit?«

»Mit ihrer Skepsis. Wie sollen wir jetzt weitermachen? Die einzige Möglichkeit ist ein Durchsuchungsbefehl für die Büros von Schmiedchen oder Weißenstein. Und kein Staatsanwalt dieser Welt würde auf so einen unbegründeten Verdacht hin einen Durchsuchungsbefehl ausstellen. Tut mir leid, Sebastian.«

»Was ist mit dem Chat-Gespräch, das aus der Klinik geführt wurde?«

»Da sind wir dran. Leider ist die Netzwerkadministration der Klinik ziemlich chaotisch.«

»Das ist schon Lars aufgefallen«, sagte Sebastian. Was war aus ihm wohl geworden? Sebastian hatte ihn vor Weihnachten das letzte Mal gesehen.

Es wurde dunkler. Einige Mitarbeiter der Spurensicherung hatten einen Einsatzwagen nahe an den See gefahren und installierten einige Scheinwerfer. Der Kran begann, sich rüttelnd zu drehen, um die Leiche von Sandra Scholz an Land zu bringen.

»Komm, ich hab Kaffee dabei.«

Sie überquerten die Liegewiese und setzten sich in Annas Dienstwagen. Sie schenkte aus einer Thermoskanne ein.

»Was meintest du jetzt eigentlich mit Weihnachtsfeier? Es ist Mitte Januar.«

»Majas Familie feiert Weihnachten regelmäßig am ersten Wochenende nach den Ferien.«

»Maja? Deine neue Freundin?«

»Habe ich dir nicht davon erzählt?«

»Doch, aber ohne Namen zu nennen. Weiß sie von Nadja und deiner Tochter?«, fragte Anna.

»Alles.«

»Gut.«

Sebastian schaute in die Richtung, aus der er vor einem Monat mit Maja gekommen war. Auch dort bewegten sich einige weiß gekleidete Gestalten durch die Bäume. Er erinnerte sich an die abgeknickten Äste, die Fußspuren im Schnee. Ob sie von Sandra Scholz gestammt hatten? Vielleicht sogar von ihrem Verfolger? Doch es war zu spät, es hatte in den letzten vier Wochen mindestens an zehn Tagen geschneit. Man würde nichts mehr finden.

»Frau Kugler!« Von der Böschung der B 27 rannte ein Kollege der Spurensicherung auf sie zu.

»Was ist?«

»Wir haben etwas gefunden.«

»Was?«, fragte Sebastian. Er konnte den Blick nur schwer von dem kleinen Waldstück lösen.

»Eine Waffe.«

Sebastian wandte den Kopf. Er kannte den Kollegen nicht, der etwas größer war als er. Sebastian schätzte ihn auf Mitte vierzig. Unter der weißen Kapuze drang lockiges schwarzes Haar hervor. »Hier.«

Sebastian betrachtete die Waffe. »Das ist eine Spielzeugpistole«, bemerkte er.

»Korrekt.«

»Wo haben Sie die gefunden?«, fragte Anna.

»Ziemlich nah am Wasser. In einem Gebüsch.«

»Wahrscheinlich aus dem letzten Sommer«, meinte Sebastian. »Nehmt sie trotzdem mit. Man weiß nie.«

»Ansonsten irgendwas?«, fragte Sebastian.

Der Kollege der Spurensicherung schüttelte den Kopf. »Nein. Wir suchen weiter.«

Anna seufzte. »Ich fahre zurück in die Stadt und versuche,

Bausch-Mahnfeld einen Präventivschlag gegen die Uniklinik schmackhaft zu machen. Willst du mitkommen?«

Sebastian starrte wieder auf das Waldstück. Er ging den Spaziergang mit Maja gedanklich noch einmal durch. Sie waren zuerst zur Liegewiese gelaufen, dann auf den See. Dort hatten sie einige Zeit auf dem Eis gesessen, dann hatte er die Stelle entdeckt, an der Sandra wohl eingebrochen war. Dann waren sie zurück zum Ufer gegangen, und dann … »Der Schal«, sagte er.

»Was?«

»Der Schal. Maja hat einen violetten Schal gefunden. Als wir hier waren. Dort hinten auf dem Weg.«

»So?« Anna wandte den Kopf. Sie schien nicht beeindruckt.

»Vielleicht hat der Täter Sandra gepackt, vielleicht hat er ihr den Schal vom Hals gerissen.«

Unter Annas skeptischen Blicken zog Sebastian sein Handy hervor und wählte Majas Nummer.

»Sebastian, die Wahrscheinlichkeit, dass –«

»Maja? Wo bist du gerade? Hör mal, der Schal, den du bei unserem Spaziergang am Baggersee gefunden hast –«

»Sebastian?« Es war Majas Vaters. »Wir wollten dich eben anrufen. Maja hatte einen Unfall.«

34

Das beleuchtete Stuttgart lag Sebastian wie eine toskanische Küstenstadt zu Füßen. Das geometrische Netz von Straßenblöcken schmiegte sich lückenlos in den Talkessel unterhalb der Weinsteige, ein glitzerndes, regelmäßiges Gewebe, das der Zufall auf diese Seite des Schönbuchs getragen und Tübingen im schlichten Professorentalar zurückgelassen hatte.

Sebastian lenkte den Dienstwagen die Serpentinen hinunter. Die kahlen Reben neben der Bundesstraße waren eisbedeckt. Beim Olgaeck prallte er fast mit einer Stadtbahn zusammen, danach ließ er das Auto mit vierzig Stundenkilometern durch die Innenstadt rollen und beschleunigte erst wieder, als er Untertürkheim passiert hatte. Seine Gedanken waren bei Maja.

Zwischen Winnenden und Backnang folgte ihm einige Zeit eine S-Bahn neben der Straße. Eine Gruppe von fröhlichen Teenagern strahlte lachend und beleuchtet aus dem Fenster des Zuges.

Vor dem Kreiskrankenhaus, in das man Maja gebracht hatte, stellte er den Wagen im Parkverbot ab und ging an vereisten Blumenbeeten vorbei in die nach Desinfektionsmittel riechende Lobby. An der Rezeption schickte man ihn in die Notaufnahme.

Dort lag Maja auf blutbeschmierten Laken. Ein Bein war bereits vergipst und eine Wunde am Kopf mit einem Verband versorgt. Sie lächelte ihn an, als er den Raum betrat, dann wandte sie den Kopf zurück zur Wand. Majas Eltern standen abseits und diskutierten mit einem fülligen Polizisten mittleren Alters. Ein zweiter, hochgewachsener Beamter stand in der Ecke des Raumes. Er war jünger als sein Kollege. Sie trugen beide Uniform. Neben Majas Bett stand ein älterer Arzt mit Vollglatze und Brille. Bis auf einen etwa zehnjährigen Jungen, der mit tränenüberströmtem Gesicht neben seiner Mutter saß und gerade von einer Schwester am Unterarm abgetastet wurde, war die Notaufnahme leer. Als Sebastian Majas Eltern begrüßte, zog sich der Beamte zu seinem Kollegen zurück. Sebastian beugte sich über das Bett.

»Wie geht es dir?«, fragte er.

Maja drehte ihm den Kopf zu und betrachtete ihn mit einem erfreuten, überraschten Lächeln. »Wann bist du denn gekommen?« Anscheinend hatte sie schon wieder vergessen, dass er eben den Raum betreten hatte.

»Sie hat eine leichte Gehirnerschütterung«, sagte Majas Mutter. »Ach Schatz, was machst du für Sachen.« Sie ergriff Majas Hand.

»Das geht in einigen Stunden wieder vorbei«, sagte der Arzt. Seine Stimme war angenehm ruhig. Er musterte Sebastian und fragte dann freundlich: »Sind Sie ein Angehöriger?«

»Er ist ihr Freund«, sagte Majas Vater.

Der Arzt reichte Sebastian die Hand. »Wiedmann.«

»Möllner.«

Der rundliche Beamte, der die Unterhaltung verfolgt hatte, löste sich aus der Zimmerecke und ging auf Sebastian zu. »Herr Möllner, ich muss Ihnen sagen, Ihre Freundin hat Glück gehabt«, sagte er. »Ein älterer Wagen ohne Airbag, und sie wäre nicht mit einer Gehirnerschütterung davongekommen.«

»Wie ist es passiert?« Sebastian konnte sich einen leicht gereizten Ton nicht verkneifen, er wäre gerne einige Minuten mit Maja alleine gewesen.

»Die Bundesstraße zwischen Schwäbisch Hall und Backnang ist tückisch«, meinte der Beamte.

Sebastian zögerte, sich als Kollege auszugeben. Das konnte das Gespräch nur unnötig kompliziert machen. »Ist sie von der Straße abgekommen?«

Der Polizist hob die Schultern. »Ihre Freundin wurde abgelenkt … Ist eine beliebte Unfallstelle.« Er stockte und senkte den Blick. Anscheinend war ihm aufgefallen, wie unangemessen diese Bemerkung war. »Ich meine – da folgt Haarnadelkurve auf Haarnadelkurve.«

Sebastian nickte.

»Ich musste in den Rückspiegel schauen.« Maja fasste sich an die Wunde am Kopf, dann versuchte sie sich im Bett zu drehen, doch es ging nicht. »Huch, mein Fuß ist ja vergipst.« Sie schaute zum Bettende, dann versuchte sie aufzustehen. Ihre Mutter drückte sie sanft zurück ins Kissen. Im Hintergrund stieß der Zehnjährige einen leisen Schrei aus. Die Schwester hatte offenbar die Bruchstelle seines Unterarms ertastet.

»Herr Möllner«, sagte der zweite Beamte. Er näherte sich und gab ihm die Hand. »Schilling. Hat Ihre Freundin einmal davon gesprochen, dass sie das Opfer eines Stalkers sein könnte?«

»Ein Stalker?« Sebastian fiel plötzlich der Wagen ein, von dem Majas Bruder gesprochen hatte. Ein dunkler Mercedes, quer vor der Einfahrt. Er spürte einen leichten Adrenalinstoß. Wieso war er nicht schon bei Majas Eltern misstrauisch geworden? Gab es einen Zusammenhang? Er zwang sich, gelassen zu antworten. Eventuell war es ein Zufall. »Wie kommen Sie darauf? Nein, sie hat nie etwas gesagt …«

Schilling musterte ihn. »Sie hatte nie das Gefühl, dass ihr jemand nachspionierte? Dass ihr jemand auflauerte?«

»Nein. Nein, nicht dass ich wüsste.«

»Das ist heutzutage über das Internet ja sehr einfach, wissen Sie«, sagte Schilling. Er zwinkerte, es wirkte spöttisch. »Mit Facebook kann ja jedes Kind zum professionellen Stalker werden.«

Sebastian schaute sich Schilling genau an. Woher kam der anschuldigende, beinahe lüsterne Ton? Der Mann war entweder ziemlich gerissen oder ziemlich dumm. Sein fleischiges Gesicht schwitzte zwischen feinen roten Äderchen wahrscheinlich irgendeine Stoffwechselkrankheit aus. Unter seiner Polizeimütze drangen schwarze Strähnen hervor. Sebastian schätzte ihn auf Anfang fünfzig.

»Nein, sie hat nie so etwas erzählt«, sagte er.

»Wie lange sind Sie denn schon mit Frau Wehrle zusammen?«

»Das geht Sie aber nun wirklich nichts an, sagen Sie mal.« Majas Mutter fiel in ihrem Ärger in einen schwäbischen Singsang zurück.

»Was hat das mit dem Unfall zu tun?«, fragte Sebastian. Es wurde ihm zu dumm. »Hören Sie, ich bin Kriminalkommissar. Sie können offen mit mir reden.«

Schillings Äderchen wurden noch röter, er blinzelte mehrfach. Doch er schlug sofort einen anderen, etwas formaleren Ton an. Die Anpassung an die plötzlich geänderte Hierarchiestruktur bereitete ihm offenbar kaum Mühe. Ein ausgeprägtes Kastenbewusstsein war für Beamte beruflich überlebensnotwendig.

»Tut mir leid, ich dachte … Sind Sie nicht ein bisschen jung für einen Kommissar?«

Sebastian zuckte mit den Achseln.

»Jedenfalls«, er sprach etwas lauter und in Richtung Maja, »meinte Frau Wehrle hier, dass sie verfolgt wurde.«

»Verfolgt, genau«, sagte Maja. »Ich wollte das Nummernschild entziffern, aber durch den Rückspiegel ging es nicht, wer kann schon spiegelverkehrt lesen? Ich nicht.« Sie lachte leise, dann verzog sie das Gesicht und drehte ihr vergipstes Bein ein wenig.

»Verfolgt?«, fragte Sebastian.

»Von einem dunklen Daimler«, meinte der jüngere Beamte aus der Zimmerecke. Er war höchstens Mitte zwanzig.

»Von einem …« Sebastian hielt inne. Also doch. Der Wagen hatte sie verfolgt. Aber war es derselbe Wagen, den auch Lars gesehen hatte? Gab es einen Zusammenhang? War das alles *seine* Schuld?

»Ich habe dir doch davon erzählt«, meinte Maja.

»Der schwarze Mercedes«, murmelte Sebastian.

»Sie wussten also doch davon?« Schilling warf ihm einen fragenden Blick zu.

»Ja. Nein. Ich hatte es vergessen.« Sebastian strich sich mehrmals mit der Hand übers Gesicht, dann suchte er den Raum nach einem Stuhl ab. Hatte er es wirklich vergessen? Oder hatte er es einfach verdrängt? Er musste sich eingestehen, dass ihm die Idee, mit seinen eigenen Taten einen geliebten Menschen in Gefahr bringen zu können, nach mehreren Jahren Single-Dasein völlig fremd geworden war.

»Der schwarze Mercedes ist mir gefolgt, Sebastian.« Majas Stimme war sehr klar und deutlich. »Ich habe mich umgedreht, um das Nummernschild zu lesen. Und dann – dann weiß ich nichts mehr.«

»Sie ist die Leitplanke entlanggeschrammt und dann in den Wald«, meinte Schilling.

Sebastian setzte sich an den Rand des Bettes.

»Der … der Mercedes«, stammelte er. »Hast du das Kennzeichen wirklich nicht lesen können?«

Maja setzte sich auf. Frau Wehrle zog ihr die Decke bis unters Kinn.

»Eine Stuttgarter Nummer. Sie fing mit einem S an. Aber mehr weiß ich nicht mehr. Es war doch spiegelverkehrt! Tut mir leid, Sebastian.«

»Macht doch nichts.« Sebastian bemerkte, dass seine Stimme zitterte.

Es ging gegen ihn, sie hatten herausgefunden, dass Maja und er zusammen waren. Es ging alles gegen ihn. Sebastian beugte sich nach vorne, spürte Majas kalten Schweiß auf dem Kissen und küsste sie.

35

Der Schnee schmolz früher als von Majas Mutter vorhergesagt. Sebastian Möllner lauschte der schwitzenden Stadt vom Sessel seines Büros aus. Durch das geschlossene Fenster war das Gurgeln der Regenrinne zu hören.

»Hallo? Herr Möllner?«

»Ja?« Sebastian drückte den Hörer wieder ans Ohr.

Am Morgen hatte er Maja zur Arbeit gefahren. Sie unterrichtete trotz ihres eingegipsten Beines. Den Schülern hatte sie von einem Skiunfall erzählt. Auf der Fahrt hatte sie entspannt und lustig gewirkt. Es war der vierte Tag nach ihrem Unfall. Die Symptome der Gehirnerschütterung waren schon nach einigen Stunden verschwunden gewesen. Im Wagen hatte sie erzählt, wie am Vortag jeder der Schüler einmal ihre Krücke hatte ausprobieren wollen. Sebastian hatte noch so lange auf dem Parkplatz gewartet, bis Maja das Schulgebäude betreten hatte.

Auf dem Flur ging Anna vorbei, sie schaute kurz zu ihm herein, sagte aber nichts.

»Fritz Langbein?«, drang es aus dem Hörer.

»Ja«, meinte Sebastian. »Er ist seit November Patient bei Ihnen, soviel ich weiß. Ihre Kollegin meinte, die Intensivstation hat gesonderte Besuchszeiten.«

»Tut mir leid«, sagte die weibliche Stimme durch den Hörer. »Ist das eine private Anfrage?«

»Dienstlich«, sagte Sebastian.

»Dann muss ich Ihnen leider mitteilen, dass Herr Langbein bereits am Wochenende verstorben ist.«

»Dieses Wochenende?«

»Am Samstag.«

Sebastian beendete das Gespräch und legte auf. Als Anna wieder mit einer Tasse Kaffee auf dem Flur erschien, winkte er sie herein.

»Ich habe gerade mit dem Katharinenhospital telefoniert. Hast du gewusst, dass dieser Langbein schon am Wochenende gestorben ist?«

Anna lächelte entschuldigend. »Heute Morgen erfahren. Ich wollte dich mit der Nachricht verschonen bis nach dem Mittagessen. Und außerdem bist du heute noch offiziell im Urlaub.«

»Wann ist die Beerdigung?«

»Sonntagnachmittag, soviel ich weiß.«

Sebastian massierte sich die Schläfen. »Kannst du jemanden hinschicken?«

»Hatte ich sowieso vor.« Anna zwinkerte.

Sebastian bedankte sich mit einem verkrampften Lächeln. Er schaute auf die Uhr. Es war schon halb elf, Maja hatte bereits Pause. Er wählte ihre Nummer.

»Wen rufst du an?«

»Maja.«

»Übertreibst du es nicht mit deiner Fürsorge?«

»Alles in Ordnung?«, fragte Sebastian in den Hörer, ohne Anna eines Blickes zu würdigen.

»Natürlich ist alles in Ordnung.« Maja klang fröhlich. Im Hintergrund waren Kinderstimmen zu hören, wahrscheinlich der Pausenhof. »Wieso rufst du denn an?«

»Ich wollte deine Stimme hören.«

»Wie läuft es bei dir? Hast du Fortschritte gemacht mit dem Fall?«

»Nein. Läuft nicht so toll …«

Anna wandte sich ab, verdrehte dabei die Augen und verließ den Raum.

Nachdem Sebastian sich von Maja verabschiedet und aufgelegt hatte, fiel ihm eine in der Tür stehende junge Frau auf, die schon eine ganze Weile dort gestanden haben musste. Sie lächelte ihn an, als ihre Blicke sich trafen.

»Ja?«, fragte Sebastian.

»Tut mir leid, dass ich Sie störe, aber unten haben sie gemeint, ich soll einfach direkt in Ihr Büro kommen.«

»Sie stören nicht, ich kann gerade sowieso nichts tun«, sagte Sebastian. Seit dem Morgen hatte er hauptsächlich aus dem Fenster gestarrt. Der Anruf beim Katharinenhospital war die erste sinnvolle Handlung des Tages gewesen.

Die junge Frau betrachtete ihn etwas unschlüssig mit offenem

Mund. Dann trat sie näher. Ihre kurzen schwarzen Haare erinnerten Sebastian an den Look der Existenzialisten. Sie trug eine einfache graue Winterjacke. Ihre Beine steckten in einer dicken schwarzen Strumpfhose, die an den Füßen von rosa Stulpen im Kampf gegen die Kälte unterstützt wurden. Ein flauschiger pinker Schal griff den Farbakzent wieder auf. Alles an ihr schien von einer so zarten Zerbrechlichkeit, dass Sebastian ihr das plötzliche Erscheinen kaum übel nehmen konnte.

»Ich wollte mich nur melden«, sagte sie.

»Melden? Für was?« Sebastian hatte keine Ahnung, wer diese Person sein könnte.

»Oh, Entschuldigung. Ich bin Claudia Hege.«

»Wer?«

»Claudia Hege. Henner meinte, ich soll mich sofort bei Ihnen melden.«

»Ach, Claudia von Hege? Sie sind Henner Maiers Freundin.« Mit ihrem Erscheinen hatte er am allerwenigsten gerechnet.

»Ich verzichte eigentlich gerne auf das ›von‹.«

»Nehmen Sie Platz.«

Sie bewegte sich beinahe schwebend zum Schreibtisch und setzte sich. Noch immer lächelte sie sanft.

»Vielen Dank, dass Sie vorbeigekommen sind, Frau – Hege. Ich hatte das fast schon wieder vergessen. Wir haben – na ja, Sie wissen von dem Mord an der Pressereferentin der PFI?«

»Henner hat mir davon erzählt.«

»Ich muss zugeben, dass ich ein anderes Bild von Ihnen hatte, Frau Hege. Ein falsches, glaube ich.«

Claudia lachte überrascht. »Ach? Wie meinen Sie das?«

»Kommt es wirklich so oft vor, dass Sie völlig unangemeldet in den Urlaub fahren?«

»Meine Freunde nennen es immer *The Lady Vanishes.*«

Sebastian lächelte.

»Für irgendwas müssen die Millionen meiner Eltern ja nützlich sein«, sagte Claudia. »Haben Sie irgendwelche Fragen an mich? Weshalb wollten Sie mich denn sehen?«

So genau wusste er das selbst nicht mehr. »Ja, natürlich. Entschuldigung, eigentlich hat sich das schon lange erledigt. Ich hatte einige Zeit lang den Verdacht, dass Ihr Freund Sie vor uns versteckt. Und sehr kurz hatte ich sogar den Verdacht, dass Sie tot sind.«

»Tot?«

»Das ist eine lange Geschichte … Eine andere Person hat Ihren Platz eingenommen.«

Claudia lächelte unsicher. »Wie meinen Sie – Sie meinen – Sandra?«

»Sie wissen von Sandra?«

»Es steht doch in der Zeitung.«

Sebastian nickte etwas ungehalten. Kein Mensch wusste, wie der Name des Opfers an die Presse geraten war. Das Schwäbische Tagblatt hatte zunächst nur von einer unidentifizierten Person gesprochen. Aber im Reutlinger Generalanzeiger war der Name aufgetaucht.

»Wussten Sie von dem Einbruch in die Uniklinik?«

»Ja.«

»Aber Sie waren am Tatabend nicht mit Ihrem Freund Henner Maier und Lars Breuer im Café Lichtenstein in der Altstadt?«

»Nein. Sandra war dabei.«

»Kannten Sie sie persönlich?«

»Wir waren ein paar Monate befreundet. Sie hat einige Semester unter mir studiert. Ich kannte ihre Probleme. Ich wollte mit dieser ganzen Aktion nichts zu tun haben. Aber Henner hat sich eingeredet, dass es der Partei helfen würde, bekannt zu werden. So ein Schwachsinn. Henner ist manchmal ziemlich naiv.«

»Wie meinen Sie das?«

»Ich habe ihm mehrfach gesagt, dass das Ganze völliger Unsinn ist. Kein Mensch wählt eine Partei, die auf irgendwelchen dunklen Wegen finstere Informationen beschafft und diese dann veröffentlicht. Das steht vielleicht einem Boulevardblatt. Aber bei einer politischen Partei – da fürchten die Menschen, dass ihnen nach einer Wahl das Gleiche passiert. Und wer kann schon von sich behaupten, keinen Abgrund in sich zu tragen? Das Scheitern der ganzen Aktion war das Beste, was Henner passieren konnte. Er hat sich verändert. Er ist demütiger geworden.«

Sebastian musterte sie erneut. Der Bürosessel, auf dem sie Platz genommen hatte, wirkte auf fast komische Weise zu groß für sie. Sie hatte ihre Jacke geöffnet und präsentierte darunter ein schwarzes Top, das sich fast konturlos über ihre Brüste legte. Sie strich sich eine Strähne hinters Ohr. »Ich meine, natürlich ist es schlimm, dass zwei Menschen tot sind. Henner wurde von dieser Verrückten eingelullt, wissen Sie?«

Sebastian war sich immer noch nicht ganz sicher, wie er sie einschätzen sollte. Wieso war sie hier erschienen? Ging sie tatsächlich nur seiner Bitte nach, sich zu melden? Oder hatte Henner Maier sie aus anderen Gründen geschickt? »Von wem wurde er eingelullt?«

»Von Katia.«

»Sie kannten auch Katia persönlich?«

Claudia Hege lachte kurz auf. »Natürlich. Dauernd saßen sie und Henner in irgendeiner Bar oder einem Café und heckten irgendeine Pressestrategie aus. Sie bildete sich ein, sie könne die Medien um den Finger wickeln. Diese Arroganz. Und dann dieser Fundamentalismus. Ich meine, Sie ahnen ja sicher selbst, dass es Henner nicht um die Sache geht. Er ist ein Opportunist, er will Politiker werden. Es ist ihm doch scheißegal, welche Flagge über seinem Schiff weht. Hauptsache, er hat das Kommando. Ich muss es wissen.« Ihre Stimme war ruhig geblieben, sie schien nicht wütend oder verbittert, nur realistisch.

»Ja«, murmelte Sebastian. Er fragte sich unwillkürlich, wieso sie noch mit Henner Maier zusammen war. Nach Liebe klang das nicht.

»Katia hat ihm die ganze Sache eingeredet. Sie allein. An Narzissmus war sie Henner absolut ebenbürtig. Sie wollte dafür sorgen, dass das alles rechtlich einwandfrei den Medien gesteckt wird. Alles für die Sache, verstehen Sie? Sie hielt sich für so eine Art postmoderne Ulrike Meinhof. Niemand hat ihr widersprochen, auch Henner nicht. Gerade der nicht. Sie hat es doch mit jedem getrieben, wenn es für ihr Weiterkommen notwendig wurde.«

»Ihr Bild von Katia Seligmann passt nicht ganz in meine Ermittlungen.« Doch Sebastian musste zugeben, dass sie ihre Einschätzung ziemlich überzeugend vortrug.

»Sie meinen, die brave Einserstudentin? Dann hatte sie auch Sie am Wickel. Sie hat Sie noch im Tod verarscht. Entschuldigung.«

»Nein, ich bin Ihnen dankbar für Ihre Ehrlichkeit. Sie sind die Erste in diesem Fall, die ehrlich mit mir spricht.«

Claudia warf ihm einen melancholischen Blick zu. Sie strich sich über den Handrücken und starrte kurz in die Zimmerecke. »Ja, Henner hat die Feuertaufe zum Politiker bestanden. Er lügt jetzt, wie er atmet.« Sie stand auf.

Sebastian betrachtete sie. Er war verblüfft. »Wie meinen Sie das?«

Claudia begann, ihre Jacke zuzuknöpfen. »Hier bin ich also. Frisch zurück von den Seychellen. Jetzt wissen Sie, dass ich noch lebe.« Sie reichte Sebastian die Hand. Auch er stand nun auf, um sich zu verabschieden. »Reicht Ihnen das?« Dabei schaute sie ihm direkt in die Augen. Sebastian lief eine Gänsehaut über den Rücken.

»Ja. Ja, vielen Dank. Ich bin Ihnen wirklich sehr dankbar.«

Als sie sich umdrehte und den Raum verließ, traf Sebastian keine Parfumwolke. Claudia Hege war vollkommen geruchlos.

36

Der Sonntag war ein blauer Februartag, der an einigen Stellen im Gras noch den überstandenen Winter ausschwitzte. Sebastian saß auf der Couch in Majas Unterjesinger Wohnung und schlürfte einen perfekten Espresso, der aus einem hochpreisigen Vollautomaten geflossen war. Das Weihnachtsgeschenk von Majas Eltern an ihre Tochter hatte den Unfall besser überstanden als Maja. Sie hatte das vergipste Bein auf einen Hocker gelegt, war aber bester Laune.

Im Fernseher präsentierte der ewig gleiche ZDF-Moderator die ersten Hochrechnungen der Landtagswahl von Baden-Württemberg. Seine Ausführungen hatten den Charakter einer Sensationsmeldung, denn die PFI hatte es wahrscheinlich mit fast sechs Prozent der Stimmen in das Parlament geschafft.

»War die PFI nicht irgendwie in den Fall von dieser toten Studentin verwickelt?« Maja beugte sich umständlich zu einer Platte fettiger Tacos, die sich wie zum Gebet um einen feurigen Rachegott aus Soße gelegt hatten. Sebastian wusste, dass sie sich einmal in der Woche einen Fernsehabend hemmungsloser Völlerei gönnte. Das Programm an sich war nebensächlich, es ging ihr vordergründig um den Verzehr von möglichst kalorienreichen Knabbereien. Sebastian hatte sich mit der Tradition angefreundet und den Sonntagabend vor dem Fernseher mit Maja seit Dezember nie verpasst.

»Ja. Katia Seligmann. Sie war Mitglied in der PFI.«

»Ach?« Sie tunkte einen Taco in den Dip. »Was gibt es Neues in dem Fall?«

»Nichts«, log Sebastian. »Eine Vermutung, mehr nicht.« Auch er griff jetzt zu. Die Tacos schmeckten ihm zu sehr nach ranzigem Fett und zu wenig nach Mais, doch mit der Soße war es beinahe lecker. »Ich warte noch auf den Moment, in dem ich von einem gnädigen Drehbuchschreiber die allumfassende Einsicht diktiert bekomme.« Er warf Maja einen sarkastischen Blick zu. »Mehr kann ich dir nicht sagen.« Er zwinkerte. »Ermittlungstaktik.«

Maja seufzte. »Und im Fall meines mercedesfahrenden Stalkers?«

»Da sind wir dran.«

Maja seufzte übertrieben. »Ihr habt also nichts. Typisch.« Sie stupste ihn an. »Ich vermute immer noch, dass es ein verrückter Vater ist, der nicht mit meinen Unterrichtsmethoden zufrieden ist. Na gut, Herr Kommissar. Weißt du, was *perfekt* mit diesen Tacos harmonieren würde?«

»Was?«

»Discounter-Rotwein für eins neunundsechzig die Flasche.«

Sebastian lächelte. »Als ich mich auf diese Abende eingelassen habe, habe ich nicht gewusst, dass die schrittweise mit jeder Woche dekadenter werden. Ich hole den Wein.«

»Nein, lass.« Maja rappelte sich auf, nahm ihre Krücke und humpelte trotz Sebastians heftiger Proteste in die Küche, um den Wein zu holen.

Der Moderator im Fernsehen kündigte eine Gesprächsrunde mit den Vorsitzenden aller zukünftig im Landtag vertretenen Parteien an. »Unter ihnen auch der Landesvorsitzende der neu in den Landtag gewählten PFI, Henner Maier.« Sebastian blinzelte nicht einmal. Claudia Heges Beschreibung von Maier hatte einen nachhaltigen Eindruck bei ihm hinterlassen, er hielt inzwischen noch weniger von ihm.

»Wen hast du eigentlich gewählt?«, rief Maja aus der Küche. »Du warst doch heute Morgen wählen?«

»Nein. Und du?«

»Natürlich war ich.«

»So, so.« Sebastian wusste genau, dass Maja sich nie die Mühe machte, bei Wahlen ihre Stimme abzugeben. Sie hatte das vor einigen Wochen statistisch begründet. »Wen hast du denn gewählt?«, fragte er gespielt unschuldig.

»Wahlgeheimnis!«, rief sie.

Auf dem Bildschirm war jetzt Henner Maier zu sehen. Er hatte sich seit Dezember stark verändert, seine Frisur war jetzt schicker und lockerer, einige Haarsträhnen fielen ihm leger in die Stirn. Sein Anzug war offensichtlich maßgeschneidert. Jedes seiner Worte schien sorgfältig ausgewählt und gleichzeitig darum bemüht, spontan und lässig zu wirken. Auf die Frage, ob es am Abend eine große Party geben würde, antwortete er mit gespielter Bescheidenheit: »Wir hatten da leider überhaupt nichts geplant.«

Die Antwort zauberte dem Moderator ein Lächeln auf die Lippen und erzeugte Augenrollen beim politischen Gegner.

Auf die Fragen nach der Agenda antwortete Maier: »Es geht uns beileibe nicht darum, Dinge, die sich in der Vergangenheit bewährt haben, mit einem großen Besen aus dem Lande zu fegen. Wir sind uns in der Partei einig, hier eine gewisse Verhältnismäßigkeit wahren zu müssen. Zu vielen Themen fehlen uns auch einfach noch der Sachverstand und die politische Erfahrung. Es geht uns jedoch *gerade* darum, diese *Unbedarftheit* wieder in die Politik zu bringen. Es fehlt in unseren Parlamenten an unvoreingenommenen Köpfen, die eine politische Fragestellung einmal *abseits* der ausgetretenen Wege von Parteiklüngelei und Lobbyismus betrachten können.«

Jeder Satz war Dutzende Male geübt worden. Sebastian konnte sich die tagelangen Probeinterviews gut vorstellen, die in irgendeiner Stuttgarter Wohnung durchgeführt worden waren. Höchstwahrscheinlich gab es eine Art Drehbuch, in dem selbst die Betonung einzelner Worte vorgegeben war.

Ein helles Ploppen in der Küche verriet, dass Maja die Flasche mit dem Synthetikkorken geöffnet hatte, dann erklang das Plätschern von Wein.

Maja trug die Gläser etwas unsicher in den Raum. »Du musst mir eventuell doch helfen«, rief sie. Sebastian sprang auf und nahm ihr den Wein ab. Als sie am Fernseher vorbeiging, sagte sie: »Ah, der Typ von den Wahlplakaten.«

»Henner Maier, ja.«

»Ein unglaublich von sich selbst eingenommener Kerl. Total unsympathisch, wenn man mal ein paar Worte mit ihm wechselt.«

»Du kennst ihn persönlich?«, fragte Sebastian überrascht. Er konnte sich nicht vorstellen, wo Maja ihn einmal getroffen haben könnte.

»Neeeee«, sagte Maja. »Aber bis vor ein paar Wochen ist der regelmäßig schwimmen gekommen ins Hallenbad Nord. Meistens auch donnerstagvormittags, wenn ich mit den Kindern da war.« Sie ließ sich auf die Couch plumpsen.

»Ich habe ein paarmal mit ihm gesprochen«, sagte Sebastian. »In der Villa seiner Burschenschaft …«

»Der ist in einer Burschenschaft?« Majas Lachen war glockenhell. »Na, das passt ja. Wieso filmt die Kamera ihn denn immer nur von dieser einen Seite? Versteckt er auf der anderen Backe den Schmiss?«

»Ja, wahrscheinlich …«, sagte Sebastian, doch er lachte nicht. Irgendetwas stimmte nicht. Er war sich plötzlich sicher, irgendetwas übersehen zu haben.

»Henner Maier gehört zu dem Typ Mensch, der planschende Kinder anmotzt, wenn sie seine Bahn blockieren.« Maja nahm einen Schluck Wein. »Einmal hat er sogar Kim einfach beiseitegedrängt. Ich hab ihn dann zur Rede gestellt … An dem Tag hatte der Typ echt schlechte Laune. Das war der Tag, an dem wir uns kennengelernt haben«, rief sie. »Weißt du noch?«

Sie umarmte Sebastian, ohne auch nur einen Tropfen des Weines zu verschütten, den sie in der Rechten hielt. Doch Sebastian erwiderte die Umarmung nicht. Er starrte an Maja vorbei auf den Bildschirm, auf eine Strähne an Maiers Schläfe, die beim Reden auf und ab hüpfte. Henner Maier war am Morgen nach dem Einbruch in das Archiv schwimmen gewesen. Er war am Morgen nach dem Einbruch *freiwillig* um sieben aufgestanden, um schwimmen zu gehen. Was übersah er? *Was übersah er?*

Maja löste sich wieder von ihm. »Weißt du nicht mehr? Als der Bademeister die Polizei geholt hat. Weil die Kinder beobachtet haben, wie jemand ein Schließfach aufbrechen wollte. Du warst vollkommen angekotzt und hast mir ziemlich offensichtlich in den Ausschnitt gestarrt.«

Das Schließfach. Sebastian öffnete den Mund, um etwas zu sagen, doch es kam kein Ton.

»Was ist?«

»Henner Maier war an dem Morgen im Hallenbad?«

Maja nickte. Sie nahm einen weiteren Schluck. »Nur kurz. Er ist eine Länge geschwommen, dann hat er Kim weggeschubst, ich habe ihn angeschnauzt, und dann ist er verschwunden.« Maja kratzte sich die Stirn. »Er war höchstens fünf Minuten da. Ich war noch so wütend auf ihn, da sind die Kinder gekommen und haben von dem Schließfach erzählt.«

»Was hast du zu ihm gesagt?«

»Ich habe ihm gesagt, dass er sich gefälligst der Botschaft seines Wahlplakates gemäß verhalten soll. Ansonsten würde es mit einem Einzug in den Landtag schwer werden.« Sie lachte, aber es klang gezwungen. Maja musterte ihn jetzt sehr genau. »Gib mir lieber das Weinglas.«

Erst jetzt fiel Sebastian auf, dass er den Stiel des Glases zwischen den Fingern rieb und der Wein bereits überzuschwappen drohte.

»Was hast du denn?«

Doch Sebastian konnte nicht antworten. Er sah Bilder an sich vorüberrauschen, erkannte Details, Einzelheiten, die ihm zuvor als unwichtig erschienen waren. Zusammenhänge. Auf einmal erschien alles in einem anderen Licht, der Moment war eingetreten, auf den er schon vor Wochen gewartet hatte. Für den Bruchteil einer Sekunde hatte die Realität ihr Gewand angehoben und ihm einen Blick in die phantastische Struktur darunter gewährt. Henner Maier war an diesem Morgen im Hallenbad gewesen. Er war dort gewesen, *weil er das Schließfach aufbrechen musste.* Sebastian wusste, wieso man im »Tatort« in diesen Momenten immer einen dramaturgischen Kniff vermutete: Die innere Struktur der Dinge war im Krimi dem Gehirn des Drehbuchautors entsprungen. Es war unmöglich, diesen Moment im Fernsehkrimi so darzustellen, dass er nicht geplant wirkte. In der Realität jedoch stand man unweigerlich vor dem Problem, dass es keinen Autor gab.

Er küsste Maja, bevor er ihr das Glas wieder aus der Hand nahm und einen großen Schluck trank.

»Die Schließfächer im Hallenbad ... die werden doch sicher abends, bevor das Bad ...«

»Ja«, sagte Maja. Sie warf ihm einen besorgten Blick zu, anscheinend sah er alles andere als gut aus. »Die werden alle am Abend geleert und der Inhalt gesammelt. Man hat ein paar Wochen Zeit, glaube ich, den dann abzuholen.«

»Um zu verhindern, dass jemand ein Schließfach dauerhaft nutzt«, sagte Sebastian.

»Ja, natürlich ... Das ist die Intention dahinter. Sebastian?«

»Es geht mir gut, ehrlich.« Er küsste sie erneut. Die eloquenten Ausführungen Henner Maiers auf dem Bildschirm waren zu einer lächerlichen Nebensächlichkeit geschrumpft, zu einem störenden Hintergrundrauschen.

»Wenn … wenn ich recht habe …«, stammelte Sebastian. »Hat das Hallenbad sonntags geöffnet?«

»Ja, natürlich«, sagte Maja. »Im Winter jeden Tag außer Montag.«

Sebastian lachte. »Wenn ich recht habe …« Er schlug sich mit der flachen Hand fest auf die Stirn.

»Hey!«

»Und zu mir hat er gesagt … Wie konnte ich nur so blind sein!«, rief Sebastian, jedes Klischee benutzend, das er von Fernsehkommissaren kannte. Maier hatte auf ihm gespielt, er hatte ihn gespielt wie ein Instrument, er hatte sie alle benutzt. Alle.

»Wie konnte ich nur so blind sein«, sagte er noch einmal. Er gestikulierte wild herum.

»Pass auf, der Wein«, sagte Maja. »Du, dein Handy klingelt.«

»Was?«

»Dein Handy!«

Jetzt hörte er es. Er zog es aus seiner Jeans heraus und nahm den Anruf an. »Möllner?«

Es war Anna. »Sebastian? Schmidtchen ist gerade aus Stuttgart zurückgekommen. Rate mal, wer trotz Wahlsonntag kurz auf der Beerdigung von diesem Langbein aufgetaucht ist.«

»Ich muss nicht raten. Ich weiß es.«

37

Im Schlossgarten blühten bereits die ersten Veilchen. Es war für Mitte Februar so ungewöhnlich warm, dass einige Hartgesottene im T-Shirt auf den Rasenflächen zwischen Königstraße, Oper und Landtag lagen.

Sebastian war am Vormittag nach einer Lagebesprechung mit Anna zu Fuß zum Tübinger Hauptbahnhof gegangen und hatte den Regionalexpress nach Stuttgart bestiegen. Jetzt überquerte er den Platz vor dem Landtagsgebäude und scheuchte dabei einige Tauben auf, die schon aus der Entfernung Respekt vor seinem flatternden Mantel hatten.

Er ging auf den Eingang zu. Die Architektur des Stuttgarter Landtags war ein Glücksgriff, denn sie passte gleichzeitig zur schwäbischen Mentalität und zu den fragwürdigen Lebensläufen seiner einstigen Benutzer. Sebastian schaute die Fassade hinauf. Parlamentarier, die im Dritten Reich mehr als nur in einer untergeordneten Position gewesen waren, hatten Mitte der sechziger Jahre in einem schlichten Quadratbau einfach glaubwürdiger gewirkt als in einem feudalen Parlamentspalast.

Sebastian setzte sich vor dem Plenarsaal auf eine Bank und wartete auf das Ende der Sitzung. Eine Schulklasse verließ die Besuchertribüne und trottete raunend aus dem Gebäude, wahrscheinlich Richtung Landesmuseum.

Es waren nur wenige Kamerateams anwesend. Die PFI hatte ihre erste Sitzung bereits am Vortag hinter sich gebracht, der Presserummel war daher schon abgeflaut. In Grüppchen tröpfelten die Parlamentarier aus dem Saal, die meisten von ihnen waren in ein angeregtes Gespräch vertieft. Die Regierungsbildung war im Detail noch nicht ausgehandelt, man sprach über Koalitionsverträge und unter Parteigenossen über den politischen Newcomer.

»Herr Maier!« Sebastian sprang auf.

Henner Maier schob sich als Mittelpunkt einer Gruppe von sieben Personen aus dem Saal, von allen Seiten redete man auf ihn ein. Er hatte seinen Namen gehört und vermutete zunächst wohl einen interessierten Journalisten, doch als sein suchender Blick die Augen Sebastians traf, verschwand das herablassende Lächeln, mit dem er gerade noch seinen Parteifreunden geantwortet hatte, aus seinem Gesicht. Auch seine Haltung veränderte sich merklich, sie wurde steifer. Er gab durch wenige Worte seinem Umfeld offenbar zu verstehen, dass er einen Moment allein sein musste.

Maier wartete, bis sich die Menge etwas gelichtet hatte. Dann ging er auf Sebastian zu und begrüßte ihn.

»Guten Tag, Herr Maier«, sagte Sebastian. Er konnte sich eine gewisse Vorfreude nicht verkneifen.

Seine gute Laune steckte Maier nicht an, er behielt seine steife Haltung bei. »Wir haben uns lange nicht gesehen. Haben Sie uns vorletzte Woche gewählt?«

»Sie hatten meine Stimme offensichtlich nicht nötig.«

»Es war am Ende knapper, als wir gedacht haben.« Maier schaute sich unruhig um, anscheinend fürchtete er lauernde Fotografen.

Sebastian sagte: »Ja, ich weiß. Ein halber Prozentpunkt. Aber es hat gereicht. Auch ohne Ihre spektakuläre Enthüllungsgeschichte.«

Maier entgegnete darauf nichts, er schaute auf das Parkett.

»Möchten Sie, dass wir irgendwo sprechen, wo wir unter uns sind?«, fragte Sebastian.

»Oben gibt es einen Besprechungsraum. Da ist um diese Zeit niemand.«

»Ich folge Ihnen.«

Maier führte Sebastian in einen Raum, der einem großen Klassenzimmer nicht unähnlich sah. Stuhl- und Tischreihen wechselten sich ab. Anstelle einer Tafel hing eine Leinwand von der Decke, etwas abseits der Tür stand ein Whiteboard. Sebastian vermutete, dass hier normalerweise Fraktionssitzungen stattfanden und in letzter Minute Absprachen getroffen wurden. Maier strich im Vorbeigehen mit einer Selbstverständlichkeit über das Holz des Rednerpultes, als hätte er hier schon Dutzende von Sitzungen hinter sich gebracht.

In der vordersten Reihe nahm er Platz, Sebastian blieb stehen. Das Panorama vor dem Fenster präsentierte die Neue Staatsgalerie in voller Länge.

»Wieso sind Sie gekommen?«, fragte Maier. »Wenn es möglich

ist, muss ich Sie bitten, sich kurz zu fassen. Wir haben um zwölf Sitzung, drüben im Abgeordnetenhaus.«

»Sie scheinen im politischen Alltag mühelos angekommen zu sein.«

Maier lächelte. »Es steckt wirklich weniger dahinter, als man als Außenstehender vermutet.«

»Wie lange bereiten Sie sich eigentlich schon auf diesen Auftritt hier vor?«, fragte Sebastian. »Im Geiste, meine ich. Im Privaten. Wann haben Sie den Entschluss gefasst, Politiker zu werden?«

»Wieso fragen Sie mich das? Sie klingen wie einer dieser schlechten Spiegel-Online-Journalisten, die im Internet für die Veröffentlichung im Magazin üben.«

»Reines Interesse.«

»Ich war schon in der Schule politisch interessiert.«

Sebastian hustete. Er hatte Maiers Lebenslauf stundenlang studiert. »Sie haben bereits in der achten Klasse für das Amt des Schulsprechers kandidiert.«

»Woher wissen Sie das?« Etwas Selbstsicherheit wich aus Maiers Gesicht.

»Ihre Schule führt da geflissentlich Buch.«

»Ich kann mir zwar nicht denken, wozu Ihnen diese Information nutzt – aber ja, ich habe damals kandidiert. Und übrigens verloren. Erst in der zwölften Klasse hat es geklappt.«

»Ich weiß, Herr Maier. Ich weiß.«

»Sind Sie gekommen, um mich das zu fragen?«

»Ich habe bei Ihrer Burschenschaft in Tübingen angefragt, Herr Maier. Anscheinend wohnen Sie schon seit ein paar Wochen nicht mehr in der Stadt.«

»Ich habe mir hier eine Wohnung genommen. Eine winzige Zwei-Zimmer-Wohnung an der Weinsteige. Es ist praktischer so.«

»Dann nehme ich an, dass Sie die Lokalnachrichten in Tübingen nicht mehr verfolgen.«

»Nein. Nur am Rande.«

»Wir haben letzte Woche Sandra Scholz' Leiche gefunden. Ein paar Spaziergänger haben sie im Kirchentellinsfurter Baggersee gesehen.« Er bemühte sich um einen völlig unaufgeregten Ton.

»Das weiß ich natürlich. Es stand in der Zeitung.«

Sebastian war sich sicher, dass Maiers Gelassenheit gespielt war. Er meinte, eine leichte Nervosität aus seiner Stimme zu hören. »Keine äußere Gewalteinwirkung sichtbar. Die offizielle Todesursache lautet: ›im Eis eingebrochen.‹

»Aha.«

»Offiziell gehen wir von einem Unfall aus. Das haben wir der Presse so mitgeteilt. Aber ein paar Ungereimtheiten gibt es trotzdem. Man fragt sich als Kriminalkommissar natürlich automatisch, wieso eine junge Frau Anfang zwanzig nur mit einem dünnen Pullover und Jeans bekleidet auf einen zugefrorenen See läuft.«

»Woher soll ich das wissen? Vielleicht Selbstmord?«, schlug Maier vor.

Sebastian musste ein Lächeln unterdrücken. Er wollte Maier nicht sofort überführen. Im Grunde hatte er keinen endgültigen, unanfechtbaren Beweis. Maier selbst sollte den Tathergang schildern, und Sebastian war sich absolut sicher, dass es ihm gelingen würde, sein Gegenüber so weit zu bringen.

»Herr Maier, ich weiß, dass Sandra Scholz zusammen mit Katia Seligmann in das Archiv der Universitätsklinik eingebrochen ist.«

»Was?« Er klang erstaunt. »Woher wissen Sie das?«

»Lars Breuer«, antwortete Sebastian knapp. »Wir wissen es schon seit Weihnachten. Ich habe Lars gebeten, niemandem davon zu erzählen. Es hätte die Ermittlungen behindert.«

»Das hätte er nicht tun sollen«, sagte Maier. Er richtete sich etwas im Stuhl auf. »Damit hat er Sandra in Gefahr gebracht.«

»Herr Maier«, sagte Sebastian. »Sandra liegt in Tübingen in einem Gefrierschrank und bietet einen Anblick, den ich den meisten Menschen lieber ersparen möchte. Sie war schon lange tot, als Lars gestanden hat.«

»Dann wurde sie zusammen mit Katia ermordet. Dann haben die sie beide umgebracht.«

»Ich weiß nicht zu hundert Prozent, wie der Mörder es angestellt hat. Aber ich vermute, dass er Frau Scholz auf die Eisfläche getrieben und dann einfach am Ufer gewartet hat, bis sie eingebrochen war. Vielleicht mit der Attrappe einer Schusswaffe.« Er hob die Schultern. »Wer weiß. Wir haben übrigens das hier an der Böschung der B 27 gefunden.« Er griff an seine Hüfte und zog den billigen Plastikrevolver hervor, den die Spurensicherung am See gefunden hatte. »Ein Kinderspielzeug«, erklärte er. »Fassen Sie ihn ruhig an, wir haben die Spuren schon lange gesichert.«

»Ich gebe gerne zu, dass ich Sie in der Sache mit Sandra belogen habe«, sagte Maier. Es sollte selbstbewusst klingen, doch in seiner Stimme lag bereits etwas Unsicheres, sie zitterte leicht. Wie ein Tier schien Maier ein aufziehendes Unwetter zu wittern. »Wir haben uns vor dem Einbruch im Archiv mit Sandra getroffen. Lars und ich. Danach ist Sandra gegangen, um sich mit Katia vor der Klinik zu treffen. Sandra hat in der Klinik ihr Praxissemester gemacht, sie hatte Zugang zum Archiv.«

Sebastian lachte. »Das weiß ich doch alles schon, Herr Maier!«, rief er. »Das ist uns seit Wochen bekannt.« Er genoss es, mit ihm Katz und Maus zu spielen.

»Wozu sind Sie dann hier?«

»Sie haben mir einmal gesagt, dass man für seine Eltern nichts kann. Mir ist das letztens wieder in den Sinn gekommen – während ich einen Taco in Soße getunkt habe.«

»Wie bitte?«

»Sie waren gerade im Fernsehen zu sehen. Kurz nach der ersten Hochrechnung. Ich weiß nicht, was es war, irgendeine Geste von Ihnen. Jedenfalls ist mir eingefallen, dass Sie mir bei unserem letzten Treffen im Dezember erklärt haben, dass man für seine Eltern nichts könne. Ihre Eltern sind Frida und Leopold Maier, habe ich recht?«

»Natürlich.«

»Beides Anwälte.«

»Das habe ich Ihnen schon erzählt.«

»Ja. Ihr Großvater, war der auch Jurist?«

»Mütterlicherseits ja«, erklärte Maier. »Väterlicherseits nicht.« Maier musste sich offenbar anstrengen, ruhig zu bleiben.

»Was war Ihr Großvater väterlicherseits?«

»Mediziner. Er war Arzt.«

»Wo waren Sie am 8. Dezember zwischen halb eins und neun Uhr morgens?« Die Frage kam wie ein Fallbeil, Maier zuckte körperlich zusammen. Sebastian spürte einen gewissen Stolz.

»Das weiß ich doch jetzt nicht mehr. Das ist Monate her.« Maiers Stimme klang auf einmal unsicher.

»Ich bitte Sie, Herr Maier. Die Nacht auf den 8. Dezember war die Mordnacht. Sie werden sich doch wohl daran erinnern, was Sie in der Mordnacht gemacht haben?«

»Das habe ich Ihnen gerade erklärt«, sagte Maier. Er atmete genervt aus. »Wir haben im Café Lichtenstein darauf gewartet, dass Sandra vom Archiv zurückkommt. Um halb eins kam sie. Katia war schon nach Hause gegangen, um die Dokumente einzuscannen.«

»Und dann sind Sie nach Hause gegangen.«

»Lars und Sandra auch. Wir wollten uns dann am nächsten Tag treffen, um die Dokumente zu sichten.«

»Wo waren Sie in der Nacht?«

»Zu Hause. In meinem Zimmer. Sie können gerne bei der Burschenschaft –«

»Bereits mehrmals geschehen. Ihre Aussage wurde erwartungsgemäß bestätigt. Ich weiß nicht, was Sie Ihren Kommilitonen gesagt haben.«

»Wieso –?«

»Und am nächsten Tag? Sind Sie direkt zur Uni gegangen?«

»Soweit ich mich erinnern kann, ja. Ich bin am Morgen um zehn gleich in die Strafrechtsvorlesung.«

»Sie waren vorher nirgendwo sonst?«

»Nein.«

»Herr Maier, Sie lügen. Sie waren von halb neun bis Viertel vor neun im Hallenbad Nord oben im WHO.«

Maier schluckte. »Kann sein, ich bin dort öfter. Ich schwimme regelmäßig.«

»So regelmäßig, dass Sie eine Jahreskarte besitzen. Die an Ihre Person gebunden ist. Wussten Sie, dass das Einlasssystem des Hallenbades alle Besuche protokolliert? Wir wissen auf die Sekunde genau, wann Sie das Bad am 8. Dezember betreten haben. Und wir wissen auf die Sekunde genau, wann Sie das Bad wieder verlassen haben. Nach genau vierzehn Minuten und zweiunddreißig Sekunden. Ein bisschen kurz, oder nicht?«

»Ich war in Eile, wegen der Strafrechtsvorlesung.«

Maier log, aber auf diese Weise kamen sie nicht weiter, in diesem Stadium würde er noch alles abstreiten. »Lassen wir das, Herr Maier. Machen wir einen Sprung zum Wahlsonntag. Sie haben sich trotz der spannenden Hochrechnungen am späten Nachmittag für eine Dreiviertelstunde verabschiedet.«

»Ja, ich brauchte eine Auszeit.«

»Die Sie sich auf dem Friedhof genommen haben. Bei der Beerdigung von Fritz Langbein.«

Maier entspannte sich etwas. Er kratzte sich am Oberarm. »Ach, das meinen Sie.«

»Fritz Langbein hatte keine Familie. Keine Kinder, seine Frau ist vor Jahren gestorben. Er war Alter Herr in Ihrer Burschenschaft, habe ich recht?«

»Das klingt bei Ihnen wie ein Vorwurf.«

»Er hat Sie finanziell unterstützt. Das wussten nicht einmal Ihre Eltern. Hat er Sie auch ermutigt, in die Politik zu gehen?«

Maier schüttelte den Kopf. »Sie haben mit meinen Eltern gesprochen?«

»Und Sie haben sich regelmäßig von Herrn Langbein das Auto geliehen, habe ich recht? Er hat das bis zu seinem Tod abgestritten. Er meinte, niemand sonst benutze den Wagen. Wahrscheinlich hat er vermutet, dass Sie irgendeinen Verkehrsunfall mit Fahrerflucht begangen hatten. Er wollte Sie schützen, so wenige Tage vor der Wahl.«

»Was für ein Verkehrsunfall?«

»Ihre Methode war geschickt, Herr Maier. Sie sind intelligent vorgegangen – auf mehreren Ebenen. Und deshalb bin ich Ihnen in die Falle getappt. Lars übrigens auch. Aus Ihnen wäre vermutlich ein genialer Politiker geworden.« Sebastian hatte immer vermutet, dass dies die Fähigkeit war, die einen guten Politiker auszeichnete.

»Was meinen Sie?«, sagte Maier.

Vor dem Fenster waren eben einige Enten aus dem Teich vor dem Gebäude gestartet.

»Alle Unklarheiten sind beseitigt. Ich weiß jetzt, was in der Tatnacht geschehen ist.«

Maier schloss die Augen, er stieß einen ungeduldigen Brummton aus und sackte etwas zusammen. Nachdem er sich wieder etwas aufgerichtet hatte, meinte er: »Haben Sie Spaß an dieser ganzen Hercule-Poirot-Scheiße, die Sie hier abziehen? *Was* ist Ihrer Meinung nach passiert?«

Sebastian musste ein Grinsen unterdrücken. »Nicht das, was wir alle glauben sollten. Es war nicht diese riesige Verschwörung der Universitätsklinik und der Eliten von Baden-Württemberg. Katia Seligmann und Sandra Scholz sind nicht gestorben, um ein paar hohen Beamten und Chefärzten die Veröffentlichung von menschenverachtenden Experimenten an der Klinik zu ersparen.« Maier wollte etwas sagen, doch Sebastian hob die Hand. Jetzt war er dran. »Sie haben recht. Es ging tatsächlich darum, die Veröffentlichung der Dokumente aus dem Archiv zu verhindern. Aber nicht deshalb, weil der Ruf der wissenschaftlichen und politischen Elite des Bundeslandes gefährdet gewesen wäre. Es ging einzig und allein um die Existenz eines einzigen Mannes. Es ging um *Ihre* Existenz, Herr Maier. Es ging ausschließlich um die Wahrung der Integrität jener Person, die Sie seit Jahren aufgebaut haben: der erfolgreiche und smarte Jungpolitiker Henner Maier.«

»Ich kann Ihnen nicht folgen.« Maier machte eine zerstreute Handbewegung, vermied es dabei aber, Sebastian in die Augen zu schauen.

»Keine Angst. Ich werde Ihnen erklären, was sich in der Tatnacht abgespielt hat. Wussten Sie, dass Sandra Scholz an einer bipolaren Störung gelitten hat?«

»Ja.«

»Sie war zu einem gewissen Grad schizophren. Aus ihren Patientenunterlagen geht außerdem hervor, dass sie unter extremer Schlaflosigkeit litt.«

»Ja, ja, das wusste ich.«

»Sandra war während ihrer Zeit an der Uniklinik in einen kleineren Skandal verwickelt. Ungefähr sechs Wochen nachdem sie ihr Praxissemester dort begonnen hatte, hat eine größere Menge Schlafmittel gefehlt, das eigentlich für Narkosezwecke eingesetzt wurde. Man hat Sandra verdächtigt, weil der Diebstahl während ihrer Nachtschicht geschah. Man konnte ihr jedoch nie etwas nachweisen. Wussten Sie das auch?«

»Nein«, murmelte Maier.

»Ich bin mir fast hundertprozentig sicher, dass Sandra damals für den eigenen Gebrauch das Schlafmittel entwendet hat, mit dem Katia Seligmann betäubt wurde.«

»Dann hat der Täter eben zuerst Sandra umgebracht. Er hat das Schlafmittel in ihrem Badezimmer gefunden und ist damit zu Katia gefahren.«

»Das stimmt tatsächlich«, bemerkte Sebastian. »Aber dann auch wieder nicht. Herr Maier, ich werde Ihnen sagen, was sich meiner Meinung nach zugetragen hat. Nachdem Sie, Lars und Sandra aus dem Café Lichtenstein gegangen waren, sind Sie tatsächlich alle nach Hause gegangen. Katia war bereits in ihrer Wohnung im Depot-Areal und hat die Dokumente gesichtet. Schauen wir auf die Uhr – um halb eins haben Sie das Café verlassen. Es ist jetzt etwa eins. Sie liegen bereits im Bett auf dem Österberg und schwelgen wahrscheinlich in den Vorstellungen des großartigen Skandals. Die Landtagswahl wäre damit gesichert. Die herrschende Klasse des Landes diskreditiert.

Wir haben die Anrufprotokolle von Sandras Festnetzanschluss. Um halb zwei klingelte bei ihr das Telefon. Wissen Sie, wer angerufen hat?«

»Nein.«

»Katia. Sie hat, eineinhalb Stunden nachdem sie nach Hause gekommen war, Sandra angerufen. Warum? Hier beginnt meine Spekulation, bei deren Bestätigung ich Ihre Hilfe benötige, Herr Maier.«

Maier machte eine drehende Handbewegung, die wohl bedeuten sollte: Fahren Sie fort.

»Es ging um die entwendeten Dokumente. Katia hatte sie während des Einscannens genauer gelesen. Und sie hat darin Dinge gefunden, die nicht ganz in den geplanten Ablauf der Aktion passten.«

»Ich weiß nicht, wovon Sie sprechen.«

»Wahrscheinlich ist Katia daraufhin mit den Dokumenten zu Sandra gefahren. Sie haben sich dort etwa eine halbe Stunde beraten. Und dann haben die beiden beschlossen, *Sie* anzurufen, Herr Maier. Vermutlich befanden Sie sich bereits in der ersten Schlafphase, als der Anruf Sie erreicht hat. Wie sind Sie dann zu Sandras Wohnung gekommen? Hatten Sie zufällig Fritz Langbeins Mercedes irgendwo auf dem Österberg stehen?«

»Ich weiß nicht, was der Daimler damit zu tun hat.« Maier war etwas bleicher geworden. Er wirkte verunsichert.

»Sie sind in das Auto gestiegen und zu Sandra gefahren, ohne zu wissen, worum es ging. Wahrscheinlich dachten Sie, dass sich herausgestellt hatte, die Dokumente wären unbrauchbar. Oder die Informationen wären so skandalös, dass eine Veröffentlichung das Universitätsklinikum irreparabel geschädigt hätte. Was ging Ihnen auf der Fahrt durch den Kopf, Herr Maier? Nicht das, was Sie dann erwartet hat. Habe ich recht?«

Maier schwieg. Sebastian hatte ihn gleich so weit.

»Katia und Sandra haben Sie vermutlich ein bisschen verstört empfangen. Ich weiß nicht, was die beiden Ihnen gesagt haben. Wahrscheinlich haben sie sich an einer holprigen Einleitung versucht. ›Henner, es geht nicht direkt um die Universitätsklinik – es geht um dich.‹ Haben sie Ihnen das gesagt? Oder haben die beiden Ihnen gleich den Brief von diesem Assistenzarzt gezeigt?«

»Das ist alles Spekulation, Möllner. Sie können nichts davon beweisen.«

»Wieso beweisen? Bekommen Sie es schon mit der Angst zu tun? Berechtigterweise. Denn was in den Dokumenten stand, war für Sie eine Katastrophe. Katia hatte Dutzende von Fällen gefunden. Es ging um Sterilisation mit Hilfe von Elektroschocks, um die Behandlung von Bettnässern. Um Abtreibung mit Hilfe von radioaktiver Strahlung. Ein dreizehnjähriger Patient wurde aufgrund chronischen Onanierens mit Elektroschocks behandelt. Haben Sie die Dokumente gelesen? Mehrere Personen sind sofort verstorben. Vielen männlichen Patienten erging es wie Alfred Reinhard, ihre Hoden wurden noch vor der Pubertät zerstört, und sie konnten niemals eine Familie gründen. Von den weiblichen Patienten sind die meisten einige Jahre später dem Krebs erlegen. Spätfolgen der radioaktiven Bestrahlung. Aber das war für Sie persönlich nicht der eigentliche Skandal. Das hatten Sie erwartet, und aus diesem Grund hatten Katia und Sandra Sie auch nicht nachts um zwei in die Wohnung gebeten.

Oh nein. Es ging um etwas anderes. Etwas, das Sie als Parteivorsitzenden untragbar machte. Diese menschenverachtenden Patientenversuche waren alle mit einem Vermerk gekennzeichnet. Behandelnder Arzt: M. Wer war M., Herr Maier? Ich sage es Ihnen: Es handelte sich um Professor Dr. Max Richard Maier,

Professor für Psychologie am Universitätsklinikum. Ihr Großvater, Herr Maier.« Jetzt war es so weit. Maier konnte sich bereits jetzt durch ein Geständnis weitere Qualen ersparen. Sebastian betrachtete gespannt seine Augen, es schien in ihm zu arbeiten.

Doch dann stöhnte er nur. »Was soll das alles?«

»Das sehen Sie gleich. 1953 war plötzlich alles vorbei. Eine von der Klinikleitung eingesetzte Kommission hat jeden weiteren Patientenversuch untersagt. Ein angehender Professor, ein gewisser Dr. Sonnenmann, hatte Beschwerde beim ärztlichen Direktor eingelegt. Es ging um die Methoden Ihres Großvaters, Herr Maier. Anscheinend hatte die Leitung der Klinik keine Kenntnisse darüber. Der Beschwerdebrief von Dr. Sonnenmann an den damaligen Leiter der Klinik, Professor Roland, war den Akten beigelegt. Es wurde alles sehr korrekt archiviert. Mit schwäbischer Gründlichkeit, könnte man sagen. Sie kennen diesen Brief, oder nicht?«

Maier schüttelte stockend den Kopf. »Sie haben keine Beweise, Möllner. Für nichts, was Sie hier erzählen, gibt es Beweise. Die Dokumente hat der Mörder vernichtet.«

»Gehen wir noch einmal zurück. Was haben Sie am Morgen des 8. Dezembers im Hallenbad Nord gemacht?«

»Ich bin eine Länge geschwommen und dann in die Vorlesung gegangen. Wie bereits gesagt.« Er bot Sebastian trotzig die Stirn.

Eventuell würde es schwieriger werden, ihn zu überführen, als Sebastian gedacht hatte. »Oh nein. Sie hatten etwas ganz anderes vor. Sie wussten, dass Katia am Vortag ihr Handy im Hallenbad vergessen hatte. Ich habe das die ganze Zeit übersehen, aber Lars bekam um etwa halb vier eine E-Mail von Katia. Darin hat sie beiläufig bemerkt, dass sie ihm keine SMS schreiben könne, weil sie am Vortag ihr Handy ›liegen gelassen‹ habe.«

»Das kann sein, ja.« Maier begann, seine Finger zu kneten.

»Katia war, ebenso wie Sie, regelmäßige Schwimmerin. Ich nehme an, das wissen Sie?«

»Ich habe sie ein paarmal im Hallenbad getroffen.«

»Sie *wussten*, dass Katia ihr Smartphone im Schließfach des Hallenbades vergessen hatte. Die Schließfächer für die Wertsachen werden genauso wie die Kleiderschränke mit einem Chip geöffnet, den man am Eingang bekommt. Katia hat am Nachmittag des 7. Dezembers das Bad verlassen, ohne zuvor ihr Handy aus dem Wertsachenfach zu holen. Sie hat es vergessen, und als sie den Verlust bemerkte, war das Hallenbad bereits geschlossen. Es hat mittwochs nur bis sechzehn Uhr geöffnet. Wie haben Sie davon erfahren, dass Katia ihr Handy dort vergessen hatte? Hat sie es beiläufig erwähnt, als es darum ging, vor der Aktion die Erreichbarkeit per Handy festzustellen? Das weiß ich leider nicht.« Sebastian wartete kurz ab, ob von Maier eine Antwort kam. Vor der Tür waren Schritte zu hören, doch sie zogen vorüber. Maier schwieg.

»Was ich jedoch ziemlich sicher weiß, ist, dass Sie am nächsten Morgen, gleich nachdem das Hallenbad geöffnet hatte, einige Alibi-Bahnen geschwommen sind. Doch der Grund Ihres Aufenthaltes war ein anderer. Sie wollten um jeden Preis versuchen, das Smartphone zu bekommen. Sie haben sogar das einzige Schließfach aufgebrochen, das an diesem Morgen verschlossen war. Einige Kinder haben Sie dabei beobachtet. Aber darin war kein Handy – habe ich recht? Darin war nur der Schlüsselbund eines anderen Badegastes.«

Maier atmete laut durch die Nase.

Sebastian fuhr fort. »Der Inhalt der Schließfächer wird jeden Abend vom Personal geleert und in einer Kiste gesammelt. Das hatten Sie nicht bedacht, nicht war? Das wurde Ihnen erst klar, nachdem sie bemerkt hatten, dass alle anderen Schließfächer an diesem Morgen *leer* waren. Sie hatten keine Ahnung, wie Katias Smartphone überhaupt aussah. Hätten Sie es beim Bademeister abholen wollen, hätten Sie irgendeinen Beweis erbringen müssen, dass es *Ihr* Handy ist. Aber dann – war es nicht das perfekte Versteck? In irgendeiner Kiste in irgendeinem Abstellraum im Hallenbad. Wer würde auf die Idee kommen, dort nach Katias Handy zu suchen? Es gab nur ein Problem: Sie wurden erkannt. Maja Wehrle hat sie erkannt. Sie kann unzweifelhaft aussagen, Sie an diesem Morgen im Hallenbad gesehen zu haben. Aber das wissen Sie ja bereits. Immerhin folgen Sie ihr schon seit Wochen, um herauszufinden, ob sie Ihnen gefährlich werden kann. Sie wussten genau, dass Sie meine Freundin ist, nicht wahr? Sie war die Einzige, von der noch eine wirkliche Gefahr ausgehen konnte.

Sie hatten Angst, sie würde irgendwann mir gegenüber beiläufig erwähnen, dass Sie an jenem Morgen im Hallenbad waren. Und das hätte mein Interesse geweckt.«

Sebastian hob jetzt etwas die Stimme. Auf diese Stelle hatte er gewartet, hier wurde es persönlich. »Was haben Sie gefühlt, als sie von der Straße abgekommen ist? Haben Sie überhaupt etwas gefühlt? Oder haben Sie einfach nur gehofft, dass der Unfall tödlich war? Ein Problem weniger, nicht wahr? Sauber und effizient, ohne Spuren. Genauso wie Sie Sandra und Katia umgebracht haben. Pech gehabt, Herr Maier, der Unfall war nicht tödlich.« Und dieses Ereignis machte es ihm jetzt so ungemein befriedigend, Maier aus dem Verkehr zu ziehen. Er hatte beinahe die erste Frau, mit der Sebastian sich eine längere Zukunft vorstellen konnte, umgebracht.

Maier war zusammengesunken. Von seiner steifen, überlegenen Körperhaltung war nichts mehr zu sehen. Er fuhr sich durchs schweißnasse Haar, das inzwischen auf seiner Stirn klebte.

Sebastian zog ein schwarz glänzendes Smartphone der neuesten Generation aus der Innentasche seines Mantels. Katias Smartphone.

Er legte es vor Maier auf den Tisch.

»Katia hatte panische Angst davor, die Daten der abfotografierten Dokumente zu verlieren. In jener Nacht war das Smartphone im Hallenbad die ganze Zeit angeschaltet und erreichbar. Sie hat die Dokumente auf ihrem Laptop *und* auf ihrem Handy gesichert. Als hochaufgelöste Bilddateien. Wir haben sie bereits ausgedruckt. Ich weiß nicht, was Sie mit den Originalen angestellt haben. Vermutlich haben Sie sie verbrannt. Aber darauf kommt es jetzt nicht mehr an.« Sebastian zog die ausgedruckte Kopie eines Briefes aus dem Mantel. Die Worte waren mit einer Schreibmaschine getippt worden. »Das hier ist der Brief, der den Akten beilag und der dafür gesorgt hat, dass die Patientenversuche eingestellt wurden. Unterschrieben von Dr. Sonnenmann. Datiert auf Ende 1952.« Er begann, ihn vorzulesen.

Sehr geehrter Herr Professor Roland,
in den vergangenen zwölf Monaten gab es in unserer Klinik Vorfälle, die ich nun nach dem Tod mehrerer Patienten nicht mehr ignorieren kann. Es scheint mir ein spezifisches Problem der forschenden Kliniken

in diesem Lande zu sein, dass immer noch krampfhaft an Methoden und Überzeugungen festgehalten wird, die sich in der Vergangenheit als fataler Irrweg herausgestellt haben. Unter den beflissensten Advokaten jener überkommenen Methoden befindet sich an unserer Klinik zweifellos Herr Professor Maier. Ich muss Ihnen mitteilen, dass Prof. M.s Forschungsreihen in direktem Zusammenhang mit den Todesfällen in der Psychiatrischen Klinik stehen. Ich kam im Jahre 1944 in den zweifelhaften Genuss, beim Besuch eines Konzentrationslagers die Methoden des Prof. M. kennenzulernen. Prof. M. stand über seinen Doktorvater Prof. Verschuer (Frankfurt am Main) in engem Kontakt mit Dr. Mengele in Auschwitz. Es fand ein regelmäßiger Gedankenaustausch statt. Ich war mehrfach Zeuge von Telefonaten, in denen Prof. M. seinem Kollegen Mengele Fortschritte auf dem Gebiet der Methode des Elektrostimulanzverfahrens mitgeteilt hatte. Durch die Experimente des Prof. M. – denn ich weigere mich, hier von Behandlungen zu sprechen – kamen allein während meines viertägigen Aufenthaltes in besagtem Konzentrationslager fast zwanzig Menschen ums Leben. Ich weise Sie nachdrücklich darauf hin, dass, sollten die Versuchsreihen, die Prof. M. an unserer Klinik schamlos fortführt, nicht sofort eingestellt werden, die Presse von mir informiert wird. Sie finden auf der Rückseite Personalnummer und Dienstgrad, die Prof. M. damals geführt hat. Es sollte auch den Behörden ein Leichtes sein, diese Informationen mit den Dokumenten der Alliierten abzugleichen.
Ihre Antwort dringend erwartend
Dr. Sonnemann

Sebastian verstummte und legte den Brief auf den Tisch. Maier zeigte keine Regung. Es verging fast eine halbe Minute. Dann blickte er hilfesuchend zur Decke und schloss die Augen.

»Ich habe meinen Großvater nie kennengelernt«, sagte er. Seine Stimme hatte sich merklich verändert, sie war leiser geworden, zurückhaltender. Sebastian meinte, so etwas wie Erleichterung zu hören. Es war bereits die Stimme eines Verurteilten. »Er war schon über vierzig, als meine Großmutter mit meinem Vater schwanger wurde. Zehn Jahre später ist er gestorben.«

»Sandra und Katia bestanden auf einer Veröffentlichung, habe ich recht?«, fragte Sebastian. »Ich vermute, dass Sie im ersten

Schock die Dokumente an sich gerissen haben und Katia Ihnen mitgeteilt hat, dass bereits alles eingescannt und gesichert ist. War es so?«

»Katia hatte Ideale. Außerdem war es ihre Chance, einmal jenseits der Informatik einen Fuß in die Tür zu bekommen. Sie hat die Aktion wochenlang geplant und wollte sie nicht aufgeben.«

»Sandra und Katia haben Ihnen in der Nacht auf den 8. Dezember klargemacht, dass sie die Dokumente notfalls auch ohne Sie veröffentlichen würden, Herr Maier. Sie hätten mitten im entscheidenden Moment des Wahlkampfes als Enkel eines NS-Kriegsverbrechers dagestanden, der auch *nach* '45 seine Experimente fortgeführt und Dutzende von Menschen ermordet hatte. Die etablierten Parteien und die Presse hätten Sie in der Luft zerpflückt. Der erfolgreiche und smarte Jungpolitiker Henner Maier wäre zerstört gewesen. Als Parteivorsitzender wären Sie untragbar geworden. Sie hätten nie wieder in die Politik gehen können. Ohne Ihr Wissen haben Sie eine Information zutage gefördert, die genug Sprengkraft hatte, Ihren gesamten Lebensentwurf zu zerstören. Was haben Sie gemacht? Haben Sie sich in Sandra Scholz' Badezimmer zurückgezogen? Was haben Sie gedacht, als Sie sich dort im Spiegel gesehen haben? Was haben Sie geplant?«

»Nichts«, sagte Maier. Er schüttelte den Kopf. »Gar nichts.«

»Auf der Plastikpistole wurden Fingerabdrücke gefunden, die höchstwahrscheinlich Ihnen gehören. Es würde mich wundern, wenn wir an dem Strick, mit dem Katia Seligmann aufgehängt wurde, keine DNA-Spuren von Ihnen finden sollten. Und selbst wenn da nichts ist – die Indizien sind dem Staatsanwalt überzeugend genug. Ihr Alibi für die Nacht wird sich vermutlich in Luft auflösen, wenn Ihre Mitbewohner erfahren, dass Sie wegen zweifachen Mordes angeklagt sind.«

Maier warf einen sehnsüchtigen Blick auf den Frühlingstag vor dem Fenster. Der rotierende Mercedesstern auf dem Turm des Hauptbahnhofes warf einen langen Schatten über den Park. Am Horizont erkannte Sebastian winzige Züge, die sich zwischen die Bahnsteige schoben. Ein kleines Mädchen fütterte Enten, der Bruder verscheuchte einen Schwarm Tauben und wurde von der Mutter mit erhobenem Zeigefinger zurückgerufen. Unten in der

Lobby war jetzt wieder Unruhe ausgebrochen, man kehrte in den Plenarsaal zurück.

»Katia war stur«, sagte Maier. Er schaute weiter aus dem Fenster. »Sie hatte Sandra auf ihre Seite gezogen, aber ganz überzeugt war Sandra von einer Veröffentlichung auch nicht. Wenigstens am Anfang nicht. Aber Katia hat mich angeschrien. Ich wäre eine Schande als Parteivorsitzender. Sie hätte schon immer vermutet, dass ich aus irgendeiner finsteren Familie stamme.« Er lächelte, doch es wirkte gezwungen. »Sie wollte die Dokumente am nächsten Tag dem ›Spiegel‹ zukommen lassen. Nicht dem Schwäbischen Tagblatt, verstehen Sie? Gleich dem ›Spiegel‹. Der ›Zeit‹. Der Süddeutschen. Damit wäre sie groß rausgekommen. Sie wollte alle informieren. Das wäre *ihre* Stunde gewesen. Können Sie sich die Schlagzeile vorstellen? ›Landesvorsitzender der PFI Enkel von KZ-Arzt‹.« Maier hob den Arm und ließ ihn zurück auf den Tisch fallen. »Sie ist dann irgendwann gegangen.«

»Und Sie waren mit Sandra allein.«

»Das mit Sandra war …« Maier schluckte. Mit einem Blick zur Decke schien er eine Erinnerung zu suchen, die er seit Monaten unterdrückt hatte. »Es ist alles aus dem Ruder gelaufen. Sandra war zuerst umgänglicher. Sie hatte sogar ein bisschen Mitleid mit mir. Für seine Großeltern kann man doch nichts. Ich habe versucht, Sandra umzustimmen. Es hat nicht funktioniert. Dann habe ich sie gebeten, mit mir ins Auto zu kommen. Ich hatte zu diesem Zeitpunkt überhaupt nichts vor. Nichts. In mir war so eine – totale Leere, verstehen Sie? Ich habe Sandra erzählt, dass ich ihr etwas zeigen will, das ihre Meinung über mich ändert. Wir sind ins Auto gestiegen und losgefahren. Ich glaube, Sandra dachte, ich bringe sie zum Haus meiner Eltern. Vielleicht hatte ich das sogar vor. Vielleicht wollte ich ihr das Gemälde meines Großvaters zeigen. Ich weiß es nicht. Wir haben dann die Ausfahrt von Kirchentellinsfurt genommen. Denken Sie, sie wäre mitgekommen, wenn sie Angst gehabt hätte?«

»Aber Sie sind nicht zu Ihrem Elternhaus gefahren.«

Maier schüttelte den Kopf. »Nein. Ich bin auf den Parkplatz des Baggersees gefahren. Wir haben beim Stocherkahnrennen im Sommer so was Amerika-Kritisches gemacht. Das ganze

Auto war noch vollgestopft mit Überbleibseln der Verkleidungen. Cowboys, Soldaten, Afghanistan, Irak. Guantánamo. Im Seitenfach war diese Plastikpistole. Sandra war schon ziemlich nervös. Der Parkplatz ist abends ziemlich unheimlich, es gibt ja weit und breit kein Haus. Wissen Sie, dass Sandra zu Paranoia geneigt hat? Ach ja, das wissen Sie natürlich. Manchmal hat sie vollkommen überreagiert. Aber ich konnte doch nicht wissen …« Maier verstummte. Er kniff die Augen zusammen, strich sich mit der Hand übers Gesicht.

»Was?«, fragte Sebastian. Er spürte, dass es gleich vorbei war. »Was dann?«

»Dann habe ich die Plastikpistole hervorgezogen. Ich habe ihr gesagt: Steig aus. Mit einer verdammten Plastikpistole im Anschlag. Es war völlig lächerlich. Ich wollte sie einschüchtern. Wenn ich vorgehabt hätte, sie umzubringen, hätte ich doch keine verdammte Plastikpistole mitgenommen!

Aber Sandra war völlig hysterisch. Sie ist ausgestiegen. Ich auch. Sandra hat gestammelt: ›Was hast du vor, was hast du vor?‹ Ich habe einen Schritt gemacht, Herr Möllner. Ich bin *einen* einzigen Schritt auf sie zugegangen. Die Plastikpistole hatte ich schon gar nicht mehr am Anschlag. Da ist Sandra losgerannt. Wenn Sie durch den Fußgängertunnel gehen, laufen Sie ganz automatisch auf den See zu. Ich wusste erst nicht, was ich machen soll. Ich habe nicht damit gerechnet, dass sie davonrennt. Dann bin ich ihr gefolgt. Ich bin nicht einmal gerannt. Ich bin ihr einfach hinterhergegangen. Ich wusste ja selbst nicht, was passieren würde.«

»Hatten Sie das Gefühl, einen Fehler begangen zu haben?«

Maier antwortete sofort. »Ja. Ich glaube, ich habe geahnt, dass es zur Eskalation kommt. Aber schon in diesem Moment … Ich hatte nichts mehr in der Hand. Ich bin Sandra gefolgt. Irgendwann hat sie den See betreten. Der war erst zwei Tage zugefroren. Hätte ich ihr vielleicht folgen sollen? Wissen Sie, wie dünn das Eis war? In der Mitte ist sie eingebrochen.«

»Haben Sie ihr etwas zugerufen? Haben Sie irgendwie versucht –«

»Was denn?«, sagte Maier etwas lauter. »Was hätte ich denn sagen sollen? Sandra war davon überzeugt, dass ich sie *umbringen* wollte. Was hätte ich denn rufen sollen? ›Komm zurück, Sandra, es ist nicht so, wie du denkst‹? Hätten *Sie* das geglaubt?«

Sebastian nickte. »Sie haben für diese Version keine Beweise«, sagte er. »Auch wenn ich zugeben muss, dass es zumindest Sinn ergibt. Ihre Situation danach –«

Maier winkte ab. »Meine Situation danach war beschissen.« Er versuchte, zu lächeln. »Ausweglos.«

»Sie hätten zumindest Rettung holen können.«

»Und danach? Denken Sie, irgendjemand hätte meine Geschichte geglaubt? Nachdem man Katia befragt hätte? Das Motiv wäre glasklar gewesen. Katia hätte von den Dokumenten berichtet, vom Streit, es hätte einen Indizienprozess gegeben. Und ich hätte nie gewinnen können. Meine Fußspuren sind ihren gefolgt. Mein Auto stand auf dem Parkplatz …«

»Ihre Freundin nannte es Ihre Feuertaufe«, murmelte Sebastian. »Sie hat wohl etwas vermutet.«

»Claudia ist auf ihre Art sehr clever.«

»Und Katia …«

»Spätestens am nächsten Mittag hätte Katia Sandra vermisst. Ich war der Letzte, der mit Sandra zusammen war. Wieder hätte Katias Aussage allen Verdacht auf mich gerichtet. Es gab keinen Ausweg mehr, Herr Möllner. Mit Sandras Einbruch in den Baggersee bin ich zum Mörder geworden.«

»Aber es gab nur eine Zeugin, die Ihnen gefährlich werden konnte. Katia Seligmann.«

»Ich bin zum Auto gegangen. Sie glauben mir das wahrscheinlich nicht, aber ich habe mehrere Minuten darüber nachgedacht, Sandra einfach in den See zu folgen. Sie müssen aber verstehen, so wurde ich nicht erzogen. Ein Maier bringt sich nicht um. Es wird bis zum Schluss gekämpft. Im Wagen war Sandras Handtasche. Ihr Geldbeutel, Schlüssel, Handy. Alles. Ich bin in ihre Wohnung gefahren. Aber Katia hatte die Dokumente mitgenommen. In gewisser Weise war das sogar praktisch …«

»In Sandra Scholz' Wohnung haben Sie das Betäubungsmittel gefunden.«

»Es stand offen im Bad herum. Sandra hat kurz vor der Aktion sogar damit geprahlt, dass sie es in der Klinik geklaut hatte.

Sie haben recht, sie hat öfter irgendwelche Antidepressiva und ähnliches Zeug dort mitgehen lassen. Kurz nach Beginn ihres Praktikums wurde sie deshalb sogar einmal abgemahnt. Ich habe das Schlafmittel dann in eine Flasche Club-Mate gefüllt.«

»Was ist das?« Er erinnerte sich, dass Anna etwas von Eistee erwähnt hatte.

»Ein Informatikergetränk. So eine Art Brause.«

»Die Spurensicherung hat es für Eistee gehalten«, bemerkte Sebastian.

»Dann habe ich auf Katias Festnetzanschluss angerufen. Dass sie ihr Handy im Hallenbad vergessen hatte, hat sie Sandra und mir erzählt. Ich habe ihr gesagt, dass ich mich mit ihr treffen will. Mit ihr alleine. Dass ich einen Vorschlag hätte, wie das Ganze zu lösen wäre. Wir sollten uns an einem neutralen Ort treffen. Sofort. Noch in dieser Nacht. Sie hat zugesagt. Katia war ja wissenschaftliche Hilfskraft an der Uni und hatte einen Schlüssel zum Hörsaalgebäude. Ich habe vorgeschlagen, dass wir uns dort treffen.«

»Sie haben sie mit dem Gemisch aus Club-Mate und Schlafmittel betäubt. Woher hatten Sie den Strick?«

»Ich bin kurz bei uns in der Villa gewesen. Ein paar waren noch wach. Ich habe ihnen erzählt, dass sie Claudia unter keinen Umständen sagen dürfen, wo ich in dieser Nacht gewesen war. Sie haben es so aufgefasst, dass ich gerade von einem One-Night-Stand zurückgekommen war. Auf die Jungs kann man sich verlassen.« Er lächelte. »Den Strick hatte ich aus unserem Keller.« Maier nahm seufzend den Brief in die Hand, den Dr. Sonnenmann in den fünfziger Jahren getippt hatte. Er starrte auf das Papier, legte es aber bereits nach einigen Sekunden wieder weg. »Den Rest kennen Sie sicher schon.«

»Sie haben Katia betäubt und sie an der Empore aufgehängt, um es wie Selbstmord wirken zu lassen. Und ihren Laptop haben Sie mitgenommen. Haben Sie den noch?«

Maier bejahte.

»Den werden wir als Beweismaterial brauchen. Hatten Sie von Anfang an geplant, es wie eine monströse Reinigungsaktion des Klinikums aussehen zu lassen?«

»Lars hat mich auf die Idee gebracht. Er hatte diese paranoide

Angst davor, dass das Klinikum in irgendeiner Form zurückschlägt. Die Vermutung, dass Katia von der Klinik ermordet wurde, stammt ursprünglich von ihm. Ich hatte ja auch Sandras Laptop. Sie hatte ihn in ihrem Rucksack. Darauf waren auch die Zugangsdaten ins Netzwerk der Uniklinik.«

»Die Zugangsdaten, mit denen Sie auf den Servern Amok gelaufen sind. Um den Verdacht auf Lars Breuer zu lenken.«

»Ich wollte nicht, dass er wegen der Morde festgenommen wird. Ich habe geahnt, dass Sie ihn nicht lange festhalten können. Die Aktion sollte ihm nur Angst einjagen.«

»Genauso wie die Sache mit dem schwarzen Mercedes. Sie haben ihn genauso wie Maja Wehrle tagelang mit Fritz Langbeins Mercedes verfolgt. Um seine Paranoia zu schüren.«

»Lars ist manchmal fast krankhaft paranoid. Dabei ist er eigentlich ein ehrlicher Typ.« Er lächelte traurig.

»Sie haben ihn dazu getrieben, sämtliche Aufzeichnungen und sämtliche Chat-Protokolle zu vernichten. Aber nicht um Sandra zu schützen, die schon lange tot war – sondern um Ihre eigenen Spuren zu verwischen. Sie haben sich von Anfang an als Sandra ausgegeben und Lars im Glauben gelassen, die Universitätsklinik würde Sandra beschatten und bedrohen. Und dann kam Ihr grandioses Finale …«

»Von meinem Standpunkt aus gesehen war das doch gar nicht so dumm, finden Sie nicht?«

Sebastian überging diese Bemerkung. »Ihr letzter Auftritt als Sandra Scholz war doppelt abgesichert. Ich wusste nicht, dass die Cafeteria der Uniklinik ein öffentlich zugängliches Internetterminal hat. Von dort aus haben Sie sich zuletzt als Sandra eingeloggt, habe ich recht?«

»Sie können sich ja denken, warum.«

»Entweder Lars hätte die Sache mit Sandras Flug nach Südamerika geglaubt – oder er hätte die IP-Adresse seines Chat-Partners überprüft und festgestellt, dass der Chat von der Uniklinik aus geführt worden war. Seine Paranoia wäre bestätigt worden. Er hätte aus Panik, dass ihm das Gleiche wie Sandra und Katia zustoßen könnte, jeden Kontakt zur Polizei abgebrochen und bis an sein Lebensende geschwiegen. Das war Ihr Meisterwerk, Herr Maier. Damit haben

Sie selbst mich getäuscht. Ich muss zugeben, dass ich für einige Wochen die Geschichte mit der rachsüchtigen Universitätsleitung fast geglaubt hätte. Die Klinik hat mir vorgestern übrigens zugesagt, die Dokumente selbst veröffentlichen zu wollen.«

»So?« Maier gähnte. Er schien das Ende dieses Verhörs herbeizusehnen.

»Ich muss Sie jetzt festnehmen. Ihre Immunität als Abgeordneter können Sie vergessen. Sie sehen, ich habe außer diesem Plastikspielzeug keine Waffe dabei. Aber die Wache unten am Eingang hat Anweisung, Sie nicht ohne mich durchzulassen. Ich muss nur kurz telefonieren, dann werden Sie direkt vor dem Gebäude abgeholt.«

»Warten Sie, Herr Möllner. Die Sache mit Ihrer Freundin – mit dieser Maja Wehrle. Es stimmt, ich habe sie verfolgt. Ich habe ihren Namen über die Schule herausgefunden und sie dann bis nach Hause verfolgt. Ich bin Ihnen auch zu diesem Haus nach Schwäbisch Hall gefolgt – war das ihr Elternhaus? Ich war betrunken, ich war die ganze Woche vor der Wahl betrunken. Der Unfall war nicht geplant. Sie kam einfach von der Straße ab. Ich habe sie nicht abgedrängt.«

»Maja wollte Ihr Nummernschild entziffern«, sagte Sebastian kühl. Doch aus irgendeinem Grund hatte sich seine Abneigung Maier gegenüber etwas abgeschwächt. »Deshalb ist sie von der Straße abgekommen.«

Fünfzehn Minuten später führte Sebastian Henner Maier zu einem Wagen, der bis vor den Haupteingang gefahren war. Keine einzige Kamera filmte die Verhaftung. Sebastian vermutete, dass die Journalisten die erste gemeinsame Pressekonferenz der neuen Regierungsparteien verfolgten. Er hatte angeordnet, dass keiner der Beamten in Uniform erscheinen sollte. Einige Passanten warfen einen gelangweilten Blick auf die Szene, manche schienen Maier zu erkennen. Doch niemand ahnte wohl, dass er gerade festgenommen wurde. Im Hintergrund grummelte die Bundesstraße, die am Schlosspark vorbeiführte. Es war jetzt fast zwei Uhr und wärmer als am Vormittag. Sebastian trug seinen Mantel zusammengerollt unter dem Arm und blinzelte in die Sonne.

»Ich nehme an«, sagte Maier, »dass mich diese – Sache in Ihren

Augen näher an meinen Großvater rückt, als ich mir wünschen würde.« Er sprach durch die geöffnete Tür des Fonds zu Sebastian.

»Sie sind ihm vermutlich ähnlicher als irgendjemand sonst in der Familie. Sie verbindet die Bereitschaft, für die eigene Karriere über Leichen zu gehen. Im Gegensatz zu Ihrem Großvater werden Sie dafür jedoch ins Gefängnis wandern.«

Maier nickte nachdenklich. Er warf einen letzten Blick auf das Parlamentsgebäude, das er nur zweimal als gewählter Abgeordneter betreten hatte. »Ursprünglich sollte hier ein anderes Gebäude stehen«, sagte er unvermittelt. Er schien selbst überrascht über seinen spontanen Einfall. »Haben Sie das gewusst? Der ursprüngliche Entwurf für das Landtagsgebäude wurde später in Tübingen umgesetzt. Auf der Morgenstelle. Dem Hörsaalzentrum.«

»Wo Sie Katia Seligmann ermordet haben.« Sebastian musste lachen und schüttelte den Kopf. Es passte. Es passte alles wunderbar.

»Was haben Sie denn?« Maier glotzte ihn an.

»Ich? Ich warte auf den Abspann.«

38

Hier draußen war nichts mehr zu hören. Der Himmel hatte sich geöffnet, und die Sonne ließ die gekräuselte Wasseroberfläche glitzern. Das frische Tageslicht verlieh den Konturen der Landschaft eine fast unnatürliche Schärfe.

Maja schwamm weit hinaus. Ihre Armbewegungen waren präzise und effizient. Die Wassertemperatur erinnerte noch an den ungewöhnlich kalten Winter. Der für den Sommer übliche Algenbewuchs hatte noch nicht eingesetzt. Ihre Hände schossen durch kristallklares Wasser, hinter ihr bildeten sich regelmäßige Wirbel.

Niemand sonst befand sich im See. Vor der Insel am westlichen Ende schwammen einige Schwäne. Die restlichen Tiere zogen die Abgeschiedenheit des Naturschutzgebietes vor.

In der Mitte des Sees stoppte Maja und drehte sich einige Male um sich selbst. Hinter den Bäumen am gegenüberliegenden Ufer waren einzelne Giebel zu erkennen. Die Menschen auf der Liegewiese verschwammen zu bunten Farbklecksen. Kondensstreifen zogen sich durch das Blau des Himmels, in dieser Jahreszeit schienen sie durch irgendeinen Trick der Atmosphäre immer stark vergrößert. Maja fragte sich, wie spät es wohl sei. Die vollkommene Geräuschlosigkeit erzeugte in ihr das Gefühl, außerhalb der Zeit zu stehen. Wenige Monate zuvor hatte sie an genau dieser Stelle auf dem Eis gestanden. Sie versuchte, sich auf dem Rücken treiben zu lassen, doch die Kälte machte sich durch die Bewegungslosigkeit bald bemerkbar. Ihr Körper erzeugte beim Wenden ein leises Glucksen im Wasser. Sie schwamm weiter.

Es zog sie zu einer bestimmten Stelle, die sich etwa dreißig Meter von der Seemitte entfernt befand. Je näher sie kam, desto kälter wurde das Wasser. Im Winter hatte der zuströmende Neckar den See gewärmt, jetzt kühlte er das Wasser deutlich ab.

Sie konnte nicht sagen, was sie erwartete. Noch im Winter hatte sich die Stelle vom restlichen See abgehoben, das Eis war hier zerklüfteter gewesen, und es schien mehr das Produkt einer beliebigen Naturkraft gewesen zu sein als die restliche, flache, fast abstrakt anmutende Seeoberfläche. Wenige Meter vor dem Punkt, an dem sie die Einbruchstelle von Sandra Scholz vermutete, hielt sie inne.

Das Wasser war hier nicht dunkler, das Kräuseln der Wellen unterschied sich nicht vom übrigen See. Und dennoch erkannte sie am Ufer einen besonders knorrigen Baumstumpf, der ihr schon im Winter aufgefallen war.

Ein leichter Wind strich über die Wasseroberfläche. Als Maja merkte, dass sie immer weiter in die kalte Strömung des zufließenden Neckars getrieben wurde, kehrte sie um. Sie war eine geübte Schwimmerin und benötigte zurück keine zehn Minuten.

Sebastian stand in Shorts und einem offenen Hemd am Ufer und wirkte zum ersten Mal nicht wie der integre, aber etwas zerstreute Kommissar. Nach dem Stand der Sonne zu urteilen war es bereits halb sechs, es war jetzt schon deutlich kühler als am Mittag. Einige Studenten bereiteten ein Lagerfeuer vor. Sebastian wickelte Maja in ein Handtuch. »Du erkältest dich noch.« Sie zitterte stark.

Sebastian hatte den Grill aufgebaut, während sie hinaus auf den See geschwommen war. Die Kohlen glühten noch nicht, doch die Flammen spendeten eine angenehme Wärme. Maja kuschelte sich in das Handtuch, dann setzte sie sich neben Sebastian, der vorsichtig in den Kohlen stocherte. Sie legte ihren Kopf auf seine Schulter und verzichtete darauf, den Fall erneut anzusprechen. Auch Sebastian sagte nichts mehr.

Die Abendsonne stand tief über dem Schönbuch und hüllte den See in bronzefarbenes Licht. Maja strich sich eine Strähne aus dem Gesicht. Wie die meisten Winter glich auch der vergangene einem albernen Traum, dessen Erinnerung schon in der Ahnung des Sommers verblasste.